SOMOS ASTRONAUTAS

Primera edición: noviembre de 2020

Diseño de cubierta: Ariadna Oliver
Maquetación: Argos GP

© 2020, Clara Cortés, por el texto
© 2020, Theo Jiménez Corral (Malorde), por las ilustraciones de cubierta y del interior
© 2020, La Galera, SAU Editorial, por esta edición

Dirección editorial: Ester Pujol

La Galera es un sello de Grup Enciclopèdia
Josep Pla, 95
08019 Barcelona

Impreso en Liberdúplex

Depósito legal: B-12865-2020
Impreso en la UE
ISBN: 978-84-246-6757-3

SOMOS ASTRONAUTAS

Clara Cortés

CON ILUSTRACIONES DE Malorde

A Nuria: gracias por sentir tanto por las cosas y por esto.
¿Sabes qué? Todo va a salir super duper.

«En los remotos e inexplorados confines del arcaico
extremo occidental de la espiral de la Galaxia,
brilla un pequeño y despreciable sol amarillento.
En su órbita, a una distancia aproximada de ciento
cincuenta millones de kilómetros, gira un pequeño
planeta totalmente insignificante de color azul
verdoso [...]. Este planeta tiene, o mejor dicho, tenía
el problema siguiente: la mayoría de sus habitantes
eran infelices durante casi todo el tiempo.»
Guía del autoestopista galáctico, Douglas Adams

«Me pregunté si las estrellas nos veían a nosotros.
Y, si era así, qué podían pensar de los humanos.
Si realmente conocían nuestro futuro y si nos
compadecían por estar metidos en el presente sin
ninguna posibilidad de maniobra.»
Sobre los huesos de los muertos, Olga Tokarczuk

«You are an entity.
An important part of this universe.
A thread in a grand tapestry.
You are beautiful,
you are powerful,
you are here.»
Preparing My Daughter For Rain, «The Body»,
Key Ballah

1; CERES

< smking_to_dth - cyberbully_mom_club.mp3 >

SEPTIEMBRE

El final comenzó el día que encontraron aquel barco lleno de maniquíes encallado en la costa este de Florida. La familia Jhang lo vio en la televisión el 13 de septiembre a la hora de comer; Sunhee Kim-Jhang clavó los ojos en la pantalla con el tenedor en el aire, su expresión contrariada, y Cheol Jhang miró a su alrededor como si fuera a encontrar uno de aquellos misteriosos tripulantes en su mismísimo comedor. Murmuró con disgusto: «Florida, nosotros estamos en Florida», y frunció un poco más el ceño, aunque el barco había aparecido en Melbourne Beach y ellos vivían en Pine Hills, a una hora y media en coche y lejos del agua.

La única que pareció no inmutarse fue la abuela Jhang, que sólo levantó la vista cuando su nieta, Duck-Young, se movió hacia el teléfono como si hubiera adivinado que empezaría a sonar en cualquier instante.

—¿Sí? —respondió la chica antes de que acabara el primer timbre, llamando así la atención de su madre. No la miró. La persona al otro lado era más importante que posibles reprimendas y, además, sonaba tan emocionada como sabía que estaría.

—¿Lo has visto? —jadeó una voz contenida—. Lo has visto, ¿verdad? El barco vacío, ni una persona dentro pero todo lleno de maniquíes... Tiene que ser...

—Duck-Young, vuelve aquí ahora mismo.

—Lo estoy viendo ahora —dijo ella, sonriendo un poco a su pesar—. Dicen que lo ha debido de dejar ahí el huracán.

—Sé que no quieres oírlo, pero... pero tiene que ser cosa de Martin. Lo siento, pero tiene que serlo. ¿A cuánto queda Melbourne Beach? ¿Crees que nos podríamos acercar?

—Pero... ¿y las maletas? Que te vas en nada...

El silencio al otro lado se hizo tan pesado que casi podía palparlo a través de la línea. Sabía que no debía haber dicho aquello en voz alta, pero no podía evitar tenerlo todo el rato presente; pensaba que, cuanto más consciente fuera de que iba a ocurrir, menos le dolería de nuevo.

—Puedo hacerlas luego, ya las tengo a medias de todas formas. No seas tonta, no voy a desaprovechar esta oportunidad sólo por irme.

La sonrisa de Duck-Young perdió fuerza, aunque ni siquiera tenía que sonreír, porque la otra persona no la veía. Se quedó mirando los números brillantes del teléfono mientras estos parpadeaban, intermitentes, y notó cómo el nudo en su estómago se apretaba un poco.

ENERO

Duck-Young no sentía que ese nombre fuera suyo desde hacía años. De hecho, casi lo odiaba. Sus padres decían que significaba «virtud» o «integridad duradera», lo cual no tendría que haber sido horrible si no fuera porque le hacía ser consciente de que no era una persona virtuosa ni demasiado íntegra. Además, era un nombre de chico; no lo habían escogido para ella, sino para el hijo que los Jhang querrían haber tenido y no tuvieron, y llamarse así era un recordatorio constante de que ella nunca sería lo que sus padres esperaban porque había estado mal desde el principio. Ese nombre, sin querer, significaba que había malgastado el tiempo de todo el mundo y que su presencia había generado en la familia una incomodidad que en diecisiete años nadie se había atrevido a abordar.

No era algo que no supiera, aunque tampoco solía hacer un drama de ello. Simplemente intentaba vivir la vida que tenía adaptándose a lo que le habían dado. Hacer eso no le había causado, por lo general, demasiados problemas, pero era cierto que su nombre había estado siempre allí como recordatorio de su existencia no-masculina y de los doce años en vano que sus padres habían esperado entre el nacimiento de la primogénita y el suyo. Le molestaba que no fuera algo que, como el resto de cosas, pudiera ignorar y ya. Por eso había sentido la necesidad de darse ella otro nombre, uno que le gustara y que, tras pensarlo durante semanas, justo antes de cumplir los catorce, decidió que sería «Bean».

—¿Bean? ¿*Judía*? —preguntó su madre, confusa y algo disgustada.

—Es pequeña como una —se había burlado su hermana, mordaz. Su madre rio, pero su padre no dijo nada.

Ella apretó los labios, pero no dejó que ningún comentario la desanimara.

Lo había elegido porque le gustaba cómo sonaba y esperaba llegar a sentirse algún día cómoda con él, y se lo había comunicado a la familia nada más decidirlo para informarlos, no para obtener su aprobación, pero no habría estado mal encontrar también un poco de apoyo. Por aquel entonces, esas cosas a veces aún la entristecían. Ese día se alejó de los tres, esquivando el silencio y la mirada de decepción de su padre, y acabó cruzándose con la persona que menos tenía que ver con ella y cuyo parentesco le parecía casi incidental: su abuela.

Intentó ser lo más casual posible a pesar de no sentirse capaz de aguantar un cuarto rechazo.

La mujer simplemente alzó la vista, la observó un segundo y luego dijo:

—승인,[1] pequeña *bean*. Si a ti te gusta...

Le sonó a victoria.

Sus padres llevaban juntos una tintorería que siempre había tenido mucho éxito en el barrio, probablemente por el trabajo tan rápido e inmaculado que realizaban seis días a la semana entre los dos. En treinta años, la única persona que había trabajado con ellos, aparte de Bean, era su hermana mayor, Daen Mae, aunque sólo lo hizo durante los veranos antes de entrar en la universidad. Daen Mae siempre se había llevado bien con su madre, tal vez porque parecían la misma persona con veinte años de diferencia, y Bean pensaba que en realidad les habría encantado poder estar juntas de por vida. De hecho, a menudo se preguntaba por qué su hermana había tenido que irse. Nunca se había llevado con ella (según su criterio, doce años de diferencia eran muchos como para tener una relación normal con nadie), pero lo cierto era que creía que, mientras ella había vivido en casa, sus progenitores habían sido más felices. Daen Mae les gustaba. Era la hija que unos típicos padres coreanos esperarían, formal y responsable y estudiosa, y Bean sentía que no sólo las comparaban constantemente, sino que, la mayoría de las veces, sus padres preferirían que se intercambiasen.

A Bean aún le quedaba el último curso por delante para marcharse, si es que lo hacía, pero todavía no sabía adónde iría. Su padre, Cheol Jhang, insistía en que su falta de dirección en la vida la llevaría a quedarse estancada en Orlando, pero ella no quería permanecer allí.

---

[1] «Está bien.»

Sentía que la vida le deparaba algo más, algo distinto que aún no había llegado. Algo que no sabía qué era y cuya naturaleza ni intuía. Eso la frustraba, pero siempre había sabido que tenía que esperar para que las cosas llegaran, porque todo tenía su tiempo.

Sin embargo, por desgracia, no todo el mundo pensaba igual.

Duck-Young (Bean) Jhang no era buena en los estudios. Curiosamente, de todo lo que hacía mal, eso era lo que más le dolía a su padre.

«Una hija tonta. Qué desgracia, qué desgracia.»

Bean se había vuelto inmune a ese lamento, aunque aún le incomodaba tener que oírlo delante de otra gente.

Una de las personas ante quien su padre más lo repetía era Morrison Tifft, el subsecretario del instituto y encargado de darle siempre las malas noticias. Los llamaba mucho; Bean estaba segura de que los llamaba más que al resto de familias, y siempre era para decirles que estaba en la cuerda floja, siendo de las peores del curso, y que si no mejoraba iba a repetir.

Todos los años lo mismo, y todos los años sus padres conseguían amenazarla con algo lo suficientemente valioso como para que ella se esforzara en estudiar, pero esa vez ya no había funcionado. Todo había dejado de importarle, sobre todo porque estando en el último curso lo único que quería era acabar y pasar a lo siguiente, pero también le había perdido el miedo a perder cosas. Tras las dos primeras reuniones de aquel año, le habían quitado lo que le habían prometido que le quitarían, efectivamente, pero sólo había servido para que se diera cuenta de que la mayoría de las cosas eran prescindibles. Ahora, a la tercera, a día 3 de enero de 2017, dudaba que hubiera nada que la hiciera esforzarse más de lo que ya lo hacía.

Porque Bean no sabía muchas cosas, pero sabía que estudiar no era lo suyo y que no quería matarse por algo así.

—Si no aprueba, el curso que viene tendrá que repetir.

Eso tampoco era nuevo. Estaban en el pequeño despacho del hombre, donde sorprendentemente cabían de sobra tres sillas, y desvió la vista para leer por enésima vez los títulos académicos que había colgados por toda la pared. Aquel espacio la aburría. Todo aquello la aburría, de hecho, porque era una escena que siempre se desarrollaba igual.

Su madre soltó un gemido. Su padre se alteró, aunque de forma más silenciosa.

—No puedo permitirlo —dijo con voz grave y ese acento del que no lograba deshacerse, y ella esperó paciente a que pusiera sobre la mesa la palabra «vergüenza».

—Sé lo que piensa, señor Jhang, pero me temo...

—No, me refería a que no *voy* a permitirlo. Si suspende el curso no repetirá: la sacaré de aquí y vendrá a trabajar a la tintorería.

Bean se enderezó de golpe.

—¿Qué?

El subsecretario guardó silencio. La señora Jhang también se volvió hacia el padre, sorprendida tras aquella decisión inesperada que claramente no habían llegado a discutir.

—Cheol...

—Ya vale. Ya han sido suficientes intentos, ¿no te parece? —Los ojos de su padre eran duros y decididos y nada que ella no hubiera visto antes, aunque esta vez parecían serios de verdad—. Te hemos dado más que suficientes oportunidades, Duck-Young. No pienso permitir la vergüenza de que repitas curso.

—No es una vergüenza —murmuró ella, aunque la voz no le salía.

—Sí, sí que lo es. Trabajarás con nosotros, y así por lo menos aportarás algo y no serás una mantenida. Si no apruebas, eso es lo que pasará.

Bean pensó que vomitaría. La única cosa que quería era marcharse, pero lo que su padre proponía supondría que ni siquiera al salir de allí podría hacerlo.

—Pero no puedo trabajar allí, papá, yo...

—Claro que puedes. Algo tendrás que hacer con tu vida.

Pero no eso, pensó Bean, con el corazón acelerado. *No quiero hacer eso, por favor, haré cualquier otra cosa.*

El señor Tifft se inclinó hacia delante, sonriendo. Tenía los dientes pequeños y no del todo juntos, así que había algo en su boca terriblemente inquietante que a Bean siempre le había provocado asco. Era como si tuviera más dientes de los que debería tener una persona normal. Además, actuaba constantemente como si quisiera gustarle mucho a su padre o como si intentase ponerlo más en contra de Bean, y ambas eran cosas que en parte casi siempre conseguía.

Entrelazó los dedos sobre el escritorio, sus uñas demasiado cortas y desagradables. A Bean nunca la había tocado, pero pensó que tal vez las puntas de sus dedos se aplastarían por falta de sujeción al agarrar algo, y se preguntó cómo se sentiría algo así.

—No se apresure, señor Jhang. Por suerte para su hija, y para evitar llegar a semejantes extremos, se me ha ocurrido una alternativa.

Ambos padres miraron al hombre al otro lado de la mesa. Sunhee Kim-Jhang bajó por fin las manos, atenta.

—Lo escucho.

—Verán. —Esperó unos segundos, los miró a ambos y volvió a sonreír—. Hay una chica en clase de su hija que es un prodigio: Jessica Brad, se llama. Ha sido siempre la primera de la clase, pero nunca ha querido que se la pasara de curso a pesar de habérselo propuesto muchas veces a lo largo de los años. Supongo que es por eso que hasta hoy siga siendo tan brillante. Mi idea era pedirle a ella que le dé clases a su hija, de aquí a final de curso, para ofrecerle el apoyo académico que no ha intentado conseguir ella misma en los últimos meses.

El subsecretario clavó los ojos en Bean, sus labios apretados y curvados en una minúscula mueca. Ella le mantuvo la mirada. Sabía que le gustaba humillarla de distintas formas, porque era lo mismo de siempre ante sus padres, pero después de años sentándose en aquella silla sabía cómo no dejarse vencer.

—¿Cuánto cuesta? —preguntó su padre, y Bean se avergonzó un poco de que se preocupase por eso.

—Oh, no cuesta nada. Se lo plantearíamos a ella como unas tutorías que le harían engrosar su currículum de forma considerable. Es probable que así no rechace la oferta. Sinceramente, tiene muchísima ambición. Quiere ir a estudiar a Canadá o Europa, según tengo entendido, así que le vendrá bien cualquier añadido estúpido a la lista de cosas que ha hecho durante el instituto.

Bean pensó que no conocía a ninguna Jessica que encajara en esa descripción pero que, fuera quien fuera, no se merecía aquello. Tampoco ella se merecía que la llamaran «añadido estúpido», pero no iba a protestar. Tal vez sí que le iría bien para el currículum, como el señor Tifft había dicho, pero a la vez le pareció un chantaje terrible y, estúpidamente, lo sintió mucho por la desconocida. Era injusto que la pusieran en esa situación, sobre todo si no se conocían. Era injusto que la hicieran cargar con ella así.

El padre relajó los hombros.

—¿Cuándo empezaría? —siguió preguntando, satisfecho.

—¿Eso es que aceptan, entonces?

Bean no abrió la boca. Los otros dos dijeron que sí.

La escena se trasladó rápidamente, como si alguien hubiera rebobinado hacia delante la película de su vida, y de repente estaba plantada ante esa puerta de nuevo, dos días después y a punto de llamar, con un delegado de su curso custodiándola y esperando a su lado.

Entró en cuanto la llamaron desde dentro. El aspecto pulcro de aquel espacio siempre le hacía pensar que el señor Tifft le había robado el despacho a otra persona; un lugar tan limpio no podía pertenecer a alguien como él, y ella lo sabía, y estaba segura de que en el fondo el hombre era consciente también. Sus ojos se clavaron inmediatamente en una cabeza pelirroja que le daba la espalda y que habría sido imposible no ver: la chica a la que pertenecía llevaba una trenza apretada y muy bien hecha, y no se giró cuando entró, sólo estiró un poco la espalda e hizo un levísimo amago de volverse antes de decidir seguir mirando hacia delante.

El movimiento de Morrison Tifft hizo que apartara los ojos de ella. Tenía una sonrisa que era principalmente inquietante y falsa pero que le resultó indiferente.

—Por fin, Duck-Young. Te estábamos esperando.

Bean agarró la silla que quedaba libre frente al escritorio. Quería acabar con aquello cuanto antes, aunque, más que eso, se moría por verle la cara a quien era tan víctima como ella en aquel embrollo. Había fantaseado con que se aliarían de alguna forma y saldrían triunfantes. Se sentó de forma un poco brusca y, al notar que la otra daba un respingo, se volvió en su dirección para disculparse y las palabras se le quedaron atascadas en la boca.

Lo primero que vio Duck-Young fue que tenía la cara muy redonda y muchas pecas y que casi todas se concentraban en la punta de su pequeña nariz. Aunque odiaría darse cuenta de ello, se quedó mirándola embobada unos segundos, los suficientes como para que las mejillas rechonchas de la chica cogieran un color rojo intenso y adorable. Le miró la boca, porque cómo no iba a hacerlo, y vio que tenía los labios gruesos y entreabiertos como si en el último momento hubiera decidido no hablar; alzó la vista de nuevo y la clavó en sus ojos, castaños y brillantes, y pensó que era imposible que nadie aguantara esa mirada mucho tiempo.

Bean se volvió de golpe soltando un sonoro carraspeo. Intentó recomponerse, porque no quería que pareciera que era la primera vez en su vida que veía a una chica guapa, y decidió clavar los ojos en el hombre para disimular su bloqueo momentáneo.

17

—Supongo que tendré que ser bastante breve —dijo este—, ya que Jessica tiene clase en veinte minutos y me consta que no ha comido... —La chica que Bean tenía al lado se encogió un poco más y apretó los labios. Era rechoncha y pequeña y parecía un poco encorvada; Bean se sintió mal por haberla hecho esperar—. Estábamos planeando un poco por encima las tutorías. Por supuesto, al final es algo que tendréis que hablar entre vosotras, para concretar horarios según vuestra disponibilidad, pero en principio habíamos pensado en tres días a la semana como mínimo.

—No tenemos que quedar tanto, de todas formas. —La voz de la chica era muy suave, como si le diera vergüenza hablar. Cuando volvió a mirarla vio que parecía morirse de ganas de irse de allí, igual que ella—. Según lo que tú puedas o quieras, claro, pero no hace falta...

—Sinceramente, Jessica, menos que eso no haría nada con el caso de Duck-Young. Aunque claro, esa es sólo mi más humilde opinión. —Las mejillas de Tifft se estiraron para descubrir su boca llena de dientes.

—Por favor, señor Tifft, le he dicho que prefiero que me llame June, no Jessica.

June, pensó Bean, abriendo un poco los ojos. *June Brad está conmigo en alguna clase, me suena su nombre. ¿Cómo podía ser que nunca se hubiera parado a mirarla?*

—Claro, mis disculpas. —De nuevo esa sonrisa repulsiva, esa que no debería tener nadie que trabajara con niños—. Aun así, como te decía, acordéis lo que acordéis me parece importante que tengáis en cuenta que menos de tres veces no tendría ningún sentido. Duck-Young, antes de que llegaras he estado discutiendo con June tu situación y cuáles son las condiciones de tu padre, y ha aceptado ayudarte aunque sea todo un reto intentar que pases de un cuatro a un ocho en poco más de un mes.

—Yo no he dicho... —empezó June, pero Tifft la interrumpió.

—Otra sugerencia es que reservéis por adelantado espacio en la biblioteca, que ya sabéis que no hay demasiado y nuestros alumnos son estudiantes ávidos de conocimiento. —Las dos alzaron las cejas a la vez, pero ninguna dijo nada—. Es necesario que hagáis lo que sea por no desaprovechar esta oportunidad, Duck-Young, que sabes que es la última.

Ella sintió un escalofrío y se hundió un poco en la silla. Sabía que la otra chica tenía los ojos sobre ella.

—Supongo que puedo ir a la biblioteca tres veces por semana —cedió.

—Genial, así me gusta. Pues acordado.

Por fin se atrevió a mirar de nuevo a June. La chica no parecía sentir lástima por ella ni pensar que fuera tonta por haber pedido ayuda para solucionar aquello; parecía más bien un poco ofendida por lo que acababa de pasar, como si esa reunión la hubiera incomodado profundamente, y Bean lo entendió y lo sintió mucho.

2; MIMAS

< cliché - mxmtoon.mp3 >

ENERO

June Brad disfrutaba bastante de la soledad. De verdad, mucho.

La tranquilizaba. Le hacía sentir segura y relajada y le producía paz mental. No se le daba bien pasar mucho rato con gente, tal vez porque hacía tiempo que se había olvidado de cómo hablar con otras personas, así que normalmente buscaba espacios donde pudiera estar sola y tranquila y, en cuanto podía, volvía a casa para no tener que esforzarse en socializar. No era tanto cuestión de recargar las pilas como de compatibilidad; ya no sentía que compartiera muchas cosas con nadie, así que se le hacía un poco pesado fingir que sí para encajar en un sitio que tampoco le gustaba tanto.

Por eso no le había hecho especial gracia la «misión» que le había encomendado el señor Tifft.

No era que June tuviera algo en contra de la chica; la conocía de vista porque compartían un par de clases y siempre le había parecido que era alguien guay aunque un poco imponente, pero haberse fijado en ella antes y tener que interactuar ahora eran cosas muy distintas. Se ponía nerviosa sólo de pensar que tendrían que hablar *desde muy cerca*. Pasar tres días a la semana con alguien desconocido le parecía más un castigo que un reto, como lo había llamado el señor Tifft, y aunque quería ponerse en los zapatos de la chica (la pobre había parecido un poco mortificada en el despacho), había estado todo el fin de semana nerviosa imaginándose el momento en que por fin tuvieran que hablar.

No dejaba de pensar que, si aprendiera a decir que no, no acabaría en ese tipo de líos.

Y aun así, sorprendentemente, todo el pánico se le pasó de golpe el lunes cuando, a primera hora y nada más llegar a clase, la chica se plantó frente a su mesa y la saludó:

—Hola, eh... June.

June medía un metro sesenta y siempre había pensado que Duck-Young debía de sacarle unas seis cabezas, aunque probablemente fueran sólo diez o quince centímetros. Le miró los pies y tragó; a lo mejor ese día eran veinte, porque llevaba unas de esas botas de cordones que le sumaban a todo el mundo casi un palmo más. Era curioso, sin embargo, que por primera vez apenas le impusiera su presencia. ¿Era porque rehuía su mirada, o tal vez porque parecía que no quería estar allí? Se le ocurrió de golpe que probablemente estuviera costándole muchísimo más que a ella, y se relajó. A pesar de la altura, y de la ropa guay, y de la presencia imperturbable que pensaba que la había rodeado siempre, Duck-Young sólo era una chica de último curso, igual que June. Y nada más. No tenía que darle miedo, así que hizo un esfuerzo para intentar ser amable.

Duck-Young Jhang. Eran un nombre y un apellido coreanos. Llevaba cruzándose con ella los últimos dos años y siempre la distinguía rápido entre la multitud porque era más alta y más guapa que muchas chicas y que casi todos los chicos, pero jamás se habría esperado tenerla tan cerca, ni qué decir hablar con ella para nada. ¿No era

raro, todo aquello? ¿Que, de entre todas las personas del instituto, las hubieran puesto a trabajar juntas a ellas dos?

—Hola, buenos días —respondió, sonriendo. Llevaba mucho tiempo sin darle los buenos días a nadie de clase. Antes lo hacía, pero hasta con eso se había desanimado porque nadie le contestaba. Era raro—. ¿Qué tal?

—Bien. —Como nerviosa, la chica se echó hacia atrás el pelo negro y luego, apretando los labios, volvió a fijarse en su cara—. Quería acercarme para decirte que siento de veras que te hayan liado para algo así, pero que... bueno, que te agradezco mucho que vayas a intentarlo.

Los ojos de June se abrieron un poco y sintió que algo en su pecho daba un vuelco inesperado. Durante unos segundos no pudo hacer nada más que quedarse mirando a esa persona como si la estuviera viendo por primera vez, y su expresión angustiada le produjo muchísima ternura.

Duck-Young parecía sentirse culpable y agobiada, ambas cosas en el sentido más puro de las palabras, y era un poco abrumador la forma que tenía de expresar esas emociones. Se notaba que le daba vergüenza haber dicho eso. También se notaba que era algo que no le importaba hacer, decir las cosas aunque le dieran vergüenza. Tenía unos ojos brillantes entre negros y grises que no dejaban lugar a dudas, metálicos, como canicas, y al mirarlos June se dio cuenta de que tenía que responder rápido para que aquella situación no se volviera más rara y para intentar eliminar de aquel cuerpo tan fino cualquier tipo de malestar.

Se enderezó.

—Para nada, para nada, no te preocupes. —Sonriendo de nuevo, esta vez un poco más que antes, se humedeció los labios y extendió una mano hacia ella—. Podemos presentarnos oficialmente, si quieres. Yo... yo soy June Brad.

La otra se quedó mirándola tanto rato que June pensó que nunca le respondería, y empezó a notar cómo se ponía roja de lo tonto que le pareció de repente lo que acababa de hacer. ¿Quién se presentaba así en 2017? ¿Qué adolescentes se estrechaban la mano? Le dio un tirón en el codo, una clarísima señal de que debía rebobinar y fingir rápidamente que en realidad no había hecho algo tan ridículo, pero justo cuando estaba a punto de apartarse, los dedos largos de Duck-Young le agarraron la mano y dieron un pequeño tirón.

—Encantada, June Brad —respondió la otra, pareciendo más calmada—. ¿Sabes que tus iniciales son las de James Bond?

—¿Qué?

—Uh, eh... n-nada. Yo soy Bean. Jhang. Bean Jhang. Un placer.

—¿*Bean*?

—Sí. —Puso los ojos en blanco—. Lo prefiero a lo otro.

Estaba tan pendiente del frío de la mano de Bean, que aún no había soltado, que tardó en entender que era un chiste y, para cuando lo pilló, ya no le dio tiempo a reírse cuando tocaba.

—Bueno —murmuró Bean, echándose un poco hacia atrás—. No sé qué horarios tienes o si tienes extraescolares o algo, pero, eh... Podemos ajustarlo, si lo que dijo el simpático de Tifft te viene mal. Quiero decir, sé que mis finales del primer semestre han sido un desastre y que hay mucho que hacer conmigo, pero si prefieres reducir porque te viene mal tener que quedar tan a menudo...

—Tres días está genial, no tengo ningún problema —respondió, a lo mejor demasiado rápido—. De hecho, no sé si necesitas que empecemos esta misma tarde...

—Hoy no me he traído nada —reconoció la otra—. ¿Mañana? ¿El miércoles?

—Tanto mañana como el miércoles me parecen bien. Mejor el miércoles.

—Vale. —Bean retrocedió dos pasos, sonriendo un poco—. Gracias otra vez. El miércoles. Decidido.

Y se alejó, andando de espaldas para no dejar de mirarla y con la boca ligeramente curvada hacia arriba. June dejó la vista en ella todo el tiempo, incapaz de apartar los ojos, y pensó que era fascinante que antes la chica nunca se hubiera parado a mirarla y que ahora tuviera toda su energía apuntando en su dirección.

Duck-Young seguía siendo esa persona interesante, pero ya no lo sería sólo desde la distancia.

La chica se volvió por fin, sacudiendo un poco la mano antes de hacerlo, pero no vio que alguien estaba detrás de ella y acabó chocando con la persona. Le agarró los brazos rápido, poniéndose un poco colorada, y se apresuró a disculparse al ver que Richard Hanly, el chico con el que había tropezado, le dedicaba una mueca con la nariz arrugada antes de soltar una risa.

—¿Qué pasa, tía, es que no ves nada con esos ojos que tienes?

Lo dijo con el pecho hinchado y lo suficientemente alto como para que la gente a su alrededor lo oyera, y Bean se estiró del todo, echando los hombros hacia atrás.

—¿Qué acabas de decir?

—Te he dicho que si no ves por dónde vas.

—¿A ti qué te pasa, quieres pelea?

June se levantó, alarmada. Otras personas habían dejado de hablar para prestar atención, pero sólo una se molestó en acercarse rápido para plantarse entre los dos, poniéndoles una mano en el hombro a cada uno para controlar la distancia.

—Bueno, bueno, venga, que no hace falta liarla. Sólo se ha chocado, ¿es que no aguantas ni una, Dick? —Lee Jones, un chaval de su clase, le dedicó una sonrisa a Richard—. No me puedo creer que sólo haga falta eso para picarte.

—Si la que se ha picado ha sido ella.

Duck-Young fue a protestar, pero Lee se adelantó:

—Bean. No vale la pena.

Le hizo un gesto que sólo pudo ver ella, como de complicidad, y la chica puso los ojos en blanco antes de pasar de largo y sentarse delante, en su sitio.

June se sentó de nuevo, tranquila. El resto de gente volvió a lo suyo. Lee, el intermediario, murmuró algo sólo para Richard Hanly y este soltó una carcajada.

—¡Si no he dicho nada!

—Ya, pero la próxima vez a ver si puedes ser un poco menos racista.

—¿Racista? ¿Racista por qué?

El profesor llegó y todos se sentaron.

Esperó a Duck-Young el miércoles en la puerta de la biblioteca, donde habían acordado que estudiarían, y la chica llegó diez minutos tarde con un montón de libros y papeles en los brazos y la mochila tan llena que apenas la podía cerrar.

—Hola, June. Siento el retraso, me ha surgido un contratiempo.

—¿Qué ha pasado?

Las cosas que Duck-Young abrazaba estaban medio arrugadas y doblándose un poco, pero aun así sonreía y, como respuesta, sólo sacudió la cabeza un poco.

—Nada, la taquilla. Me han roto el candado, nada importante.

—¿Quién...?

—¿Te importa cogerme esto? Se me está escurriendo desde hace rato y me duele un poco la espalda de cargar con todo.

—Sí, claro, dame.

June le sujetó las cosas y luego abrió la puerta. Bean pasó primero, eligió el primer sitio que encontró para sentarse y dejó caer todas sus cosas sobre la mesa. La bibliotecaria se dio tal susto que se puso de pie y, al localizarlas, las señaló con un dedo largo y puntiagudo y luego volvió a relajarse.

Cuando June se sentó a su lado, pensó que el tema de la taquilla era buena forma de empezar una conversación.

—Bueno, y... ¿quién ha sido?

—¿Quién ha sido quién?

—Lo de la taquilla.

Duck-Young pestañeó dos veces mientras la miraba.

—Ah, pues Dick Hanly, probablemente. No tengo pruebas, pero supongo que ha sido él por lo que he... eh... —Se calló.

—¿Por lo que has...?

—Bueno, por lo que *yo* escribí en su taquilla. Lo llamé racista e idiota. Pero ni siquiera fue para tanto, el rotu se borraba. —Duck-Young miró hacia otro lado, algo avergonzada—. Sé que es estúpido y que podía habérmelo ahorrado, pero...

—Pero fue un racista y un idiota, la verdad.

La otra chica abrió un poco los ojos, probablemente porque no se lo esperaba, y luego asintió.

—Sí. Uhm. Pero da igual, ¿empezamos?

Estar a solas con Duck-Young no fue tan raro como June pensó que sería. A lo mejor era por esa sensación de suavidad que había percibido en ella la primera vez que la había visto y que había intentado encontrar la segunda, esa timidez de no saber bien cómo moverse alrededor de otra persona. En parte le sorprendía, pero también le parecía un poco adorable. Bueno, ¿podía parecerle adorable? No estaba segura. Por fuera seguía habiendo algo en Duck-Young que era duro y que la mantenía aislada, pero también estaba lo otro y eso hacía que la tarde fuera agradable para June.

Tampoco sabía si eso tenía sentido, pero daba igual.

Se vieron ese día y luego al siguiente, y al final acabaron quedando casi a diario.

Estar con ella era increíblemente fácil, y June no podía dejar de sentirse sorprendida y encantada por aquel descubrimiento. Estar con Bean era como estar con alguien de su familia, en el sentido de que no era complicado, ni tenía que pensar en ello, ni le costaba; de hecho, se dio cuenta al cabo de unas semanas de que había empezado a contar cuánto faltaba para el próximo encuentro, mirando el reloj como una tonta y deseando en silencio que las horas pasasen más rápido. Era curioso porque no le había pasado nunca con nadie. Duck-Young era una persona calmada, tranquila y dispuesta a preguntar y a escuchar, y estar con ella le daba a June ganas de hablar mucho y de esforzarse porque todo le resultara lo más fácil posible.

Una vez, frustrada, Duck-Young había estirado los brazos sobre la mesa y había soltado un gruñido cansado antes de agarrarle las manos a June y apretárselas como si quisiera que le transmitiese así todos sus conocimientos. June sabía que había sido un gesto tonto y sin importancia, pero aun así no había podido dejar de pensar en ello ni intentándolo con todas sus fuerzas.

—Gracias por hoy, June —decía la chica siempre que se despedían, mirándola fijamente a los ojos como si hacerlo no significara nada para ella—. Eres demasiado buena, no sé cómo agradecerte todo esto.

—No tienes que hacerlo —respondía todas las veces, y lo decía de verdad porque aquello no le costaba y, además, verla tan a menudo ya era suficiente.

No sabía cómo expresarlo, pero el tiempo con Duck-Young no se parecía al tiempo que había compartido antes con nadie. No que a lo largo de su vida hubiera tenido muchos amigos, pero aun así estar con ella no se comparaba con nada porque, cuando estaban juntas, siempre se sentía grande y nerviosa y esos eran buenos nervios y un buen tamaño. No sabía expresarlo de forma distinta; estar juntas era hablar de deberes de clase y de exámenes, sí, pero también saber que tenía una hermana y que de pequeña tuvo un hámster y que disfrutaba de forma más-o-menos-secreta de la época country de Taylor Swift. Tal vez fuera por cómo salía de Bean toda esa información: cuando hablaban, la chica siempre le contaba cosas de la forma más natural posible, como si fueran datos triviales, como si dieran lo mismo. Como si sólo por ser suyas fueran increíblemente mundanas, aunque a June siempre le parecían fascinantes, daba igual lo que dijera.

¿Era normal que Bean existiera? ¿Tenerla delante cada tarde, que siempre hubiera estado a su alcance aunque ella no la hubiese visto hasta ahora? Estaban en el último curso. June intentaba no pensarlo, pero por las noches sólo se repetía que no era justo haberse conocido ahora, a seis meses de acabar. Habían perdido muchísimo tiempo. A veces, pensaba que mataría por recuperarlo.

Aunque todo eso era ridículo, porque Duck-Young y ella ni siquiera eran amigas.

Ojalá lo fueran.

Bean era bastante lista. No entendía por qué había necesitado su ayuda, ya que normalmente lo pillaba casi todo a la primera o a la segunda. Cuando June se lo decía, sorprendida, la otra siempre sonreía de medio lado y encogía un poco los hombros: «Es por cómo explicas las cosas tú, lo haces mucho más fácil». En su voz siempre le parecía que había un poco de pena, como si en el fondo Bean aún odiase que todo se hubiera dado así y que sus padres la hubieran presionado como lo habían hecho. A lo mejor sus notas eran una forma de rebeldía, se le ocurrió a June, o tal vez eran su manera de rendirse al cansancio. Podía ser cualquiera de las dos. Le hacía sentir un poco mal, porque sabía que no todos los sistemas tienen por qué encajar con todo el mundo y le parecía injusto que quien peor lo llevara tuviera que pagar por ello así.

Por eso decidió que, ya que Bean había tenido que rendirse a esas condiciones horrendas, se lo haría todo lo más fácil posible.

—Nadie entiende la química orgánica, Bean —le respondió con una sonrisa dulce un día que ella soltó un bufido y enterró la cabeza entre los brazos, cansada—. Vamos, no te desanimes.

—Tú sí la entiendes —protestó la otra—, a ti se te da bien. A ti se te da bien todo, por eso estamos aquí.

—No, sólo se me dan bien las cosas de clase, nada más.

—Pues eso, todo. Porque eres un genio.

—Ser un genio no sirve de mucho cuando sales de aquí.

Se arrepintió inmediatamente de haberlo dicho. Nunca había pretendido compartir eso con nadie, pero allí, delante de Duck-Young Jhang, parecía que era imposible guardarse ciertas cosas.

Había algo en ella que la hacía querer abrirse y confiar y entender cosas nuevas.

—¿Qué quieres decir?

—Nada. Es sólo que... Yo sólo tengo esto —confesó, sin mirarla—. Creo que si no se me diera bien esto ya no me quedaría nada. Y necesito que se me dé bien, ¿sabes? Aunque no lo disfrute siempre, especialmente no la química. Pero tú, sin embargo... no sé, Bean, tú eres espabilada y curiosa y tienes tus barreras donde quieres que estén. No te hace falta esto, porque podrías hacer lo que quisieras. Que las cosas del instituto se te den regular va a dejar de importar en unos pocos meses. Eso me parece más importante.

Cuando calló, June tenía el pecho lleno y a la vez vacío. Era como si hubiera dejado escapar algo que había tenido guardado mucho tiempo. No quería mirar a Bean porque temía que hubiera reaccionado mal, pero lo hizo. Lo hizo y menos mal, pensó después, porque si no se habría perdido esa cara.

Tenía los labios entreabiertos. Su cara con los labios entreabiertos no se la habría esperado nunca.

—June...

Era posible que hasta aquel momento Bean no hubiera sabido con exactitud qué pensar de June. Había pasado ya un mes desde que todo aquello empezara, pero, a pesar de su dulzura y de lo dispuesta que estaba a ayudar, había habido siempre una distancia innegable entre las dos, casi como si June no quisiera acercarse mucho a ella, lo que había intuido que era su manera de hacerle entender que sus encuentros no pasarían de algo casi «profesional». Por eso aquello la había pillado de pronto tan desprevenida; que June se abriera no era algo que estuviera en sus planes, ni eso ni que de repente le dijera algo bonito de la nada. Le dio un vuelco el corazón. No sabía qué decirle, pero fue como redescubrirla y tal vez eso no necesitaba palabras.

—Tú también —respondió—. Tú también vas a poder hacer lo que quieras. No eres sólo esto, aunque se te dé bien. Créeme. Créeme, ¿vale?

Y sabía que era insuficiente, que con esas cuatro cosas nunca podría abarcar todo lo que se le estaba pasando por la cabeza, pero tampoco podía dejar de mirarla y eso no la ayudaba mucho a pensar.

Al final, June carraspeó y apartó la vista con las mejillas sonrojadas.

—Gracias —dijo, nerviosa.

—Gracias a ti —murmuró Bean, bajando la vista al libro—. Eh, uhm. La química. Sí. —Se rio—. Creo que ahora ya no voy a poder concentrarme.

—Sí, jaja, ya. No tenemos... no tenemos que seguir ahora. ¿Quieres quedar mañana?

—Sí. Sí, claro, sí, mejor. —Bean cerró el libro de golpe, nerviosa—. Gracias por hoy. Ha sido... muy... Bueno. Perfecto. Mañana. ¿Tú te vienes o...?

—No, yo me quedo a estudiar otro poco. Nos vemos, Duck Bean.

Tras asentir brevemente, Duck-Young se levantó y empezó a caminar hacia la puerta. El corazón de la pelirroja latía rápido cuando esta por fin se cerró. ¿Qué había pasado? ¿En qué clase de paréntesis se habían metido sin querer?

¿Por qué se había puesto tan nerviosa? ¿Le había gustado, fuera lo que fuera?

June Brad disfrutaba de la soledad (de verdad, mucho), pero lo cierto era que en el último mes se había dado cuenta de que disfrutaba de la compañía de Bean casi lo mismo.

Y lo que fuera que había sido eso último lo había terminado de confirmar.

ꓱ; ị̈ọ

< flatline – orla_gartland.mp3 >

FEBRERO

Adam Holt-Kaine apoyó el fagot sobre su regazo, miró a su alrededor y se dio cuenta de que sus compañeros se volvían para sonreírse los unos a los otros, felicitarse por el ensayo y comentar lo bien que había salido, pero que él no estaba participando. Ninguno de ellos se volvió en su dirección o pareció verlo. Él se acercó la funda del fagot con el pie, desmontó el instrumento con cuidado e intentó ir muy despacio para acompasar sus movimientos con los del resto, pero cuando terminó de limpiarlo y guardarlo, todo el mundo se había ido.

Bueno, excepto una persona. La cabeza de alguien se asomaba desde la puerta. Se fijó y se dio cuenta de que era una flauta y que quería llamar su atención, así que se molestó en prestársela.

—¡Hey, Adam! Apagas tú, ¿vale? Ronson me ha dado las llaves, pero tengo que irme corriendo, así que cierra y déjalas en conserjería cuando te vayas, por favor. Están puestas.

—Claro, no te preocupes.

—Gracias, tío.

Lo normal era ir del ensayo a casa y de casa al instituto, donde hacían los ensayos. La vida de Adam no destacaba por nada más. Sólo había pequeños oasis relevantes entre aquella rutina, es decir, los viajes en coche que conseguía pasar en completo silencio, pero la tranquilidad acababa en cuanto bajaba del vehículo y ponía un pie en la realidad. No había demasiadas cosas que le gustaran de ella, y si fuera por él (y pensaba esto con total honestidad) se habría quedado a vivir en el coche por los siglos de los siglos, pero aparentemente eso no era una opción.

Ni siquiera su habitación le resultaba tan acogedora.

Vivía con su madre en una casa de una planta en el 6590 de la calle Merritmoor Circle, en Pine Hills. No era muy grande, pero sí lo suficiente como para que no se vieran mucho, lo cual era un alivio porque no llegaban a conectar. Adam pensaba que eran seres demasiado distintos. Su madre le había dicho una vez, triste y un poco frustrada, que casi parecía que hablaran idiomas diferentes, y él no se lo había confirmado por clara cortesía. Tampoco pensaba que decirle eso la hubiera ayudado. Por lo general sólo coincidían en el desayuno y en la cena, aunque últimamente cada uno se tomaba esta última por su cuenta, y en realidad a eso se reducía todo lo que se veían Meredith Kaine y él.

Aquel día, al llegar a su cuarto, cerró la puerta aliviado por no haberla visto y decidió dedicarle toda su energía al sobre que lo esperaba en el escritorio, blanco y con su nombre visible en una de las caras.

Desde que lo había recibido hacía días, ese sobre era lo primero que veía al llegar, pero no estaba seguro de querer saber lo que contenía. La carta era de la Escuela de Música de la Universidad de Maine y le daba miedo abrirla, así que fingió que no tenía muchas esperanzas puestas en ella, se acercó al armario, se desvistió y luego hizo una breve salida al baño para lavarse los dientes y atrasar lo máximo posible el encuentro.

Odiaba reconocer que le ponía nervioso la idea de aquella carta tan estúpidamente plana y poco impresionante. Se dejó caer en la cama y clavó los ojos en el techo abuhardillado de su habitación, mal pintado de negro y lleno de pegatinas de estrellas brillantes que alguien había pegado hacía mucho tiempo allí. Aquel techo desentonaba con el resto de la habitación, que era más sobria, pero no se había atrevido a cambiarlo en años porque le traía buenos recuerdos. En situaciones como aquella, pensar en otros tiempos y contar estrellas de cinco puntas le relajaba. Un poco. A lo mejor no lo suficiente, pero algo hacía.

El sobre latía sobre el escritorio y no podía evitar pensar en que tenía que abrirlo, así que se incorporó y lo miró desde donde estaba un momento (realmente no tenía ni idea de lo que diría la carta de dentro) hasta que se decidió.

Se abrió sorprendentemente rápido para lo importante que era. Cuando sacó el papel, le costó un par de sacudidas desplegarlo. Sus ojos volaron sobre las letras sin leer, sólo buscando una palabra que no encontró y que le hizo darse cuenta de que la espera no había servido para nada.

El logo de la Escuela de Música, el mismo que había visto desde fuera, estaba justo encima de su nombre y su dirección. Lo seguía una manera muy rebuscada de expresar que no le habían dado la beca para estudiar allí el año siguiente. Desgraciadamente, decía la carta, las dos plazas ofertadas habían sido concedidas a otros alumnos, pero lo animaban a volver a intentarlo el año siguiente o, si podía, matricularse igualmente en el curso. Leyó aquel final muchísimas veces, una y otra vez, y otra, y otra, como para torturarse, y al final, cuando el pecho le dolía lo suficiente, abrió la mano y la hoja flotó despacio hasta el suelo.

Volvió a tumbarse. Las estrellas brillantes se reían de él. De alguna forma, ellas y la carta y la gente que la había escrito acababan de confirmarle que ni siquiera se le daba bien lo que se le daba mejor, y no podía sentirse más cansado al respecto.

La única motivación de Adam para seguir esforzándose en el instituto había sido obtener la media que le pedían en la Universidad de Maine, pero ya que no iba a entrar no entendía por qué tenía que seguir yendo, atendiendo y cumpliendo el mínimo de horas requerido en las actividades extracurriculares a las que se había apuntado.

Ni siquiera tenía ganas de seguir asistiendo a los ensayos de la banda del instituto, aunque eso era principalmente porque sabía que uno de los chicos de allí, un violín, había solicitado la misma beca y no quería enterarse de si él la había conseguido. En vez de eso, por tanto, había pasado la última semana conduciendo hasta el aparcamiento del lago Lawne, que quedaba lo suficientemente lejos como para aislarse durante horas dentro del coche, apartado de todo ruido y disfrutando de unas buenas vistas. El director de la banda le había llamado la atención por eso, por supuesto, preguntándole cuál era su problema y dónde estaban su compromiso y su responsabilidad, pero la verdad era que no había sabido qué decirle.

Un solo fagot claramente no era tan importante.

La única otra cosa que lo ayudaba a despejarse, aparte de conducir hasta el lago, eran sus horas en la enfermería del instituto. Esa era su otra actividad extracurricular además de la banda, así que estaba obligado a ir, pero al menos lo hacía con más ganas. Le gustaba porque no tenía que interaccionar con gente, ni siquiera con Nadia Younis, la enfermera encargada de llevar el servicio. Ella lo trataba de forma paternalista y luego se encerraba en «su oficina» a ver series hasta que acababa su turno, pero a él no le importaba siempre que el resto del tiempo lo dejara tranquilo. Que lo hacía. Por eso eran un buen *pack:* él podía echarse siestas en la camilla cuando quisiera, con los pies colgando por fuera, por supuesto, y ella podía ponerse al día con todos sus capítulos pendientes sin interrupción.

Además, era maja. A Adam no se lo parecían muchas personas, pero ella tenía un sentido del humor un poco estúpido que le hacía gracia justo por eso, y agradecía sus aportaciones.

Uno de cada dos jueves, sin embargo, llegaban suministros para que los armaritos estuvieran siempre bien abastecidos y Nadia Younis desaparecía con la excusa de que no le gustaba nada colocar cosas, así que siempre salía tarde porque, como asistente, le tocaba hacerlo a él.

—Hey, Holt.

Adam alzó la cabeza para ver quién le había hablado. Lee Jones estaba sentado en las escaleras de la puerta que subía al gimnasio, la de atrás, ante la que Adam siempre pasaba cuando salía a esas horas. Se quedó algo congelado al reconocerlo. Jones solía saludarlo a menudo, entendía que por pura cortesía (siempre había muchísima gente a su alrededor cuando levantaba la mano de aquella forma tan mínima), pero no tenía ningún sentido que lo hiciera en aquel momento o allí. No había nadie más por la zona y siempre había pensado que lo hacía para que el resto de gente pensase que era más simpático de lo que realmente era, así que no había razones aparentes para que de pronto apareciera y siguiera con la pantomima sin público.

Adam echó un vistazo discreto por encima del hombro para comprobar que, en efecto, nadie los miraba, y Lee aprovechó ese momento para ponerse de pie y hacerse muy grande.

Le sacaba casi diez centímetros cuando estaban al mismo nivel, así que, tres escalones por encima, parecía enorme. Era hasta vergonzoso tener que alzar tanto la cabeza para mirarlo. La expresión de Lee era lo más suave y amable que había visto últimamente, sí, pero

Adam no quería caer en ninguna de aquellas dos cosas porque sabía que a la larga no le harían ningún bien y, además, *ellos no hablaban*.

—¿Qué pasa? —preguntó, agarrando ambas asas de su mochila para tener las manos ocupadas.

La sonrisa de Lee se ensanchó un poco y Adam supo que era algo que había estado esperando desde el principio: su resistencia. Esa sonrisa. Era una mueca de lástima, pero, aun así, era innegable que Lee Jones sabía usar perfectamente la boca. Tenía una forma de sonreír que simplemente llamaba la atención, tremendamente deslumbrante y expresiva, aunque parecía que aún se estuviera acostumbrando a controlar del todo esa habilidad.

Se quedó observándolo ahora porque era inevitable; quieto como una estatua, Adam pensó que en el mundo animal él sería una presa y Lee un depredador y que eso era lo que la naturaleza quería de ellos.

Esperaba que el otro se diera cuenta. Desvió la vista hacia la pared mientras Lee bajaba un par de escalones y la dejó ahí.

—Nada. Te estaba esperando, pero has tardado bastante en salir.

—Tenía enfermería.

—Lo sé. —Lee se encogió de hombros y también miró hacia otro lado, soltando un pequeño suspiro—. Me he enterado por Robert Code de lo de la beca de Maine y quería... no sé, preguntarte. Siento que no te la dieran.

Aquello hizo que Adam tensara toda la espalda de golpe y volvió los ojos a él, esta vez con el ceño muy fruncido.

—¿Quién es Robert Code? ¿Y por qué lo sabe?

—Bueno, creo que es amigo de James Grzyb, y él también la había echado. Al parecer lleva hablando de una carta toda la semana. Tu nombre salió en una conversación y oí que no te la habían dado.

James Grzyb era el violín del que había estado huyendo. Adam apretó los labios y bajó los ojos a las puntas de las Converse de Lee, al principio de la escalera.

—¿Eso es porque a James sí?

—No. Estaba diciendo que va a ir de todas formas porque se lo va a pagar su padrastro, pero que sólo vosotros dos habíais mandado solicitudes en la zona.

Esa era información que él no tenía. Le molestaba que Lee Jones supiera tanto de algo que era suyo, pero decírselo lo habría delatado, así que intentó sacudirse la incomodidad.

—Bueno, de todas formas lo han cogido, así que...

—Sí, pero porque tiene dinero, no por bueno. Que no digo que no lo sea, pero no es para nada mejor que tú.

Aquello hizo que algo dentro de Adam se removiera, algo que quería quieto, y sintió una necesidad horrible de irse cuanto antes.

—Bueno, da igual. Gracias por... gracias por tu lástima o lo que fuera, pero era una tontería y tampoco me interesaba tanto. Además, ¿a ti qué más te da?

¿Por qué te has parado a esperarme?, quería preguntarle, en realidad. *¿Por qué te preocupas después de tanto tiempo?*

—No era lástima, sólo quería saber si iba todo bien —respondió Lee, haciendo una mueca—. Hace... hace mucho que no hablamos. Además, sé que te habías estado esforzando por ir a Maine y...

—La verdad es que Maine es un asco, mejor no ir.

Lee y Adam se habían conocido en el colegio, cuando los padres de Adam se separaron y su madre decidió que era mucho más asequible mudarse a las afueras de Orlando que vivir en un piso en plena ciudad. Él había odiado el sitio desde el minuto uno, pero Lee estaba allí, en su clase, y un día simplemente se le acercó: hablaba como si ya hubieran sido amigos de antes, algo a lo que Adam no había estado para nada acostumbrado, y antes de que se diera cuenta el niño había conseguido convencerlo para que aquella misma tarde se pasara por su casa a jugar.

Fue. Jugaron a la consola durante más de una hora y luego el padre de Lee les preparó tarta y lo invitó a cenar, y para Adam fue todo tan surrealista que le pareció que lo había soñado.

Y, como le parecía que lo había soñado, al día siguiente en clase ni siquiera lo miró.

Tenía sentido que se hubiera imaginado todo eso porque Lee era la clase de niño que iba botando de aquí para allí, sonriéndole a todo el mundo y haciendo amigos. Eso se repitió, a sus ocho años, para convencerse. Sin embargo, tras la primera clase de la mañana, cuando se le acercó para saludarlo aquello ya no le sirvió de excusa:

—¡Hey, que no me has visto! ¿Qué tal hoy?

Ante su cara de sorpresa, el niño rio alto y se sentó a su lado.

Lee y él se hicieron amigos porque Lee se lo propuso. Que lo hubiera elegido hacía que Adam se sintiera muy especial, porque el niño se llevaba bien con todo el mundo pero con él más que con nadie, y eso le gustaba. Además, se lo pasaba tan bien cuando iba a su casa que a veces pensaba que le gustaría quedarse allí para siempre. Fueron amigos desde tercero hasta final de octavo e incluso entraron juntos en la peor escuela secundaria de Pine Hills sólo para no separarse.

Adam no había tenido un mejor amigo antes de conocer a Lee. Pensaba constantemente que la calma que había cuando estaban juntos no era comparable con nada. Sin embargo, y eso no dejaba de molestarle, parecía que para Lee no era suficiente con su compañía; nunca fue capaz de explicar exactamente qué pasó, pero de repente empezaron a distanciarse y, al cabo de un tiempo, ya no eran amigos. Así, sin más. Cumplieron catorce años y Adam se encontró muy lejos de él, sin saber cómo darle una explicación o cómo ponerle remedio.

En parte, supuso, la amistad con Lee debía de ser así: que aparecía y que se iba de la misma manera, y que lo que tenía que hacer era agradecer que al menos habían sido amigos. Sin embargo, en aquel momento Adam no lo aceptó: se enfadó, y se enfadó mucho.

Ahora ya no estaba enfadado, sólo sentía una enorme indiferencia. Era pesada y tenía que arrastrarla a todas partes, pero ya no le importaba siempre que pudiera hacerlo tranquilo.

Pero aparentemente eso ni siquiera era una posibilidad, ya no, porque llevaban cuatro años sin hablar y Lee seguía apareciendo. No había podido librarse de él cuando ambos entraron en el instituto Evans («El lugar de los grandes logros», como citaba el eslogan grabado en la fachada), pero eso no habría sido tan horrible si al menos Lee se hubiera dejado de tantos saluditos aleatorios y comentarios cordiales.

Maine no era un asco y Adam lo sabía. Bueno, tal vez lo fuera, pero no podía decirlo porque no lo había visitado y, además, fuera un asco o no, era mejor que quedarse allí. Había querido la beca. Por eso la había echado, porque tras pensarlo mucho se había dado cuenta de que tenía posibilidades, pero no quería que Lee supiera eso o, en general, que lo viera sentirse mal por haberla perdido. Ni siquiera podía expresar lo que le dolía que hubiese sacado el tema. No le había hablado a nadie de los papeles que había tenido que rellenar, ni de las fotocopias enviadas, ni del viaje de tres horas que había hecho hasta Tampa, al oeste, para hacer la audición, pero todo eso lo había hecho sólo porque sabía que esos esfuerzos pequeños eran la única manera de conseguir que alguien le pagara los estudios: sacar buena media, mantener la asistencia a los ensayos, participar en proyectos. Si no alcanzaba la media no podría estudiar, porque su madre, que ni siquiera había tenido dinero para pagar el conservatorio, no lo tendría para una escuela superior de otro tipo, así que había decidido que sería algo que llevaría solo, y eso hizo.

Adam no era de los que soñaban, pero ante aquello se había permitido fantasear con empezar de cero en un lugar donde no hubiera nada que arreglar, y de alguna forma sentía que esa había sido su oportunidad y se la habían negado.

Tenía la sensación de que el Lee de ahora, el que ya no era su mejor amigo, veía en él todo eso. Siempre había sabido darse cuenta de todo, incluso de las cosas que no eran físicamente visibles, y además parecía que ponía especial interés en localizarlas en su persona. Le molestó la forma que tenía de mirarlo. No la quería, así que se dio la vuelta y simplemente se marchó.

4; GASPRA

< embody – frankie_cosmos.mp3 >

MARZO

Lee Jones tenía una intuición que hacía que supiera cómo tratar a cualquiera en cualquier momento, fuera cual fuera la ocasión.

A él le gustaba llamarlo «don» porque, aunque no fuera un don real y en ningún grado funcionase según ninguna ley mágica, decir que lo era hacía reír a la gente. Bueno, reír o poner los ojos en blanco, según de quién se tratara. Lo interesante era que todo el mundo acababa siempre reaccionando de una manera u otra, y que lo hicieran era lo que le hacía sentir bien, porque nunca era para mal.

Ni siquiera sabía cuándo se había dado cuenta de eso, pero relacionarse con la gente había sido desde siempre relativamente sencillo para él: las personas eran fáciles, como si todas compartieran unas instrucciones más o menos básicas, y había sabido desde siempre qué botones tocar para que, cuando hablaba con alguien, esa persona se sintiera cómoda. Le gustaba mucho seguir ciertas dinámicas. A veces era especialmente divertido notar que lo que él había dicho era relevante para otra persona, o ver cómo un grupo se doblaba en la dirección de su propuesta, o ante sus ánimos, o ante su necesidad de acción. Lee sabía que no lo hacía por sentirse bien él, sino por hacer sentir bien a la gente, pero aun así no podía negar que todo aquello le proporcionaba una satisfacción que le servía de aliento y a la que no habría renunciado por nada del mundo.

El don lo había sacado mitad de su padre, que era naturalmente encantador y le gustaba a todo el mundo, y mitad de su madre, una mujer que no se había quedado sin palabras nunca. Los dos eran jóvenes cuando lo habían tenido y siempre se habían comportado con él de forma relajada y muy próxima, así que había podido aprender directamente de los mejores. En su opinión, creía haber seguido correctamente sus pasos. La familia Rodríguez-Jones había llegado a Estados Unidos cuando él era todavía un bebé, así que no se acordaba demasiado de su país natal, México, pero a lo largo de su infancia había vuelto varias veces para ver a sus abuelos y, además, sus progenitores se habían asegurado de que nunca olvidara sus raíces. No les avergonzaba ser quienes eran ni venir de donde venían y, desde siempre, habían celebrado su cultura y habían enseñado al pequeño Lee a cocinar, hablar español y ser abierto, amable y tolerante con todo el mundo.

Lee adoraba a sus padres y apreciaba mucho todo lo que le habían enseñado, poderes de comunicación incluidos, pero no podía evitar sentir que, a veces, la vida que vivía era una vida orquestada. Como si alguien superior lo hubiera preparado todo de antemano para que saliera bien, para que, pasase lo que pasase, la película tuviese un final feliz. A veces sentía que nada de lo que ocurría a su alrededor era del todo real, tal vez porque el resultado estaba de antemano escrito en las estrellas, y aplicar lo que había aprendido era como estar en una simulación de la que, de vez en cuando, tenía que salir. Era inevitable. Estar con gente ahogaba a Lee, por eso tenía que tomar descansos, pero sus capacidades especiales necesitaban nutrirse a menudo y, cuando se quedaba solo, casi siempre notaba en el cuerpo una especie de síndrome de abstinencia.

Había conseguido muchos amigos en aquel videojuego tan vívido, pero cuando se quitaba las gafas de realidad virtual podía sentir cómo todos, desde dentro, le pedían que volviera a conectarse.

Lee no pensaba que destacara en nada. No se le daban bien los deportes, aunque diera la sensación de que formaba parte de todos los equipos, y cuando había probado diferentes facetas artísticas se había dado cuenta de que sus dedos eran tan o más inútiles que sus pies. Sólo a él parecía importarle, sin embargo; los profesores lo adoraban aunque sus notas fueran mediocres y todo el mundo lo invitaba a partidos amistosos o al karaoke o a exposiciones, aunque él sentía que realmente no pintaba nada en esos sitios. Sabía algo, algunas cosas, claro, pero nada *especializado*. ¿Y de qué servía saber si no destacaba en ningún campo, al menos? Chad Killpack era el *quarterback* e iría a una universidad de prestigio, Rebeca Ebben sería una actriz de renombre en el futuro, Estrella Camprano ganaría algún Nobel de ciencias e Isaac Beeker se presentaría a las primarias algún día. Sabía todo eso de sus amigos, de la gente que no era amiga suya y de los alumnos que sólo había visto en alguna que otra ocasión, como en ferias de ciencias o en una obra o en el club de debate. Parecía que todo el mundo tenía *algo*, ¿pero Lee? Sólo era el amigo de todos, y era muy consciente de que eso le serviría en el instituto pero que, después, sólo sería una manera de demostrar que cuando pudo sólo tomó decisiones equivocadas.

Aquello lo había estado persiguiendo desde que habían empezado el último curso y todo el mundo se había puesto a hablar de las solicitudes para entrar en la universidad. Por supuesto que él querría estar centrado en eso también, pero cada vez que intentaba buscarse un camino sentía que el cuerpo le pesaba como si los huesos se le hubieran llenado de cemento y los pulmones de tierra, así que tenía que parar y reaprender a respirar poco a poco.

45

—Entonces ¿te te vas a la costa oeste?

Se encogió de hombros.

—No lo sé. A lo mejor, pero ni idea. También se me había ocurrido tomarme un año sabático. Puede. Para reconectar conmigo mismo y encontrarme, y eso.

Amy Kinlay, la chica con la que estaba hablando y una de las personas con quien mejor se llevaba, apoyó la mejilla en su mano y soltó una leve risita con los ojos entrecerrados.

—Eres la persona más *encontrada* que conozco, Lee. ¿Un año sabático? Sería una fantasía, pero no sé hasta qué punto también sólo una excusa para vaguear por ahí.

Amy se llevaba con él desde que habían entrado en el instituto Evans y, aun así, no lo conocía de nada. No podía culparla, porque no era como si Lee se hubiera dedicado a compartir sus preocupaciones más profundas con nadie y, honestamente, tampoco había habido nunca nadie que se hubiera interesado en conocerlas. Aun así, le dolió que dijera eso. No quería que esa fuera la imagen que la gente tuviera de su persona, así que se revolvió un poco y carraspeó.

Estaban esperando a los demás a la salida del gimnasio; habían ido a ver a unos amigos al entrenamiento y tenían que quedarse fuera mientras el equipo se duchaba. La verdad era que le hubiera gustado no sacar el tema con Amy. Ella había estado hablando de una universidad de la Ivy League durante quince minutos, y escucharla tan motivada, segura y contenta había sido muy cómodo y agradable, pero al acabar ella había decidido cambiar el foco de atención y eso no le estaba gustando tanto.

—No quiero vaguear, sólo... ver qué opciones tengo. El mundo es muy grande.

—Oh, así que el mundo... ¿Y qué pasa con la universidad?

—No sé, ¿qué pasa?

—¿No sabes adónde quieres ir?

No. Esa era la pregunta maldita. Sus padres, su tía Verónica y su prima Ari no dejaban de hacérsela de vez en cuando, soltándola cuando tenía la guardia baja para que le pareciera una gran bomba, así que al volver a oírla se encogió.

—Lo estoy decidiendo. —Sentía que haber dicho aquello era mala idea. Ni siquiera quería compartir algo tan íntimo con Amy Kinlay, aunque no por Amy, que era buena chica, sino porque aún no se había parado a pensarlo—. Es complicado.

—Ya. De todas formas, estamos en febrero; si como dices quieres esperar un año, tampoco es como si tuvieras prisa, ¿no?

Asintió.

—Eso es.

—O a lo mejor sólo es cuestión de reconectar con tus raíces, no de irte a ningún lado. Con tu pasado tú y todo eso, quiero decir. Alma Kister dice que a veces hay que conectar con vidas anteriores para encontrarse en la presente. Es muy mística, pero algunas veces sus ideas tienen sentido y podría tener razón.

La vida de Lee había sido siempre la misma. En diecisiete años no había cambiado nada de forma relevante, o eso pensaba, así que no entendía muy bien qué quería decir eso de «reconectar con vidas anteriores», porque si Amy se refería a reencarnaciones él no creía en esas cosas. Se tomó un momento para repasar los acontecimientos relevantes en su vida: los veranos en Monterrey hasta que cumplió los seis, las visitas de la hermana de su madre, que había vivido con ellos durante dos años mientras encontraba trabajo en Estados Unidos, las cuatro veces que había ido a Disney World, el ascenso de su madre que habían celebrado yéndose de vacaciones a Europa, el concurso de postres que su padre había ganado en el barrio con una tarta que él había ayudado a preparar, la vez que quedó primero en una carrera y con el dinero del premio invitó a Adam a pizza...

Su mente se detuvo de golpe. Adam. El corazón se le apretó un poco y miró de reojo a Amy, que alzó las cejas como preguntándole qué pasaba, pero se encogió de hombros y volvió a mirar hacia delante.

—No sé si tengo que reconectar con algo, tendría que pensarlo un poco más.

—Bueno, hay tiempo. Estas cosas van despacio.

Él asintió.

Adam. Lee llevaba sin verlo desde que lo había esperado a la salida de la enfermería para intentar hablar con él, hacía ya dos semanas. Había querido decirle varias cosas, pero al final había tirado por el tema de la beca porque era la primera vez que estaban solos en mucho tiempo, porque pensaba que lo odiaba y porque se había puesto un poco nervioso por estar tan cerca de él. Todo el tema de Adam le daba aún un poco de vergüenza, y lo peor de todo era que, curiosamente, su superpoder no funcionaba bien con su examigo.

Se levantó para estirar las piernas, gruñendo un poco e intentando despejarse, y Amy lo siguió con la mirada en silencio porque intuía que no había mucho más que decir.

La puerta del gimnasio se abrió y ambos giraron la cabeza para ver cómo Marcus Kinlay, alto, guapo y fuerte como pocos, salía y saludaba a su hermana nada más verla. Amy se puso de pie y le sonrió. Lee, sintiéndose débil, acabó sonriéndole también. Le parecía uno de los tíos más atractivos del instituto, aunque sabía que era un poco machito y que sólo le gustaban las chicas, así que en el fondo intuía que era mejor mantenerse distante.

—¿Qué hay, Jones? Si esperas a Harry, creo que aún sigue en la ducha.

—Estaba esperándolos un poco a todos, ya sabes... ¡Arriba, Leones!

—Pues te queda un rato, así que lo siento por ti. —Marcus se giró hacia Amy de nuevo y sacó las llaves del coche—. ¿Conduces tú? Estoy muy cansado.

—Pfff, vale, como quieras —respondió ella, agarrando el llavero. Se pusieron a caminar juntos hacia el coche. Cuando Lee ya estaba a punto de dejar de mirarlos, ella se giró una última vez—. ¡Si encuentras el punto de conexión, Lee, ve a por él! Es imposible que falles, todos sabemos que lo haces todo bien. ¡Hasta otro día!

Le dedicó su sonrisa más grande, aunque realmente no la sintiera.

—¡Adiós, Amy!

Reconectar. Reconectar. Reconectar.

Le parecía una tontería, pero a la vez no le parecía una tontería para nada.

No podía dejar de volver a la imagen de su antiguo amigo, la que tenía en la cabeza, la que se superponía a la que ahora veía por los pasillos y de la que nunca obtenía una respuesta. Sabía que era él quien había hecho las cosas mal, porque Adam no había cambiado y en parte podía haber predicho todas sus reacciones y respuestas, pero en su momento había decidido no hacerlo. Por eso se habían distanciado. Por aquel entonces Lee había sido muy pequeño y estúpido como para hacerlo todo mejor, y lo sabía. Aun así, era consciente de que esas dos cosas no lo disculpaban, y pensó que, si pudiera volver atrás, lo haría todo diferente.

Era algo que había pensado un millón de veces ya. Se miró en el espejo del baño, encontrándose despeinado y algo dormido con el cepillo de dientes en la boca, y recordó las palabras de Amy como si estuviera repitiéndoselas en aquel momento, como si estuviera con él en la habitación.

«A lo mejor tienes que reconectar con tu pasado tú. Si encuentras el punto de conexión, Lee, ¡ve a por él!»

Puede que fuese demasiado tarde, pero quizá podía intentar que volvieran a acercarse.

Escupió. Recordaba cómo se había sentido la última vez que había hablado con él y lo raro que había sido no saber qué decirle. Habían sido muy amigos hacía *no tanto* (¿cuánto había pasado, cuatro años?) y echaba de menos aquellos tiempos. Volvió a pensar en él, imaginándoselo en su habitación jugando a la consola o leyendo o practicando con el fagot. Quería recuperar eso. Probablemente no le solucionaría la vida, porque Adam Holt-Kaine no tenía nada que ver con su futuro ni con sus decisiones no/universitarias, pero parecía un buen método de distracción ahora que todo el mundo menos él tenía las manos en algo.

SEPTIEMBRE

Alguien lo agarró por detrás cuando avanzó un paso en la cola del McDonald's y Lee se giró con un bote, sobresaltado, sólo para encontrar a Bean Jhang mirándolo con una sonrisa un poco burlona.

—Menudo salto, Jones —se rio ella.

—Jesús, Bean, me has dado un susto de muerte. ¿Es que no sabes saludar normal?

La chica se encogió de hombros, aún sonriendo.

—Lo siento. —Aunque la persona detrás de ellos había puesto cara de fastidio por su aparición repentina, ella decidió ignorarlo y empujó a su amigo cuando la cola volvió a moverse—. ¿Qué haces aquí a estas horas? ¿Vas a cenar comida basura?

—Tú también estás aquí, DB, así que no tienes mucho que reprocharme.

—Pero porque mi hermana está embarazada y tiene un antojo. Además, esto es lo único que hay abierto ahora mismo. Me he ofrecido voluntaria porque haría cualquier cosa por salir de allí, si te digo la verdad.

—Bueno, pues me alegro de verte, supongo. —La cola avanzó otro poco. Bean arqueó una ceja.

—¿Cómo que *supones*?

El chico esperó un momento antes de contestar, pero al menos cuando lo hizo le dedicó una sonrisa.

—¿Sabes? He estado pensando en lo que pasó después de esta... tormenta sobrenatural.

Bean soltó un bufido por la nariz.

—No ha tenido nada de sobrenatural. Ha sido un huracán normal y corriente que sólo nos ha alcanzado de medio lado. De hecho... bueno...

Los hombros de Lee se relajaron un poco en cuanto lo entendió. Bean tenía una expresión concreta que sólo le dedicaba a esa cosa.

—¿Pasa algo con June? —preguntó, dando un paso más. Bean alzó las cejas, pero él se encogió de hombros—. Siempre pones esa cara cuando va de ella. ¿Tiene que ver con sus vuelos? Sé que se va el lunes.

—No —respondió ella—, o sea, sí, se va el lunes, pero no tiene que ver con eso, es más...

Entonces la expresión de él cayó un poco, porque lo entendió.

—¿Martin? —preguntó, y su amiga asintió—. ¿Vas en serio? ¿Otra vez?

—Siguiente, por favor —dijo el chico que estaba tras el mostrador. Bean se hizo a un lado para que la persona detrás de ellos fuera antes.

—Tiene... Bueno... no voy a decir que tiene sentido, pero puedo entender de dónde viene. ¿Viste las noticias sobre aquel barco que apareció vacío en Melbourne Beach?

—¿El de los maniquíes? —Bean asintió y, cuando volvieron a llamarlos, se acercaron al mostrador—. Sí, lo he visto antes. ¿Qué tiene eso que ver con él?

—El siguiente —repitió el empleado del McDonald's.

—Hola, buenas, quería cuatro de patatas normales, por favor. —Bean se volvió hacia Lee—. Mal camuflaje.

—No sé si me cuadra...

—Según lo que conocemos, en realidad sí.

Se removió un poco, incómodo.

—No sé, Bean. Después de lo de la última vez...

—Lo sé, lo sé. Suponía que dirías eso. Pero quería decírtelo de todas formas, tú eres mucho más racional que... Bueno.

—Ya. Ya, eso es verdad.

—Ya ha pasado un mes, además.

—Lo sé.

—Señorita, sus patatas.

Bean pagó y luego esperó a un lado a que Lee también pidiera. Después salieron juntos de allí. El chico le ofreció llevarla a casa en coche y, después de un buen rato intentando meter la bici de ella en la parte de atrás, por fin se subieron y arrancaron. Las calles de Pine Hills estaban vacías y bastante sucias después de que el huracán Irma consiguiera levantar vallas, árboles y tejados a su paso, y se notaba que la preocupación número uno de todo el mundo había sido recoger las cosas más voluminosas, no la basura y las hojas sueltas que seguían por todas partes.

Era una imagen un poco desoladora.

—¿No te parece que todo es distinto desde que pasó el huracán? —preguntó Lee, fijándose en el jardín de un conocido y pensando que le daba a su casa aspecto de estar abandonada—. Es como si algo más grande hubiera pasado.

—En realidad, nosotros hemos tenido bastante suerte —murmuró Bean, mirando también a todas partes—. Lo que ha pasado por aquí no tiene nada que ver con Miami, ni con Tampa ni con las Islas. Me da la sensación de que hemos esquivado una bastante grande.

—Lo sé, pero aun así lo ha dejado todo como estático, ¿no? La gente está intentando volver a la normalidad, pero nadie sabe muy bien cómo hacerlo, o a qué ritmo, o con qué cosas. Ya casi nadie sale tanto. Todo está raro.

—Ya. A dos calles de la mía se cayó un árbol enorme el domingo y aunque han pasado días nadie lo ha movido. Todos hemos recogido ramas y hojas y placas que se han desprendido de tejados, pero nadie se ha ocupado de ese árbol.

—¿Corta la carretera?

—No, ha caído en un jardín, pero aun así da mucha impresión porque hace no tanto estaba de pie y bastante anclado al suelo.

Quince minutos después, Bean agarraba su bici y, con la bolsa del McDonald's colgada del brazo, se despedía de Lee en la puerta de su casa. Él dio la vuelta a la manzana para coger la carretera y volver a la suya. Al pasar se fijó en el árbol caído del que había hablado la chica y eso le hizo volver a pensar en la palabra «estático» y en June, así que al llegar a casa encendió el ordenador y se puso a buscar todo lo que pudo sobre Melbourne Beach y aquel barco.

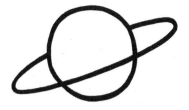

5; HIDRA

< she - dodie.mp3 >

MARZO

Aquel «Duck Bean» no salió de su cabeza ni un momento.

Duck Bean Jhang, Duck Bean Jhang, Duck Bean Jhang.

Le fascinaba porque había sonado muy fácil y natural. De pronto, el «Bean» que ella había elegido estaba de alguna forma completo. Era... orgánico. Al llegar a casa se tumbó en la cama, sintiéndose sobrecogida por lo último que había oído de June, y repitió en su cabeza *Duck Bean Duck Bean Duck Bean* hasta que a su lengua le pareció real y hasta que su corazón dio el nombre por bueno, aceptando aquel nuevo calor como suyo.

Decir «Duck Bean» no expulsaba la herencia de sus padres, que era algo por lo que siempre se había sentido culpable, sino que la adaptaba a su propia forma y hacía de ella una persona que a lo mejor ya no quería despegarse, sólo saber qué tenía que hacer.

O *quién tenía que ser,* realmente.

Quería decírselo a alguien, como cuatro años atrás cuando había encontrado el nombre «Bean», pero a la vez quería guardárselo como un secreto. El cuerpo le pedía desesperadamente ocultarlo y compartirlo, pero sobre todo quería acercarse a June Brad y darle las gracias por aquel descubrimiento, aunque la simple idea de decirle una cosa tan tonta la hiciera temblar de la cabeza a los pies.

No. No tonta, pensó, *porque June no piensa que sea tonta.* Y aquello tan sencillo le producía calor y la reconfortaba más que nada últimamente, así que quiso quedarse en aquella sensación todo el tiempo que pudo.

El curso avanzaba y Bean se estaba esforzando. Sentía que estaba mejorando gracias a las clases con June, y no podía evitar sentirse muy contenta por poder verla semana tras semana. Sabía que en parte se lo debía a su padre, pero, por supuesto, a él no le diría nada; no quería que la corrompiera, así que, en vez de hablarle de su tutora, Bean sólo hablaba de las tutorías. Lo hacía porque Cheol Jhang pedía resultados a menudo, no por otra cosa, y el hombre a veces sonreía, satisfecho, al ser consciente de que todo había salido bien.

Y por una vez Bean no quiso quejarse, porque conocer a June Brad era probablemente lo mejor que le había pasado en el instituto Evans y eso nadie iba a quitárselo.

Incluso había empezado a sentarse con ella en clase, en la parte de atrás. El primer día que lo hizo se había puesto nerviosa porque no sabía si hacer eso era pasarse, pero cuando la pelirroja la vio allí sonrió mucho y ni siquiera le preguntó (lo que fue un alivio, porque Duck Bean no habría sabido cómo explicarse). Ahora la mitad de los profesores la miraban tres veces peor que antes por estar el doble de distraída, pero por otro lado sus resultados estaban mejorando y, en teoría, no se podían quejar.

La sensación que la llenaba cuando les entregaban los exámenes corregidos y veía sus notas era indescriptible. Cada una le sabía a gloria, como si subiera escalones hacia algún tipo de posterior libertad, pero lo cierto era que no hubiese sido tan magnífico si no hubiera podido compartirlo con June.

Ni siquiera sabía qué pasaría cuando todo acabara, o bueno, si lo hacía. En su cabeza, desde enero, había una línea de meta con un contador al lado que decía «cuatro meses más», «tres meses más», «dos meses más», y no sabía qué pasaría cuando llegaran los exámenes finales y conociera sus resultados, aunque ya se preocuparía de la respuesta cuando llegara el momento. Era algo que le dejaba a la futura Bean. La de ahora sabía que no servía de nada adelantar acontecimientos si no podía prevenirlos, y en ese momento ya estaba siendo previsora en grandes cantidades, así que se dedicó a estudiar por las tardes y a sonreír al ver las notas y, poco a poco, aquello fue empujándola a que la cosa fuera cada vez algo mejor.

June la veía emocionarse e intentar controlar las comisuras de su boca cuando entendía algo o conseguía la respuesta correcta. Bean le parecía la persona más fascinante del mundo. Tenía una fuerza dentro capaz de tirar de camiones y, a la vez, una inseguridad que unas veces la anclaba al suelo y otras hacía que apretara el botón del comportamiento impulsivo demasiado pronto. Le gustaba, sin embargo, ver cómo intentaba aprender sobre sí misma y lo iba consiguiendo. Pensaba que debía de ser algo que llevaba haciendo toda la vida, porque se le daba bien detectar errores personales y corregirlos poco a poco, como si fuera su propio mecánico.

Y no sabía si estaba en su mano, pero a veces le salía decir algo que, aunque era un poco vergonzoso confesar en voz alta, a la vez estaría mal haberse callado:

—Estoy muy orgullosa de ti, Bean —murmuró la última vez, con las orejas y las mejillas rojas por el esfuerzo—. Estás trabajando mucho. Muchas veces el esfuerzo no paga bien, pero en tu caso está surtiendo efecto y creo que te lo mereces.

Las mejillas de Bean se hincharon como globos y a June le pareció la visión más bonita del mundo.

—¡Gracias! Y... eh... —De repente, la expresión de su amiga pasó de contenta a levemente avergonzada—. Esto, puedes... llamarme Duck Bean.

June frunció un poco el ceño.

—¿Qué?

—Eh... Bueno, un día dijiste «Duck Bean» en vez de sólo «Bean», creo que sin querer, pero fue muy... Quiero decir, me gustó que lo dijeras. —Ahora Bean se arrepentía de haber empezado a decirlo y definitivamente no quería seguir con las explicaciones, así que carraspeó y decidió acabar con ello—: Por si quieres, eh... usarlo otra vez. O todas las veces. O cuando veas.

Después de unos segundos mirándola con los ojos abiertos, la expresión de June se suavizó y le dedicó una sonrisa pequeña y divertida.

—Vale, Duck Bean. Así es muy bonito.

Sus encuentros habían dejado de limitarse al estudio hacía mucho. Habían pasado dos meses y no valía la pena negar que ambas disfrutaban de la compañía de la otra, así que pasaban juntas todo el tiempo que podían, desde los descansos entre clases hasta las comidas. Incluso compartían taquilla desde hacía unas semanas; aquella ofensa de Bean debió de tener más impacto del esperado, porque alguien había destrozado tres de sus candados, así que June le había hecho hueco entre sus libros y a Bean no podía hacerle más ilusión aquella tontería. Al final no era más que una excusa para estar un poco más cerca, pero la verdad era que ella no iba a rechazar ninguna oportunidad de hacerlo.

—¿Cómo no puedes acordarte de la combinación todavía?

—A lo mejor sí que me acuerdo y simplemente me gusta verte abrir la puerta, no lo sabes —respondió, apoyándose contra la taquilla de al lado—. Es que tienes una destreza...

June sonrió un poquito, bajando la cabeza.

—Qué tonta.

La taquilla de June estaba decorada con fotos de cielos rosas y de la prota de esa serie de los noventa, Scully, además de muchas pegatinas de planetas y platillos volantes y alienígenas. Al principio no se lo había esperado para nada, pero a la vez podía ver que a June le pegaba esa estética y, cuando empezaron a hablar más, la chica le había contado que le gustaba mucho la ciencia ficción. Dentro lo tenía todo perfectamente ordenado, el espacio separado por una balda donde ponía sus libros (ahora los de las dos) y uno de esos muebles de plástico de cajones pequeños donde guardaba compresas y tampones, un pequeño kit con ibuprofeno y aspirinas, y una tableta de chocolate negro «de emergencia» por si acaso algún día tenía mucha hambre o le daba un bajón.

—Estás preparada para todo —había alabado la primera vez que le explicó que, si necesitaba algo, podía cogerlo de allí.

—Bueno, casi, pero lo intento.

Bean no podía dejar de mirar a June mientras colocaba las cosas dentro de la taquilla. Intentaba no hacerlo, al menos no cuando ella pudiera darse cuenta, pero le era muy difícil, y más en momentos pequeños como ese. Qué tontería, pero se le había salido un mechón de la trenza y sólo quería alargar la mano y ponérselo en su sitio. Ridícula. Era mejor estar quieta. Suspiró, intentando sacudirse la sensación de ilusión tan rara que se le había puesto encima, y por culpa de ese momento de distracción y dudas no vio a la figura alta que caminaba hacia ella hasta que fue demasiado tarde.

—Oh, mierda —maldijo al alzar la vista y verlo.

El chico, que podía oírla porque estaba a apenas unos metros, sonrió.

—Me alegra saber que no te has olvidado de mí.

Tony Natera había estado obsesionado con ella durante todo décimo, siguiéndola a todas partes y hablándole incluso cuando Bean expresó muy claramente que detestaba su presencia. Había necesitado poner en práctica una llave de defensa personal para que la dejara en paz, y suponía que la humillación de que alguien de cincuenta kilos lo levantara por los aires había sido suficiente como para que la dejara tranquila para siempre, pero ahí estaba. De nuevo. Más alto que antes, porque los chicos tardaban en dar el estirón, con ropa más estúpida y con una expresión mucho más confiada que cuando tenían quince años y ella había dejado claro que no quería volver a verle.

—¿Cómo podría? Te me apareces en pesadillas, Tony.

—Sueñas conmigo: qué adorable. —Curvó hacia arriba sus labios finos y blandos y permanentemente húmedos, y ella se estremeció discretamente—. Yo también te extrañaba.

—Anda, vete de aquí.

Él miró a los chicos que iban con él y después se rio a destiempo. Siempre reaccionaba como si todo lo que dijera Bean fuera divertido —alguien debía de haberle dicho que reír las gracias era un buen método de ligue— y a ella le parecía patético, pero no iba a molestarse en decírselo. Puso los ojos en blanco y después los clavó en June, que se había quedado quieta, como si esperara que las hienas no la atacaran ante su falta de movimiento, y empezó a darle apuro la posibilidad de que aquellos tres imbéciles fueran a afectarle de alguna forma.

—Es que te he visto y no he podido evitar pararme a decir «hola» —continuó Tony—. Ha pasado mucho tiempo, pero ya sabes lo que me haces, Duck-Young; si estás cerca me es imposible controlarme.

—Tengo muchas más llaves que no has visto, así que cuando quieras, si te ofreces voluntario, estaré encantada de volver a tumbarte como si fueras insignificante.

—¿Sabes? Si tú y yo acabamos tumbados espero que sea por otra cosa. —Los tres chicos se rieron otra vez, casi como burros, y Bean no pudo evitar poner cara de asco.

—Te agradecería una barbaridad que te llevaras de aquí tu tufo a sudor, Tony. ¿Es que no tienes clase?

June volvió la cabeza hacia Bean con expresión asustada. A lo mejor no había sido una respuesta adecuada, pero estaba desesperada por espantar a Tony y alejarlo de allí. Intentó seguir pareciendo confiada, esperando que de alguna forma aquella actitud sirviera, pero lo único que vio fue cómo la cara del chico pasaba de arrogante a ofendida, lo cual le produjo satisfacción y a la vez un poco de miedo.

Tony Natera apretó los dientes, arrugó la nariz y miró a su alrededor, como buscando qué podía ser lo siguiente con lo que atacar. La trenza de June le pillaba, simplemente, demasiado cerca.

—Tampoco te tienes que poner tan arisca, Duck-Young. Sólo me interesas tú, no tu amiguita friki la-niña-de-E.T. —Estiró un poco el cuello para mirar dentro de la taquilla, por encima de ella, y Bean le vio ensanchar más la sonrisa antes de seguir hablando—: ¿Tienes las carpetas ordenadas por colores? Eso es increíblemente gay.

June se volvió con los ojos muy abiertos y las cejas fruncidas. A Duck Bean se le paró el corazón al ver esa expresión, tal vez porque no pudo reconocerla inmediatamente (¿de qué era, de miedo, de angustia, de rechazo a lo que Tony había insinuado?), pero tampoco le hizo falta identificarla para hinchar el pecho y ponerse en medio, apartándolo.

—«Gay» no es un insulto. Déjala en paz, Tony; lo que quiera que te pase, te pasa conmigo.

—Qué exclusiva, tampoco me importa repartir los piropos entre dos personas.

—Pues se los sueltas a tu madre y a tu padre. Te he dicho que la dejes en paz y que te vayas. Voy muy en serio.

La carcajada sonó terriblemente agresiva.

—Bueno, bueno, chica, relax. Sólo estoy hablando con vosotras, ¿no? Y tampoco he dicho nada que pueda ofenderos a ti o a tu novia.

—Esta vez Bean no vio la expresión de June, pero la oyó coger aire despacio e intentó ignorar el nudo que se le formó en el estómago por eso—. ¿Sabes qué? Realmente ni siquiera tienes que preocuparte. Nunca me acercaría mucho a alguien que ha forrado su taquilla con fotos de aliens y que lleva la ropa de su abuela.

Y entonces, cuando el chico soltaba una carcajada, Bean le dio un empujón.

Y no debería haberlo hecho, porque contaba como empezar la pelea y sólo era darle un motivo más para responderle, pero no pudo evitarlo después de lo que él había dicho.

Los movimientos de Tony fueron rápidos: la apartó con un brazo, haciendo que su espalda diera contra la taquilla de al lado, y antes de que June pudiera soltar un grito él tenía un brazo puesto contra el cuello de Bean.

Se pasó la lengua por el labio inferior, despacio, y saboreó la excusa perfecta para acorralarla.

—A ver quién cojones te crees que eres, china de mierda, para hablarme así o tocarme. Te va acabar pasando factura el rollito ese de tía dura que...

—No soy china.

El golpe sonó bajo y seco, pero, cuando Duck Bean lanzó la cabeza hacia delante, el cuerpo de Tony se echó rápidamente hacia atrás y June tuvo que apartarse para que no chocara contra ella. Gritó su nombre. El chico se tambaleó, desorientado porque le había dado bastante fuerte, y uno de sus amigos tuvo que agarrarlo para que no acabara en el suelo.

Duck Bean se frotó la garganta e intentó no pensar en lo fuerte que había sido el golpe y en lo que le latían el entrecejo y la frente. Miró a Tony a la cara. Todo se quedó congelado durante un minuto, con la gente que había a su alrededor mirándolos y el mayor silencio que el instituto Evans había presenciado en semanas.

Se movió lentamente. Algo en los ojos de Tony parecía de repente muy alarmado, asustado, incluso, y ella sonrió porque, aunque nada había sido como habría querido, esperaba que esa vez sí fuera la última que ese tipo se le acercaba.

—Duck Bean...

June, a su lado, estiraba los dedos hacia ella, pero sin llegar a tocarla. Le extrañó lo preocupada que parecía, pero ni siquiera estaba mirándola a los ojos, sino más abajo. Al principio Bean pensó que le miraba la boca; le dio un vuelco el corazón al pensar que June pudiera mirarle la boca tan fijamente, pero entonces se dio cuenta de que esa no era la expresión que uno ponía cuando quería besar a alguien y, preocupada, alzó la mano para ver qué estaba pasando.

La sintió justo antes de tocarla, caliente, y al confirmar lo que era empezó a sentir el vértigo. De ahí venía la cara de Tony y la inseguridad de sus colegas. La sangre que ahora le manchaba los dedos era muy roja y suya, y le salía de la nariz, y aunque no le dolía ni un poco sintió que iba a desmayarse.

Se apoyó contra las taquillas sin mucha fuerza.

—¡Bean!

—Mierda —dijo Tony Natera. Sus amigos dieron un par de pasos hacia atrás, chasqueando la lengua y haciendo unas muecas bastante desagradables, y él también retrocedió—. Encima va a parecer que ha sido culpa mía, joder.

Bean no pudo ni contestarle. Tuvo que cerrar los ojos. Unos brazos la rodearon como pudieron y alguien dijo:

—Es que ha sido culpa tuya, imbécil.

Esa era la voz de June, aunque no se imaginaba a June hablándole así a nadie.

—¿Estás de coña? ¡Me ha dado ella!

—¡La has estampado contra la pared!

—¡Que te den!

Uno de los amigos de Tony lo agarró del brazo y él, con una expresión indescriptible en el rostro, se fue corriendo de allí. June los fulminó con la mirada hasta que desaparecieron, y luego su expresión volvió a ser suave y preocupada cuando le dio la mano a Bean.

—¿Estás bien? ¿Estás bien? —Su taquilla seguía abierta y, con la mano libre, empezó a buscar dentro algo que encontró enseguida—. Toma, usa este pañuelo, está limpio. Madre mía, Bean, eso ha sido un poco...

A Bean le temblaron los párpados.

—No digas «estúpido».

June esperó unos segundos. Bean intentó coger aire, queriendo calmarse, pero todo olía a sangre y no podía dejar de ver el rojo.

—No ha sido estúpido. ¿Te duele?

Bean sacudió la cabeza.

—Es la sangre.

—¿Te marea? —Asintió y June apretó los labios—. Vale. Vamos a la enfermería, anda, me parece que va a ser lo mejor.

—Me va a caer una...

—No creo que te digan nada. Dudo bastante que ese tío vaya diciendo por ahí que le has pegado por acosarte. ¿Necesitas apoyarte en mí? No me importa.

—¿Y tu clase...?

—No te preocupes por eso. Anda, vamos.

El cuerpo de June contra el suyo era de bastante ayuda a la hora de caminar. Llegaron con éxito a la enfermería a los pocos minutos. La enfermera, una chica que no debía de llegar a los treinta por poco y que no solía tener mucho que hacer por allí, paró un capítulo de una serie de policías a medias y salió de su cuartito al oírlas, silbando un poco al ver el percal.

—Madre mía, chica, ¿qué te ha pasado? Menudo estropicio.

—Se ha... dado un golpe y la nariz ha empezado a sangrarle —respondió June. Le pareció que su voz sonaba sorprendentemente calmada para la que se había liado, pero a la vez estaba muy muy seria, como una persona mayor—. No sale mucha, pero no para.

—Anda, agacha la cabeza. —La enfermera, con un suspiro, apartó el pañuelo que habían estado usando para parar el sangrado y se lo devolvió a June—. ¿Ves? Sí que ha parado. Aunque qué pena de trapito, guapa, con lo mal que se quita la sangre.

—Ya, bueno, no importa...

—¿Cómo se ha dado el golpe?

—Me mareo con la sangre —murmuró Bean, aún muy pálida, para librar a June de tener que decidir si decía la verdad o no.

—Uh, pues si es sólo eso estarás bien, me parece. —La enfermera se volvió hacia June—. Creo que lo mejor es que se quede aquí un rato a ver si le sube la tensión, que debe de tenerla por los suelos. ¿Tienes tú sus cosas?

—Sí. Bueno, no, pero voy ahora mismo a recogerlas.

—No tienes que traerlas ahora, que seguro que vas tarde. Si quieres vente a última hora, por ejemplo... Ya debería de estar bien para entonces.

Bean intentó hacerle a June un gesto para que no se preocupara, pero no supo si funcionó porque no la veía. Al final, sin embargo, sonó el segundo timbre y vio las puntas de sus zapatos dando la vuelta y marchándose.

—¿Bean? ¿Hola?

Abrió los ojos. La cara de June estaba allí, al revés y sobre ella.

—¿June?

Se incorporó un poco y su amiga se echó hacia atrás, sobresaltada.

—¡Hola! ¿Estás bien? He traído tus cosas, bueno, he metido casi todo lo que creo que podrías necesitar en tu mochila... —La levantó con ambas manos delante de su cuerpo, como para demostrar lo que decía, y luego la dejó en el suelo y se acercó—. ¿Estás bien? —volvió a preguntar—. No he podido acercarme antes, el profesor de Historia ha acabado tarde y ha sido un lío...

—Estoy bien. La verdad es que me he echado una buena siesta. —Bean entornó una sonrisa y June se sentó a su lado en la camilla, más tranquila—. ¿Alguien ha dicho algo?

—Creo que algunas personas se han enterado, pero por lo general no eres tú la que sale mal parada. Le has dado un buen cabezazo. ¿Te duele?

—Un poco. Me va a salir un chichón como en los dibujos animados. ¿Me ha quedado marca?

—No, aunque... no me creo que le hayas dado tan fuerte. ¡Hasta se echó hacia atrás!

—Esa era la idea, que se apartara.

June soltó una risa y luego sacudió la cabeza, mordiéndose un poco el labio. Bean podía notar que aún estaba un poco impresionada. Se sintió mal por haberla preocupado, porque realmente la buena de June no se lo merecía, y sin pensárselo mucho puso una mano sobre la suya para llamar su atención.

—Siento haber montado esa bronca, pero te estaba defendiendo. Nos estaba defendiendo, a ambas. Tony Natera es un asqueroso, sólo quería que se fuera de allí.

June se miró las manos y luego alzó los ojos de nuevo hacia ella, seria.

—¿Qué ha pasado entre ese tío y tú, si puede saberse? Nunca he visto a nadie ser tan...

—Lleva siendo así conmigo desde que entramos en el instituto, o lo era hasta que un día me harté y lo lancé por los aires. En realidad, después de eso me dejó tranquila. Me parece que se le ha debido de olvidar y que hoy se ha levantado con ganas de guerra.

—¿Qué significa que lo lanzaste por los aires?

—Que lo levanté por encima de mi cabeza en el campo de fútbol durante una clase de gimnasia. —Bean sonrió, aunque no estaba muy segura de si tenía que sentirse o no orgullosa por aquello—. Aterrizó sobre la espalda.

—No me lo creo. —June parecía genuinamente sorprendida, pero su cara indicaba que estaba intentando no sonreír—. Pero si eres muy... finita.

Bean soltó una risa por la nariz.

—Pues por aquel entonces era, además, muy baja. No llegué al uno setenta y cuatro hasta el año pasado. Creo que por eso fue tan bonito de ver, todo el mundo se quedó muy impresionado.

—Eres bastante matona.

Aquello, por alguna razón, hizo que Bean cogiera color en las mejillas.

—Qué va, es todo fachada.

Un ruido torpe las alertó de que no estaban solas y dejaron de mirarse para volver la vista a la vez. Un chico había aparecido junto al carro de paradas lleno de polvo, aunque, de hecho, más bien parecía haberse chocado con él. Tenía los ojos azules abiertos y cara de desear que se lo tragara la tierra. Ellas se soltaron las manos. Bean no lo había visto nunca, pero tal vez a June le sonara, porque el chico había clavado la vista en ella y casi parecía estar esperando algo.

Llevaba el pelo rubio lo suficientemente largo como para recogérselo detrás de las orejas de forma nerviosa, que es lo que hizo cuando por fin estiró la espalda intentando recuperar la compostura. Duck Bean se dio cuenta al cabo de unos segundos de que ni siquiera se había fijado en ella, sólo en June.

—Lo siento —murmuró, con las mejillas rojas y la voz estable—. No quería interrumpir nada, pero es que ya es última hora y Nadia me ha dicho que os avisara por si os queríais ir.

—¿Nadia? —preguntó Bean, y ese fue el primer momento en que él la miró.

—La enfermera —aclaró el chico, y pareció que cambiar el foco de atención lo ayudó a recomponerse del todo—. Dice que llevas aquí desde después de comer.

—Sí, genial, gracias por avisarnos —dijo June, levantándose con una sonrisa—. Bean, ¿quieres que te acompañe a casa?

—Te acompaño yo a la tuya, que queda de camino —respondió, bajando los pies al suelo—. ¿Has traído la bici?

—No, he venido andando.

—Perfecto.

El chico se apartó un poco cuando Bean se levantó de la camilla. Seguía lanzándole miradas a June, y Bean entrecerró los ojos, pero no dijo nada y simplemente salieron de allí sin apenas despedirse. June vivía a diez minutos andando del instituto; Bean agarró su bici por el manillar y la empujó entre las dos mientras caminaba a su lado. No hablaron mucho y, cuando pararon delante del jardín de la enorme casa amarilla, se despidieron rápido y ella se marchó. Estaba tan perdida en sus pensamientos, recordando la cara del ayudante de enfermería, que apenas se dio cuenta de que ya había llegado a casa. El chico debía de ser un alumno de último curso como ellas que tenía que hacer allí sus horas extracurriculares, y se dio cuenta de lo obvio que había sido que, por lo que fuera, le gustaba June.

Lo raro no era que a alguien más le gustase su amiga, sino ver que las señales en él habían sido tan transparentes y que, probablemente, eran así porque él era un chico. Tenía una piedra en el pecho que le pesaba, pero sabía que no eran celos porque ella no había sido celosa en su vida y era poco probable que la duodécima chica que le gustaba fuera a despertar eso de repente. Se preguntó, de todas formas, si *ella* sería obvia. Si alguien se había dado cuenta de que sentía cosas por June. Tony Natera las había llamado «novias», aunque él no servía como ejemplo porque era estúpido y básico y sólo lo había dicho porque pensó que la ofendería, pero la posibilidad de que alguien más pudiera decir de ellas algo parecido la agobió.

6; EUROPA

< boys_will_be_boys - cavetown.mp3 >

MARZO

Varias cosas estaban pasando a la vez y Adam necesitaba parar el mundo y sentarse a pensarlo todo antes de que la Tierra girase de nuevo.

Para empezar estaba el tema de sus notas, que habían dejado de ser brillantes para quedarse en sólo-buenas y que, por alguna razón, habían llegado hasta su madre. Él sabía que pararse a explicárselo le llevaría a la beca y a su futuro en la música, temas que no quería tocar y menos con ella, así que había estado semanas esquivándolo cada vez que lo sacaba. Incluso la había dejado con la palabra en la boca varias veces. Intentaba no pensar en lo mal que le hacía sentir hacer eso, porque no necesitaba más presión que la que él mismo se ponía encima, pero lo cierto era que siempre repetía la misma estrategia cuando pensaba que ella volvería a la carga.

Por otro lado, la banda le resultaba cada vez más cargante. Les habían asignado las piezas de la obra que los del club de teatro iban a hacer a principios de abril, pero ni siquiera le veía el sentido a seguir tocándolas, aunque la fecha se acercara cada vez más y más. Sí, lo único que había bastado para apagar su motivación era un estúpido papel diciéndole «no» en lugar de «sí», pero ¿acaso no era buena excusa? Tocar era lo único que se había mantenido siempre estable en su vida, y quería seguir haciendo música, pero continuar sin ningún objetivo le parecía que no tenía sentido o, al menos, no intentarlo con mayores intenciones. No quería empezar a recorrer un camino para luego tener que cortarlo y conseguir un trabajo de contable o camarero o cualquier otra cosa que le diera dinero y que, definitivamente, no estaba tan hecha para él.

Los ensayos diarios le estaban matando. Ni siquiera estaban haciendo nada demasiado complejo, pero la gente estaba nerviosa y distraída y parecía que nunca les salía del todo bien. A él le hartaba pasarse dos horas todas las tardes repitiendo lo mismo. Llegaba a casa cansado, sin ganas de estudiar ni de hacer cualquier otra cosa, y al final simplemente se tiraba en la cama, se ponía a mirar el techo y se quedaba dormido contando estrellas antes de las once.

Aparte de todo eso, además, estaba el tema de Lee Jones, que no había dejado de aparecerse desde el día que hablaron y que parecía dispuesto a saludarlo a todas horas, todos los días, siempre que se cruzaban.

Al principio ni siquiera le había dado mayor importancia, porque los gestos habían sido pequeños, como antes, y literalmente se los podía haber estado dedicando a cualquiera. A veces lo pillaba mirándolo mientras estaba con Ed Maas y Brian Arin, las dos únicas personas con quienes Adam podía decir que se llevaba en el instituto, y si Lee se daba cuenta de que lo había visto sonreía un poco, como si lo sintiera, y sacudía la mano en su dirección. A Adam le ponía nervioso que hiciera eso. Le parecía que de algún modo estaba metiéndose donde no le llamaban, aunque tampoco habría sabido argumentar por qué pensaba eso, pero el caso es que le molestaba y, cuando sus saludos empezaron a volverse menos discretos, se empezó a cabrear.

—¿Qué tal crees que va a salir? —preguntó Ed un día, en la cafetería, mientras comían. Él siempre traía una tartera de casa y estaba mezclándolo todo con todo porque, textualmente, «Así era más fácil comérselo»—. La obra es en tres semanas. No dejo de temblar sólo de pensarlo, espero no vomitar ni nada cuando llegue el día.

Ed tocaba la tuba en la banda, se esforzaba mucho y participaba poco.

—No vas a vomitar, pero, si vomitas, no lo hagas encima de nadie.

Brian ni siquiera estaba pendiente de ellos, sino de buscar con la mirada a alguien por el comedor. Adam lo miró un momento, poco interesado, y luego volvió la vista a su plato; justo en ese momento, como si hubiera estado esperando a que bajara la guardia, el chico dio un leve golpe en la mesa y Adam lo vio entrecerrar los ojos y extender despacio una sonrisa.

—Eh, Holtie, ese tío guapo de la otra clase te está mirando otra vez.

El nombre se le escapó antes incluso de que le diera tiempo a volver la cabeza:

—¿Lee? —Cuando Adam dijo su nombre, Ed miró también a sus lados—. ¿Dónde está?

—Detrás de ti, como a tus siete.

Se giró. Lee Jones estaba definitivamente más cerca de lo que se esperaba y subió las cejas cuando sus ojos se encontraron, torciendo una sonrisa de las suyas, de las buenas, antes de que Adam se volviera de golpe.

Arrugando el labio, recuperó el tenedor y se centró en la comida.

—Lleva así un mes y medio, no me deja en paz.

—¿Crees que le gustas? —preguntó Brian, riéndose de forma burlona y mirándolo con ojos que eran dos rendijas brillantes. Adam toleraba a Brian porque a veces hacía comentarios divertidos, pero tenía una manera de entonar que nunca le había dejado llegar a considerarle su amigo. Era como si le diera un doble sentido sucio a todo, y le tensaba mucho hablar con él.

—No —respondió, rotundo, frunciendo el ceño—. Fuimos amigos de pequeños. Me dejó tirado cuando empezó a hacerse popular y creo que ahora está intentando... no lo sé, redimirse.

—A lo mejor tiene buenas intenciones —dijo Ed, hablando con la boca llena—. Puede que quiera que lo perdones y que volváis a hablar y todo eso.

—O quizá quiera demostrarte lo bueno que es. —Brian dio otro golpe en la mesa para acompañar su carcajada, uno que hizo que Ed diera un bote, y Adam simplemente puso los ojos en blanco y siguió comiendo.

Prefería centrarse en lo que había dicho Ed antes que en el comentario de Brian (Ed era, al fin y al cabo, su preferido de los dos), pero la idea hizo que se sintiese raro; era porque Lee no se acercaba y tampoco se iba y Adam no estaba seguro de hacia dónde quería que se moviera, pero no lo quería ahí. Había odiado siempre los estados intermedios. Le gustaba que la gente hiciera algo o no hiciera nada, que se involucrara o dejara a los otros hacer, que se tirara a la piscina o recogiera sus cosas antes de irse a casa, pero no que intentara estrategias absurdas de acercamiento mientras mantenía las distancias.

Había hecho un esfuerzo para no pensar en él últimamente, pero era difícil cuando estaba en cada esquina y, al parecer, siempre buscándolo. A veces era Adam quien lo veía primero y se quedaba esperando un poco, como en una prueba para ver si aquella vez Lee también lo encontraba y le decía algo. Nunca estaba seguro de si lo que le recorría el cuerpo en esos casos era bueno, malo o ninguno de los dos; sólo sabía que era extraño y que, en parte, le incomodaba.

Se pasó toda la comida sabiendo que él estaba detrás, porque podía oír su voz y Lee siempre se había reído muy alto, y cuando Ed y él acabaron se marcharon sin mirarlo una segunda vez.

Algunas tardes se saltaban la última hora de clase por la banda, y ese fue uno de esos días. Se quedarían allí hasta las cinco. Tenían programados algunos ensayos con los de teatro (esos eran más largos y pesados porque les hacían parar y repetir constantemente) y, aunque eso no le animara demasiado, tampoco tenía nada más que hacer. Por eso iba. Por eso y por Ed Maas, que lo arrastraba, dejaba de pestañear cuando estaba nervioso, sudaba a mares y, aun así, seguía siendo mejor compañía que Brian.

—¿No es ese Lee Jones, el de la segunda fila?

Adam alzó la vista. Ed se había acercado porque no soportaba quedarse solo en su sitio, así que se sentaba a su lado mientras Adam preparaba el fagot y la partitura. Ahora tenía el cuerpo girado hacia un punto en las butacas que él miró también: Lee estaba hablando con alguien a su lado, y sonreía, y sus dientes eran blancos y destacaban con aquella luz, aunque Adam pensó enseguida que esa era una forma muy rara de conducir un pensamiento.

—¿Qué hace aquí? —masculló, más para sí mismo que para Ed y centrándose de nuevo en el instrumento.

—Creo que es amigo de Harry Steel, a lo mejor ha venido a verlo.

—¿Quién es Harry Steel?

—La segunda trompeta, ese que se sienta ahí, a mi lado.

Adam le dedicó una mirada breve al chico que Ed señalaba antes de volver inmediatamente a Lee, que se pasaba la mano por el pelo y se reía otra vez con el tío que lo acompañaba, uno del equipo de fútbol con quien ya lo había visto varias veces. Parecía que todos en ese grupo fueran más o menos guapos. Su examigo estaba sin duda bastante concentrado en él, y era lógico, pero al pensarlo un momento Adam cayó en la cuenta de que tal vez eso significara que Lee no lo había visto a él todavía, y le pareció una oportunidad.

Valoró muy en serio aprovechar aquello para irse antes de que le mirara. Debió notársele, la verdad, porque Ed vio venir sus intenciones y, con más fuerza de la que su raquítico cuerpo parecía ser capaz de reunir, le agarró el brazo y lo miró con aquellos ojos nerviosos que parecían temer constantemente el fin del mundo.

—Quedan dieciséis días para el estreno, Adam. No hagas nada, quédate aquí, te lo pido por favor.

En parte le daba pena que Ed siempre pensase que todo iba a salir mal, pero a la vez le molestaba que lo arrastrara continuamente en sus predicciones de desgracia. No es que en ese momento no tuviera razón, por supuesto, y por eso se quedó donde estaba, pero aun así se soltó de un tirón y estiró la espalda, intentando deshacerse de los nervios con una técnica de relajación que le habían enseñado en el conservatorio, cuando aún iba, y que siempre le funcionaba.

Lee llevaba años sin verle tocar. No quería pensar que aquella sería la primera vez que lo haría en mucho tiempo, pero *lo estaba pensando* y sabía que, en cuanto él lo viera, lo pensaría también. Y no dejaría de mirarle. Bueno, tal vez lo hiciera, pero había una probabilidad muy alta de que se fijara principalmente en él porque Lee era así.

Intenso. Persistente. Intrusivo.

El director llegó y él aún seguía tenso, aunque intentó centrarse, y observó las espaldas de los del club de teatro mientras repasaban sus líneas hasta que llegó su turno y se preparó.

En el primer acto había una pieza con fagot, piano y oboe que le costaba porque le parecía aburrida y demasiado clásica. El director siempre pedía que la hiciera un poco más dramática, más intensa y más *vívida*. Era su oportunidad. Tenía que hacerlo ahí, con Lee presente, porque tenía que demostrarle la diferencia entre quien era ahora y el niño motivado de once años que iba al conservatorio todas las semanas y que, por eso, no podía verlo más. Ya no tenía motivación ni conservatorio, pero había mejorado mucho. Muchísimo. Lo sabía y por eso Lee también tenía que saberlo. Esperó paciente a que su turno llegara, tan embelesado que casi ni tocaba las partes junto a toda la orquesta, y fantaseó brevemente con la idea de que Lee tuviera línea directa para verlo tocar cuando llegara su turno.

Si había entrado en aquel espacio, que era suyo y ambos lo sabían, ahora tendría que escucharlo. De principio a fin. Lee había ido y ahora tenía que involucrarse del todo, atender, admirarlo. No sabía por qué, pero quería que lo admirara. Lo había abandonado justo antes de que a él le hubiera dado tiempo a mejorar, por mucho que le hubiera dicho, en su reencuentro, que creía que era bueno. ¿Y él qué sabía? No había vuelto a escuchar cómo tocaba. No lo había hecho y no podía juzgarle por lo que había sido entonces, así que, cuando el director les dio el aviso, cogió aire y empezó.

Iba a ser sobresaliente.

Las notas se le mezclaban en la cabeza. Realmente no estaba muy seguro de todo lo que había pasado, de qué había hecho o de si lo había hecho bien o mal; lo único que sabía era que había vuelto a quedarse el último, como de costumbre. El director le había lanzado una mirada que lo había dejado aún más confundido, lo cual no ayudaba a que se le bajara el subidón, pero al menos Ed se había dignado a esperar en la puerta a que saliese e incluso le había transmitido sus felicitaciones. No era capaz de abordar el sentimiento que tenía encima. Eso era lo que él había disfrutado siempre de la música, esa sensación tan grande y tan correcta de que, cuando quería hacerlo y le salía bien, era capaz de todo. Lo había echado de menos. Le gustaba. Le gustaba la música y le gustaba tocar y hacerlo tenía sentido. Por eso se había esforzado tanto por ella, pensó. Porque era maravilloso sentirse así otra vez, aunque hubiera sido algo inesperado.

Toda esa energía nueva había venido por alguien que ahora le esperaba al final del pasillo.

Estaba hablando con una chica negra de pelo liso y alguien de la orquesta, la segunda trompeta que Ed le había señalado antes.

Se notaba que estaba intentando centrarse en la conversación, su expresión tranquila y amable, pero tenía la atención puesta en el pasillo y, en cuanto Adam entró, Lee se volvió hacia él.

Tenía el pelo revuelto. Recordó que se lo había estado tocando cuando lo había visto en las butacas. Como si hubieran tenido un pensamiento gemelo, la chica levantó las manos y empezó a peinárselo con los dedos, aún hablando. Ed se volvió para mirarle cuando sintió que Adam ralentizaba un poco el paso y le preguntó qué pasaba, pero el chico sacudió la cabeza y reanudó la marcha para seguir el camino que llevaba directa e irremediablemente hacia él.

Y, por supuesto, el otro observó sus pasos con atención dividida y esperó a que se acercara con una actuación que pretendía no mostrar que estaba pendiente.

—Hey —saludó cuando pasaron a su altura, haciendo que Ed Maas se parara en seco, un poco sobresaltado y desprevenido.

Adam se detuvo e intentó que en su expresión no se notara que le vibraba el cuerpo de arriba abajo.

—Hey.

—Has estado increíble —siguió Lee, y lo dijo casi como si se le escapara, como si hubiera estado intentando no soltarlo pero finalmente no hubiera podido aguantarse—. Ha sido un buen ensayo. Enhorabuena a los dos. Os ha quedado genial la música de la obra.

Ed le sonrió sin decir nada, abrumado. Adam sólo se limitó a mirarlo. La sonrisa de Lee era ancha y no parecía creída, sino más bien simple, tal vez algo tímida, y Adam no pudo ver nada ofensivo en tanta pureza.

—¿Tú eres el fagot? —le preguntó la chica—. La verdad es que ha sido muy bonito.

—Gracias —respondió, lanzándole una mirada breve e, inmediatamente después, volviéndose hacia Lee—. No sabía que vendrías.

—Steel toca también, supongo que os conoceréis —respondió él, sonriéndole. El aludido levantó un poco la mano, como saludando y con esa cara que pone la gente cuando piensa que el resto se ha olvidado de él—. Nos ha invitado a ver el ensayo porque hoy estaban los actores.

—Sí, este viernes y el que viene están, y la última semana todos los días.

. —Ya, ahora lo sé. —Lee parecía contento porque estuvieran hablando—. A lo mejor me paso alguna otra tarde a verte, Holt. Bueno, a veros a todos.

—Oh, ¿*este* es Holt? —La voz de la chica sonó demasiado alta y, cuando Adam la miró, vio que parecía muy interesada de repente—. ¡Hola, soy Amy! Lee te ha mencionado alguna vez, encantada.

. —¿Y qué te ha dicho? —respondió, cogiéndole la mano y sacudiéndola brevemente.

Ella se rio como si hubiera sido un chiste o una forma de seguir la conversación, no una pregunta seria. Lee sonrió, se apoyó contra la pared a su espalda y se enfrentó con una sonrisa a la mirada interrogante de quien había sido su amigo.

Ed Mass, a un lado, sintiéndose incómodo por la falta de atención y la presencia de los más populares, agarró la chaqueta de Adam y tiró un poco de ella. Tuvo que ser ligeramente insistente para que el otro le echara un vistazo, mirándolo por encima del hombro un tanto molesto, aunque eso él nunca lo reconocería.

—¿Qué pasa?

—Antes... antes has dicho que me llevarías. Le he comentado a mi madre que me dejarías en casa para cenar, y se está haciendo un poco tarde...

Adam apretó los labios. Nada ni nadie podría haber hecho que confesara en aquel instante que realmente preferiría quedarse donde estaba, así que asintió antes de volverse para despedirse de Lee.

—Claro, vamos. —Seguía sintiendo el revoloteo emocionado que le había provocado la música e intentó aferrarse a aquello al decirle a Lee—: Ya nos veremos.

—Espero que sí —le respondió en aquella conversación privada que tenían siempre rodeados de otras personas.

7; TETIS

< fool - cavetown.mp3 >

MAYO

La semana de exámenes fue una tortura para todo el mundo, pero lo importante fue que llegó a su fin.

El lunes siguiente fue festivo. Al llegar el martes estaban todos nerviosos, o al menos todos los mayores, pero intentaron fingir de forma colectiva que sus notas no les importaban y la pobre secretaria del Evans tuvo que asistir a un goteo de alumnos que, durante horas y sin interrupción, la distraían de sus funciones sólo para preguntarle si ya las habían subido. Acabó imprimiendo un cartel bien grande y pegándoselo en la puerta: «LAS NOTAS SE PUBLICARÁN EN LA WEB A PARTIR DE LAS 12 PM. NO ME MOLESTES SI TIENES MENOS DE 19 AÑOS. GRACIAS». Aun así, algún repetidor entró para hacer la broma, porque los mayores eran siempre los más graciosillos, pero por suerte ella tenía gomas de borrar suficientes como para tirárselas a la cabeza a todo el mundo.

A las dos de la tarde, un grito de euforia atravesó el edificio de Dirección, Historia y Música y, antes de que June Brad pudiera buscar a la autora, unos brazos la rodearon desde atrás y la levantaron del suelo.

—¡June, June, June! ¡Lo he conseguido! ¡He aprobado todos los exámenes! ¡¡Lo he conseguido gracias a ti, gracias, gracias, gracias!!

—¡¡Bean!! —June, con el corazón en la boca y sin dejar de pensar que pesaba mucho más que Duck Bean y que debería ser imposible que pudiera levantarla, le agarró los brazos con fuerza y cara de susto—. ¡Déjame en el suelo!

—¡Perdón! —La chica obedeció y, cuando se volvió a mirarla, June encontró la sonrisa más grande que le había visto nunca—. ¡Es que esto no me había pasado en la vida!

—¿Has llorado?

—¿Qué? —Duck Bean se pasó la mano por la cara rápidamente, un poco roja—. N-no, sólo... es decir, un poco, puede, pero es que... es que no me puedo creer que al final haya funcionado. Que haya... que haya valido la pena. Creo que me he emocionado un poco, qué tonta, ¿no? —Se rio, tocándose de nuevo las mejillas por si hubiera más restos que borrar, nerviosa—. Pero ya está, ya está hecho. Lo hemos conseguido.

—No, no lo *hemos* conseguido, Bean. Estas notas no son mías, son sólo tuyas. —June tenía una sonrisa abierta y extrañada que parecía fuera de lugar en la explosión de sentimientos de Bean; en la mano, pegada al cuerpo, sujetaba su propio boletín lleno de buenas noticias, pero aquel no era el momento de enseñarlo—. Esto lo has hecho tú. Tú has escrito en los exámenes y has resuelto bien las cosas, así que las notas te pertenecen a ti por entero.

—Bueno, pero sin ti...

—Sólo te he dado algunos trucos. Te he contado lo que sé, pero eso no es nada, de verdad. Las dos hemos hecho el mismo examen y hasta donde yo sé yo no te he ayudado a escribir, así que el mérito es tuyo.

Duck Bean no estaba de acuerdo, porque realmente June había sido una parte muy importante de todo aquello, pero a la vez se le llenó el pecho de emoción por la respuesta. No sabía qué decir. Miró la hoja donde estaban todas sus notas, ninguna por debajo del notable bajo, y se mordió el labio muy ilusionada.

—Mi padre todavía sería capaz de arrugar la nariz con casi todas estas notas —murmuró, sonriendo levemente—. Una A- es una D asiática y todo eso, así que ya no te quiero decir una B.

—¿Es eso verdad? —June soltó una risa un tanto nerviosa—. Creía que era un estereotipo.

—Lo es, pero también es verdad. Aunque en mi casa tendrán que conformarse con esto. Sigue siendo raro que sean todas mías, ¿sabes? No tengo una cartilla así desde el colegio.

—Pues sí que lo son. Ay, Bean, ¡estoy tan contenta! —June le pasó un brazo por la espalda, apretándola contra sí, y a Bean le dio un salto el corazón—. Qué cabeza tienes. Estoy muy segura de que vas a hacer lo que quieras con ese cerebro.

Duck Bean nunca le había hablado a su amiga abiertamente de cómo eran sus padres, así que lo poco que sabía June lo había intuido. No tenía demasiadas buenas impresiones, sobre todo teniendo en cuenta cómo se habían conocido. Había intentado preguntarle cosas sobre su vida alguna que otra vez, como si hablaba coreano («Sólo un poco, porque antes iba a clases los sábados y mis padres aún lo hablan en casa, pero lo dejé y ahora sólo lo entiendo porque tengo el nivel de un niño de siete años») o cómo se llevaba con el resto de su familia («Es un poco largo de contar»), pero Bean había sido Bean y, cómo no, le había dado la información a rachas, en momentos aleatorios. A June eso le gustaba y a la vez la desconcertaba un poco, porque no sabía si era así con todo el mundo o sólo con ella. Quería conocerla más, todo lo que se puede conocer a una persona, si era posible, pero o bien Bean era demasiado misteriosa o bien, en general, los adolescentes nunca se acercan tanto.

No dejaba de pensar que lo sabría si tuviera más amigos.

Aunque tampoco era como si June lo compartiera todo. De hecho, lo cierto es que, en ese sentido, Bean casi no sabía nada de ella. Pero si June lo ocultaba no era porque no confiara en su amiga, sino porque estaba segura de que cuando empezara a hablarle de *ella* la otra se espantaría, y valoraba tanto su amistad que no podía dejar que ocurriera.

Así que intentaba ignorar lo suyo y centrarse en quejarse cuando Duck Bean le daba medias respuestas, aunque la otra sólo se reía.

—June, no soy nada misteriosa. Y menos contigo. Las únicas personas a quienes podría parecerles un misterio son mis padres, porque no me conocen nada, pero a ti... a ti te cuento cosas. Cuando me sale. Aunque no sea siempre.

—Desde pequeña ha sido como si fuéramos extraños, no sé explicarlo. No me siento muy unida a ninguno. No sé si será mi culpa.

—Mi hermana está embarazada de cuatro meses y siempre le ha salido todo bien.

Eran cosas que decía de vez en cuando, siempre con aquella expresión de no estar tan afectada pero con ese tono de querer que, tal vez, todo hubiera sido diferente. A veces hablaba de Daen Mae como si la añorara, como si le tuviera envidia y como si fuera una celebridad y no su hermana; otras, cuando mencionaba los espacios de su casa, lo hacía como si fuera a abandonarlos en un futuro próximo. A June le fascinaba la manera en la que había construido su realidad por dentro y cómo eso lo reflejaba de manera distinta hacia fuera, y realmente era capaz de escucharla durante horas y horas sin apenas pestañear.

Era como una de esas plantas que aparecen de repente y que crecen bien, aunque nadie sabe de dónde han salido. Esas que no encajan del todo en el jardín pero que a nadie le importan lo suficiente como para sacarlas de donde están, así que se quedan ahí desentonando y sin hacer ruido.

Eso despertaba en June un sentimiento enorme de querer hacer algo para que aquello cambiase. Quería que su familia le hablara, que valoraran sus esfuerzos y que su amiga no se sintiera como si viviera en una casa que no era del todo suya; que no llevara aquella sombra siempre encima, aunque fuera en parte un poco inevitable.

«En mi casa tendrán que conformarse con esto», había dicho al ver las notas. June no quería que nadie se «conformase» con nada de Bean. No quería que ese fuera el máximo sentimiento que su amiga pudiera obtener de otra persona. Con una bola enorme de injusticia en el pecho y el ceño fruncido, June le cogió la mano y la miró llena de determinación, sus ojos grandes y brillantes, durante unos segundos.

—Vamos a celebrarlo. Esto es genial y vamos a celebrarlo en mi casa, Bean. Y va a haber tarta y va a ser especial, te lo juro.

Le pareció que a Bean le cambiaba la cara completamente y que se le ponían las mejillas rojas, pero no quiso pensarlo mucho antes de soltarla y de acelerar el paso por el pasillo para salir.

Dos días después, Bean fue a casa de June a merendar. Llevaba sin recibir una invitación así desde primaria, pero apareció puntual como un reloj ante la puerta con una caja de pastas de té coreanas que había comprado en la tienda de unos amigos de sus padres.

Las había llevado sobre el regazo, subida a la bici y agarrando el manillar con una mano para sujetar la caja con la otra.

Cuando se detuvo frente al jardín de los Brad pensó que explotaría de lo nerviosa que estaba. Se acercó despacio hasta la puerta, dejando la bici apoyada contra unos arbustos que parecían estar llevando regular la llamada del calor, y después llamó dos veces con la mirada clavada en la caja de *dasik*.

—¡Hola! —exclamó en cuanto oyó que se abría la puerta.

—¡Bean! ¡Llegas muy pronto, casi no me ha dado tiempo a prepararme, pasa!

—Oh, perdón, eh... He traído... unas...

—¡No pasa nada, sólo dame un segundo, que me cambio! Tardo cinco segundos, de verdad... ¡Estás en tu casa!

Y así, tan rápido como le había abierto, June desapareció escaleras arriba.

Era la primera vez que Bean pisaba su casa y June la había dejado sola; la sensación era extraña, como de desprotección absoluta, y se quedó unos segundos mirando a su alrededor hasta que decidió dejar la caja de dulces en una cómoda y empezar a quitarse los zapatos para dejarlos junto al paragüero.

Le pareció raro que los Brad tuvieran un paragüero viviendo en Florida, pero al verlo sonrió y, cuando hubo acabado, decidió pasar del vestíbulo al salón, que quedaba a su izquierda.

La habitación se extendía amplia y muy bien decorada, con un gran ventanal al fondo a través del cual se veía el patio trasero y un sofá con *chaise longe* que parecía ser lo más cómodo del mundo. Todo estaba lleno de objetos que se sentían vivos, no sabía explicarlo; lo que había por allí no se parecía en nada a los «recuerdos» que sus padres habían comprado en Estados Unidos intentando emular lo que habían dejado en Corea. En su casa, la historia de las cosas era distante, distinta; allí, habían adoptado esas historias y se notaba que cada objeto había vivido otras vidas antes de acabar en ese salón.

Se quedó observando fijamente una de esas bolas que tienen nieve si las sacudes.

—Uf, eso tiene unos mil años, más o menos.

Bean se volvió al oír a su amiga, sobresaltada, y la otra se rio. El moño y el pijama con los que la había recibido habían desaparecido, y ahora estaba allí, con la trenza de siempre, con una sonrisa y con la caja que Bean había dejado atrás en una mano.

—He encontrado esto en la entrada —dijo, levantándola un poco—. ¿Qué es?

—Ah, son pastas de té coreanas. Se llaman *dasik*. Están muy buenas, a mi abuela le encantan.

—¡Oh! —June abrió la tapa y sacó una de color verde con una flor en la parte de arriba—. Gracias por traerlas, a mi madre le gustarán. Vendrá luego, ahora está un poco ocupada teniendo reuniones y siendo CEO... —Se la metió en la boca, puso los ojos en blanco del gusto y después preguntó—: ¿Quieres subir a mi habitación? Está bastante decente, así que no tenemos que quedarnos por aquí.

—Bueno, ese «bastante decente» promete, así que sí.

Con una risa y pasos largos, se plantó a su lado y dejó que June la guiara escaleras arriba y abriera la primera puerta del pasillo a la izquierda.

June se arrepintió de haberla llevado allí nada más pusieron un pie dentro. Por un momento temió que su amiga pensara que aquello parecía «una tienda de *merchandising* de la NASA», porque era lo que le decía su madre una y otra vez; sin embargo, intentó no fijarse demasiado en sus posibles reacciones y verlo todo con ojos nuevos, intentando ser objetiva. Sabía que lo más llamativo a primera vista era la maqueta del *Apolo 11* del fondo de la habitación, y después sus posters del mapa estelar, de la Estación Espacial Internacional y de *Expediente X,* por decir algunos. Habría dado un brazo por saber qué se le pasaba por la cabeza a su amiga, pero prefirió quedarse callada y rezó por que no se fijara en los libros, en los DVDs y en el peluche gris del alien sobre su cama.

A lo mejor si lo hubiera pensado un poco le habría dado tiempo a guardarlo. No todo, claro, pero al menos...

—Estoy flipando —dijo Bean, sacándola de su ensimismamiento y sobresaltándola.

Ahí estaba. La reacción. June se sonrojó del todo, muy a su pesar, y sintió que el corazón le pesaba un poco.

—¿Ah, s-sí?

—Sí. Esto es... es una pasada, June. —Duck Bean se volvió hacia ella, con la boca un poco abierta pero sonriendo, y señaló vagamente hacia la estantería que tenía delante, como si pusiera un ejemplo—. Las cosas que tienes… me parecen una pasada. No sabía... no sabía que te gustaba todo esto, pero es muy... ¿tú? Estás por todas partes. —Hizo una pausa, acercándose a un cuadro del cielo nocturno, y se quedó mirándolo unos segundos antes de seguir—. Es como estar dentro de tu taquilla.

Era verdad. La taquilla. June no se acordaba de eso, pero tampoco le había parecido importante. Se llevó un momento la mano al corazón, sobrecogida, y pensó que era mejor no decir nada antes que contestar una tontería.

—G-gracias...

—Esto es como acabar de conocerte de golpe. —Miró de nuevo a su alrededor y se fijó en la que, en opinión de June, era la joya de la corona—. ¿Es una nave?

—Son el módulo lunar y el módulo de mando del *Apolo 11: Eagle* y *Columbia*. Y esos de blanco son Neil Armstrong y Edwin Aldrin pisando por primera vez la Luna, mira qué pequeñitos.

Duck Bean asintió, sonriendo, y se inclinó sobre la maqueta para ver mejor los detalles. June retrocedió un poco, se sentó sobre la cama y se dedicó a observarla durante unos segundos. No había ni una pizca de maldad en ella ni en sus gestos, y tampoco le parecía que nada fuera fingido: sólo era ella, larga y fina y completamente opuesta a June, inclinada en una curva sobre sus cosas y con unos ojos que decían que le interesaban de verdad.

El pecho se le llenó de golpe.

—Duck Bean, tengo algo que contarte.

Se arrepintió de haberlo dicho casi al instante, pero en el fondo supuso que era mejor soltarlo y no alargar más el silencio. Había estado guardándose la noticia varias semanas: al principio diciéndose que era mejor no contárselo a mucha gente, después con la excusa de que no quería distraer a nadie de los exámenes, pero ya no podía ocultarlo mucho más tiempo. No tenía sentido. Por eso, cuando Bean se volvió para mirarla, ella desvió la vista hacia el primer cajón, donde guardaba la carta, y suspiró.

Había echado la solicitud para la universidad en septiembre y había intentado desentenderse hasta saber algo, pero era difícil, una vez pedida la plaza, no pensar en acabar estudiando allí. Era un sueño que tenía desde pequeña. La emoción que sentía cada vez que le venía a la cabeza el «y si...» la había motivado a seguir esforzándose y, por fin, la carta había llegado. Casi siete meses después, tenía su respuesta.

Pero ahora las cosas eran diferentes, o eso creía. Todo había cambiado muchísimo en poco tiempo, y ahora June tenía en su vida a Duck Bean, que era un factor que no habría podido predecir ni en un millón de años. Bean lo cambiaba todo inevitablemente. Había tenido mucho tiempo para pensar en todas las posibles reacciones que tendría al oírla, y lo había pospuesto por miedo a que se cumpliera alguna, pero al verla en su habitación las palabras se le habían escapado sin querer.

Porque era sólo Duck Bean y no había ninguna razón para no contárselo.

Su amiga volvió la cabeza y June la miró a los ojos. Eran oscuros, no del todo negros aunque tampoco grises grises, y pensó por enésima vez que Bean no tenía ni una línea fuera de su sitio. Se quedó unos segundos parada, observándola. No sabía por dónde empezar y deseó no tener que hacerlo, pero, desgraciadamente, tanto si se lo contaba como si no, el calendario seguiría corriendo.

—¿Qué es?

—He recibido una carta de aceptación de una de las universidades a las que envié una solicitud.

—¿En serio? ¡Enhorabuena! —exclamó Bean, y sonrió, estirando un poco la espalda—. ¿Qué uni es? No me digas que Harvard o algo así, porque fliparía.

—No, no es Harvard, es... —Hizo una pausa, cogió aire e intentó sonreír. Porque aquello era bueno, ¿no? Tenía que sonreír porque aquella aceptación era buena y había trabajado mucho para conseguirlo—. Está fuera del país. Me han cogido en Astrofísica en Cambridge.

—¿Cambridge? ¿Cambridge, Massachusetts, o Cambridge, Inglaterra?

—Cambridge, Inglaterra.

—¿Inglaterra?

June asintió. Todo se quedó como en suspensión por un minuto. La sonrisa de boca abierta que Bean tenía en la cara se quedó congelada, perdiendo inevitablemente un poco de fuerza, y June ni siquiera pestañeó porque quería ver eso, cada mínimo cambio en la expresión de su amiga, cualquier cosa de la que pudiera inferir cómo le había afectado la noticia.

Se le hizo eterno.

—¿Te han... te han cogido en Inglaterra de verdad?

Asintió despacio. Se sentía tensa y cauta y un poco nerviosa.

—Pero... ¡Pero eso es genial, June! ¡Vas a ir a *Cambridge*!

Bean saltó sobre ella para abrazarla.

June dejó que lo hiciese y la rodeó con los brazos, pero como si fuera algo que tenía que hacer, no porque la emocionara de verdad. No sabía por qué había esperado que las palabras de Bean la aliviaran —tal vez porque quería de ellas incomprensión, o lucha, o rechazo—, pero lo que le recorría el cuerpo ahora no se parecía en nada al alivio. Era otra cosa. Era un nudo en el esternón tan fuerte que no lo entendía bien, y eso le dio rabia y la puso un poco triste.

¿Por qué se había alegrado tan fácilmente? ¿Es que quería que se marchase?

No, se dijo, rectificando. Sabía que pensar eso era injusto y malo e irracional, así que, cuando Bean se incorporó sobre ella, le sonrió todo lo que pudo antes de sentarse e intentó no llorar.

—Buah, no me lo puedo creer, June. Es genial. ¿Cuándo empiezas? ¿Cuándo te vas?

—Eh... aún... no lo he mirado. Tengo que meterme en la página e investigar todas esas cosas todavía, no me... no me ha dado tiempo.

—¿Sabías que irías? —Cuando Bean la miró, June asintió tímidamente—. ¿Desde cuándo?

Quería decirle que desde hacía mucho. Había empezado a sentirse culpable hacía poco, cuando le dieron el sí, pero en realidad todo aquello había sido predecible de antes. Había superado muchos pasos antes de llegar a aquel punto. Por supuesto, no sabría si la iban a coger hasta el final, pero podía imaginárselo después de las pruebas, los impresos que había rellenado y las entrevistas por Skype; June se encogió de hombros, sin querer reconocer que sabía aquello desde finales de marzo, y Duck Bean se limitó a sonreír ligeramente.

—Qué contenta estoy por ti, June. Te va a ir genial. Dios, debes de estar muy orgullosa.

Y lo estaba, y le hacía feliz que Bean se alegrara tanto, pero a la vez también se sentía increíblemente triste.

Porque lo que no había dicho Bean era que entrar en la Universidad de Cambridge significaba que se iba, y que, aunque estudiaría lo que siempre había querido estudiar, lo haría en Europa. Eso había sido bueno antes de conocer a alguien, pero ahora sólo suponía poner 7000 kilómetros entre ellas. Lo había buscado. Los vuelos costaban mil quinientos dólares y nadie se gastaría tanto en atravesar el océano para ir a verla, y ella tampoco tendría tanto dinero como para viajar a Florida a menudo, así que no volverían a verse.

En septiembre, cuando mandó la solicitud, no había nadie por quien hubiera querido quedarse, pero ahora las cosas eran distintas y no tenía ni idea de cómo lo iba a solucionar.

En cuanto le dio la espalda, Bean, rendida, relajó la sonrisa que se había obligado a poner para no decepcionarla. Una piedra enorme le ocupaba todo el pecho. No quería ser la persona que se sentía mal cuando su mejor amiga conseguía algo bueno, pero pensó que de pronto odiaba Inglaterra y todas sus ciudades porque la alejarían para siempre de June. Era una persona horrible por pensarlo, pero no podía evitarlo. Lo sentía así. La idea de perderla, que le había venido tan de repente, se le hizo enseguida muy grande, muy inabarcable y muy imposible.

SEPTIEMBRE

—No me creo que vayas a irte.

June se volvió hacia Bean. Estaban tumbadas en el suelo de su jardín y rodó sobre un lado para poder mirarla bien, porque estaba rara, como si también le hubiera afectado el huracán. Parecía triste. Le tocó el brazo con un dedo, más en una caricia que para llamarla, y Bean pestañeó tan despacio que le pareció que simplemente había cerrado los ojos.

—El tiempo ha pasado muy deprisa pero también muy despacio, ¿no crees?

—Sí. Me parece que te conozco de toda la vida, pero a la vez es injusto el poco tiempo que he estado contigo.

Era la primera vez que hablaban de aquello así, tan abiertamente. Era la primera vez que Bean se abría así ante ella. June recordaría después a la perfección casi todo lo que se dijeron esa tarde, sobre todo cuando se atrevió a estirar los dedos y cogerle la mano.

La de Bean se abrió como si lo hubiera estado esperando, como si fuera algo natural, como si no entendiera por qué había tardado tanto en hacerlo. La atención de ambas se concentró ahí, en el espacio entre sus palmas, pero sus bocas intentaron seguir hablando como para mantener la normalidad.

—Probablemente no nos veamos más —murmuró su amiga, suave, despacio.

—Sí nos veremos. Te lo juro. Tenemos Skype, Skype es algo —dijo, intentando sonar optimista.

Bean soltó un suspiro.

—Skype es bastante poco, pero supongo que es lo que hay.

Soltó una risa amarga después de eso y, al oírla, Duck Bean le cogió con más fuerza los dedos. June se mordió el labio al instante. Todo había sido raro últimamente, pero había vuelto a intentar sonreír y a darle la razón y ayudarla, aunque el final se acercaba y las dos lo veían y la indecisión seguía ahí, plantada en el centro de su pecho.

—Nos irá bien, ya verás —murmuró, de pronto mucho más triste que unos segundos antes—. No creo que sea tan fácil separarnos. Nos irá bien porque tiene que ser así.

—¿«Tiene»? —Ahora la voz de Bean era la más suave, y volvió la cabeza para mirarla—. ¿Por qué «tiene», cómo es eso?

—Porque somos nosotras —respondió simplemente—. Eres mi mejor amiga, Bean. Nunca había tenido una. Eres mi mejor amiga, y si el universo te separase de mí se me rompería el corazón, y no me parece justo.

Bean volvió a apretarle la mano.

8; IDA

< generation_why - conan_gray.mp3 >

MAYO

Lee se sentó en las escaleras. La puerta del estudio de su madre estaba abierta y podía oírla cantar mientras trabajaba. En la cocina, su padre escuchaba la radio y preparaba la comida, concentrado y respondiendo de vez en cuando a los comentarios que salían del cacharro. Estaba haciendo su guiso especial para la comida con sus tíos, que bajaban desde Jacksonville para verlos todos los meses, y sabía que no debía interrumpirlo hasta que decidiera que había terminado.

La vida le iba bien. Era buena. Las voces de sus padres se mezclaban en el aire y seguían siendo compatibles incluso después de tantos años.

Él estaba en un lugar intermedio.

Se sintió, otra vez, increíblemente solo.

—¡Bienvenidos! —exclamó su madre un rato después, cuando sus tíos llamaron a la puerta y abrió, contenta—. Habéis llegado justo a tiempo, Alberto acaba de meter el pollo en el horno.

—Pues menos mal, tía Elvira, porque tengo un hambre que me muero.

Lee era el mayor de todos los primos: Ariana había cumplido catorce en enero, Alec tenía once y Luis, el que acababa de hablar, ocho. Normalmente él se hacía cargo de ellos cuando se veían. Cuando bajó a saludar, contento de verlos, dejó que su tía le besara efusivamente ambas mejillas y le preguntó a su prima qué tal las clases.

—Bien. Octavo es pan comido. No puedo esperar a entrar en el instituto.

—¿Es el año que viene ya?

—Es en *meses*.

—¿Quién quiere un vinito?

Lee llevó a los niños aparte mientras los adultos se ponían al día. Luis se le subió a la espalda y lo llevó hasta el salón, seguido por Ariana, que se dejó caer en el sofá y pidió enseguida la nueva contraseña del wifi. Alec, siempre a otro ritmo, corrió hasta el armario donde tenían los videojuegos para escoger uno.

—No se me conecta, ¿está encendido el rúter?

—Claro que está encendido, prueba otra vez.

—Oye, primo, no tienes nuevos juegos...

—Ah, ya va, vale.

—¡Pues juguemos al *Mario Kart*!

—El *Mario Kart* otra vez no, Luis, lo odio...

Lee se sentó en el sofá junto a su prima y suspiró. Ari le echó un vistazo de reojo. Se llevaban bien, pero a la vez sabía por dónde solían tirar sus conversaciones y no estaba seguro de que aquel fuera un buen momento para tener una.

—Entonces ¿ya has recibido alguna carta de alguna universidad?

A Ariana le gustaba hablar en puzles, siempre cogiendo trozos de cosas que le había oído decir a personas mayores que ella. A Lee le hacía gracia que hablara así, aunque nunca se lo dijera, y normalmente dejaba que le contara su vida y le mandara capturas de pantalla cuando quería preguntarle cualquier cosa. A cambio, él se encargaba de informarle de distintos cotilleos y darle datos tontos de personas que ella no conocía. No le molestaba que fuera un poco cotilla, excepto si lo era con cosas suyas, y ahora, cuando hizo esa pregunta, el chico soltó un gruñido.

—Sí, varias.

—¿Y qué dicen?

—Algunas que me aceptan, otras que soy demasiado tonto.

—No creo que ninguna carta de rechazo diga que eres demasiado tonto... No suena muy profesional.

—Te sorprendería.

La chica puso los ojos en blanco, borró unas cuantas notificaciones de su móvil y luego volvió a mirarlo.

—Bueno, y qué, ¿no vas a decirme dónde te han cogido?

Prefería no contestar, sinceramente. Le habían dado dos respuestas buenas a las diez solicitudes que había mandado, pero al abrirlas se había dado cuenta de que aquellas dos afirmaciones le habían hecho sentirse un poco incómodo, como si no las quisiera.

—Mejor me lo guardo, que sea una sorpresa.

La chica hizo un puchero.

—Pues vaya. ¿Tampoco me dices qué vas a estudiar?

Definitivamente no. Las carreras que estaba valorando habían sido sugerencia de la orientadora del instituto y él había aceptado para terminar rápido el papeleo, no porque le interesaran de verdad. En parte algunas de sus sugerencias fueron bastante lógicas —concretamente, Relaciones Internacionales y Política—, porque se le daba bien hablar con la gente y la mujer había hecho hincapié en ello, pero estaba cansado. Se aburría de que aquello fuera lo único que se le daba bien y que resaltara hasta para eso. ¿Es que nadie podía pensar en nada más? ¿Iba a ser eso lo que le pusiera comida en la mesa?

—No, tampoco —le dijo a su prima, sonriendo mucho como si estuviera jugando de verdad—. Ya te enterarás, peque.

—No me llames «peque»...

Las comidas familiares en su casa solían durar mucho, pero Lee se escaqueó en cuanto pudo diciendo que tenía una fiesta. En cuanto hubo elegido lo que iba a llevar (era difícil el equilibrio entre ir formal pero sin pasarse, en ciertas ocasiones), avisó a Amy y a otra amiga para acercarse juntos. Se sacó unas cuantas *selfies*, subió varias a Instagram para animar a más gente a ir y en unos minutos estaba en el coche ya listo para ir a buscar a sus amigas.

Se había reunido allí todo el mundo.

La casa de Charles Bouwman era de las más grandes de la zona, así que podía meter allí a gente de Pine Hills, Hiawassee, Lockhart y otro par de pueblos cercanos. Siempre que celebraba algo, además, lo hacía por todo lo alto: barra libre, comida gratis, música en directo, decoración especial... Lee pensaba que disfrutaba comportándose como si fuera un joven Jay Gatsby, tal vez porque podía permitírselo, tal vez porque fantaseaba con tener una historia trágica como la suya. No lo conocía mucho, así que no lo sabía, pero sinceramente tampoco creía que lo quisiera saber. No era la clase de persona que le gustaba. Sí, hacía grandes fiestas y Lee había ido a las suficientes como para comprobarlo, pero a la vez era ruidoso y comentaba cosas desagradables de todo el mundo, sobre todo de las chicas, así que normalmente prefería mantenerse alejado de él.

Si Lee iba a los eventos que organizaba era porque también lo hacían todos sus amigos, y él quería estar con ellos, así que el balance valía más o menos la pena.

Aquel día, sin embargo, Lee tardó poco en alejarse del grupo. A veces no se sentía muy a gusto rodeado de las personas de siempre.

Vagabundeó buscando a alguien que le pareciera interesante, aunque no se le ocurría quién podría ser, y acabó en el jardín de atrás mirando de frente a una piscina llena y a un pequeño escenario en el que tocaban cuatro músicos.

Le gustó pensar que fue la música la que lo guio hasta allí.

Al principio se quedó un poco confundido. Llevaba ya dos copas y media y se las había bebido muy rápido, así que no podía enfocar bien y por eso tampoco lo reconoció enseguida; sin embargo, en cuanto se acercó un poco, se dio cuenta de que era inconfundible: el pelo rubio y repeinado era la marca personal de Adam Holt, así que el misterio ahora era averiguar cómo demonios había acabado ahí arriba, en el escenario.

Intentó controlar su sorpresa. No porque Adam lo hubiera visto, que aún no, sino porque de repente se le había acelerado el corazón de forma ridícula y quería calmarse. Su cerebro recuperó inmediatamente la información de que eso era lo que hacía Adam, música. Había empezado en el colegio, cuando iban juntos a clase y él mismo había visto cómo decidía qué instrumento quería tocar, cómo empezaba las clases particulares con el fagotino, los ensayos y las desafinaciones, y también cómo entraba en el conservatorio. Lee había estado ahí, ¿de qué se extrañaba ahora? No era raro que estuviera tocando en una fiesta ni que hubiera mejorado una barbaridad.

Se sintió un poco culpable por haberse perdido la transición de un estado al otro, pero eso había sido por completo su problema.

Era porque se había aburrido. Eso era lo que había pasado. Lee siempre se aburría de todo de forma fácil, pero nunca le había pasado con él hasta que, un día, de repente, sí pasó. Adam siempre le había parecido una persona muy interesante de muchas formas distintas, pero llegó un punto en que los ensayos empezaron a demandarle mucho tiempo, esfuerzo y atención, y al final siempre tenía que practicar o estaba cansado, y Lee lo notó. La ausencia. Lo pilló en tiempo de cambios y justo apareció otra gente que sí tenía tiempo para él y que podía quedar y que quería conocerlo, y desde siempre él había necesitado a otras personas, así que empezó a desviar su atención y, poco a poco, sin darse cuenta, vio que entre los dos había crecido la distancia.

Y a día de hoy Adam lo odiaba y él no podía hacer mucho, porque había sido culpa suya. Nunca le había hablado de eso a nadie, ¿por qué estaba pensando en ello ahora, al verlo en traje?

Estaba borracho. Se puso triste. Adam sonaba bien, sonaba a algo que encajaba en la fiesta de Charles Bouwman creyéndose Jay Gatsby. Recordó que a veces, antes, cuando Adam aprendía algo nuevo y lo tocaba para él, Lee intentaba imaginarse que la música significaba cosas. Ahora ya no era un niño ni tenía tanta imaginación, pero, tal vez por el alcohol, aquello estaba significando algo para él. Y, aunque por un lado le estaba dando un poco de angustia, por otro le gustaba porque se la merecía.

Adam sabía por qué estaba allí: un tío rico se había acercado a él y a otros chicos de la banda y les había dicho que les pagaría cien dólares a cada uno por tocar en la fiesta que Charles Bouwman iba a dar en su mansión.

No tenía ningún sentido estar tocando música clásica en una fiesta de adolescentes a finales de mayo en plena Florida, pero ni iba a cuestionarlo ni a rechazar cien dólares por hacerse el duro o el antisocial. Incluso soportaría el traje obligatorio por tanto dinero. Después podría beber y comer gratis, además, y la idea de probar las cosas ricas que había visto de lejos era lo suficientemente atractiva como para determinar que, en efecto, aceptaba la oferta.

El concierto había ido bien. El mismísimo Charles había subido a felicitarlos al acabar, dándoles la mano uno a uno como si fuera un señor mayor o un ministro y ellos profesionales. En realidad eso había estado bien, le había hecho sentirse importante. El chico hablaba como si estuvieran en una película antigua y oficialmente los había invitado a cenar, es decir, a picar lo que quedara del bufé libre, y al bajar del escenario las tripas de Adam habían coincidido en que probablemente era buena idea comer algo.

Oyó su voz cuando estaba dando buena cuenta de los pocos canapés que había podido probar:

—Siempre es un placer encontrarte, Holt, pero si llevas traje ya parece que haya bajado a bendecirme el Espíritu Santo.

Adam se volvió hacia él con una sonrisa que seguramente lo pilló desprevenido. Lee había predicho erróneamente que vería una cara de mosqueo, o al chico poniendo los ojos en blanco, pero no esa expresión divertida y algo dulce que le pareció una maravilla inevitable.

—Ya estabas tardando en aparecer con tus exageraciones.

Adam iba con el pelo engominado hacia atrás y tenía la cara brillante por el sudor. Tenía tanto calor, de hecho, que llevaba los primeros botones de la camisa abiertos y la chaqueta sobre el regazo. Lee se lo quedó mirando como si quisiera guardarse la imagen para después, atónito. No se merecía eso. No se merecía tener algo así delante.

No había exagerado tanto. Se alegraba de que estuviera allí. Se alegraba, también, de haber bebido y de sentir ese puntillo de desinhibición. Se dejó caer a su lado en la barra, recostándose un poco sobre él para coger un canapé que quedaba en su plato, y se lo metió entero en la boca para no tener que contestar inmediatamente.

—Me interesa saber cómo has acabado en una fiesta de pijos con los que creo que no has hablado jamás —dijo al acabar, sonriendo—. ¿Te han secuestrado para traerte?

—¿Cómo sabes que no hablo con ellos? —respondió el otro, y su expresión y su voz igualaban a las de Lee, lo que le produjo una enorme satisfacción por dentro—. A lo mejor somos amigos en secreto. Podríamos serlo. Podrías no saberlo todo, tal vez no te hayas enterado.

—Creo que me entero de todo, ¿no lo sabías?

—¿Ah, sí?

—Sí, y no pongas esa cara porque es verdad... Tengo ojos en todas partes.

La risa de Adam sonó grande y fuerte y acalló todas las voces, o al menos a Lee se lo pareció, y la sensación que le recorrió por dentro le hizo sentir bien, casi agradecido. No sabía qué estaba pasando, pero no podía creerse que estuvieran hablando ahora mismo. Sólo por aquel último minuto todo había valido la pena, el alcohol y el viaje y haber deambulado durante más de una hora por allí, antes de haber oído la música, sin saber muy bien qué hacer.

—Estás de buen humor —murmuró, aún mirándolo fijamente y con una sonrisa torcida—. Me gusta.

—Y tú estás un poco contentillo, ¿no? A mí ni siquiera me ha dado tiempo a catar el alcohol.

—Al fondo hay un camarero poniendo copas, pero si quieres puedes quedarte con la mía. —Lee empujó hacia él su vaso medio vacío—. Me viene bien descansar y pedir agua, acábatela tú.

—Entonces ¿sí que llevas muchas?

—Un par, pero es que no estoy acostumbrado.

Adam tampoco había bebido mucho a lo largo de su vida; la razón principal, probablemente, era que no había tenido con quién. Sólo recordaba dos veces en las que se hubiera emborrachado: cuando se quedó en casa de Brian y el chico sacó una botella de ron que se terminaron en una hora, y el día que su madre llevó a Juliet a casa para presentársela oficialmente como su novia, aunque, para entonces, ya llevaban juntas varios años. Esa vez había sido un poco pequeño para beber, pero lo había hecho igualmente. Miró la copa que le ofrecía Lee y luego a él: se le notaba relajado y contento, y tenía los ojos achinados de tanto hinchar las mejillas y el pelo con ese peinado-despeinado que sabía que se había esforzado en conseguir. Tras pensarlo unos segundos, la aceptó: la cara de sorpresa de Lee valió la pena y, cuando sus labios tocaron el borde del vaso, se preguntó fugazmente si él habría bebido también por ese lado.

Se acabó lo que quedaba de un trago y luego, como si no hubiera sido para tanto, cogió otro de los canapés que tenía delante y volvió a comer.

Lee no podía dejar de mirarlo.

—Me ha gustado mucho lo que habéis tocado. Me ha recordado a cuando empezaste. También me gustó cómo lo hiciste en la obra, has mejorado un montón en todo este tiempo.

—¿Fuiste a la obra? —preguntó Adam, ahora siendo él quien estaba sorprendido.

—Claro. —Se echó un poco hacia atrás y, aunque dudó durante unos segundos porque no sabía si era correcto decir algo así, al final confesó—: Tuve que ir a verla dos veces para enterarme del argumento porque la primera vez sólo te miré a ti.

La luz era algo mala y no le veía toda la cara desde su posición, pero le pareció que las orejas de Adam se ponían un poco rojas todos los esfuerzos que había hecho por quedarse habían servido tras esa imagen.

—¿Pagaste dos veces? —preguntó Adam al cabo de unos segundos, mirándolo de reojo.

—Sí. No me arrepiento.

—Gracias.

Cuando Adam se volvió para observarlo, le dio la sensación de que la sonrisa de Lee podría haber iluminado la habitación.

—No me las des, te lo he dicho sinceramente. Claro que no tengo más opciones, porque los borrachos no podemos mentir, ¿no? —Soltó una carcajada demasiado alta y luego se balanceó un poco en la silla—. ¿Quieres hacer algo? No vas a pasarte todo el rato comiendo, ¿no?

—A lo mejor sí. ¿Por qué, me vas a sacar a bailar?

—Sí, si es lo que quieres. ¿Quieres que baile contigo?

—No —respondió Adam rápido, estirando mucho la espalda otra vez—. ¿No están tus amigos por aquí?

—Sí, pero me he separado de ellos hace bastante rato y tampoco tengo tantas ganas de verlos. Prefiero quedarme contigo.

—Qué mal gusto, sinceramente.

Lee se rio al ver que Adam sonreía.

—Venga, te invito a una copa. Es gratis, pero la elijo yo por ti. Cuando hayas acabado de cenar vamos y luego bailamos o lo que quieras.

No tardaron mucho en moverse. Lee le ofreció una mano para que no se perdieran entre la elegante y exagerada multitud, pero Adam la rechazó y el otro se encogió de hombros. No sabía medir hasta dónde estaba llegando porque su realidad estaba un poco distorsionada, así que dejó que el otro marcara el ritmo porque era la opción más segura.

Cuando Adam le preguntó si era buena idea que él también se pidiera algo, Lee le respondió que no se preocupara, que estaría bien.

—No es por ti, es por mí, que no quiero tener que ver cómo echas hasta la primera papilla.

—Tendrías que recogerme el pelo, que lo tengo ya muy largo.

—No, creo que si vomitaras tendrías que recogértelo solo.

—¡Tú no me quites los ojos de encima!

Lee soltó una carcajada y siguió adelante. Pillaron las bebidas y pasaron por un lado de la zona de disco, sin involucrarse, para evitar tener que esforzarse en encajar, aunque se quedaron en un rincón observando a los que sí que bailaban. Hubo algo extrañamente natural en la forma que tuvieron de reírse de Markus Kinlay, que se movía alrededor de Sarah Penm como un loco, y de cómo ella lo miraba como si tuviera ganas de clavarse a sí misma un boli en un ojo o de clavárselo en el cuello a él. De repente, el universo se sacudió y entraron en una dimensión en la que no había pasado el tiempo.

Sus hombros se tocaron cuando Lee se inclinó hacia él para decirle: «Creo que Sarah acaba de descubrir que es lesbiana», y Adam no sólo no se apartó, sino que se inclinó un poco más contra él para contestar: «Más que lo sepa ella, lo que me importa es que se entere él». Cuando se aburrieron, al cabo de un rato, se marcharon juntos de allí. La atmósfera de aquella casa hacía que todo pareciera fácil y posible, y, de repente, volvieron a ser los amigos que habían sido porque la distancia entre los dos no existía allí dentro.

Las bebidas que llevaban en las manos fueron cambiando de color a lo largo de la noche. No hablaban de nada aunque no dejaran de mover la boca, las palabras y las risas saltando entre ellos a pesar de que muchas otras personas se acercaran a saludarlos. Nadie se quedaba demasiado a su alrededor, sin embargo; en aquel paréntesis donde habían caído sólo existían Adam y Lee, concretamente los Adam y Lee que habrían sido si nada se hubiera estropeado, y era imposible que alguien se metiera entre ellos.

Era una burbuja en la realidad que los encantó de repente, y todo tenía aire de sueño, y nada era del todo válido allí dentro porque las paredes de aquella mansión ridícula estaban fuera de cualquier parte.

Se tocaban como si el otro no fuera a darse cuenta de que lo hacían, brazo con brazo, codo con codo, una mano de repente en el hombro del otro porque el alcohol era gratis y daba igual lo que pasara en esa fiesta. Porque no contaba. Allí dentro no existían las preocupaciones respecto al año siguiente ni la universidad ni la carrera, porque no hablaban de eso, y lo que pasara en la fiesta no contaría porque nunca más hablarían de ello. Eran universos completamente separados. Los dos lo sabían y los dos lo asumían, aunque cada uno por un motivo diferente.

Lee se sentía crecer y era consciente de dos cosas: de que era completamente feliz en aquel momento y de que todo aquello acabaría pronto, como siempre. No tenía ni idea de qué le contaba a Adam ni de qué le decía Adam a él. Oía las palabras, pero desaparecían rápido de su mente. Lo único que quedaba después de eso era la expresión relajada del otro, o su sonrisa, o la sensación de ridiculez que le había provocado algo que había dicho y que, definitivamente, le había hecho reír.

Lee tenía la cara blanda y la cabeza pesada y adoraba todo aquello hasta niveles inexplicables. Todo estaba un poco borroso, todo excepto puntos que podía enfocar específicamente, y tenía la certeza de que, a veces, la mano de Adam encontraba la suya y lo ayudaba a caminar. Saber que él estaba igual le hacía sentirse tranquilo. Todo aquello le parecía seguro y divertido y privado, porque, aunque todo el mundo bebiera, ellos dos eran los únicos borrachos que de verdad importaban, y por eso acabaron alejándose y sentándose en un rincón apartado del jardín.

Se oían grillos y risas lejanas desde donde estaban. Lee empezó a tener mucho sueño, como siempre que se pasaba un poco con el alcohol, pero una voz le dijo que por favor no se durmiera. Que siguiera viviendo aquello. Intentó obedecer y ser fuerte, porque quería estar allí y arañar el tiempo que le quedaba, y, antes de hablar, paladeó un par de veces para asegurarse de que aún tenía la lengua en la boca.

—¿Puedo preguntarte una cosa?

Habían apoyado la espalda en una valla de madera y se alegraba de tener un punto fijo que lo ayudara a centrarse. Todo le daba vueltas, incluso aunque se sentara. Adam lo miró. Aprovechó que Lee aún tenía los ojos cerrados para observar su pelo revuelto, su cuello largo y su cuerpo completamente relajado, y, a los pocos segundos, desvió la vista de nuevo y también paladeó.

—Claro, dime.

Lee estaba bajando. La montaña rusa iba cuesta abajo ahora. Se humedeció los labios y despegó los párpados e intentó con todas sus fuerzas distinguir las formas de algunas estrellas, aunque era imposible ver nada en el estúpido cielo de Florida, y entonces habló:

—¿Alguna vez piensas en nosotros?

La pregunta no se le escapó porque la tenía preparada de mucho antes, pero aun así fue rara y generó silencio entre los dos. No había sido accidental, porque había pedido permiso para hacerla, pero de repente le hubiese gustado saber cómo habría seguido todo si simplemente se hubiera callado.

Sabía que no obtendría una respuesta inmediata y que, de hecho, tal vez ni siquiera obtuviera una en general. ¿Hasta qué punto no lo había dicho sólo por quitárselo de encima? Tal vez eso era egoísta, pero no tenía ni idea. No dejaba de pensar en su prima Ari y en las preguntas sobre la universidad, y en el futuro, y en que no quería el que le tenían preparado.

Y en que quería quedarse en aquel momento para siempre, pero que aquella noche se acabaría pronto y, cuando lo hiciera, tendría que volver a casa y decidir.

Se dio cuenta, probablemente por primera vez en toda la noche, de quién era Adam y de quién era él. No sabía qué había pasado en las últimas horas ni qué habían hecho, y de repente le agobió no acordarse. ¿Cuánto tiempo llevaba en aquella fiesta? ¿Le habría confesado entre risas su miedo a no ser invencible? No creía haberlo hecho, pero ahora no estaba seguro. No quería que lo descubriera, pero con él se sentía cómodo, así que tal vez se le había escapado. Era porque Adam le hacía sentir bien, y porque le parecía interesante, y porque era gracioso como lo eran los señores mayores y las mujeres casadas. Porque era atento. *Pero ahora no lo es contigo*, intentó recordarse. *Pase lo que pase hoy, hace años que no habláis.*

Adam no dijo nada. Lee temía que su respuesta fuera a estropearlo todo, a sacarlos de aquel universo en el que aún les quedaba un poco de tiempo, así que no repitió la pregunta y agradeció que hubiera decidido guardar silencio. Se llevó las piernas al pecho y apoyó la barbilla en las rodillas. De repente, la sensación de que nada de esto le estaba pasando a él dejó de parecerle buena, aunque se hubiera reído tanto durante toda la noche. Ya no recordaba qué había sido tan divertido antes, pero debía de haber sido muy gracioso para que lo disfrutara.

Supuso que le tocaba seguir.

—Parecía que todo iba mejor cuando éramos amigos —murmuró, fijándose en la punta de sus Converse. Notaba que los ojos de Adam estaban clavados en él, pero no quería devolverle la mirada porque pensaba que si lo hacía todo dejaría de ser fácil.

—Pero eso es porque éramos pequeños.

Lee sofocó una risa y se apartó el pelo hacia atrás.

—Puede, pero aun así te echo de menos. —Seguía con la cabeza gacha, y era difícil leer a Lee Jones sin verle la cara—. Me lo he pasado muy bien hoy, Adam. De verdad. Te... te agradezco esto. No quiero sonar muy patético, pero te lo agradezco. —Ahora sí que se volvió hacia él, y sonrió, y su sonrisa era casi una disculpa adelantada—. Siento haberlo hecho tan mal entonces. Parece una excusa estúpida, pero realmente no me di cuenta. Desde donde estoy ahora me parece que era muy pequeño. Que... que teníamos una amistad muy bonita y que tenía que haberla cuidado.

—El yo de hace tiempo se enfadaría conmigo por esto, Jones, pero el yo que está aquí ahora y que se ha emborrachado puede decirte que, lógicamente, es bastante poco razonable que uno solo tenga la culpa de algo que es cosa de dos.

Pensó que era lo que tenía que oír. Que, de alguna forma, Adam todavía veía en él lo que él veía en el resto de gente, y que aquellas eran una por una las palabras exactas que él había querido, o necesitado. Le dedicó una sonrisa pequeña. No sabía qué decir y no quería cagarla, porque a lo mejor estaba hablando demasiado, así que eligió sólo mirarlo y fue increíblemente fácil.

Le tocaba el turno al otro:

—Yo también me lo he pasado muy bien contigo hoy.

Se miraron a los ojos y Adam sonrió. Era una sonrisa indescriptible, contenida pero controlada, algo que sólo habría podido conseguir él.

Ni siquiera Lee podía esbozar una sonrisa así. ¿Sabía Adam eso? ¿Sabía lo que podía hacer? A lo mejor no era consciente, pero eso no significaba que no estuviera haciendo lo que hacía. Que era... ¿Qué era, ser suave? ¿Ser el Adam de un universo alternativo? ¿Atraerle? Porque no podía negar que estaba ahí y le atraía, y tal vez fuera por el alcohol, sí, pero realmente no podía saber si era sólo por eso.

La bebida había anulado sus poderes. No tenía ni idea de qué estaba pensando el otro, aunque habría matado por averiguarlo.

Adam Holt-Kaine se mordió el labio inferior con los dientes de manera ínfima y a Lee le pareció que estaba en una broma de su propia vida, así que sofocó una risa y se levantó.

Todo le daba vueltas, pero menos de las que le habría dado si hubiera alargado un poco más aquella fiesta. Adam lo miró desde abajo con la expresión más confusa del mundo.

—¿Qué pasa?

—Creo que me voy a ir.

—¿Ahora? ¿Adónde?

—No sé, pero quiero acordarme. —La luz de la casa le iluminaba desde detrás y lo rodeaba como un halo, blanca y brillante y excesiva, y a Adam se le cortó involuntariamente la respiración—. Quiero acordarme de hoy.

Y, después de eso, se marchó.

Adam se quedó allí sentado un rato más, con la cabeza embotada y mirando al vacío, hasta que decidió irse porque no tenía mucho que hacer allí sin Lee.

9; NIX

< i_wish_you_were_gay - claud.mp3 >

JUNIO

Tenían una semana y media libre hasta el baile de graduación y Bean pasó con June todo el tiempo que pudo.

Habían pospuesto la fecha por los chicos del equipo de fútbol, que tenían un partido importante el viernes después de los exámenes y habían pedido por favor que no los dejaran fuera, así que, mientras tanto, June y ella decidieron descansar como se merecían, tiradas en el suelo o en la cama y sin hacer nada en particular. Se refugiaban en la habitación espacial de la primera y estar allí era un bálsamo para Bean, porque aquella era una isla inmediata que la separaba de todo lo que, en su propia casa, aborrecía: en ese cuarto no entraban sus padres, ni la voz de Daen Mae, ni críticas vagas por los resultados insuficientes o el tiempo perdido. Con June siempre estaba tranquila. Era porque allí no tenía que responder a nada ni dar demasiadas explicaciones, y lo bueno de su compañía era que, si Bean compartía algo, era porque quería.

Y se sentía bien cuando hablaba de lo frustrada que estaba:

—Mi hermana está casi en el último trimestre de embarazo y ha vuelto a casa para que mi madre esté con ella. Se lo están pasando genial juntas, pero estar cerca de ellas es insoportable.

—¿Por qué?

—Es... bueno, no sé explicarlo con palabras. Es por cómo son cuando están juntas. No sé si ellas se dan cuenta, pero es casi como si... se complementaran. Como si juntas formaran la unión definitiva. Ni siquiera me siento cómoda en casa cuando están ahí las dos, es muy raro.

—Bueno, puedes venir aquí siempre que te sientas rara.

—Lo sé. Te lo agradezco.

Lo mejor de haber terminado el instituto y de tener una amiga con la que pasar el tiempo era que June y ella no hacían nada. Literalmente. No hacer nada era algo conocido para Bean y que, para su desgracia, tenía demasiado controlado y la aburría, pero por supuesto cuando se trataba de la pelirroja hasta eso era interesante.

Se tiraba en su alfombra, mirando desde abajo los posters y las figuras y los títulos de los libros que quedaban en los estantes más bajos, y hablaban de aliens o del espacio o de otras cosas que June le explicaba y que ella a veces no comprendía.

—Buah, es que... Lo siento, pero es que no me cabe en la cabeza el concepto de «universo». No puedo imaginarme que haya algo que nos contiene y donde está todo, los planetas y las estrellas y las galaxias y todo lo demás, pero que ese algo esté contenido en sí mismo. Que no esté dentro de otra cosa, ¿sabes? No veo que pueda *serlo todo*. Para serlo todo debería estar en algún lugar, ¿no? No entiendo que no lo esté.

A June le gustaba Duck Bean porque pensaba en cosas que no se le habían ocurrido. También le gustaba porque, cuando le pedía respuestas, nunca exigía que ella arreglara el mundo.

—A lo mejor lo llamamos «el espacio» por eso, ¿no? Porque es El Espacio, en mayúsculas, ya sabes, el Definitivo. El espacio más espacio que hay.

Ese tipo de respuestas le gustaban y hacían que ambas se quedaran tranquilas.

A Bean le fascinaba ver lo apasionada que parecía June al hablar de todo aquello. Le encantaba observarla mientras lo hacía. Movía los brazos y le brillaban los ojos y siempre le parecía que la June que hablaba de estrellas era la June más June que había, y eso le gustaba. Poder verla. Se sentía una privilegiada por estar en el suelo de su cuarto y presenciar algo así cada día, como si fuera normal, aunque en verdad era extraordinario. Su amiga le hablaba de libros que había leído, de sus series favoritas y de las buenas y malas ideas que había en la ficción, algunas remotamente posibles y otras demasiado atractivas para la realidad, y Bean no siempre se enteraba pero, aun así, tenía los oídos abiertos. Y bebía de aquello. Los padres de June casi nunca estaban en casa y si lo estaban solían dejarlas en paz, así que era como si estuvieran solas en el mundo durante unas horas antes de volver a la realidad.

Pensaba mucho en ella cuando no estaban juntas. A veces volvía a casa y todo se reducía a la televisión comentada por su padre, al hablar bajo e interminable de su hermana y al movimiento frenético y silencioso de su madre en cada rincón. Ni ella ni su abuela formaban parte del cuadro, y había sido así siempre, por lo que no había sentido excesiva conexión con otras personas a lo largo de su vida... Hasta June, claro, porque ella había aparecido. Con June formaban una imagen completa, como en esa *selfie* que se habían sacado un día y que ahora era su fondo de pantalla. June no le pedía nada y había querido ayudarla cuando casi todo el mundo había perdido la esperanza en ella, y Bean no había conocido nunca a nadie así, y a veces pensarlo la abrumaba.

Estaba secretamente agradecida por la suerte que había tenido al conocerla. Nunca había tenido una mejor amiga y se había estado perdiendo algo maravilloso, aunque estaría mintiendo si dijera que sólo pensaba en ella así.

No lo hacía. Había algo en Bean que iba más allá de eso. Siempre había reconocido fácilmente la atracción hacia otras chicas, porque la había sentido desde el principio de los tiempos y no iba a negarla, pero apartar la idea de que quien le gustaba era June era casi más por protección que por otra cosa. Era algo demasiado bonito como para estropearlo, ¿no? Lo quería intacto. Además, ya había estado así toda su vida, poniéndose nerviosa en silencio y no diciéndole nada a nadie, así que no hablar ahora no marcaría la diferencia.

Y, sin embargo, a veces se imaginaba inclinándose sobre ella para besarle la punta de la nariz.

Era estúpido, pero algunos días, cuando no podía dormir y se pasaba horas mirando el techo blanco de su habitación, Bean tenía ganas de declararse. De tirar por la borda todos los argumentos que se había repetido para estarse quieta y de decirle a June lo que sentía, sólo por contárselo, sólo compartirlo. Bean tenía dentro una flor enorme que a veces crecía y crecía y le alcanzaba la boca, y los pétalos no la dejaban cerrarla del todo y la mantenían en vela pensando en la risa de June o en cómo se apoyaba contra ella casi sin querer, como si no fuera nada, y Bean quería decírselo. Aunque fuera sólo una vez, para no tener secretos y dejar de arrastrarlo. No esperaba obtener nada de ella, esa no era su intención; ni siquiera quería una respuesta, si es que eso era posible. ¿Era válido soltarlo así, decirlo un día y que después no contara? ¿Confesarse e irse y ya? ¿Estaba bien querer que no le pesara y también que todo siguiera en su sitio?

Se dio la vuelta en la cama e intentó calmar su corazón.

Quedaban tres días para el baile de graduación e iban a ir juntas. Se lo había pedido ella en un ataque de valentía que duró exactamente hasta que le entró el pánico y repitió que iban «en broma» tres veces, pero, a pesar de eso, había salido bien. O todo lo bien que podía salir, vaya. Se había notado la boca muy torpe cuando le había preguntado si tenía con quién ir, pero la respuesta de June (el «¡No!» más emocionado que ella había oído en la vida) la había animado un poco, aunque fueran a ir como amigas. Aquella palabra le hacía sentir cosas tan contradictorias que ni siquiera quería pronunciarla, pero estaba ahí: «amigas», «AMIGAS», «AMIGAS». La agradecía pero, cada vez que pensaba en ella, la flor crecía más y más y más.

Porque quería controlar sus expectativas, pero estaba en una de esas noches y quería que el baile fuera para ellas lo mismo que era para todo el mundo, y, al final, se levantó de la cama y corrió a por sus botas.

Era martes 6 de junio e iban a dar las doce en breve, así que todo el mundo en casa estaría durmiendo, pero no se fiaba y por eso se escaqueó por la ventana del baño, que era la más apartada. Pasó agachada por un lado de la casa, desenganchó la bici que tenía aparcada en la puerta y, dejando caer la cadena con cuidado para no hacer ruido, se fue de allí.

A lo mejor era impulsivo, pero qué más daba. Casi estaban en verano, el curso había acabado, la flor de su cuerpo era enorme y June se iba a ir. Casi estaban en verano y el calor era tan insoportable que justificaba todo lo que hiciera, porque aquel martes era de repente un paréntesis, porque llevaba intentando dormirse un buen rato y porque prefería actuar y decir algo que no contara antes de cambiar de opinión.

Al llegar con la bici a su calle, sin embargo, una figura rápida y sobre ruedas salió corriendo del jardín de los Brad y a Bean le llevó unos segundos reconocer que la trenza que desaparecía calle arriba pertenecía a su amiga.

June. Era June, montando en bici a las doce menos cuarto de la noche, probablemente saliendo a hurtadillas igual que había hecho ella, girando a la derecha por la avenida de Castle Oak y esfumándose tan rápido como la había visto salir.

Se detuvo. Observó el final de la calle con los ojos entrecerrados, sin dejar de mirar el punto exacto por donde June había desaparecido, y a los pocos segundos soltó una maldición y se puso de nuevo en marcha, esta vez más rápido y apretando los dientes para intentar alcanzarla.

¿Qué estaba pasando, qué hacía saliendo a esas horas, adónde iba? La siguió.

Pine Hills era un sitio de lagos. Florida en general lo era, en especial los alrededores de Orlando. En la zona donde vivía Bean abundaban muchos muy pequeños, todos con nombres como Dwarf o Small que sonaban especialmente redundantes y con carteles grandes para anunciarlos, como si su existencia tuviera algo de proeza.

Supo que estaban yendo hacia su casa cuando, al llegar a la avenida Powers, el cartel del lago Tiny apareció a su izquierda con aquella foto claramente retocada que siempre le había dado un poco de repelús. Verla le chocó un poco; no entendía qué hacían por allí y menos a esas horas. June no podía saber dónde vivía porque Bean nunca se lo había dicho, pero aun así ahí estaba, bastantes metros por delante de ella pero parecía obvio que iba en esa dirección.

De repente, una idea tonta cruzó la mente de Bean y, un poco emocionada, se preguntó si las dos habrían tenido a la vez la misma idea y June estaba yendo a buscarla. ¿Qué probabilidades había de que se hubieran sincronizado? Aquella era la avenida que subía a su calle, sin duda, y la determinación con la que su amiga pedaleaba era casi la misma que la había llevado a ella hasta allí... ¿Podía ser? El corazón le dio un vuelco y apretó aún más el paso, sin fuerzas pero sin intención de frenar, porque fuera lo que fuera lo que June le quería decir ella iba a oírlo.

June no la encontraría en casa. Bean no dejaba de pensar en que había salido y que June iría a su ventana y ella no estaría, y daba igual si técnicamente no podía saber cuál era su ventana ni su casa ni su calle. Gruñó al subir una pequeña cuesta que June había tomado y jadeó intentando recuperarse en vano, porque la boca le sabía a metal y los gemelos le ardían, y deseó que la otra no se perdiera, por favor, y que aunque todavía no la hubiera visto sintiera su presencia detrás y que no se moviera de forma que no pudiera seguirla,

que la esperara al final de la avenida Powers y que le dijera entonces lo que le tuviera que decir,

pero entonces vio que llegaba al cruce que ella siempre doblaba a la izquierda y, en el último momento, June giró a la derecha y a Bean se le paró el corazón.

¿Qué?

Ralentizó el paso. Lo hizo sin querer y casi se cayó de la bici, así que cerró los dedos alrededor del manillar con fuerza y obligó a sus piernas a seguir funcionando. ¿Por qué había cogido ese camino? Había ido muy decidida, así que era poco probable que se hubiera equivocado, ¿o no? Un par de minutos después, cuando llegó al punto donde June había desaparecido, bajó una pierna al suelo y se tomó un momento para respirar y mirar. Su amiga iba ya por el final de la calle, al menos hasta donde a Bean le alcanzaba la vista, y la velocidad de su bici no dejaba lugar a dudas de que esa era la dirección que había querido tomar desde un primer momento.

¿Entonces? ¿No estaba yendo a buscarla? Con el corazón un poco encogido y la sensación de haber sido muy tonta —con la flor haciéndose pequeña, con la boca metálica y recuperando las ganas de no decir nada jamás—, Bean volvió a subirse a la bici y, aunque las piernas le pinchaban y podía sentir calambres subiéndole por las espinillas, la siguió.

Eran ya las doce y sólo oía sus jadeos ahogados, algunas televisiones, el zumbar de las luces de algunos porches que dejaba atrás y muchos muchos ventiladores. Ya no había rastro del silbido de la bici de June, ese que había seguido durante los últimos diez minutos. ¿Dónde estaba? No podía haber desaparecido así como así, ¿no? Dejó que la calle la llevara sola, yendo más lento pero sin querer perder mucho más tiempo del que ya había perdido, y pensó que si ella no era la persona a quien June había corrido a buscar esa noche quería saber quién lo era, no por despecho, sino porque nunca había hecho tanto esfuerzo físico en su vida y quería pagar con curiosidad su falta de forma.

Podría haber pasado por alto la rueda que asomaba tímidamente a la luz de una farola en la calle Forest Grove, pero algo le dijo que volviera a echar un vistazo y, al fijarse, le pareció que la pintura coincidía con la de la bici de su amiga. Bajó de la bici y se acercó despacio. La cestita metálica y el timbre de color rojo también coincidían, así que June tenía que estar por allí. Dejó su bici tirada al lado y empezó a buscarla enseguida.

Detrás de los árboles donde había dejado la bici estaba el lago Dwarf. Alzó la vista y vio el cartel del 7-Eleven que había en la esquina con Westgate Road, al otro lado de la calle, brillante y como de otra época. Esperando a que se le calmaran las piernas, Bean caminó despacio y sin dejar de buscarla, pero sin querer llamarla tampoco, y al final la encontró agazapada detrás de un arbusto, junto a un árbol, en el borde del aparcamiento.

Estaba sentada en el suelo y tenía unos prismáticos tan pegados a los ojos que pensó que le dejarían dos marcas redondas en la cara. Movía los labios como si murmurara algo, aunque no podía verla bien desde donde estaba, y de vez en cuando agachaba la vista a un cuaderno pequeño que tenía sobre una rodilla y escribía y pasaba las páginas. Aquella era una visión tan extraña que Bean se preguntó si estaría soñando. June también llevaba una cámara colgada del cuello (supo que estaba encendida por la lucecita roja que resaltaba en la oscuridad) y se preguntó a qué le estaría sacando fotos. ¿Al 7-Eleven? ¿Al cielo? Si era así, de todas formas, ¿por qué? ¿Por qué a esas horas, y en ese sitio, y con tanta prisa? ¿Qué estaba pasando exactamente?

No sabía si debía estar allí. Parecía muy concentrada y no estaba demasiado segura de cómo se iba a tomar que la interrumpiera, aunque al mismo tiempo no podía haber empezado hacía mucho. Bean debía de haber tardado como máximo diez minutos más que ella en llegar allí. Intentó acercarse otro poco para ver qué era lo que apuntaba, por si eso le daba pistas de qué hacía, y, después de esperar unos minutos, ya no pudo aguantarse más y por fin habló:

—Eh... ¿June?

El bote que dio la otra casi la manda fuera de su escondite y, cuando se volvió, su expresión era la de alguien a quien hubieran pillado haciendo algo terrible.

—¿¿B-Bean?? —susurró con los ojos como platos—. ¡Bean! ¿Qué haces aquí?

Le chocó tanto verla tan sorprendida que por un minuto le pareció que ella era el elemento extraño en aquel lugar y no la chica de metro cincuenta y nueve con prismáticos agachada en las sombras. Duck Bean parpadeó, confundida, y hasta se le hizo difícil encontrar las palabras para darle una explicación.

—¡Te he visto coger la bici! Iba... iba hacia tu casa y te he visto salir corriendo, así que te he seguido y... ¿Qué haces aquí? Creía que ibas a...

—¿Por qué habías ido a verme? ¿Y por qué me has seguido?

Durante un segundo, Duck Bean la miró con los ojos abiertos y sintiéndose descubierta. Después, al darse cuenta, los entrecerró algo mosqueada; el tono de June era un poco conspiranoico para ser el de alguien que había salido a hurtadillas en bici y se estaba haciendo fotos tras los arbustos del aparcamiento de un 7-Eleven.

Es cierto que ella también estaba allí, pero por lo menos Bean no iba tan equipada ni sabía qué hacía en aquel lugar.

—Sí, o sea, quería verte por... eh... Quería decirte algo y te he seguido porque... quería saber qué pasaba... Pero ¿qué haces aquí? June, ¿qué es todo eso?

June agachó la vista a sus complementos y la luz dejó que Bean viera que parecía un poco avergonzada.

—Eh... yo...

En ese momento, de pronto, el letrero del 7-Eleven se apagó y se quedaron ciegas por el contraste entre el brillo absoluto y la oscuridad total.

Bean parpadeó y June apareció por partes ante sus ojos. Pestañeaba también, pero no la miraba directamente a ella, sino que se había vuelto hacia delante y entrecerraba los ojos detrás de los prismáticos, con el bolígrafo bien cogido con la mano derecha.

Se volvió para mirar el resto de la calle. Todo estaba a oscuras. Se oía la voz de un hombre quejándose demasiado alto y un par de perros se pusieron a ladrar, pero nadie salió de ninguna casa a pesar del apagón y eso, por alguna razón, la inquietó un poco. Miró hacia arriba y las estrellas fueron apareciendo ante ella despacio, como dándole la bienvenida a aquella ausencia donde ellas resaltaban más que cualquier otra cosa, y se preguntó qué hacía ahí y por qué había corrido detrás de June Brad como si fuera tonta.

Se sentía como si hubiera tocado algún tipo de fondo.

El sonido comenzó justo entonces, alto y grave y como por todas partes, sin concentrarse en ningún punto en particular. Todos los perros se callaron. Duck Bean encogió el cuello, asustada, buscando qué podía ser o de dónde venía, y de repente le pareció ver algo acorde a lo que oía y que, como el sonido, parecía llevar consigo la ausencia de un pueblo a punto de desaparecer, aunque a la vez se moviera como algo vivo y poderoso.

Como algo grande que sobreviviera en el agua.

—Pero ¿qué...?

June se puso en pie de golpe y los prismáticos y la cámara chocaron al rebotar sobre su pecho. Recogió su mochila corriendo y, saltando por encima de los arbustos, empezó a correr hacia esa cosa tan enorme.

—¡Ven!

—¡¿June?! ¡¿Qué demonios es eso?!

—¡Tú ven! —repitió la otra, y Bean fue, por supuesto, porque iría incondicionalmente adonde le dijera.

10; DÁCTILO

< i'm_sorry_about_yesterday - fox_academy.mp3 >

JUNIO

Era martes. Nunca habría salido con los del equipo de rugby un martes si no fuera porque técnicamente estaban de vacaciones y de todas formas daba igual. La mayoría eran de penúltimo curso y ellos sí que tenían clase al día siguiente, pero Lee no era la madre de nadie y no iba a reñirlos por trasnochar. Además, habían ganado el partido y querían celebrarlo, así que suponía que se merecían pasarlo bien por la victoria. Tampoco era que el 7-Eleven fuera un lugar muy elegante, claro, sobre todo por las luces blancas y las cuatro sillas desgastadas que habían puesto en una esquina del local, que quedaban encerradas por las estanterías de comida basura que vendían allí y lo llenaban todo, pero era lo único abierto a esas horas y el sitio parecía un poco menos triste porque juntos hacían que tuviera un poco de vida.

No tanta, de todas formas.

A eso de las once, cuando Lee ya estaba preguntándose por qué había ido, Marie Lang quiso saber si iría con ellos a casa de James

Archer a fumar y a beber un poco. James tenía un garaje muy grande en el que había estado varias veces y, aunque Lee no tomaba drogas, le habían dicho que la maría que pillaba era siempre bastante buena. Declinó la invitación. No era que quisiera hacerle un feo a los de rugby, pero llevaba unos días bastante bajo y sólo había ido en primer lugar porque sería el último partido que su amigo Lucas jugara y no se lo quería perder.

Lucas ni siquiera había hablado con él en toda la noche y se aburría desde hacía bastante rato.

Se sentía extrañamente vacío. Llevaba así desde el sábado pasado, el de la fiesta, o más bien desde el domingo por la mañana cuando se había levantado en su cama y la luz de fuera le había parecido prácticamente irreal. También lo había notado cuando su madre le había pedido que sacara la basura y no había entendido ni una sola de las palabras que habían salido de su boca. Después de verlo, ya no había podido quitárselo de encima. El vacío. Había algo que echaba mucho de menos. Pensó que seguir con su vida ayudaría a que poco a poco todo volviera a su cauce, porque otras veces que le había pasado lo mismo siempre había sido una buena solución, pero habían pasado dos días y todo seguía más o menos igual.

Era martes y nunca habría salido con el equipo de rugby un martes, porque casi no conocía a nadie y porque no le gustaba cómo celebraban sus victorias, pero estaba desesperado por volver a sentirse normal y dejar de añorar un recuerdo.

Los chicos se fueron. Marie Lang le dio su teléfono con una sonrisa tímida y le dijo que la llamara si cambiaba de opinión, o cuando quisiera, y Lee aceptó el papel que había dejado sobre la mesa porque parecía apurada y no quería hacerle sentir mal, aunque realmente no era su tipo. Se subieron a los coches, salieron del aparcamiento y de repente estaba solo en aquel establecimiento y podía oír el ruido de las máquinas y el murmullo de los dos empleados hablando dentro;

se sintió un poco estúpido porque probablemente habría sido mejor marcharse que quedarse solo allí.

O, si estaba solo, quizá fuera mejor volver al coche y poder sentirse mal sin aquella luz fluorescente alumbrándolo.

No se movió, de todas formas.

El tiempo se le pasó muy despacio.

Unos pasos sonaron cerca de él en cierto momento. No estaba seguro de cuánto llevaba allí, pero no quiso incorporarse y, al final, un par de botas marrones aparecieron en su campo de visión. Al principio se quedó mirándolas sin más, pensando que tal vez el cartel de «Abierto 24 h» del local era sólo una expresión y los empleados lo querían echar, pero las botas eran grandes y estaban un poco sucias y seguro que no los dejarían entrar con botas así en la parte de la cocina, por lo que no podían ser de alguien que trabajara ahí. Fue entonces cuando levantó la cabeza despacio y, cómo no, él estaba ahí, como si Dios hubiera escuchado sus plegarias o el universo quisiera hacerle alguna broma.

—Hola —dijo Adam, y sonrió torpemente al saludarlo—. ¿Me puedo sentar?

Al principio no le respondió, sólo se dedicó a observarle. Adam tenía un granizado Slurpee rojo en una mano y el asa de su bandolera sujeta en la otra y, por alguna razón, no le extrañaba que lo mirase fijamente. Intentó usar sus no-poderes para leerlo. Tenía los hombros tensos y lo más probable era que no quisiera estar allí, así que Lee abrió la boca para despacharlo. No quería que se quedara por ningún tipo de compromiso, pero, justo cuando fue a hablar, vio algo en sus ojos que le chocó: era una preocupación inesperada, una que reconocía de otras veces pero que no había visto en mucho tiempo.

La mirada de Adam lo llevó a años atrás, a cuando aún eran amigos y nada había empezado a deteriorarse y estaban siempre juntos, a cuando sabía que Adam haría lo que fuera por que todo saliera bien.

La mirada de Adam lo llevó a la fiesta.

Sacudió la cabeza. Eso no tenía sentido ni ahora ni en ese universo, así que debía de estar imaginándoselo, pero no quería que aquel fantasma fuera una alucinación. Se pasó la mano por los ojos, cansado. Adam seguía allí y estaba esperando a que dijera lo que fuera, a que le dejara sentarse, al menos, así que se encogió de hombros y le indicó que hiciera lo que él quisiera con un gesto de cabeza.

—¿Qué haces aquí? —preguntó Adam cuando se hubo sentado.

—Tenía un antojo. ¿Y tú?

Cuando quería, las respuestas de Adam eran sencillas. Como no sabía qué decirle, se revolvió.

—Los de rugby se acaban de ir con la fiesta a otra parte, pero no me apetecía mucho seguir con ellos. —Adam subió las cejas, pero él intentó deshacerse de aquella reacción con una media sonrisa—. Por extraño que te parezca, no siempre me apunto a todo.

Sus labios estaban doblados de una forma breve y floja que a Adam le extrañó. Tal vez fuera eso lo que hizo que soltara por la nariz un soplido de incredulidad contenida.

—Tan extraño como que no me lo creo. ¿Estás bien?

Lee se sintió como si les hubieran intercambiado los papeles. Aquella pregunta pertenecía a la realidad paralela, a la que él había querido recuperar durante el curso sin lograrlo. ¿Qué estaba pasando? Que Adam Holt-Kaine estuviera allí ahora le hacía sentir a la vez bien y mal, y todo lo mal que se sentía era por esa irregularidad, por la sensación de que había algo fuera de sitio. Sin embargo, ¿tenía lógica que se hubieran encontrado? Sí, claro que la tenía. Aquel 7-Eleven estaba cerca de casa de Adam y siempre le había gustado

124

el Slurpee de cereza, así que seguro que se había acercado a por uno aunque fuera martes y fueran a dar las doce de la noche. No era cosa del destino ni estaba escrito en las estrellas, era pura estadística y punto, pero aun así todo era inestable y Lee no entendía por qué. ¿Se derrumbaría todo ante el mínimo comentario? ¿Podría hacer algo que aquella simulación se desestabilizara lo suficiente como para perderla?

Se negó a contestar y volvió a apoyar la cabeza en la mesa.

Porque no, no estaba bien, pero tampoco sabía qué explicar ni cómo decirlo.

Se quedaron en silencio un buen rato. Podía oírlo sorber de la pajita, pero nada más, como si no le importara quedarse allí sin hablar ni moverse. Sinceramente, habría matado por saber qué estaba pensando. Se sentía muy incómodo, denso, poco flexible, pero llevaba todos aquellos días así y no sabía qué hacer para dejar de estarlo. ¿Era eso culpa de Adam? ¿Acaso se veía capaz de culparlo? No, creía que no, y aun así... Bueno, aun así no se veía capaz de mirarlo ni esforzarse en decirle nada, y...

—Estuvo bien la fiesta del otro día.

Lee sacó la cabeza del nido de brazos que se había hecho, alzando los ojos hacia él con curiosidad. Adam miraba por la ventana, aunque estaba claro que no se estaba fijando en nada en concreto. Tenía la mandíbula fuerte y la cara cuadrada y seria, como siempre. Era como una estatua de mármol que hubiera tallado algún renacentista.

Y a eso sí que iba a responder, porque cómo no hacerlo.

—Estuvo muy bien, sí —dijo Lee. Esperó unos segundos y, como seguía sin mirarlo, suspiró y se estiró—. Fue raro que fueras, pero me gustó verte.

El otro le lanzó media sonrisa.

—Me daban cien pavos por tocar tres tonterías, y no seré muy sociable, pero tampoco soy gilipollas.

—Guau, vas a hacerte rico.

Adam dejó salir el aire por la nariz.

—Ojalá, aunque esto de la música no sé si me va a durar mucho.

—¿Por qué lo dices? Es tu pasión.

Parecía que se lo estaba recordando, pero no. Él lo había visto. Lo había demostrado cada día a cada hora. Podía verlo de pequeño ensayando y hablándole de música y enseñándole sus avances, y también podía verlo en la obra de hacía un mes tocando de forma excepcional. Siempre que lo miraba veía sus dos versiones solapadas, la pequeña y la actual.

El Adam de ahora sólo se encogió de hombros.

—Bueno, lo era. —Dio otro trago, como si la cosa no fuera del todo con él, y luego lo miró de reojo—. Las cosas son difíciles en el mundillo.

—Pero tú eres bueno.

—No lo suficientemente bueno como para hacer que alguien se quede.

La forma en que lo miró tenía mitad de casual e indiferente, mitad de segundas intenciones. Lee parpadeó varias veces y estiró un poco la espalda.

—¿Eso qué significa?

Adam se revolvió. En la boca tenía una mueca que había pretendido ser una sonrisa, por mucho que ahora le faltara fuerza.

—Nada.

—Tú no dices las cosas por nada.

Lo conocía. A pesar de todos esos años sin hablar, todavía lo conocía lo suficiente como para saber que diría algo más, que no había soltado aquello porque sí.

Sólo tuvo que esperar un poco. Adam se revolvió y luego abrió los labios, mirándolo.

—Me dejaste allí.

Ahí estaba.

Lee pestañeó despacio. No se esperaba que saliera con aquello, y menos cuando no habían planeado verse. Se miraron a los ojos hasta que el otro bajó la vista, y Lee sintió que se le acomodaba en el pecho algo que, de nuevo, hacía que se sintiese un poco bien y un poco mal.

Aquello, fuera lo que fuera, lo animó a ser todo lo sincero posible.

—Quería quedarme, pero... si te digo la verdad, me daba un poco de miedo no poder controlarme.

—¿Controlarte en qué sentido?

—No lo sé. Estuve muy a gusto contigo durante toda la noche. Supongo que en todos.

No sabía si había sido muy claro, pero Lee no temía que Adam supiera cómo se sentía o qué pensaba. No le importaba que supiera que era bisexual, o que intuyera que en la fiesta había pensado en besarlo, o que ahora mismo se levantara y se fuera sólo por haber sabido leer entre líneas correctamente. Nada de eso era malo y, por tanto, las respuestas a ello no podían hacerle daño. Siempre dejaba caer significados sobre las palabras para que otra persona los recogiera, pero no sabía si Adam intuiría lo que había querido decir o, más bien, si querría pillarlo.

Porque tal vez era tonto si no lo veía, pero quizá había decidido no verlo y, como mandar mensajes no era obligar a nadie a recibirlos, sólo le quedaba esperar a lo que quisiera contestar.

Y no le sorprendió que finalmente Adam decidiera saltar por encima de esa piedra.

—Ya, la verdad es que ibas muy mal... Bueno, a lo mejor no mal-mal, pero sí un poco.

Ese comentario hizo que sonriese levemente. Vale, no importaba. Él había sacado el tema y se había echado atrás, pero no pasaba nada porque al menos respondía, y eso era buena señal.

—Lo sé, aunque tú tampoco ibas muy fino, que yo había empezado mucho antes y te pusiste a mi altura bien rápido... ¿Es que no habías bebido nunca?

—Increíble cómo intentas desviar la atención, que yo no soy el fiestero.

—Que sea fiestero no significa que beba. Normalmente soy el conductor asignado. Por eso me invitan siempre, supongo, porque de lo contrario no tendrían forma de volver.

—No, te invitan porque les gustas.

La voz de Adam había sonado demasiado fuerte de repente.

—Eso espero, que son mis amigos —respondió, echándose hacia atrás y estirando un poco la espalda—. Me gusta la idea de que les guste a mis amigos.

Adam movió un poco el granizado, haciendo que los hielos desteñidos del fondo se sacudieran. Luego intentó aplastarlos con la pajita. No era que pareciera tímido ni cortado, sólo no muy convencido de si seguir por ahí la conversación.

—La verdad es que no parecía que tuvieras muchas ganas de estar allí esa noche.

—¿Por?

—Porque preferiste venir conmigo en vez de quedarte con ellos.

Oír aquello le dio mucha pena e, inevitablemente, sonrió.

—Eres idiota —respondió, haciendo que el otro alzase la cabeza—. ¿Por qué no iba a querer ir contigo?

—Porque ya no nos llevamos.

—¿Y? Yo quiero que nos llevemos de nuevo.

—¿Quieres? —El tono de Adam parecía genuinamente sorprendido. Conteniendo una sonrisa, Lee asintió.

—Adam, no he dejado de intentar hablar contigo en todo el semestre. Te llevé a esa parte del jardín de Charles Bouwman para estar solos. ¿De verdad eres tan denso?

—¿Denso?

Lee soltó una carcajada.

—Déjalo, anda.

Hubo un silencio grande entre los dos que pareció marcar el final de lo dicho hasta ese momento. A lo mejor sólo tenían que llegar hasta ahí, y estaba bien, supuso. Estaba contento. Pensó que después de ese último comentario habían acabado y ya podrían irse, que se despedirían hasta la próxima y que cada uno se subiría a su respectivo coche. Aun así, quería que él se moviera antes. Tenía ganas de quedarse solo otro rato para repasar aquel encuentro y preguntarse por qué había hecho que se sintiese tan bien, pero no pudo ser porque Adam habló y lo puso todo otra vez en marcha.

—Estuve pensando en lo que hablamos en la fiesta.

Lee alzó los ojos hacia él y esperó a que continuara. De alguna forma, en un segundo, el ambiente se había vuelto distinto. Adam volvió a desviar la vista, aparentemente cortado, y Lee oyó el eco de algo metálico que cayó en la otra punta del local.

—¿En qué?

—En lo que acabas de decir. En lo de ser amigos y eso. Cuando llegué a casa le di muchas vueltas. Había pensado sacarte el tema en el baile de graduación, bueno, si te veía.

—Pues te has adelantado un par de días —respondió, intentando sonreír sólo porque era lo que él siempre hacía, sonreír aunque en realidad se hubiera puesto un poquito nervioso. ¿Adam esperaba verlo en el baile? Entonces ¿qué, iba a ir? No era como si fueran a hacer algo allí, y menos juntos, pero le hizo ilusión saber que lo vería—. ¿Y qué me ibas a decir?

—Nada. Bueno, eh, sí, pero ya da lo mismo.

—No juegues con mis sentimientos, Holt, ¿cómo que da lo mismo?

—Iba a proponerte que quedásemos un día. Dar una vuelta, no sé. Tampoco es que sepa adónde podríamos ir ni nada, pero... ¿Te hace gracia?

—¿Qué? —preguntó Lee, intentando dejar de sonreír, pero no podía.

—¿Te estás burlando?

—¡No! No, no, claro que no. Acabo de decírtelo, quiero que seamos amigos de nuevo, es sólo que... bueno, me ha sonado muy formal —dijo, porque supuso que, si le decía que aquello lo había hecho muy feliz, Adam huiría.

—No sé cómo decirlo de otra manera —murmuró Adam, desviando la vista—. Me refiero a que tampoco nos queda tanto tiempo, sobre todo suponiendo que te irás a la uni en septiembre, pero...

—No voy a ir a la universidad —lo cortó el otro.

—¿Qué?

Se encogió de hombros y volvió a apoyarse sobre la mesa.

—No voy a ir. No este año, por lo menos. Voy a ponerme a trabajar para ver qué es lo que me gusta y explorar otras opciones, pero no voy a ir a la universidad cuando acabe el verano, así que... bueno, así que no te preocupes por el tiempo, supongo.

Adam dudó un momento.

—¿Y quieres hablar de eso?

Lee sacudió la cabeza.

—No hay mucho de lo que hablar. Creo que no es el momento, eso es todo. —Esa era la explicación más simple, porque no le iba a hablar a Adam de lo inadecuado, lo perdido y lo cansado que se sentía—. ¿Tú qué vas a hacer? ¿Al final vas a mudarte a algún sitio para estudiar música?

—El año que viene, puede, como tú. Este voy a... no sé, a echar más solicitudes, intentar ir por mi cuenta y ahorrar, aunque no sé si hacer eso tendrá mucho sentido.

—¿Por qué no iba a tenerlo?

—Porque no estoy demasiado seguro de que alguien me vaya a hacer caso sólo por mi cara bonita, pero bueno.

—Yo te haría caso sólo por eso.

Adam soltó el aire por la nariz y sacudió la cabeza, y lo mejor de todo fue que tenía una sonrisa en los labios. Lee contuvo la suya. Incorporándose de nuevo, le dijo que se alegraba de no ser el único que se quedaba, que sabía que era un ejemplo clarísimo de «mal de muchos, consuelo de tontos» pero que le daba igual, y luego se ofreció a ayudarlo a buscar cosas. «Si no de música, sí algún trabajillo para que luego puedas pagarte las clases», dijo.

—Oye, ¿quieres irte de aquí? —preguntó Adam después de eso, empujando su vaso vacío de forma despreocupada—. Es el sitio más incómodo del mundo. No sé si te apetece o si quieres, pero... podríamos dar una vuelta o...

—Sí, sí quiero —respondió Lee, apenas dejándolo acabar y poniéndose de pie—. No tengo nada que hacer un martes a las doce de la noche y claro que quiero, pero tú guías.

—Yo guío —repitió Adam, imitándolo—. Vale, pues... Sígueme.

El desánimo y el vacío se quedaron sentados donde habían estado, mirándose a los ojos y a punto de tocarse las manos, lejos de ellos.

Se quedaron hablando junto al coche de Lee. Parecía mejor idea que subirse y arrepentirse. Empezaron a hablar de los días que tenían por delante, de las ventajas de empezar a trabajar antes o después del verano y también de carteles que habían visto, y Adam le comentó que tenía fichada una heladería de The Willows, al sur de Pine Hills, donde seguro que lo cogerían. Le dijo que le pasaría la foto que había sacado más tarde, para que llamara. La imagen de Adam Holt-Kaine recostado contra su puerta del copiloto era inimaginable, algo que nunca habría esperado y que quería disfrutar al máximo posible, así que intentó tirar un poco más de ese hilo suelto a ver hasta dónde podía llevarlos.

—Difícilmente vas a mandármela si no tienes mi número.

Adam lo miró durante un momento, iluminado bajo la luz blanca, naranja y verde del cartel del 7-Eleven.

—¿Y por qué no me lo das y lo solucionamos?

Aquello era diferente a como había sido en la fiesta. Entonces, borracho, había pensado que podía decir lo que quisiera porque todo estaba bajo control y no importaba, pero ahora estaban los dos sobrios y él estaba flirteando. ¿Había sido esa también la intención de Adam, tontear? Lo dudaba, porque no creía que Adam hiciera eso y menos con él, con esa facilidad y con esa falta de vergüenza, pero aun así el corazón se le había acelerado al oír sus palabras. Chasqueó la lengua y se sacó el móvil del bolsillo, intentando que no se le notara que se estaba descontrolando, y se lo lanzó a las manos para que lo cogiera.

—Apúntame tú el tuyo, ya te daré luego un toque.

Adam cazó el teléfono al vuelo y abrió la agenda. Se tomó su tiempo en escribir, casi como si quisiera alargar el momento, y Lee miró cómo se movían sus dedos largos y se imaginó cosas.

Pero sacudió la cabeza, porque daba igual. Porque, por muy divertido que fuera aquel juego, Adam era heterosexual y no podía olvidársele.

Fue entonces cuando se fue la luz.

De golpe, como en una explosión, sin parpadeos.

Al principio pareció que había sido sólo el cartel, y cerró los ojos para que la luz de su móvil en las manos de Adam no lo cegara. Cuando los abrió, sin embargo, vio que estaban en completa oscuridad. Que ni la calle ni los coches emitían brillo alguno, sólo su móvil, si eso, y que todo se había quedado en un silencio como el que precede a un tornado.

—Pero ¿qué...?

Y entonces, llegó.

Aquel ruido de ultratumba, aquel que le hizo saltar y alzar la vista, y en ese momento vio cómo algo grande y negro empezaba a cubrir las estrellas muy despacio.

Era algo fluido y vivo y perteneciente al mar.

—¿Estás viendo eso...?

—¡Grábalo! ¡Adam, dame el móvil o graba!

No tuvo que decírselo dos veces: lanzándoselo como había hecho él antes, Adam le devolvió el teléfono y Lee abrió la cámara antes de que lo que fuera que era esa cosa desapareciera de su vista y se llevara consigo ese ruido infernal. Le temblaban los brazos. No, le temblaba todo el cuerpo, como si el mundo se estremeciese, como si un ser terrible hubiera salido de las profundidades de la Tierra.

—Tío, ¿qué cojones...?

Y entonces, esa otra voz, nueva y casi emocionada:

—¡Oye, tú!

11: DIONE

<earth_instrumental – sleeping_at_last.mp3 >

JUNIO

Había estado esperando aquello durante *semanas*. Bueno, vale, no habían sido semanas, pero sí que había estado pendiente durante bastante tiempo. Las páginas de noticias habían dado vueltas alrededor de lo mismo desde hacía bastante, y sí, algunas eran demasiado cospiranoicas y ella sólo las leía desde el escepticismo, pero incluso esas decían que había un punto caliente en Florida en ese momento e ignorarlo habría sido, sinceramente, una estupidez.

Sus cálculos —que no eran cálculos, sino la combinación de un montón de piezas más o menos coherentes— siempre fallaban, pero aun así ella lo intentaba de nuevo todas las veces. Llevaba años esperando encontrar algo y sabía que algún día lo haría. Que *volvería a hacerlo*, más bien, porque lo cierto era que ya lo había visto una vez, ¿no? Ahora sólo tenía que conseguirlo de nuevo. Estaba suscrita a la *newsletter* de cinco webs que no podían fallarle y se había creado una cuenta en varios foros justo por eso, para encontrarlo, y no pararía hasta que tuviera a Martin delante y pudieran hablar.

Siempre había sido muy importante para ella, pero últimamente lo era más que nunca.

La primera vez que lo había visto tenía trece años, se había perdido y había querido demostrar que no era una niña pequeña.

Su madre siempre le decía que, por mucho que insistiera, no quería que se fuera sola por ahí. June no tenía amigos y no le gustaba que anduviera sin compañía, pero ella quería salir y conocer las cosas que sabía que en casa se estaría perdiendo, así que desobedecía todo lo que estaba en su mano siempre que la mujer tenía que trabajar. Sólo quería aprender, sinceramente. Eso era lo que la había movido antes, de pequeña: una determinación casi ilógica por saberlo todo, por aprender lo máximo posible cuanto antes y saber, saber, saber, así que se escaqueaba con la bici todo lo que podía hasta que se la confiscaban y tenía que esperar a que se la devolvieran para escaparse otra vez.

Identificaba esa época con el nombre «Jessica», porque por aquel entonces había preferido que todo el mundo la llamara así, no June; «June» era un nombre muy tonto para alguien nacido en junio, y June conocía lo suficiente a todos sus compañeros como para saber que se meterían con ella cuando lo descubrieran. Esa June, Jessica, era, además, muy valiente, pero no de forma ruidosa, sino por dentro y para sí misma. No le gustaba la admiración de la gente que decía «Este libro es muy difícil para alguien tan pequeño, ¡pero qué lista!» porque la hacía sentir incómoda y tenía miedo de que, como había predicho su madre, acabara convirtiéndose en una sabelotodo. Saberlo todo no podía ser algo malo, o eso pensaba ella, pero algo en el tono con el que se lo había dicho había sonado mal, así que había decidido llevar el conocimiento de manera discreta.

Ahora estaba acostumbrada a leer y mirar y escuchar en silencio, pero hubo un momento en el que, como casi parecía que fuera algo malo, hacerlo se volvió un acto de pequeña revolución. La fuerza se había acabado yendo con los años, por supuesto —la fuerza y la necesidad de estar constantemente superándose—, pero aún había en alguna parte de ella un poco de esa niña que tenía tanta sed de saber, y a veces la echaba de menos.

Jessica Brad estaba hecha de colores primarios y June Brad era la versión pastel. Le causaba mucha curiosidad que su evolución hubiera acabado en una versión de sí misma más calmada, pero a la vez eso la satisfacía.

Aquel día, cuando conoció a Martin, empezó como tantos durante aquella otra época: con una escapada y desobedeciendo. Unas alumnas del instituto Lighthouse habían organizado una asamblea sobre feminismo en una cafetería cerca de Misty Oaks y ella quería ir, así que pensó que lo haría porque no le intimidaban las chicas de instituto y porque entre los trece y los diecisiete años tampoco había tanta diferencia, así que demostraría que podía plantarse allí con todas ellas y escuchar lo que tuvieran que decir. Estaba en una de aquellas épocas sin bici, pero pensó que no le sería muy difícil llegar a pie, así que simplemente se dibujó un mapa a partir de Google Maps y fue.

Por supuesto, salió mal. Tardó una hora en darse cuenta de que se había perdido y se descubrió de pronto junto al cartel de la calle Nowell, rodeada de chalets de fachadas iguales y mirando fijamente el edificio de The Kingdom Church, que quedaba a su izquierda y era el inmueble bajo de color *beige* más feo que debía de existir en el mundo. Siempre le había chocado que las iglesias por allí no fueran como las de las películas, o al menos como las que tenían en Europa, altas e imponentes y con aires realmente celestiales. Se quedó pensando en eso tanto rato que el cielo se apagó, y el color de la pared acabó cambiando de golpe en cuanto encendieron las farolas.

De repente, las sombras sobre la iglesia cambiaron y no quiso quedarse. Aquella calle le dio un poco de miedo. Retrocedió unos pasos, mirando antes para que no la pillara un coche, y cuando se dio la vuelta para irse lo vio.

Las luces de todas las farolas parpadearon un poco, y ahí estaba.

Y, gracias a que antes era una niña valiente y había decidido escaparse, Martin y ella se vieron por primera vez.

Aunque, por supuesto, aquella criatura no tenía aún nombre.

El sol se estaba escondiendo y el aire estaba lleno de tormenta, pero no porque el cielo estuviera encapotado, sino porque las nubes parecían subir desde la tierra. Era el momento perfecto para que pasara cualquier cosa. Su sombra (no la de June, sino la de lo que tenía delante) estaba un poco desplazada y se movía muy ligeramente debajo de él, como si temblara. El lobo que había en la carretera, justo en el cruce, no parecía nada molesto por estar flotando a diez centímetros del suelo. Era grande y tenía el pelaje oscuro, casi azul más que negro, y cuando alzó los ojos la niña no pudo recordar enseguida si los lobos normales también los tenían tan grandes y tan blancos. Blancos del todo. Pero no necesitaba tener pupilas para que ella supiera que la había visto, claro, y eso le interesó tanto que quiso acercarse para verlo bien.

El primer paso no le costó nada, pero aun así no dio un segundo. Había unos seis metros entre ambos y el lobo le miró los pies. No había parecido demasiado impresionado hasta ese momento, pero entonces inclinó un poco la cabeza, esperó unos segundos completamente quieto y, después de eso, cambió.

El cielo estaba rosa y naranja cuando lo vio transformarse. Era como si hubiera sido un dibujo durante todo aquel tiempo y alguien, el artista, no estuviera satisfecho y lo hubiera arrugado sin más, como para desecharlo. El lobo se dobló sobre sí mismo, metiendo la cabeza entre las patas delanteras, y empezó a revolverse delante de ella hasta que se transformó en otra cosa. A Jessica Brad le parecía que hervía, y era tan raro que avanzó un poco más porque no podía perdérselo. Lo que había sido el lobo se volvió durante unos segundos una esfera, pero una esfera que de alguna manera estaba viva, y entonces, como si modelaran arcilla, se empezó a hacer larga y diferente.

Primero aparecieron el torso y las piernas, aunque al principio estaban juntas, y luego los brazos y la cabeza, y después se llenó de cientos de colores relevantes. La reconoció antes de que estuviera terminada, porque era inevitable, pero cuando acabó contuvo la respiración igual porque aquella visión no podía no ser emocionante.

Era ella.

Con los ojos blancos y un poco más grandes de lo normal, pero con el mismo pelo rojo furioso lleno de nudos y la misma ropa negra que no pretendía impresionar a nadie.

Jessica June Brad.

La observó durante unos minutos. Después la pregunta se le cayó sola de la boca.

—¿Quién eres?

Su reflejo, el que flotaba, ladeó la cabeza y no respondió. A lo mejor no podía. No le extrañó, porque si antes había sido un lobo en parte tenía lógica que no supiera articular palabras, así que esperó un poco mientras intentaba que se le ocurrieran otras preguntas. Sabía que era raro que hubiera visto lo que había visto, que no tenía explicaciones que se le ajustaran y, aun así, acababa de pasar delante de ella, así que si había pasado tenía que ser real, y lo real no podía cuestionarlo.

El miedo que le había dado el edificio vacío de la iglesia se le había olvidado de golpe, y se descubrió tranquila e interesada y con ganas de ayudar.

—¿De dónde has salido?

Los rosas del cielo se volvían rápidamente morados. Todo estaba cada vez más oscuro. Le costaba verse bien, bueno, ver a la ella que no era ella sino la otra y que, para responderle, sólo se encogió de hombros y esperó.

Le miró los pies. Le pareció que no podía ser que alguien flotara a unos diez centímetros del suelo y que no supiera de dónde venía, que eso no tenía sentido, así que insistió.

—¿Vives aquí? ¿Vives en una casa?

Su copia sacudió la cabeza. Su pelo se movió como tenía que moverse. Jessica June sintió la necesidad de escondérselo tras las orejas, y eso hizo, y la otra no copió el movimiento, lo cual la tranquilizó.

—Entonces ¿dónde vas a quedarte esta noche?

La Jessica de los ojos blancos volvió un momento la cabeza hacia atrás, se mordió un poco el labio y luego señaló hacia su derecha. La Jessica normal miró hacia la izquierda. Era la avenida Balboa. No recordaba si había ido por esa calle antes, pero tal vez le viniera bien comprobarlo.

—¿Quieres que te acompañe?

La otra asintió y se puso a caminar en esa dirección, y la pequeña June la siguió unos pasos por detrás y sin dejar de mirarla.

Anduvieron durante mucho tiempo. Dejó un espacio entre ellas porque no quería agobiarla, porque antes había sido un lobo y porque así la veía mejor. No caminaban igual, y si no caminaban igual no eran la misma persona, pensó, y también le gustó concluir eso. La otra Jessica June se movía como si estuviera aprendiendo a usar las piernas bien y se hundiera siempre un poco al pisar, así que iban sin prisa porque la calle era larga y, aunque cada vez estaba más oscuro, si iban juntas nada le parecía inquietante.

Curiosamente, a pesar de estar perdida y de lo que había visto, en aquel momento y haciendo eso la pequeña June Brad, la antigua y la primera, se sintió completamente bien.

Al cabo de un rato, su copia se detuvo en seco y volvió a señalar algo con todo el brazo.

June alzó la vista y leyó el cartel que tenían delante:

ESTACIONAMIENTO DE AUTOCARAVANAS MARTIN

—¿Martin? —dijo en voz alta, y la figura movió levemente la cabeza—. ¿Vives aquí?

Asintió. Tenía los ojos clavados en el interior del aparcamiento y, aunque no tuviera pupilas, se notaba que no dejaba de mirar algo que había allí dentro y que ella no veía por culpa de la oscuridad.

—¿Vives en una autocaravana? Si te dejo aquí, ¿estarás a salvo?

Se había colocado, sin querer, mucho más cerca de ella. La otra la miró de nuevo, esta vez durante más rato, y luego sonrió un poco. Parecía conmovida.

—**Sí, muchas gracias.**

No abrió la boca, pero Jessica June lo oyó e, imitándola, sonrió un poco.

—Está bien.

Entonces su clon se alejó, entró por la puerta metálica como si no estuviera cerrada y desapareció dentro del todo.

Ese fue su primer encuentro. No se dijeron nada más, pero fue suficiente.

Martin (había decidido ponerle ese nombre) no apareció en mucho tiempo, pero aun así June y él compartían algo desde que se había disfrazado de ella. Aceptó por descarte que no podían ser del mismo planeta, pero en realidad lo supo en cuanto el clon se fue y ella sintió, bajo sus pies, que la tierra suspiraba. La diferencia entre su presencia y su ausencia fue una especie de alivio colectivo por parte del resto de cosas sobrenaturales, como si por fin respiraran, y de repente la oscuridad se volvió un poco más clara porque ya no necesitaban esconderse.

Aquel día, las luces del cielo iluminaron su vuelta a casa y ella llegó como si hubiera conocido el camino desde siempre. Su madre le preguntó al verla que cuándo había salido; una excusa cualquiera sirvió para calmarla. Estaba cansada y un poco dormida, así que se fue a la cama pronto, pero no pudo dejar de pensar, ni en sueños, que había millones de cosas que jamás conocería sobre el universo.

Ahora estaba a punto de cumplir los dieciocho y podía sentirlo cerca.

Quedaban tres semanas para su cumpleaños y, más que algo que esperara, la fecha le parecía el final de una cuenta atrás autoimpuesta. Sentiría que habría perdido una oportunidad si los cumplía sin verlo de nuevo, así que lo buscaba constantemente en cada rincón, en cada noche estrellada, tras cada iglesia. Se quedaba fuera durante los cielos más rosas y recorría zonas que no había pisado antes, pero al final internet había sido la herramienta más útil para buscar. No a Martin, por supuesto, sino a otras personas que tal vez pudieran hablarle de él. Acabó encontrando algunas descripciones que le cuadraban, testimonios que a veces también le encajaban y otras no tanto, e incluso llegó a crear el hábito de hablar siempre con las mismas personas porque le parecían las más fiables, como los usuarios ETit o Bieber1996.

Así que, en definitiva, June estaba en un montón de foros de ovnis, avistamientos, descripciones raras y teorías conspiranoicas.

Esos foros y páginas llevaban un tiempo diciendo que había un punto caliente en Florida. No todo el mundo creía en los aliens del mismo modo, así que al final ella tenía que hacer un trabajo extra para saber qué le era útil y qué no, pero en general estaban saliendo muchos comentarios de que algo *no iba bien*. Lo último que había leído era que un matrimonio de Tampa había visto algo grande flotando sobre el mar a eso de las ocho de la tarde, lo de ese caimán gigante en el campo de golf y lo de la familia de Fort Lauderdale que avistó dos cosas naranjas de un metro de alto que desaparecían de repente. June tenía una agenda donde lo apuntaba todo, al menos todo lo que pensaba que era cosa de Martin —lo de Fort Lauderdale, por ejemplo, no creía que lo fuera—, y con el tiempo se había dado cuenta de que ni los ovnis con forma de uve ni los círculos en los cultivos tenían relación con él, así que los ignoraba.

Tenía la sensación de que no había tocado la Tierra en muchísimo tiempo, al menos no cerca de ella. Eso la frustraba. No entendía qué había hecho para que aquella visita fuera algo sólo de una vez. ¿Acaso no se merecía otra oportunidad? ¿Es que no le tocaba otro deseo?

Porque la cosa era que, cuando Martin se marchó, todo empezó a ir bien.

Esa era la clave. Los problemas que había tenido, las razones de su rebeldía, las peleas entre sus padres... Todo eso se había arreglado cuando apareció y despareció Martin, casi de repente, así que inevitablemente June sólo pudo concluir que él había sido quien lo había solucionado. ¿Era una tontería? Bueno, puede. ¿La correlación era bastante ilusoria? Sí, también. Pero era lo que la había movido los últimos cuatro años y no quería parar ahora, no cuando se sentía dividida entre dos opciones y necesitaba otra solución.

Le llegó al móvil una notificación del foro y la abrió corriendo. Era Bieber1996, que siempre le pasaba los mejores enlaces porque no le importaba adentrarse un poco en la parte más oscura de internet para conseguirlos.

Bieber1996: tía, el viejo ese de Wyoming que siempre me habla dice que el alien de su piso sabe que van a ir hacia allí
Bieber1996: sé que está loco y que te da mal rollo, pero realmente he visto que han pasado un par de cosas en esa zona y a lo mejor tiene que ver con lo que estás buscando
NotScully: hola a ti también
NotScully: qué cosas??
Bieber1996: pues leí un post de una señora que dijo que un gato se puso a hablarle en plena calle y que oía la voz directamente en su cabeza

Bieber1996: llámame loco, pero suena como lo que me contaste tú

Era 6 de junio, el aire olía a tormenta y no se veía ni una estrella desde la ventana de su habitación. Por alguna razón, esas dos señales siempre le recordaban lo mismo: que podía pasar cualquier cosa, que la lluvia distraía la atención de la gente y que sin la luz de la luna no se vería nada, así que caminar sobre la tierra sería para ellos algo seguro. Miró sus notas, donde tenía un mapa impreso con los puntos donde había habido algo en los últimos diez días, y luego hizo la pregunta:

NotScully: sabes si la señora dijo algo sobre que el gato tuviera los ojos blancos?
Bieber1996: mmm... creo que sí, pero no lo sé al 100%

Le costó media hora encontrar la noticia. La mujer tenía treinta años, vivía en Atlanta y volvía caminando del trabajo cuando lo vio: un gato anormalmente grande, de unos diez o doce kilos, con el pelaje como azulado y los ojos completamente blancos. Cuando la había saludado, lo había hecho «en su cabeza», o eso era lo que dijo la mujer. Al principio se había quedado paralizada y luego había salido corriendo. El blog que lo había subido se había enterado porque ella había hecho un pequeño hilo de Twitter contándolo, algo que no había tenido mucha repercusión ni siquiera entre sus ochocientos seguidores, pero June se alegró de que lo hubieran descubierto. Por curiosidad, le dio a la etiqueta #ojosblancos que aparecía al final de la entrada, esperando que no hubiera mucho más aparte de lo que acababa de leer.

Veinte entradas aparecieron a partir de la etiqueta. Cinco de ellas eran de sucesos ocurridos después de lo del gato, es decir, en los últimos tres días. De repente, nerviosa y emocionada, notó cómo el corazón empezaba a latirle con fuerza mientras leía las entradas una a una hasta comprobar en todas que sí, que tenía que ser él, que no le cabía duda. Que aquellas cosas que la gente contaba, lo que describían, parecían algo que haría Martin. También confirmó que estaba cerca, porque, aunque la primera hubiera sido en Atlanta, la segunda había sido en Hortense, Georgia, y las tres siguientes ya en Florida. Le parecía que cada vez se le acercaba más.

La última describía una orca oscura que parecía hecha de cielo y que había despegado sin despedirse. Le sonaba. Había sido hacía dos días en Ocala, así que calculó cuánto había tardado Martin en pasar por los otros puntos y pensó que tal vez aún no había llegado hasta allí, que debía de quedarle poco.

Quizá podría verlo hoy o mañana si tenía suerte. Miró la hora; era tarde y sus padres ya se habían acostado, así que, sin querer pensárselo mucho, se escabulló por la puerta trasera en busca del animal gigante que tenía que cruzar próximamente el cielo.

No estaba del todo segura de la dirección, pero salió escopetada de todos modos y, una vez hubo empezado la carrera, pensó que la zona un poco elevada que rodeaba el lago Dwarf tal vez era un buen punto, así que decidió que pararía por ahí y se dedicaría a esperar.

Pero entonces Bean la había pillado y la había acorralado preguntándole qué hacía ella allí, y claro, de repente eso lo había cambiado todo.

Porque la electricidad corría por las nubes y sentía ese suspiro, ese movimiento en la tierra, pero no podía prestarle la atención necesaria si tenía a su amiga delante con esa cara de querer preguntar más.

—June, ¿qué es todo eso?

No sabía qué responderle. No sabía cómo escapar, cómo desviar la atención y marcharse, cómo echarla para continuar con lo que era importante sin poder explicarle que aquello, todo aquello, lo estaba haciendo por las dos.

—Eh... yo...

Y entonces, casi como si fuera un milagro, no le hizo falta contestar porque la luz se apagó.

Tardó un momento en situarse, pero alzó los prismáticos e intentó ver algo a través de los cristales. Desistió en cuanto llegó el sonido: no había oído nunca nada como aquello, pero el cuerpo se le estremeció con un gusto que no conocía de antes y, mientras Bean retrocedía a su lado, ella guardó las cosas y se levantó. Era como el ruido de una garganta por dentro, como el de las válvulas de una máquina muy antigua, como la voz que tendría la Tierra. Era una de esas cosas que no tenían explicación pero que, aun así, estaban pasando. Bean murmuró algo que no llegó a oír y, antes de que pudiera decirle nada, saltó sobre los arbustos que tenía delante y exclamó:

—¡Ven!

—¡¿June?! —dijo la otra a su espalda, más nerviosa de lo que nunca la había oído—. ¡¿Qué demonios es eso?!

—¡Tú ven! —repitió, sin mirar atrás. No podía volverse porque el bicho era más grande de lo que se había imaginado y estaba fascinada.

Sólo podía verle la tripa. Su silueta quedaba recortada de forma muy poco clara contra el cielo, aún más oscuro que él, y parecía una especie de animal marino. Su mente voló rápidamente al *post* que había leído y a la orca, pero esto era más grande, ¿no? Casi como una ballena. Intentó dar la vuelta al aparcamiento oscuro del 7-Eleven, donde se había escondido de pura casualidad (sólo porque había un arbusto en el que dejar la bici, y porque tenía un poco de hambre y había pensado en comprar un par de chocolatinas más tarde, quizá). Levantó la cámara y disparó, sin pararse a comprobar qué salía. Ni siquiera sabía usarla porque era de su padre y no entendía los botones, pero había pensado que necesitaría pruebas y eso era lo primero que tenía a mano y le había parecido que sería mejor que su teléfono.

—¡June! —exclamó Bean, con las manos en los oídos y corriendo detrás de ella—. ¡June, necesito que me expliques qué está pasando!

—¡Ahora no puedo!

—¡Sí, sí que puedes, dime qué estamos viendo!

Un alien, pensó en decir June, *mi amigo.* Siguió disparando fotos al cielo, el movimiento del animal era fluido y a la vez denso, e intentó centrarse en el ahora y no en el momento en que tuviera que explicarle a Bean lo que ocurría.

—¡June!

—¡Es una ballena! ¿No lo ves? —explotó al final—. ¡Es una ballena y está yéndose!

—¡¿En el cielo?!

—¡Tienen problemas para camuflarse!

No le encontraba los ojos. Ya se había acostumbrado a esa oscuridad que era más opaca de lo normal (¿dónde estaba la Luna?) y no veía dónde estaban sus ojos, así que no podía saber si era él. Eso la estaba poniendo un poco nerviosa. Empezó a moverse otra vez, a ver si encontraba un ángulo mejor, y de repente, al doblar la siguiente esquina del establecimiento, vio que no estaban solas en el aparcamiento.

Dos personas. Dos chicos. Los dos mirando hacia arriba, viendo lo mismo que ellas. Uno de ellos tenía los brazos en alto.

Un móvil.

Lo estaba grabando con el teléfono.

¿Cómo no se le había ocurrido antes? Dios, era estúpida.

—¡Oye, tú! —gritó, corriendo hacia él.

—¡June!

Los dos chicos se volvieron de golpe y el que grababa bajó el móvil. A June le temblaba todo el cuerpo. Había visto cosas fuera de lugar otras veces, pero aquello era más grande que nunca y, de repente, parecía que había mucha gente viéndolo también. Testigos. Ya no era sólo ella encontrándose con noticias y animales donde no tenían que estar, lobos en medio de la carretera o copias de sí misma. No, había más gente y, además, ese chico alto lo había grabado. ¡Eso significaba que había pruebas! Eso era muy importante.

145

Cuando llegó junto a ellos, jadeando, la ballena del cielo rugió otra vez. Todo se tambaleó un poco. Parecía que ellos no sabían adónde mirar, si al enorme monstruo que volaba sobre sus cabezas o a la chica que acababa de aparecer a su lado, pero el grito que dio esta por encima del ruido pareció ganar al alienígena.

—¡Lo has grabado!

—¡June! —exclamó su amiga por última vez, corriendo hacia ella.

—¿Qué...?

—¡Lo has grabado —insistió—, has conseguido grabarlo!

—¿Bean?

Los ojos del chico del móvil, al que estaba hablando June, se fijaron en su amiga cuando llegó y June, confundida, siguió su mirada. Duck Bean también lo miraba a él, sorprendida.

—¿Lee Jones? ¿Qué haces tú aquí?

—Estaba... eh... estábamos... Y de repente...

Miraron de nuevo al cielo, pero la ballena se había ido.

Así, tal y como había aparecido por primera vez, se marchó y las luces volvieron a encenderse.

Todos se cubrieron la cara rápido para protegerse del resplandor. Al cabo de unos segundos, con el corazón acelerado, June abrió los ojos y volvió a fijarse en el chico. Jones, Lee Jones. Sí, ya se acordaba, lo conocía de clase. Y Bean también, habían hablado algunas veces.

Y entonces, le llegó otra voz.

—¿June? ¿Eres June, June Brad?

Se volvió hacia el segundo chico, que seguía parado frente a ella y junto a Lee. Era rubio, tenía el pelo un poco largo y recogido tras las orejas, y sus ojos eran de ese tipo de azul apagado que inspira cierta languidez. Parecía aún medio cegado, pero se estaba esforzando en mirarla.

—¿Me conoces?

—Eh... bueno, sí...

—Bean —cortó Lee, parpadeando—, ¿qué está pasando?

Bean se encogió de hombros, tensa de la cabeza a los pies, y de repente ya no había uno sino tres pares de ojos posados sobre June.

Pero ella no tenía tiempo de pararse a dar explicaciones, debía repasar lo que había visto, averiguar en qué dirección se había marchado Martin e intentar que bajase. Se mordió el labio, nerviosa, y luego se pasó las manos por la cabeza mientras decidía por dónde empezar.

Y decidió que lo primero era Lee Jones.

—Tienes que pasarme ese vídeo.

—¿Qué?

Lo necesitaba. No era capaz de pensar en palabras que explicaran cuánto lo necesitaba. Necesitaba tener el vídeo en las manos para estudiarlo bien y buscarle los ojos a aquella cosa, porque aquel ruido, la oscuridad y la sensación de que pareciera estar hecho de estrellas no la dejaban ver bien, y se había ido; no captaba lo mismo que la primera vez pero no sabía si era por culpa de que era un alien distinto o porque le fallaba la memoria.

—Por favor —suplicó, o al menos le pareció que suplicaba—. Tengo que verlo, yo... Tenía la cámara, pero necesito...

Alargó la mano hacia él como para intentar tocar el móvil. El chico alto dio un paso hacia atrás y se lo escondió tras la espalda.

—No.

—¿Cómo que n...?

—Me voy de aquí. —Retrocedió un poco más, con pasos largos, y miró un momento a Duck Bean y al otro chico, casi angustiado—. No tengo ni idea de qué ha pasado, pero me piro. Tengo que irme.

—No, espera, por favor...

Lee Jones se alejó despacio, en marcha atrás, sin dejar de mirarla. A lo mejor pensó que si le daba la espalda lo atacaría. Ella trató de ir en su dirección, angustiada, pero entonces sintió la mano de Bean en el hombro y se detuvo.

—June, déjalo.

—No lo entie...

—En serio, June. Deja que se vaya.

La miró con ganas de llorar, pero no intentó apartarse.

Los tres que quedaban allí miraron el Ford grande y plateado mientras Lee se metía en él, arrancaba y, sin más explicaciones y sin despedirse, se marchaba de allí. Bean soltó un suspiro y volvió a mirar hacia arriba. Sólo había otro coche en el aparcamiento, uno rojo que June supuso que sería del desconocido rubio que había estado con Lee Jones allí, y le dio tanta pena ver el coche solo que tuvo que dejar de mirarlo.

Se había ido. Ya estaba, había acabado. ¿Cómo había pasado tan rápido? Sin demasiada energía, levantó una última vez la cámara y disparó un par de fotos vagas que no pensaba que fueran a servir para mucho.

—Anda, vamos —dijo Bean, y su voz sonaba un poco rara—. Volvamos a casa, son más de las doce.

Se movió por hacerlo, sin ganas y con el corazón un poco decepcionado.

12; CALÍOPE I

< heather - conan_gray.mp3 >

JUNIO

No podía dejar de pensar en su abuela. Bueno, no exactamente en su abuela, sino en el rechazo que ella sentía hacia las cosas «no naturales» (como, por ejemplo, los viajes en avión y los teléfonos móviles), y en cómo ella siempre decía que cuando algo no iba bien era cosa del demonio.

Realmente él no creía en el demonio, ni en el infierno y esas cosas, pero tampoco se le ocurría qué más podía ser lo que había visto y, además, pensar en su abuela siempre hacía que se sintiese menos agobiado por todo.

No sabía si un demonio tenía capacidad para hacer algo como lo que había visto, aunque *no sabía qué había visto* porque todo se movía rápido en el vídeo y en su mente. Sólo recordaba bien que era muy grande y que se había movido de forma muy natural y que había hecho un ruido como salido del infierno. Había mirado el vídeo mil veces. No se veía nada claro, duraba cincuenta y nueve segundos y al final todo se sacudía después de que aquella chica gritara y le asustara. Se veían sus pies y los de Bean Jhang justo cuando llegaban hasta ellos. Recordó que había pensado que tenía cero sentido que dos chicas de su clase estuvieran allí justo en ese momento y que había tardado mucho en parar el vídeo porque al principio no entendía muy bien qué hacían allí.

Pensó que ojalá pudiese borrar las últimas veinticuatro horas para centrarse en lo verdaderamente importante, que era preparar la ropa para el baile, comprobar que tenía las entradas e ir a por las flores que Amy y él llevarían, ella en la muñeca y él en la solapa del esmoquin. La floristería abría por la tarde y tenía que meter las flores en la nevera para que no se marchitaran. Intentó centrarse en eso, *flores en la nevera, flores en la nevera, flores en la nevera*, pero entonces la imagen de aquella cosa enorme flotando sobre su cabeza sustituyó al resto y todo volvió al principio. Le pasó lo mismo más veces durante toda la tarde. No podía evitar sentir que aquello, fuera lo que fuera, era más grande que él y que todos los problemas que pudieran molestarle, y al pensar eso todo volvía, incluido el sonido grave llenándolo todo como si aún estuvieran en el aparcamiento del 7-Eleven.

Le vibró el móvil. Alzó la cabeza del escritorio para ver quién había enviado el mensaje.

Hacía una semana le habría encantado recibir algo suyo, pero ahora se arrepentía mucho de haberle dado su número porque, sinceramente, Adam era una persona bastante simple y sabía para qué le habría escrito.

Adam

Lee

Tienes que pasarle el vídeo a June.

152

El gruñido se le escapó solo.

> teléfono nuevo, quién es?

Lee, no te has cambiado el teléfono en un día

Soy Adam.

> adam, adam...

Lee.

> que era broma

En realidad le llamaba un poco la atención que Adam hubiese sido quien iniciara una conversación entre ellos. Le había mandado un mensaje tonto y realmente había pensado que lo del teléfono no colaría, así que, aunque fuera por lo del vídeo, era sorprendente que le hablara primero él.

Apoyó la mejilla en el brazo y se quedó mirando la pantalla. Adam estaba escribiendo, pero de repente paró y él no recibió nada. Pasaron unos minutos. Al final, un poco impaciente, Lee se incorporó y agarró el teléfono con ambas manos.

> oye

> tú qué crees que era lo que vimos ayer?

No sé, sería un avión.

La verdad es que no estoy seguro de haber visto nada.

Quiero decir, estaba demasiado oscuro.

ya

aunque a mí no me pareció un avión

parecía una cosa viva

No se me ocurre nada vivo que pueda volar y sea tan grande.

lo sé, por eso no dejo de pensar en ello

oye, tú la conocías?

¿A quién?

a june brad

te quedaste un poco embobado al verla ayer

Estaba en mi clase el
año pasado.

No me quedé embobado
al verla.

pues no sé, se te caía la
baba jajaja

sabes esa cara que
pones cuando hay algo
que te flipa y literalmente
se te olvida hablar?

Nunca se me olvida
hablar.

a lo mejor me sorprendió
que miraras así a june
porque no estoy
acostumbrado a verte
reaccionar a las cosas.

Esperaba que Adam respondiera a eso. Había sido una provocación y quería que la conversación continuara, aunque pensarlo le ponía nervioso. Esperó, intentando calmarse, pero pensó que podía sugerirle qué contestar, si es que dudaba. «Eso es porque llevamos años sin vernos», le tocaba decir a él, y Lee respondería: «Ahora tendré que reacostumbrarme». Y después, bueno, pues hablarían más y más, y Lee no tendría que pensar en animales en el cielo ni en monstruos hechos de estrellas ni en los sonidos que haría el mundo si pudiera demostrar su sufrimiento.

> No la miraba de ninguna manera

> ¿Estás intentando cambiar de tema?

> Mándale el vídeo y ya, no sé por qué tienes que hacerte de rogar

¿Por qué era así? Ya era así antes, de pequeños, aunque a un nivel diferente. Lo comprobó en la fiesta y cuando hablaron. Lo odiaba, pero al mismo tiempo no podía ignorarlo.

Estaba cansadísimo.

> no tengo su teléfono, no puedo mandarle nada.

> ¿No conocías a la otra chica?

> sí, de clase

> Pues mándaselo a ella.

> no

Puso el móvil en silencio y lo dejó boca abajo. Intentó volver a lo que había estado haciendo antes, que era leer un libro que le había recomendado su padre, pero recordó que ya antes de lo de Adam le había parecido increíblemente aburrido y había intentado echarse una siesta nada improvisada. Suspiró. No sabía qué hacer consigo mismo. Estaba incómodo, inquieto, pero no tenía muy claro qué podía hacer para que se le pasara.

A lo mejor lo que habían visto sí que era cosa del demonio. A lo mejor traía consigo una maldición. Se echó hacia atrás en la silla, alejándose del ordenador, del móvil y del libro y, tras tener la espalda estirada, decidió que lo mejor era que buscara a alguien que lo distrajera y con quien pudiera dar una vuelta por ahí.

bisaster!
@TheLeeJones

@ universo, esta broma ahora, de qué?

11:57 PM · Jun 6, 2017

3 Likes

13; CARONTE

< cut_your_bangs – girlpool.mp3 >

JUNIO

No había visto nada. Ella no había visto nada, se lo había repetido a sí misma mil veces. Sólo había corrido detrás de June con aquel ruido sobre su cabeza, pero se había acabado enseguida y después todo su afán había sido intentar calmar la situación. Pero ¿ver? Ella no había visto esa cosa, fuera lo que fuera. No podía ponerle nombre. Le había preguntado a June por ello cuando habían desenganchado las bicis, pero su amiga no había querido responder y, cuando intentó insistir, ella sólo le dijo: «No me creerías».

El tono que usó le rompió el corazón un poquito y se sintió mal porque, aunque no sabía nada, intuyó que podía tener razón.

Después de eso, June se había subido en su bici y se había marchado, sin más. Su «buenas noches» le pareció tenso y raro y Bean tardó horas en conseguir dormir. Sin embargo, cuando le habló al día siguiente todo parecía normal. Su mensaje de buenos días fue el de siempre, casi como si no hubiera pasado nada, y de repente el tema de conversación cambió y ella no supo dónde meterse ni qué hacer, así que le siguió la corriente.

Estaba confundida, pero no sabía qué más hacer.

June

> creo que no puedo quedar hasta el viernes porque tengo que echar una mano en la tintorería, pero voy a buscarte a tu casa y vamos juntas andando

sin problema!

sabes ya qué te vas a poner?

No, y por alguna razón darse cuenta le pareció increíblemente ridículo. ¿Qué iba a encontrar a esas alturas? No podía llevar cualquier cosa, y menos yendo con June, así que tuvo que buscar una solución que no implicara ir de tiendas, porque con el poco tiempo que quedaba no iba a encontrar nada ni bonito ni barato, y acabó recurriendo a su madre.

Probarse distintos vestidos rodeada de su familia fue, para su sorpresa, mucho más agradable de lo que había pensado. No había esperado que su hermana y su abuela se unieran, pero les aburría el programa de cocina que estaban viendo y se presentaron allí para verla posar de forma ridícula y sonrojarse por todos sus comentarios. Se notaba por parte de todas que aquel no era su elemento, que en general no estaban demasiado acostumbradas a estar las cuatro juntas, pero Bean se descubrió entendiendo que aquella sensación de inestabilidad tampoco tenía por qué ser desagradable.

En cierto momento, después de probar distintas combinaciones, la abuela se puso de pie, dijo algo rápido y se marchó.

Daen Mae entornó una sonrisa al oírla.

—¡Es verdad! No sé por qué no hemos caído antes.

Lo que trajo a su vuelta era el vestido que Daen Mae había llevado a su baile exactamente doce años atrás y que, para ser de 2005, era bonito.

¿Y lo más sorprendente? Le valía.

—Estoy muy contenta de que ya no se lleve tanto la palabra de honor, pero... no está nada mal —murmuró Bean, sonriendo y mirándose en el espejo. La falda del vestido, de color lila, tenía muchísimos volantes negros de tul por debajo, al estilo Avril Lavigne en sus tiempos mozos, y deseó que alguien le enseñara en ese instante fotos de su hermana en aquella época—. 감사합니다, 할머니.[2]

—아니야 [3] —le respondió, ladeando la cabeza de forma amable.

No fue su madre quien la llevó a casa de June, sino Taeyang, el marido de su hermana, y se lo pidió porque confiaba en él. Le había dicho a todo el mundo que iría con una amiga, pero estaba segura de que sus nervios delatarían que era más que eso y sabía que, si lo notaba, Taeyang no lo comentaría. Le inspiraba una calma segura y siempre se había portado bien con ella, casi como si fueran amigos, así que no habría presión por su parte.

—¿Es aquí?

Bean volvió la cabeza y miró la puerta de los Brad. La conocía de sobra, pero en ese momento le daba un miedo terrible. Calculó rápidamente cuáles eran sus posibilidades de huir en ese momento, ¿muchas, pocas? Podía decirle que se encontraba mal. Podía decirle

---

[2] «Gamsahabnida, halmeoni», que significa «Gracias, abuela».

[3] «Aniya», que significa «No hay de qué».

que había cambiado de idea y que volviera a llevarla a casa. ¿Estaba muy mal hacer algo así? ¿Era muy cobarde?

Al final sólo suspiró.

—Sí, es aquí. Pero... ¿te importa... te importa que me quede otro rato sentada?

—No, claro que no. —El chico apagó el coche y esperó unos segundos antes de preguntarle—: ¿Estás bien?

—No. Bueno, creo que sí, pero no. —Se mordió el labio y luego se acordó de que llevaba pintalabios y pensó que seguro que lo había estropeado, así que bajó el espejo para comprobar si todo estaba en su sitio—. Dios, estoy nerviosísima.

—¿Es por tu acompañante, porque vais juntos?

—*Juntas* —corrigió, y se arrepintió al instante de haberlo dicho.

Volvió la cabeza hacia él para ver si reaccionaba de alguna forma. Era la primera vez que lo decía en voz alta; bueno, *no lo había dicho,* pero a la vez sí, ¿no? Se le había escapado, y ese femenino plural era más que suficiente. Lo sabría. Sin embargo, la expresión de Taeyang no cambió y, aunque verlo fue raro, también le resultó un alivio.

—Si es importante para ti, es totalmente normal —dijo él, encogiéndose de hombros—. Yo me pasé todo el baile lejos de la chica con la que fui porque no quería que me cogiera de la mano y viera que me sudaba. Son cosas comunes en eventos así, Bean. No tienes por qué preocuparte.

Taeyang era la única persona de su familia que la llamaba Bean y que siempre era simpática con ella. Suspiró.

—Si tú lo dices...

—Yo creo que todo va a ir genial.

La sonrisa del chico era clara y limpia y pura y pensó, como hacía al menos una vez al día desde que lo conocía, que su hermana había tenido mucha suerte al encontrarlo.

—Gracias.

—Anda, pasadlo bien y no os desmadréis mucho.

162

Ver el coche marcharse y darse cuenta de que ya no podía huir fue un poco terrible, pero se armó de valor y recorrió el caminito hasta la puerta.

Todo era normal, ella era normal, estar nerviosa era normal y, como había dicho Taeyang, todo saldría bien.

Se toqueteó las flores de color blanco que llevaba en la muñeca y se sacó de debajo del brazo la caja con las que había cogido para June, para que no se aplastaran.

Temblaba como una hoja, pero intentó mantenerse entera cuando el padre de June abrió la puerta y exclamó:

—¡Pero Duck Bean, hola, qué guapa! Pasa, pasa, bienvenida.

Le sonrió y obedeció, agachando un poco la cabeza al pasar a su lado. El señor Brad era el único hombre con bigote que Bean conocía y que no parecía un pervertido y, de hecho, le caía bastante bien. Insistía en que lo llamara Michael, aunque a Bean eso le parecía tan raro que prefería ni decir su nombre. Lo había visto un par de veces, pero aún le costaba pillarle el truco a sus bromas de señor mayor que intenta adaptarse a los nuevos tiempos. Era buena persona, así que le sonrió con toda la amabilidad que pudo reunir.

—Buenas noches, ¿qué tal todo?

—Todo perfecto, tu cita está en camino. —Aunque ella volvió a tensarse de la cabeza a los pies, el hombre se llevó la mano a la barriga y soltó una carcajada—. ¡Ja! ¿Lo pillas? Lo he dicho porque vais juntas al baile. Se aplica igual de todas formas, ¿no?

—Eh, uhm, supongo, pero...

—¡June! ¡JUNE! ¡Duck Bean está aquí!

Los pasos de June sonaron arriba fuertes y rápidos y le dio un vuelco el estómago al pensar que aparecería en cualquier momento. Se sentía como en una comedia romántica de las tontas, esperando a que su cita bajara las escaleras despacio y a cámara lenta para que ella pudiera verla bien. Seguro que estaba preciosa. Seguro que June estaba preciosa y que ella se quedaba sin palabras, aunque fuera ridículo, y se avergonzó tanto por pensar eso que bajó la vista y se perdió el momento en que June aparecía.

Menudo desastre.

—¡Hey, hola!

Vale, a lo mejor mirarla ahora no suponía un cambio tan grande, pero al menos la tenía delante y no se quedaría embobada tanto rato.

—Hola, June.

—Me encanta tu vestido, estás muy guapa.

—Gr-gracias, es... es de Daen Mae. Me va un poco corto porque ella es muy bajita, pero, eh... está bien.

—Pues te queda genial.

—A ti también te queda genial el que llevas, eh... estás...

No se le ocurría ningún adjetivo mínimamente moderado, así que cerró la boca y June se rio.

—¡Gracias! Bueno, creo. —June sonrió enseñándole todos los dientes—. Si quieres podemos ir yendo ya. No sé por qué creía que vendrías con traje, aunque la verdad es que esa falda es superbonita...

Bean maldijo no haber pensado en eso antes.

—Pues tendremos que ir juntas a otra fiesta para que pueda llevarlo... Y venga, sí, pongámonos en marcha.

El instituto estaba a escasos diez minutos andando, así que se plantaron allí enseguida. La puerta del gimnasio estaba abierta de par en par y las luces azules de dentro brillaban como si algo estuviera explotando en el espacio, porque en parte así era: los mismísimos años cincuenta se habían derramado sobre la decoración, y el tema «el fondo del mar» no era tan *vintage* y glamuroso como los organizadores creían, pero se podía aguantar, incluso con todo ese espumillón brillante.

—Hala, qué guay —murmuró June a su lado, abriendo la boca.

—Estarás de broma.

—¡Qué va, a mí me gusta!

—Increíble...

June la cogió de la mano, riendo, y la arrastró hasta el *photocall* que habían colocado cerca de la entrada y que tenía un marco de cartón azul tan cutre que casi parecía bonito. El fotógrafo, un chico que había estado en su clase el año anterior, les pidió que se colocaran dentro de un círculo dibujado en el suelo y June la abrazó por la cintura y pego la cara a su cuerpo mientras ambas sonreían. Bean nunca se había imaginado que acabaría viviendo algo así. Nunca pensó que iría con una chica al baile de fin de curso, para empezar, y cuando el alumno les dijo que ya estaba y que podían marcharse, empezó a pensar que el tema marino era parte de la experiencia y que tendría que empezar a disfrutarlo.

—¡No sé bailar! —le gritó a June cuando llegaron al centro de la pista.

—¡Yo tampoco, pero no importa!

Nadie sabía y nadie parecía preocupado por eso, así que saltaron y rieron y cantaron las canciones que se sabían, y fue maravilloso.

Había valido la pena superar el pánico e ir, pero tampoco duró mucho.

Después de un rato bailando, riendo y saludando a gente con quien nunca habían hablado, se acercaron a la mesa de las bebidas y picaron un poco de lo que había por allí. Bean miró a su alrededor y pensó que echaría de menos todo aquello. Las clases, los pasillos, a sus compañeros. Había querido que se acabase durante años, aunque ese sentimiento se hubiera apagado un poco en los últimos meses, pero de repente pensó que no le había dedicado tiempo a plantearse todo lo que pasaría después y que estaba a punto de abandonar algo seguro. Era la única persona que conocía que no iba a hacer nada después, que no tenía planes para el futuro y, de pronto, le pareció que se ahogaba un poco en aquella pecera en la que se habían metido de forma voluntaria.

—Tengo algo de calor —le dijo a June, que había estado mirándolo todo igual que ella—, voy a salir un momento para que me dé el aire un rato.

—¿Quieres que te acompañe?

—No, no te preocupes, quédate aquí. Vuelvo enseguida.

Casi estaban en verano y el aire corría poco en Florida, pero aun así la diferencia entre estar en el patio y en el gimnasio le permitió tener un momento para respirar. Intentó centrarse un poco, recordarse que no era momento para estar preocupada por nada excepto por estar allí, en el baile, a día 9 de junio de 2017 y con un vestido prestado que le quedaba bastante bien. Eso era lo importante, el presente. Miró hacia arriba y vio las estrellas e intentó encontrar algún movimiento inesperado, como el del otro día, pero no había nada. No había allí nada más que luces, un avión y la luna. Y lo peor era que el cielo había sido así siempre. Suspiró con pesadez, un poco cansada y sedienta, y tras cinco minutos pensó que tampoco era justo haber dejado a June sola y que era hora de volver.

Sin embargo, cuando llegó al sitio donde la había dejado, June se había ido.

Miró a su alrededor por si acaso se había equivocado de lugar. No podía ser muy difícil encontrarla entre toda esa gente no-pelirroja, aunque fuera tan bajita. Ella era alta, ¿no? Tenía que servirle de algo. Se movió sin querer alejarse mucho por si acaso la liaba más, pero no la veía y, al cabo de unos minutos, encontró una silla y se subió. Era más fácil. Nadie se fijó en ella de todas formas, ni alumnos ni profesores —los encargados de vigilar el evento estaban demasiado ocupados en separar a las parejas besándose, y los terribles bailarines tenían suficiente con centrarse en ellos para no parecer muy ridículos—, así que pudo escanear el gimnasio con cuidado y, al final, le pareció ver el recogido de su amiga en una esquina, muy cerca de alguien e inclinada hacia él.

No le hizo falta esforzarse para reconocer al chico, y se bajó de la silla de un salto.

¿Por qué? ¿Por qué Lee? ¿Por qué, si lo del martes parecía casi un sueño y ellos no habían hablado nunca?

Oyó la voz de su amiga antes de llegar, a pesar de la música.

—Lee Jones, por favor, de verdad que necesito ese vídeo.

—¿Tienes que llamarme así, «Lee Jones», todo seguido?

—¿No te llamas así?

—A ver, sí, pero nadie...

La cara de Lee, que antes había estado doblada en una mueca incómoda, se iluminó cuando vio aparecer a Bean detrás de la chica que lo tenía acorralado.

—¡Jhang! Jhang, menos mal, tu amiga...

June se volvió también, sorprendida.

—¡Duck Bean! Perdona por haberme ido, es que no venías y...

—¿Qué hacéis aquí?

Lee Jones tenía cara de querer saber lo mismo. A su lado, la pelirroja parecía nerviosa y un poco avergonzada.

—Quería pedirle... Bueno, ya sabes lo que le iba a pedir, ¿no?

Se miraron durante unos segundos. Claramente, cada una estaba en un nivel distinto de la conversación, sobre todo porque la mente de Bean llevaba tres días repitiendo que *ella no había visto nada* y aún estaba intentando bloquear aquello a lo que June se refería. No quería ir allí. No quería abrir esa puerta y que lo que había pasado en el 7-Eleven fuera de repente real.

Pero no podía negar durante mucho más tiempo que no se había imaginado todo lo del martes ni la idea que se le había plantado en el cerebro aquella noche: que, mientras todos los presentes habrían huido, June quiso correr directamente hacia lo que los había visitado.

—Me ha arrastrado hasta aquí —aclaró Lee entonces, como si la conversación fuera de otra cosa—. Sé que habéis venido juntas y no quiero que pienses lo que no...

—No hemos venido *juntas* —lo cortó Bean—. Es decir, sí hemos venido juntas, pero no *así*. —Se negó a mirar a June al decir aquello, incómoda, y después murmuró—: Ha venido a por el vídeo del martes.

Y ya estaba. Lo reconocía. Ahora la cosa había pasado de verdad y no podía deshacerse.

—Es que el otro día se fue muy rápido —se justificó la pelirroja.

—Pues June, por algo sería...

—Exacto, ¿ves? Ella lo pilla. Bean entiende que yo no quiero saber nada. —Lee se cruzó de brazos, como para protegerse—. Además, ya no lo tengo porque está maldito.

—¡¿Cómo que ya no lo tienes?!

—¿Maldito?

Él se encogió de hombros, incómodo.

—El sonido, cómo se movía... No es muy normal.

—¡Pero ¿lo has borrado?!

—No, es decir, del móvil sí, pero lo tengo en el ordenador.

June se llevó una mano al pecho.

—Lee Jones, casi me da un infarto... ¡Que son pruebas!

—¿Pruebas de qué? —preguntó él, frunciendo el ceño—. ¿Cómo va a ser lo que quiera que sea esa cosa una prueba de nada?

—Sí que... esto... Escucha, Lee, es demasiado largo como para explicártelo ahora, pero si me pasas el vídeo y quieres saberlo prometo que te lo contaré otro día. Pásamelo, eso es todo. Necesito...

—Yo no quiero tener nada que ver en esto, June Brad.

—Ya intenté decirle que te pasara el vídeo, pero es un cabezota.

Bean y June se volvieron de golpe. Allí, tras ellas, había un chico rubio con el pelo peinado hacia atrás y los ojos clavados en Lee. Bean lo reconoció porque era el mismo chico del aparcamiento. June pareció pensar lo mismo, porque se mostró sorprendida e, inmediatamente después, aliviada.

—¡Eh! ¡Tú también estabas!

—S-sí, hola, June —dijo el chico, sonriéndole torpemente—. Soy Adam, creo que no te acuerd...

—¿Y tú qué haces aquí ahora? —lo cortó Lee, entrecerrando los ojos—. Creía que habías venido con ese grupo de tías que bailan sin parar.

—No, Bryan ha venido con ellas, yo estoy con él por accidente —explicó el recién llegado, arqueando una ceja—. Os he visto hablando y... bueno, he pensado en acercarme a saludar.

168

—Ya, a saludar —murmuró Bean, mirándolo de arriba abajo.

—Bueno, pues ¡hola! —dijo June, más amable.

—Me gusta tu vestido, June, vas... vas muy...

—La conversación sobre el vídeo y lo del martes ya había acabado, así que no tenías que molestarte en venir a cotillear.

Alguien detrás de ellos llamó la atención de Lee y, cuando se volvieron a mirar, los tres vieron a una chica negra haciéndole gestos con los brazos y señalándose la muñeca, donde un reloj inexistente lo reclamaba. El chico chasqueó la lengua. Bean pensó que la conocía de vista, de alguna clase hacía un par de años, y se apartó como para dejar vía libre por si acaso el chico quería aprovechar y huir.

—¿Esa es Amy? —preguntó Adam.

—¿Te acuerdas de su nombre? —respondió Lee alzando una ceja, y el otro se encogió de hombros intentando quitarle importancia.

—No quiero molestarte más, Lee —dijo June, aún mirando a la chica y con la voz apagada—. Sólo... Vuelve con ella si quieres, es muy guapa. Y he hecho que la dejes sola. Pero... piensa en lo que te he pedido, por favor. Es importante para mí, así que...

La expresión del chico se suavizó al oírla, conmovido, y se cayó un poco de aquella posición tan dura a la que se había agarrado.

—Intentaré mandártelo este fin de semana, ¿vale? —cedió al final, forzando una sonrisa pequeña—. Me voy, que me están esperando, pero tú... pásatelo bien, ¿vale, June? Bueno, pasáoslo bien las dos. Los tres —miró a Adam un momento y luego desvió la vista—. Da igual. En fin, ¡adiós!

Antes de que June tuviera tiempo de contestar, el chico se deslizó entre Bean y ella y serpenteó de vuelta hasta su acompañante.

Los tres vieron cómo la saludaba y sonreía. La chica le dio un golpe en el pecho para reñirlo en broma antes de reírse, él subió los brazos y después dejó que le cogiera de la mano y se fueron.

Todo se volvió un poco raro una vez se dieron cuenta de que ahora sólo quedaban allí ellos tres.

—Bueno, pues... me alegro de que haya aceptado —dijo Adam, rascándose la nuca y sonriendo con torpeza—. A veces es un poco cabezota, pero...

—Lo ha hecho para que lo deje en paz, pero no tengo su correo ni su número ni nada —suspiró June, un poco triste—. No pasa nada. Supongo que tenía que intentarlo, pero tampoco lo puedo obligar, ¿no?

—Yo sí tengo su teléfono. Puedo pasarle el tuyo, si quieres. —Más rápido que el viento, el chico se sacó el móvil del bolsillo de la chaqueta y abrió la agenda—. Si me lo das, se lo paso y le insisto otro poco. ¿Te parece?

—¿Lo dices en serio? ¡Sí, claro que sí! —June dio un salto y sonrió tanto que pareció que la boca se le iba a salir de la cara—. Vale, apunta...

Bean observó al chico teclear con las manos temblorosas y unos nervios más que notables e, incómoda, se apartó. De repente la fiesta le dio un poco igual y sólo quería irse a casa. June, que parecía emocionada, le dedicó una sonrisa grande y eso sólo hizo que se sintiese peor. El chico y ella se pusieron a hablar de que en realidad habían ido juntos a una clase hacía un par de años, aunque June no se acordaba, y a cada palabra Bean se sentía más lejos y más apartada de todo, como si flotara sobre ellos dos y sobre el resto de asistentes, perdida entre los globos azules y blancos del techo y sin que importara más que ellos. Cuando Adam se despidió y volvieron a centrarse en la fiesta, Bean siguió allí, y también cuando June le cogió de la mano y la llevó de vuelta a la pista, y también cuando la miró como si no estuviera hecha de helio. Al final, le dijo que estaba cansada y que iría a casa ya, aunque no eran ni las doce y habían hablado de que se quedara a dormir con ella.

June pareció decepcionada y un poco confusa, pero aceptó y caminaron juntas hasta que se despidió de ella desde su jardín.

Bean flotó de vuelta a casa de los Jhang siguiendo la línea recta que formaba la avenida Powers. No dejaba de pensar que algo se había descolocado el martes, que ahora nada estaba en su sitio y que, en esta nueva versión, June sentía una pasión tremenda por algo que le era desconocido e inabarcable, pero que a la vez debía de haber estado ahí siempre y que simplemente ella no se había dado cuenta. Al llegar a casa entró en su cuarto, cerró despacio y se tumbó en la cama con el vestido y el maquillaje y las sandalias, sólo porque no quería desatar todas las cuerditas, y al final se durmió.

A la mañana siguiente vio que tenía un mensaje de June preguntándole si todo estaba bien, pero no lo respondió hasta la tarde.

14; CALISTO

< life_time_warranty - cyberbully_mom_club.mp3 >

JUNIO

Adam se pasó cinco minutos dentro del coche para poder decirle a June que había llegado a su casa justo a en punto, cuando habían quedado. Se habían estado enviando mensajes todo el día anterior y habían decidido ir juntos a casa de Lee para ver allí el vídeo y que la chica se lo copiara en un *pendrive* desde su ordenador. Estaba un poco emocionado, era innegable, pero había intentado mantener el tipo tanto en la conversación con él como cuando habló con June por chat para confirmarle que Lee había dicho que sí.

No podía creerse que hubiera tenido que esperar a que el instituto acabara para que la chica posara por fin los ojos en él.

Una cabeza pelirroja se asomó desde una de las ventanas en cuanto tocó el claxon y, un minuto después, dos personas salieron de la enorme casa de la calle Fair Oak y las puertas del lado derecho de su coche se abrieron.

—Parece un coche fúnebre rojo, ¿te lo han dicho ya? —dijo Bean al subirse en la parte de atrás, haciendo mucho más ruido que la otra y robándole a Adam la oportunidad de saludar debidamente.

El chico le lanzó una mirada por el retrovisor

—Ah, ¿venías tú también?

—Al parecer, para tu desgracia. June ha insistido.

Intentando no chasquear la lengua, Adam giró la llave en el contacto y arrancó. Había planeado iniciar una conversación con June y la posibilidad se había esfumado con la presencia de la otra, con cuyo nombre ni siquiera se había quedado al principio. ¿Era Ben? ¿Jan? Había sido Brian quien había tenido que recordarle que era *Bean Jhang,* que si no la conocía era porque no le había dado la gana y que todo el mundo sabía que le había plantado cara a Tony Natera a principios de marzo. Adam le echó un par de vistazos ahora por el espejo retrovisor: su cara relajada parecía tensa, dura, y por alguna razón... a Adam no le cuadraba. No le cuadraba mucho que June fuera amiga de una persona así, si es que realmente era violenta, ni por qué le había pedido que fuera con ellos hoy también.

Es que ¿ella qué pintaba? Ni siquiera había participado en la conversación el otro día, en el baile. ¿Qué hacía allí?

—Aquí es —dijo, parando el coche.

La casa de Lee tenía dos pisos y parecía enorme desde fuera. El jardín delantero estaba lleno de plantas que le daban una energía muy caótica y, entre ellas, el esqueleto de una vieja canasta de baloncesto con la red rota se aparecía como salido de su propia infancia. Al verlo, de repente Adam pensó que los padres de Lee no lo reconocerían cuando lo vieran. Que entraría en su casa después de tantos años y que no se acordarían de quién era y, aunque era un pensamiento un poco tonto, le agobió.

Las chicas pasaron delante de él y llamaron a la puerta. Un minuto después, Lee abrió con su típico pelo despeinado-peinado y la camiseta medio metida por los pantalones de cuadros del pijama.

—Menudas pintas, hijo —comentó Bean con un tono ligero que hizo que Adam se preguntara si eran amigos de antes.

El otro le dedicó aquella sonrisa que usaba para gustarle a la gente.

—Es que no me ha dado tiempo a adecentarme como es debido, que no quería recibiros semidesnudo. —Se echó hacia un lado, sujetando la puerta—. Pasad, bienvenidos. Como si estuvierais en vuestra casa. Mis padres no están, así que tenemos vía libre para saquear la cocina si os entra hambre.

—¿Dónde está tu cuarto?

—Escaleras arriba, habitación del fondo.

Las chicas obedecieron antes de que a Adam le diera tiempo a atravesar el umbral. Lee y él intercambiaron una mirada que no pudo leer y, cuando le preguntó «¿Qué tal?» de forma rutinaria, Lee sólo se encogió de hombros e hizo un movimiento hacia arriba.

—No sé qué haces aquí, pero tú ya sabes dónde está, sube.

Parecía molesto con él. Adam se quedó un poco bloqueado y confuso, sobre todo porque las últimas dos veces que habían estado a solas parecían haber estado muy bien, pero se dirigió al cuarto de Lee sin decir nada más porque no quería cagarla.

Aquella habitación había cambiado mucho desde la última vez que había estado ahí. Había muebles nuevos y otros cambiados de sitio, luces donde antes no había y plantas, bastantes plantas. Bean estaba inclinada sobre la cama de Lee, mirando con atención el mural de fotos que ocupaba toda la pared de detrás, y June ya se había sentado en el suelo para sacar de la mochila el ordenador.

Cuando la más alta se volvió hacia ellos, le dedicó a Lee una sonrisa.

—Jones, eres el único adolescente que conozco que tiene un ordenador de mesa.

El otro respondió con una carcajada.

—¿Qué pasa? Me gusta destacar.

—Seguro que con este destacarías mucho en 1999.

175

—Lo tengo desde 2003, lista.

—Pues eso, un ordenador del futuro.

Lee soltó otra carcajada y a Adam se le encogió el estómago, raro. No entendía por qué o de dónde venía, pero había algo en la voz de Bean Jhang que le hacía envidiarla aunque no hubiera hecho nada para que él se pusiera celoso.

Además, ¿celoso de qué? ¿De que hubiera hablado con Lee? Menuda tontería.

—Ya estoy —dijo June entonces, levantando la cabeza y dedicándoles una pequeña sonrisa—. Cuando quieras puedes pasarme el vídeo, ya lo he preparado todo.

—¿Ya? Si ni siquiera os he ofrecido agua.

June se encogió un poco, avergonzada, y Lee suspiró y se dirigió hacia el primer cajón del escritorio.

—Vale, vale. Anda, toma —dijo, sacando un *pendrive* y lanzándoselo a June desde donde estaba—. El archivo se llama «monstruo_horrible_demonio_cielo.mp4». Te lo puedes quedar, bórralo del *pen* cuando lo pases.

—No era un demonio, pero vale —respondió la chica, enchufándolo en su ordenador, y luego añadió sin mirarlos—: Era un alien.

La palabra salió de entre sus labios como si nada, como si fuera familiar en su boca, como si pesara lo mismo que una pluma. Los otros tres lo miraron, atónitos, pero ella no titubeó: sus dedos empezaron a moverse rápidamente por el teclado y no levantó ni una vez la cabeza, concentrada en escribir lo que fuera que estaba escribiendo mientras el archivo completo se copiaba. Cuando terminó, un pitido de alarma llenó toda la habitación; Bean, Lee y Adam se movieron despacio y, sin invitación alguna, los que aún no habían visto aquellas imágenes se colocaron detrás de la chica para observar.

—Si no se ve nada supongo que intentaré editar los valores de brillo del vídeo, pero bueno...

Cuando June le dio al *play*, todo el mundo contuvo la respiración.

Lee no quería ni dirigir la vista hacia allá, pero no pudo evitar sentir curiosidad por sus caras cuando la grabación se puso en marcha. Ahí estaba esa oscuridad, ahí estaban la oscuridad y el ruido y los gritos de Lee mientras empezaba a grabarlo. La cámara se movía rápido pero claramente había algo en el cielo, algo que avanzaba despacio y que los tanteaba con esa ondulación. Un escalofrío recorrió la espalda de Adam. Había mantenido aquello bloqueado por la idea de que fuera algo que le permitiría establecer algún tipo de contacto con June Brad, que era lo que más le importaba, pero al oírlo de nuevo se dio cuenta de que realmente había evitado pensar en algo que era demasiado grande para él.

Aunque... ¿qué era? ¿Qué palabra acababa de usar ella, por qué su cerebro intentaba esquivarla...?

—¿Has dicho que eso es un alien? —preguntó Bean, los labios entreabiertos y la expresión igual de atónita.

June asintió despacio. En el vídeo, se oía a la chica correr hacia Adam y Lee y, después, Lee bajaba la cámara al suelo y aún pasaban unos segundos hasta que el vídeo se acababa.

Todo se quedó en silencio después, estático. El corazón de Adam latía tan fuerte que estaba seguro de que el resto también podría oírlo, y se llevó una mano al pecho, discretamente, intentando hacerlo callar. No tenía explicación para eso. No tenía explicación para eso y le molestaba, porque de repente, sin explicación, lo que fuera que estaba pasando le parecía algo que no se podía combatir.

Y él quería quitarse ese ruido de la cabeza.

—No es él —dijo June, y su voz se oyó alta a pesar de ser sólo un susurro.

—¿Qué significa eso? —preguntó Lee, tensándose.

—¿«No es él»? —repitió Bean, abriendo los ojos.

June se humedeció los labios.

—Pensé que sería... pensé que sería... p-pero...

—¿Estabas buscando a *alguien*?

El silencio pesaba mucho cuando nadie hablaba. June frunció el ceño y volvió a darle al *play*, mirando la pantalla con cuidado, y el mismo ruido de ultratumba salió de los pequeños altavoces de su portátil. Esta vez, Adam no miró. Se fijó en Lee, sin embargo, que alzó la cabeza y le devolvió la mirada mientras sus voces del pasado se gritaban entre sí.

—Debería tener los ojos blancos, pero no los tiene —dijo June, desolada, y volvió a reproducirlo por tercera vez. Bean, a su lado, se inclinó despacio hacia delante y lo pausó. La otra no dijo nada, sólo se quedó allí, con la mirada perdida—. Creía que estaba muy cerca. Creía que ya lo tenía, pero...

—¿A quién estabas buscando? —preguntó Lee ahora, con más cautela.

—A Martin —murmuró June, con la vista clavada en la imagen de la pantalla—. Creía que sería Martin, pero no lo es... Bueno, supongo que es otro, pero no él.

Volvieron a esperar, intentando entender qué ocurría, intentando entender qué significaba que June hubiera buscado algo en el cielo pero que esa cosa voladora no fuera lo que ella quería. ¿Acaso podía ser? Si era así, ¿qué significaba?

—¿Quién es Martin? —preguntó Adam, confuso.

—No estoy entendiendo nada —murmuró Lee, pasándose la mano por el pelo—. ¿De qué estás hablando, June?

—Os lo he dicho antes: de aliens. Martin es uno, y creía que sería el que estaba cruzando el cielo el otro día, pero... pero no.

—Tienes que estar de coña.

Por fin, June miró hacia arriba y se le colorearon las mejillas furiosamente en cuanto lo hizo. El chico que tenía delante la miraba con la boca abierta y media sonrisa en los labios, pero una sonrisa de incredulidad, no de que algo le hiciera gracia. No pestañeaba mientras la miraba, esperando una respuesta, esperando el final de aquella broma. June se encogió, cerró los dedos alrededor de los bordes del portátil, y Adam sintió ganas de interponerse entre los dos para protegerla, para cortar ese contacto e intentar pedirle explicaciones de forma más suave.

Pero una mano se puso sobre el hombro de la chica antes de que pudiese reaccionar, y la cara que la esperaba era amable, aunque también parecía bastante confusa.

—June, ¿cómo va a ser un alien?

—¡Sí lo es, Bean, te lo juro!

—Pero no... Quiero decir, los aliens no...

—¡Pero ¿no lo habéis visto?! ¡Pasó también por encima de vosotros!

June se mordió el labio con fuerza, como arrepentida por su tono pero sin querer retirar la urgencia de su voz. Agobiada, volvió a mirar la pantalla y se fijó en la imagen congelada, la de la enorme cola marchándose y apenas visible por la falta de luz. Adam se preguntó cómo podía ser eso un alienígena, es decir, cómo podía serlo con esa forma. ¿No se suponía que eran hombrecillos verdes, o figuras altas y grisáceas, o literalmente cosas con cualquier otra forma menos esa? Aquello le era conocido. Es decir, había visto una ballena exactamente igual en el SeaWorld hacía un par de años, *no podía ser un alien*.

—Pero era una ballena —dijo Lee entonces, como si le hubiera leído la mente—. Quiero decir, June, todos vimos que tenía forma de...

—Es porque se camuflan. Sé que es muy raro y difícil de entender, bueno, y de creer, pero lo habéis visto. Lo habéis visto con vuestros propios ojos, quiero decir, así que podéis... podéis hacer... un esfuerzo...

—Yo te juro que estoy intentando pillarlo, June —le aseguró Bean, mordiéndose la uña del pulgar—. Sin embargo, esto...

—Llevo años investigando. Llevo años intentando encontrarle el sentido, Bean. No te lo había contado antes porque... bueno, supongo que no quería que... —Tragó saliva, pestañeó un par de veces y luego le dedicó una sonrisa triste—. Creo que no quería que me miraras así.

Si le cayera bien, o si le importara aunque fuera un poco, Adam habría sentido compasión al ver cómo se le rompía el corazón a la chica.

—Tiene que haber otra explicación —insistió Lee, cruzándose de brazos, medio sentado sobre el tablón de su escritorio y visiblemente incómodo—. Lo siento, pero esto... Es que, ¿cómo van a existir los alienígenas? ¿Y nadie lo sabe, sólo tú, June? Lo siento, no quiero que te sientas mal, pero no tiene sentido. Ninguno.

—Claro que no lo sé sólo yo, ¿es que no tienes internet? ¡Ni que fuera la única persona hablando de esto!

—¡Bueno, eres la única que llama así a una ballena voladora!

—¡Vale! Vale. Dime cuál es tu explicación lógica, entonces.

Lee cerró la boca de golpe, porque no podía, y June habría parecido satisfecha si hubiera sido capaz de cambiar su expresión frustrada.

Adam tampoco tenía una explicación mejor que esa. Ahora que había recordado lo del aparcamiento, ahora que el sonido de ultratumba le llenaba la cabeza, aquello que había intentado repetirse sobre el avión le pareció una tontada. ¿Un avión? ¿Cómo iba a serlo? Si miraba de reojo podía distinguir la silueta tan claramente como en un dibujo infantil. Adam era más listo que eso, lo sabía. Era más listo y más razonable.

—Puedo explicároslo. Si queréis, vamos, si os interesa, puedo contároslo con más claridad. No tengo las cosas aquí, pero, bueno... llevo investigando esto muchos años. Tengo... tengo millones de artículos, no sé. No me importa hablaros de ello.

—Hablarnos de *aliens* —murmuró Lee, aunque fue más para sí que un comentario general.

—Sí, ya lo sé, pero... —June pareció pensárselo un momento y, tras morderse levemente el labio, se molestó en mirarlos uno a uno y luego pidió—: ¿Podéis darme una oportunidad? ¿Sólo una, aunque sea pequeñita?

Los otros tres cruzaron vistazos rápidos y, tras unos segundos que parecieron interminables, Bean suspiró.

—Sí, claro que sí, June —dijo, su voz suave y algo dubitativa, pero cogiéndola de la mano igualmente para apretarle los dedos con fuerza—. Cuéntanos de que va esto, al menos antes de que nos espantemos del todo.

—¿Sí?

—Sí, venga —cedió Lee, suspirando. Su sonrisa ahora parecía más limpia, más calmada, con más ganas de jugar—. Lo peor que nos puede pasar es que perdamos la tarde, supongo.

—Gracias —susurró ella, y luego sus ojos se clavaron directamente en Adam y él se quedó congelado—. ¿Y tú, Adam?

—¿Y yo?

Qué pregunta tan tonta. Como si no estuviera ya allí. Como si no hubiera ido a recogerla ni a buscarla a su casa ni llevase dos años pensando en ella.

—Sí —carraspeó corriendo, corrigiéndose de repente—. Sí, perdón, yo sí. Yo también, claro.

La sonrisa que le dedicó le hizo pensar que lo que fuera a pasar a continuación valdría la pena, aunque se le cayera encima todo el universo.

15; REA

< seventeen – alessia_cara.mp3 >

JUNIO

Quedaron de nuevo aquella misma tarde y, otra vez, dejaron que Adam las recogiera en su enorme coche rojo. Lee no fue con ellos porque tenía que prepararse para una entrevista de trabajo en una heladería al sur de Pine Hills, pero le envió la dirección a Bean para que se vieran allí antes de que le tocara entrar. «Además, así puedo irme si la cosa se vuelve muy loca», bromeó en su último mensaje, pero ella no le respondió porque, sinceramente, sabía que no era una broma; le había notado las dudas incluso después de aceptar ir y, aunque quería agradecerle de alguna forma que lo intentara, le daba la sensación de que a la mínima que alguien mencionara lo que estaba pasando, Lee se desvanecería ante sus ojos.

Lo primero que vieron al bajarse del coche fue el altísimo letrero que coronaba el local de The Willows y en el que se leía «Josie's Tropical Gelatto» en letras azules y blancas. June se quedó mirándolo con los ojos entrecerrados hasta que se dio cuenta de que habían escrito mal la última palabra, «gelato», que iba con una t en vez de con dos, y lo dijo en voz alta mientras lo señalaba con todo el brazo como una niña. Bean se paró a su lado. «¡Qué pena que nadie se lo dijera a los dueños antes de hacer el cartel! Seguro que cambiarlo es muy caro», exclamó y, cuando se volvió hacia su amiga, ella la estaba mirando de forma suave y con una sonrisa que, sin saber por qué, hizo que a June se le saltara un poco el corazón.

El sitio por dentro era terriblemente hortera, blanco, brillante y, de hecho, casi reluciente. Todos los empleados llevaban un delantal azul cian y un gorrito a juego bastante cutre, y June cruzó los dedos detrás de la espalda deseando que la entrevista de Lee fuera bien y acabara con uno de esos. Al verlo en una mesa del fondo, trotó para llegar antes a su lado. Llevaba consigo una mochila con todas las cosas que le parecían importantes para dar una explicación lo más detallada posible, y la soltó en el asiento frente al chico antes de dejarse caer ella, ponérsela en el regazo y moverse para dejar hueco.

—¡Lee!

Él, que estaba comiendo un helado y mirando el móvil, dio un bote y exclamó:

—¡June! Dios, June.

—¡No quería asustarte, perdona! ¡Hola! ¿Cómo estás?

—Todo bien, todo bien. —Lee alzó los ojos para observar a los otros dos, que ya llegaban, y le dedicó una sonrisa ladeada a Adam—. ¿Has acelerado con el coche? Creía que tardaríais más en llegar.

—Había poco tráfico —dijo el chico, encogiéndose de hombros mientras se sentaba a su lado como si nada.

June observó cómo se miraban, casi como si hablaran sin decir palabra, y pensó que esperaba convencer al menos a uno de los dos con sus teorías, porque le daba la sensación de que, si caía uno, el otro vendría detrás.

Esperaba que fuera Lee, porque le era más simpático. Se quedó mirándolo ahora, distraída, y pensó que le parecía el típico chico del que se habría enamorado si lo hubiera conocido siendo más pequeña. Probablemente a su yo de once años no le habría gustado el Lee de once, pero el de diecisiete le habría encantado porque era clavado a todos los actores de los que se enamoraba por aquel entonces: no canónicamente guapo, pero sí carismático, de sonrisa bonita y buenos modales. Mientras lo observaba con detenimiento, se preguntó por qué entonces no le causaba ninguna impresión en el presente. Era exactamente el prototipo que las estrellas habían decidido que le gustaría. Le sonrió por ser amable, porque él había sido educado, y al bajar la vista a la mesa se preguntó cómo podía ser que aquel chico no le hiciera ni un poco de tilín.

La camarera se acercó con su uniforme brillante y pasó la hoja de la libreta antes de sonreírles.

—Hola, chicos, bienvenidos al Josie's. ¿Os ha dado tiempo a echarle un vistazo a la carta? ¿Qué os pongo?

—¿Qué nos recomiendas? —preguntó Bean, apoyando la mano en la cara y mirándola suavemente.

—¿Te atreves con alguna novedad? Porque el chef está probando recetas nuevas y le ha salido una cosa azul. No sé a qué sabe, pero se llama «Pitufo», y si te atreves...

—Me atrevo, tráeme ese.

—Muy valiente. ¿Y vosotros?

—¿Tienes de turrón?

—¡Yo de plátano, porfa!

—Pitufo, turrón y plátano. Perfecto, pues ahora vuelvo con vuestros pedidos.

Lee volvió a centrarse, dejando el móvil a un lado, y antes de que se pusiera a rebuscar en su mochila le pareció oír que la pelirroja murmuraba «Qué guapa».

La chica no tardó ni tres minutos en volver con todo y dejarles la cuenta. Cuando se hubo marchado, June revolvió dentro de la mochila y rescató un archivador que, aunque no parecía demasiado gordo, sí se veía muy usado. En un extremo había cinta americana que mantenía unidos el lomo y las tapas, y el dibujo original de la cubierta (una foto de Hannah Montana, parecía) estaba tan desgastado que había perdido todos los colores.

—Bueno, en fin, ¿estáis listos? —preguntó, nerviosa—. He traído toda la información que tengo.

Los dedos se le movían solos sobre el cartón del archivador, ansiosos por actuar y por abrirlo. Estaba intentando frenarse para no resultar *demasiado* entusiasta, para no sobrecogerlos con lo que iba a contarles, y a Lee, al otro lado de la mesa, le conmovieron sus esfuerzos. No significaba que hubiera asimilado lo que había dicho aquella mañana en su casa, porque aquello no era normal y no lo haría de ninguna forma, pero aun así agradecía que tratara de no alterar tanto la realidad de ninguno, que se parecía más a aquello y menos a lo del 7-Eleven.

—Empieza —concedió Lee, y se echó hacia atrás, deseando no tener que arrepentirse.

Pero June no quería seguridad y tampoco era lo que le había pedido, sólo que la dejaran explicarse, así que aprovechó la puerta abierta para dar un golpe en la mesa y comenzar su discurso.

—Lo primero que tenéis que saber es que esto no tiene nada que ver con los aliens del Pentágono. No son los mismos, al menos no creo, aunque no puedo estar segura hasta que ellos publiquen las pruebas que tienen y eso, pero... Bueno, ese no es el tema. La cosa es que no son los aliens-aliens de toda la vida, ni los de Roswell ni los de las lucecitas en el cielo, etc, y os lo voy a enseñar.

Tenía los folios clasificados por temas y por separadores de colores; no sabía cuánto le daría tiempo a contar antes de que Lee tuviera que irse o que los otros se marcharan por aburrimiento, así que sacó lo que escondía la sección en rojo, que le parecía el trozo más fácil, y se lo enseñó. Su padre odiaba la cantidad de papel y tinta que gastaba imprimiendo, pero a ella le gustaba tener todo aquello en formato físico porque creía que así era más real y, sin ánimo de ser paranoica, así nadie podía hackearle el ordenador y encontrar todo aquello. ¿Que probablemente a nadie le importara? Ya, bueno, pero al menos eso hacía que se sintiese más segura.

Lo puso todo ante ellos y luego se echó hacia atrás para darles tiempo y espacio para leer.

Los folios que había escogido estaban llenos de capturas de pantalla, artículos y fotografías que había ido recolectando a lo largo de los años. Algunas noticias databan de cuando ella tenía catorce años, otras las había añadido la semana pasada, justo antes de su última excursión. Eran páginas que le solía pasar Bieber1996, como las de aquel blog donde había leído lo de la orca y el gato: en todas había mención a animales encontrados en sitios donde no deberían haber aparecido, y eso era importante, y le gustaba haberlo colocado todo encima de una mesa para que otras personas también lo pudieran apreciar.

Aunque, por sus caras, no parecían estar entendiendo nada.

—¿Un perro en un avión?

—¿Pero habéis leído lo de abajo?

—Que nadie sabe cómo entró ahí, que apareció a mitad del vuelo... sentado en el asiento 15B.

—June, ¿qué...?

Bean parecía más descolocada de lo que se había esperado. Su expresión le recordó a la de aquel día, el del último avistamiento, a cómo la había mirado cuando la encontró tras los arbustos del aparcamiento del 7-Eleven y a cómo la había mirado hoy en casa de Lee. Cogió aire, porque al menos la cara de Bean no le resultaba una puerta cerrada, y dijo, como por la mañana:

—Esos son los aliens.

Eran sólo cuatro palabras, pero pareció que lo dejaban todo en silencio.

—No, no son aliens, son animales en sitios raros.

—Son animales que es *imposible* que hayan llegado hasta ahí por su propio pie —explicó, señalando uno por uno los artículos que se sabía de memoria—. La explicación de que esos animales estén en los sitios equivocados es que *no son animales,* así que no saben que no pueden estar ahí, ¿lo ves? Por eso me resulta fácil encontrarlo.

—Me parece... me parece que no te estás explicando muy bien.

—Pero si esto es un perro, ¿cómo va a ser un alien?

—Es que *no* es un perro y, además, no se trata sólo de él. —June recuperó todos los folios, incluso los que aún no habían leído, y se puso a buscar en ellos las cosas que le parecían personalmente más claras—. A ver, por ejemplo. Este zorro. ¿Qué hace ahí? ¿Cómo se ha subido en un autobús?

—Pues yo qué sé, se habrá perdido.

—¿Y coge la línea 5, sin más? ¿Y nadie se da cuenta de que de repente hay un zorro entrando por la puerta? ¿Le cobran el billete y pasa y se sienta ahí al fondo tan normal? —Ante el encogimiento de hombros de Lee, June se puso a buscar más cosas—. Esto. El caimán gigante de Englewood. Englewood está aquí al lado. Puedes buscar la noticia tú mismo, la policía dijo que era probablemente el caimán más grande que se había visto en muchísimo tiempo, que debía de medir unos seis metros. ¿Sabéis cuánto son seis metros? Los caimanes miden entre dos y medio y tres, lo que significa que es el doble de grande que uno normal. ¿Cómo puede aparecer un bicho así en mitad de un campo de golf privado de Florida?

—Los caimanes viven en pantanos y por aquí hay un montón. De hecho, es fácil que haya más caimanes que personas en Florida.

—Lo dudo, pero, aun así, ¡no miden seis metros! ¿Y dónde está, eh? Nadie lo ha vuelto a ver después de eso. ¿Cómo se pierde un bicho así de grande? ¿Cómo es que aparece una vez y nadie lo vuelve a ver nunca más?

—No lo sé —reconoció Lee, con la vista clavada en ese último artículo.

—Exacto. Y a nadie se le ocurre una explicación lógica. Mirad: gatos monteses viviendo en sótanos de casas abandonadas de Los Ángeles —siguió, poniendo ese papel encima de los otros—, un león marino en el gimnasio de un instituto de San Diego, un coyote en el tejado de un bar de Nueva York y un burro en una alcantarilla de Boston. ¿Qué explicación le das?

Bean se quedó mirando una de las fotos que no había destacado, una de un caballo atrapado entre los barrotes de una verja demasiado estrecha y torcida como para que pudiera haber entrado.

—Eh, esta foto yo la he visto como meme.

Lee parecía un poco frustrado.

—No lo sé. No sé qué decirte, June, pero que tu explicación sea que todo esto es cosa de *aliens*...

—A lo mejor no todos lo son —aceptó June, encogiéndose de hombros—, pero muchos sí. Encontrarlos donde no pertenecen es la primera pista para localizarlos. Al menos yo siempre lo hago así: leo la noticia, encuentro los datos importantes de localización y testigos y luego... —Cogiendo aire, June pasó a la siguiente sección de su archivador de Hannah Montana y continuó—: Y luego les busco los ojos.

Esta vez era más fácil ir despacio, así que se limitó a conectar sólo una de las historias que había presentado y, con cuidado, dejó la imagen definitiva sobre todo lo demás.

Era el coyote del tejado, el de Nueva York, una de las apariciones que había tenido más testigos y de la que había conseguido más fotos. En la imagen que les enseñaba se veía claramente cómo el animal, con expresión tranquila y para nada alterado, miraba de frente a cámara con los ojos blancos como la nieve.

—Esto es del *flash* —dijo rápido Adam, que apenas había comentado nada desde que June había empezado a hablar.

—No lo es, mira la distancia a la que está tomada —protestó la chica, señalándolo—. Es una captura de un vídeo, por eso se ve tan mal, pero los ojos... los ojos no dejan lugar a dudas, reconocedlo.

—Te ha molestado que la ballena no tuviera los ojos blancos —murmuró Bean, mirándola. A June le sorprendió que se acordara de eso—. Antes, en casa de Lee. Has hablado de eso.

—Sí. Porque, aunque un animal destaque claramente por estar en un sitio erróneo, como pasó con la ballena el martes, si no tiene los ojos blancos no es Martin o... bueno, uno de los suyos.

—¿Así que tus aliens no sólo *no* son como los aliens normales, sino que hay más que no lo son?

—Lee, ¿de verdad acabas de decir «como los aliens normales»? —rio Bean.

Él chasqueó la lengua. June se encogió de hombros, sin saber muy bien qué decir.

—Teniendo en cuenta la cantidad de especies que hay sólo en la Tierra, me extrañaría mucho que hubiera un único tipo de alienígena en la galaxia... o tres, o los que el Gobierno no-diga que haya.

Eso lo calló.

—Entonces, dices que tu alien coge la forma de animales pero se equivoca de los sitios —resumió Adam, y June lo miró y asintió, contenta. Frunció el ceño, leyó otro par de titulares de los que ella había sacado al principio, y luego suspiró—. ¿Y por qué lo hace?

La sonrisa se le cayó de los labios.

—Eh... bueno. Bueno, eso es más complicado y aún intento averiguarlo.

La mesa entera se quedó en silencio y June se preguntó qué pinta tendrían desde fuera, cuatro chavales tomando helado con un montón de papeles delante simplemente intercambiando miradas confusas y un poco cansadas. Deseó que no quisieran irse. Nunca había hablado de todo aquello en voz alta y no le había dado tiempo a practicar bien toda la explicación, así que a lo mejor la había cagado en algún punto o se le había olvidado algo. ¿Tenía que haberlo hecho más interesante? ¿Necesitaba meterle un poco de acción? Pensó en contarles cómo había conocido a Martin y cómo después de verlo se había arreglado todo, porque esa era una buena historia, le parecía, pero no quería decir nada que acabara en la pregunta de «¿Y por qué ahora lo estás volviendo a buscar?».

190

—¿No lo sabes? —se le escapó a Lee, sin embargo.

Ella intentó no parecer demasiado avergonzada.

—Estoy en ello. Quiero decir, aún no lo sé, sólo he recuperado esta investigación hace poco, pero quiero averiguarlo. Antes pensaba que tal vez merodeaban por aquí por pura curiosidad, pero ya no estoy muy segura de que lo único que hagan sea... turismo.

—¿Y si nos están invadiendo? —preguntó Adam, y en su cara había una expresión preocupada bastante sincera.

June se rio. Le salió solo antes de poder pararlo, pero su risa cortó la tensión del ambiente e hizo que Adam se encogiera un poco en el sitio, aunque ella no se dio cuenta de eso.

—¿Invasión? Qué va, qué va. No son malos y, además, me da la sensación de que si hubieran querido invadirnos lo habrían hecho hace muchísimo tiempo.

Lee entrecerró los ojos.

—¿Por qué estás tan segura? Según tú, están en todas partes y no son tan distinguibles como las luces en el cielo ni los platillos volantes de toda la vida de Dios. Están disfrazados. Nadie excepto tú sospecharía de un burro, por ejemplo, lo cual me parece la estrategia perfecta para un ataque desde dentro...

—Porque yo conocí a uno —le cortó June, por primera vez un poco exasperada, casi como si las palabras de Lee hubieran sido un ataque personal—. Conocí a uno, ¿vale? Y no hacen daño ni piden nada, sólo pasean y arreglan lo que pueden arreglar.

—Ah, así que ahí está: por eso estás tan obsesionada —dijo el chico, cruzándose de brazos pero sin un ápice de malicia—. Porque uno hizo círculos en el jardín de tu casa.

June miró a Lee durante unos segundos y al final, agotada, suspiró.

—No. Bueno, sí. No hizo círculos, pero sí, vi uno cuando tenía catorce años y hablé... hablé con él. Después de eso fue cuando empecé a investigar. Pero ahora tengo curiosidad de verdad, quiero decir, me hago muchas preguntas alrededor de su falta de contexto.

¿Por qué saben las cosas que saben de la Tierra? ¿Por qué saben que existen los coyotes pero no que no hay en Nueva York? ¿Por qué utilizan esa información para estar aquí? Dudo que sea para algo malo.

—Entonces ¿para qué? —insistió Adam, y ella se encogió de hombros.

—Ni idea, pero una invasión supondría un ataque y lo único que ellos hacen es... estar. Sin más, creo. Lo único que sabemos de los aliens es que nos dan miedo, por eso pensamos que nos podrían atacar y así solemos combatir la incertidumbre, pero... No sé, no tienen por qué ser siempre los malos de la película. A lo mejor siempre están siguiendo su naturaleza, sea la que sea, lejos de casa. A lo mejor sólo hay que... darles una oportunidad.

—*Darles una oportunidad* —repitió Lee por lo bajo, aunque ya no parecía que lo hiciera para burlarse de ella. Lo dijo porque esas eran las palabras que había usado June para referirse a sí misma aquella mañana y se sintió mal por haber hecho, sin querer, que las repitiese.

—Yo te creo —dijo Bean, y los tres la miraron aunque ella sólo tenía ojos para June—. No sé muy bien por qué ni qué pasa ni si *quiero* creer en todo esto, pero creo en ti.

—Gracias —le respondió, más suave que nunca, sincera como no lo volvería a ser jamás. Su mano se movió tímida sobre la mesa, temblorosa como algún tipo de araña, y atrapó los dedos de Bean para darle un apretón rápido que pretendía transmitirle lo importante que había sido oírle decir algo así—. Gracias, de verdad.

—¿Lee? —Aquella voz no pertenecía a ninguno de ellos y, cuando se volvieron a mirar, la chica guapa que les había traído los helados le dedicó una sonrisa—. Eres Lee, ¿verdad? Me ha dicho mi jefa que la has saludado antes. No os quiero interrumpir ni molestar, pero dice que, si quieres, ahora tiene un rato para entrevistarte.

—¿Ya? Creía que sería a en punto. —Se incorporó, le hizo una señal a Adam para que lo dejase salir y recogió sus cosas—. ¿Me puedes cobrar mi helado antes? No sé si van a estar aquí cuando acabe.

—Te lo pagamos nosotros, no te preocupes, Jones —dijo Bean, dedicándole una sonrisa. Aún tenía la mano de June sujeta y no parecía estar dándole importancia, pero tampoco quería soltarla—. Eso sí, si te dan el puesto nos invitas a la próxima.

—Hecho. Hablamos después, ¿vale? —Se volvió hacia la pelirroja y, sonriendo con suavidad, se encogió de hombros—. Tengo que pensar tranquilamente en todo esto, pero que Adam te dé mi número y quedamos en otro momento. Aun así, gracias por intentar explicárnoslo.

—No hay de qué —respondió ella, sonriendo—. Espero que te salga genial la entrevista.

—Eso, tío. Suerte —dijo Adam, y tras eso Lee se marchó.

16; EUGENIA I

< everything_is_scary – german_error_message.mp3 >

JUNIO

La cosa era que, si Lee se paraba a pensarlo con lógica, aquello no tenía ningún sentido.

Quería creer a June Brad porque le parecía adorable, porque se notaba que estaba segura de lo que decía y porque, aunque lo hubiera intentado con todas sus fuerzas mientras ella lo contaba en realidad *no podía explicar todo aquello de otra forma.* No lo de las capturas y las fotos que les había enseñado, que honestamente le daban igual (podían estar retocadas o ser montajes que la chica se había creído), sino lo de la ballena. Lo que *él* había visto y había oído. No podía dejar de pensar en aquello, en el ruido, en la completa oscuridad. Las fotos y los animales erróneos le daban lo mismo, pero la ballena... la ballena volando sobre él era lo único que le importaba y la única razón por la que no quería dejar estar todo aquello.

Y, sin embargo, la sensación de que nada era real se mantenía constante, como si ni siquiera lo de aquella noche hubiera pasado.

Sabía que sí porque no había borrado el vídeo del ordenador y, cada vez que le entraban las dudas, lo veía; bajando el volumen al mínimo, se sentaba delante de ese trasto viejo que ni siquiera usaba tanto y se inclinaba hacia delante para intentar ver más, ver mejor, distinguir otras partes de aquella silueta negra que apenas destacaba sobre la noche estrellada. Cuando no encontraba nada, algunas noches miraba por la ventana. La vibración que había sentido el martes anterior no estaba nunca, así que dudaba que algo fuera a aparecérsele, pero aun así se quedaba unos minutos congelado con el horrible calor de junio entrando en su cuarto y esperando que, en algún lugar a la vista, aparecieran unos ojos blancos que se volvieran a hablarle. *Tengo que comprobarlo, por si las moscas,* se decía, murmurando. *A lo mejor tengo suerte,* pensaba, y se quedaba allí plantado hasta que ya no podía justificar más el no irse a dormir.

En la vida real no pasaban esas cosas, pero, al volver el sábado de la entrevista y entrar con sus llaves en casa, Lee se había descubierto pensando que sí le gustaría que ocurrieran.

—¿Qué tal te ha ido, cariño? —preguntó su madre desde el estudio.

—¡Bien! Me han cogido.

Y sonó algo desilusionado, pero porque tenía demasiadas cosas en las que pensar y todas tenían que ver con June Brad y su alien.

Había notado una pasión en su voz desde el principio. Eso era lo que más le había llamado la atención de ella, la forma en que lo miraba todo con ansia, las ganas que tenía de que ellos sintieran lo mismo con tanta ilusión y tanta fuerza. June tenía la sonrisa más grande que había visto jamás y los dientes un poco torcidos, unas pecas que cambiaban de sitio cada vez que arrugaba la nariz y unos ojos brillantes como los de una niña chica. Recordó que había dicho que se encontró con el alien a los catorce años; al pensar en sus catorce, Lee sólo pudo recordar que le regaló su primer beso a Lisa Patky y que flirteaba de forma constante con Esteban Ramos, que iba a su curso y que convirtió su camiseta de entrenamientos en la de la suerte el día que le tocó el hombro por primera vez. A lo mejor su vida habría sido distinta si hubiera elegido otras cosas, pensó Lee, recibiendo las felicitaciones de sus padres y pidiéndoles un minuto para ducharse antes de celebrar nada. A lo mejor sentiría tanta pasión si hubiera escogido otros caminos.

Y le daba envidia.

Lee bajó las escaleras en silencio y se quedó unos segundos escuchando la música del bolero que salía del estudio de su madre, cazando su voz cada vez que se atrevía a cantar alguna de sus frases favoritas. La ducha le había venido bien, le había dejado el cuerpo fresco y en calma. Desde la cocina le llegó un olor a pimientos fritos y carne que le hizo sonreír y, aspirando el aroma, supo que iba a estar bien. Que aquello saldría correctamente, que ese era su destino, y fue hasta el comedor para acabar de poner la mesa y sentarse a cenar con sus padres.

—Guau, que sólo es un trabajo de verano, pa, ¡menudo banquete!

—Hay que celebrar las pequeñas victorias igual que las grandes, mijo.

Suspiró, sacudiendo la cabeza, y el nudo que tenía en el pecho se aflojó un poco, como si supiera que lo iban a liberar. Había estado pensándolo mientras el agua le caía por encima: había algo que tenía que decir pero que aún no se había atrevido a comentar delante de ellos, no sabía si por inseguridad o por miedo a decepcionarlos, y tal vez si quería avanzar era hora de empezar a soltarlo. En realidad, pensó con rabia, le molestaba que todo el mundo menos sus padres lo supiera. ¿Por qué había decidido compartirlo tantas veces? ¿Por qué no se había parado a consultarlo primero con las personas más importantes para él, a las que tenía ahora delante, en vez de empezar a probar cómo se sentía al decir las palabras en voz alta con personas que le importaban menos que ellos?

Se humedeció los labios y no esperó.

—Pues espero que esto no estropee el buen humor, pero quería deciros que... eh... —Tragó saliva, respiró hondo y lo soltó—: Que no voy a ir a la universidad.

Les dedicó una sonrisa suave que no pretendía ocultar nada —a ellos no quería engañarlos con trucos, quería ser transparente— y después bajó la mirada al plato porque le daba un poco de miedo ver sus reacciones.

Durante un momento se quedaron realmente callados, tanto que Lee se preguntó si no lo habría estropeado todo. Después, sin embargo, de entre los labios de su madre salió una risa. Fue una sola y suave, nada agresiva, pero aun así consiguió que se le tensaran todos los nervios del cuerpo y que alzara la vista.

—¿Se supone que eso es una sorpresa a estas alturas? —preguntó Elvira Rodríguez, ladeando la cabeza—. Te recuerdo que somos nosotros quienes pagamos la universidad. Y no lo hemos hecho. Todo ese dinero en la cuenta de ahorros no pasa desapercibido.

Él parpadeó un par de veces, atónito, y ahora le tocó a su padre sonreír.

—Lo suponíamos desde hace tiempo, pero esperábamos que dijeras algo sólo porque cada vez que salía el tema ponías cara de querer morirte. —Alberto Jones miró a su esposa, se encogió de hombros y luego se sirvió más agua—. No pasa nada. Ya lo hemos hablado otras veces, no tener estudios o retrasarlos el tiempo que haga falta no es horrible, creía que eso lo sabías.

Y así era, y en realidad no entendía por qué se había preocupado tanto por que ellos se enteraran cuando realmente quienes lo dejaban atrás eran todos a los que durante años había considerado sus amigos, pero aun así era algo que había estado arrastrando.

—Ya. Ya, bueno —murmuró, incómodo, cogiendo el tenedor y

revolviendo la comida por tener algo en las manos—, aun así quería decirlo. Oficialmente. Supongo.

—¿Te puedo preguntar por qué? —dijo su padre con delicadeza.

Recordó todo lo que le había hecho sentir y pensar June Brad y, sacudiéndose un poco, intentó explicarlo de una forma que no implicara contar lo del alien.

—Bueno, creo que... creo que no tengo nada que me guste tanto como para... Bueno. Creo que no he encontrado nada que me apasione lo suficiente como para hacerlo para siempre, y eso me agobia.

La respiración de su madre ocultó otra risa conmovida que le llamó la atención, pero esta vez no se volvió a mirarla para evitar su expresión.

—Lee, no tienes ni dieciocho años. No lo tienes que decidir ahora, aunque se suponga que lo hace todo el mundo.

Porque sabía que diría eso palabra por palabra y sabía que pondría esa cara conmovida que sólo le dedicaba a veces y que le parecía demasiado suave para él, o inesperada, o innecesaria, incluso. Era una cara que agradecía, pero que le hacía sentirse culpable porque creía que no le había pasado nada tan grave como para que se la dedicaran, por eso no la quería mirar.

—¿Y si no encuentro nada nunca? —preguntó, aunque en realidad estaba confesando un miedo que llevaba años creciéndole dentro.

—Sí lo harás, y estarás bien —respondió Elvira Rodríguez, alargando la mano por encima de la mesa y tocándolo—. Lee, corazón. Estarás bien. Ya llegará.

—Déjate llevar —siguió su padre, y la expresión amable en su cara le hizo sentir más ligero y más pesado al mismo tiempo, como en una contradicción constante, que era lo que Lee era—. A veces tarda, pero un día... bueno, miras a tu alrededor y la inspiración llega. Y la pruebas. Y te encanta. Mírame a mí, a tu edad no sabía ni freír un huevo y ahora todas las amigas de tu madre me piden que les haga las tartas para los clubes de lectura.

—¿Y te acuerdas de Mandy Miranda, mi compañera de pilates? Descubrió que su pasión era pintar a los cuarenta y seis años. Y eso es genial.

—Claro. Lo que no significa que tengas que esperar casi treinta años para que te llegue, simplemente que... nadie lo sabe. Nadie sabe lo que le gusta hasta que esa cosa lo encuentra.

Mentira, pensó Lee, recordando a June otra vez e imaginándose su cara redonda y sus ojos grandes y brillantes. *June tenía ese fuego desde siempre, por mucho que nos dijera antes.*

—Creo que estar confundido es una experiencia universal, Lee —siguió su madre, acariciándole la mano, apretándole los dedos y sonriendo, queriendo ayudar—. No quiero que pienses que estás solo en esto, porque no es así. A lo mejor tendríamos que haber sido como esos padres que se empeñan en que sus hijos estudien Medicina o algo así para motivarte, pero creo que tampoco habría sido la solución, ¿no? —Cuando Lee la miró, sorprendido porque hubiera dicho eso, la mujer parecía risueña y él entendió que estaba bromeando—. Sólo queremos que seas lo que tú quieras ser, Lee. Sin prisas, sin expectativas. Me parece que te lo mereces, bueno, que es lo que merecería todo el mundo, y si no quieres ir a la universidad este año no me parece un problema ni un error.

—Sí, y yo pienso lo mismo.

Lee tenía los ojos llenos de lágrimas. Se sentía pequeño como nunca; se sentía como en los partidos cuando iba a animar, como al ver las obras de teatro que organizaba el grupo del instituto, como cuando estaba en una fiesta y desaparecía y nadie iba a buscarlo aunque luego todos aseguraran que lo habían echado de menos. Llevaba años fingiendo que tenía el control, pero eso es lo que era: un chico que sabía flotar y no nadar hacia delante, y por eso ahora estaba llorando al escuchar lo que sus padres habían dicho. ¿Se lo merecía, siquiera? ¿Por qué sentía que no?

—Confía en ti, Lee, mijo —dijo su padre, su voz suave—. Date una oportunidad.

Una oportunidad. Eso era lo que June Brad les había pedido, tanto para Martin como para ella. Al principio, le había resultado un ruego un tanto absurdo y ridículo, pero la súplica se le había quedado ahí, clavada en un pulmón y molestándole lo suficiente como para no olvidarla. *Una oportunidad.* Si pensaba en ello más veces el mismo día algo podría explotarle y, a la vez, aunque la palabra fuera a ser una bomba, tenía ganas de abrazarse a ella con uñas y dientes.

Porque tenía sentido.

Porque él también la quería.

—Gracias —murmuró, y se pasó la mano por la cara a la vez que sus padres desviaban los ojos para dejar que ese gesto fuera un poco privado.

—Anda, venga, come, que se te enfría la carne —dijo su madre, sonriendo y pasándole la bandeja—. Los pimientos están de muerte, deberías echarte un par.

—Sí, sí.

June quería una oportunidad para que creyeran en ella y en ese tal Martin y Lee iba a dársela, porque quizá no había alienígenas y los animales no acababan en lugares extraños y tal vez el cielo estaba sólo lleno de átomos de oxígeno y nitrógeno y de algunos pájaros y aviones, pero no todas las ballenas pertenecían al mar y, si alguien iba a investigar por qué, él también quería saberlo.

Todo el mundo miraba a June Brad de la misma manera. Era como él había querido que lo miraran siempre, pero si lo había conseguido había sido de forma artificial, y ella... ella parecía atraer la atención de manera natural, como si tuviera luz propia. Lo había visto en Bean y en Adam en la heladería: esa mezcla de querer ser como ella y no querer que los abandonase, de querer estar siempre lo más cerca posible para absorber la máxima cantidad de luz. Lo entendía. Cuando lo había visto en el baile no le había encajado tanto —era una chica bajita y regordeta que a simple vista no llamaba mucho la atención—, pero ahora podía entenderlo y, lo que era mejor, compartirlo. Así que estaba dispuesto a apuntarse a la aventura, de cabeza, sin más vueltas o dudas. Iba a dejar que la chica le cogiera de la mano y lo guiara, porque quería tener algo tan grande como aquello, quería tener un sitio al que ir y una meta, y no quería pensar que era demasiado tarde para conseguirlo.

Y, si el alien de June arreglaba cosas, Lee quería pedirle que arreglara esta también.

SEPTIEMBRE

Su jardín no era el mismo desde el huracán y se quedó mirándolo de nuevo, como cada vez que salía, embobado con cómo el aire podía crear tantísima destrucción. El comentario que Bean había hecho sobre Martin en el McDonald's le había calado, por mucho que hubiera querido poder ignorarlo como hacía Adam, y llevaba horas pensando en ello. ¿Era cierto? ¿Había vuelto de verdad? No podía haber vuelto, *eso* no era una señal, pero June le había hablado de los maniquíes de Melbourne Beach y no sabía si le hacía ilusión o si odiaba saberlo.

Los maniquíes de Melbourne Beach. En la tele habían dicho que el huracán los había dejado ahí, pero sabía que no era una locura que June pensara que era cosa de Martin. Ella lo conocía bien, ¿no? Ella sabía de esas cosas. Lo conocía tan bien como para saberlo. Habían confiado lo suficiente en ella como para dejar que los guiase por ese camino, pero pensar en eso ahora sólo le provocaba un horrible cansancio y ganas de dormir. No quería. Quería oponer resistencia. Quería centrarse en lo que tenía entre manos y no volver a pensar en Martin nunca más.

Quería aferrarse a la idea de que había acabado muy dolido, pero la luz de los ojos de Bean en el McDonald's le había despertado algo, porque no podía evitar pensar en otra cosa:

June se iba.

June se iba y esta vez lo haría de verdad.

La palabra «oportunidad», que era la que lo había animado hacía tantos meses, apareció en el centro de su cabeza y lo alejó de la ventana, despacio. Lee recuperó el móvil y se tiró en la cama.

Lo haría. Lo haría por June y por todo lo que le había dado ese verano, y porque la quería mucho y porque era su amiga.

Abrió el buscador y decidió darle una última oportunidad:

«Barco vacío Melbourne Beach».

Leyó y leyó resultado tras resultado y empezó a apuntar información en un folio, y cuanto más leía más pensaba que June podía tener razón, y más ilusión le hacía.

Cincuenta y dos. Vestidos de marineros antiguos y con faldas largas con volantes. En un barco. Encallado en la playa.

Al final de la tarde no podía pensar que fuera otra cosa.

17; ELARA

< pleaser - wallows.mp3 >

JUNIO

Adam no quería ni pensar en todo lo que June Brad había decidido contarles.

Se pasó casi una semana entera en absoluto silencio, sin responder al único mensaje que la chica le había mandado —Dios, hacía no tanto se habría muerto al pensar en que June Brad le escribiera— y viendo las fotos que les había enseñado cada vez que cerraba los ojos. No se las quitaba de la cabeza, pero pensar en ellas hacía que sintiese que algo estaba mal, que algo como eso no debería leerse de esa forma y, simplemente, se bloqueaba. Por eso no quería pensarlo. Al principio había seguido aquel juego por estar ahí, por participar en algo, por tirarse por fin a la piscina porque, total, aquel era el último verano que podría acercarse a la chica que le gustaba, pero ahora... ahora aquello era demasiado. Ahora les había abierto la puerta a una soberana tontería y realmente parecía una oportunidad enorme de estar presente y acercarse a ella, pero no sabía si iba a soportar tantas...

tonterías.

Era la palabra que se repetía una y otra vez, *tonterías, tonterías, tonterías,* porque los aliens no existían y no podía creerse que ella pensase que sí.

No había dejado de mirarla en todo el encuentro. Siempre le había parecido una chica preciosa, pero allí, en aquella heladería tan blanca, pensó que casi le parecía mágica. Que las locuras que la habían hecho brillar tanto fueran del espacio era casi lo de menos, incluso si ahora le pesaban tanto, porque en aquel momento ella había estado simplemente... fascinante. Maravillosa. Por eso se había quedado hasta el final, ¿no? Era la única explicación que, en retrospectiva, le encontraba, y se habría sentido ridículo por pensarlo si no fuera porque Lee y aquella otra chica también habían estado allí.

Bean Jhang. June la había cogido de la mano y le había hablado con una suavidad que a Adam le había producido un pinchazo de envidia en el pecho. ¿Qué era Bean para ella? Pensar en eso no le gustaba. Le había dicho a June «yo te creo» y Adam querría haberlo dicho también, rápido, seguro, pero aquella camarera los había interrumpido y se le había escapado la oportunidad. Se habían marchado poco después de eso y ya no tenía ganas de decírselo, porque ni siquiera sabía si era del todo verdad —que la creyera, o que quisiera ayudarla—, y ahora estaba en casa pasando el principio de las vacaciones tumbado en la cama, evitando tanto como podía el teléfono y fingiendo que leía. Qué ridículo.

Y qué pena no poder retroceder.

—Adam, hijo, ¿puedes venir?

La voz de su madre llegó clara y suave desde el salón. No sabía cuántos días habían pasado desde el baile y lo demás, pero Adam se había entretenido jugando a algunos videojuegos tontos y no sabía si era martes o jueves, aunque tal vez no importara. Se levantó de la cama, cansado, y arrastró los pies en su dirección. Normalmente no le gustaba que lo invocara de esa manera, porque le parecía que decir su nombre le hubiera requerido un esfuerzo y, sinceramente, eso le molestaba. Le hacía preguntarse si acaso era alguien tan difícil de tratar para su madre.

—¿Qué? —preguntó, cruzándose de brazos y apoyándose contra el marco de la puerta.

A pesar de ser una mujer alta, Meredith Kaine parecía muy pequeña sentada en el centro del sofá, encogida y con algo en las manos que Adam no quiso mirar inmediatamente. Era innegable que compartían parecido: la misma nariz redonda, la misma mandíbula fuerte, los mismos ojos un poco tristes y caídos. Le fastidiaba ser el único chico que conocía que no había crecido por encima de su madre, y de repente se preguntó si esa sería otra de las razones por las que siempre estaba un poco molesto con ella, aunque no le hubiera hecho nada. Ese sentimiento lo llenaba de culpabilidad, pero no sabía controlarlo. Por eso la pose defensiva ahora y la distancia, por eso la protección a la mínima llamada de su madre. Esperaba que se le pasara algún día, pero de momento lo dudaba, y no sabía si, en caso de que consiguiera quitarse esa incomodidad de encima, cuando todo pasara ella podría llegar a perdonarlo.

Sabía que era un imbécil, pero no estaba muy seguro de que supiera pararlo.

—Quería comentarte algo, Adam —dijo ella, y movió el papel oscuro, que ahora, al fijarse, vio que estaba doblado en tres—. Si tienes un momento, me gustaría que le echaras un vistazo a esto.

Odiaba ese tono. Era otra de las cosas que no podía evitar, oír ese tono de voz y ponerse de los nervios. Era el que usaba para hablar de las cosas importantes, el que había usado cuando le dijo que su padre ya no viviría con ellos y cuando le contó que tendrían que mudarse fuera de Orlando y cuando le presentó a Juliet como su pareja. Aun así, el chico se acercó y aceptó el panfleto cuando ella alargó el brazo. Guardando las distancias, bajó la vista y frunció el ceño: no entendía muy bien de qué iba todo eso ni por qué su madre le daría aquello, pero el pulso se le aceleró un poco y, nervioso, dejó de leer y la miró.

—Es un campamento de música durante el verano. Bueno, lo llaman campamento, pero realmente son clases por las tardes aquí al lado, en Orlovista. Me enteré de lo de Maine, así que pensé que te interesaría.

Claro que se había enterado de lo de Maine. Probablemente lo sabía desde hacía meses, cuando echó la solicitud e intentó escaquearse a todos esos sitios para hacer las pruebas. ¿A quién pretendía engañar? Su madre no era tonta y tenía ojos, aunque él los evitara; era ella quien había dejado la carta en su cuarto, claro, porque no había aparecido ahí sola, y tenía que haber notado su falta de motivación en los últimos meses. No habría estado así si las cosas le hubiesen salido bien; no, habría sido feliz, o al menos eso creía. Volvió a mirar el papel entre sus manos, incómodo por sentirse tan transparente, y lo abrió para echarle un vistazo.

—Te lo ha dado Juliet, ¿verdad? —murmuró, leyendo los párrafos escritos en Comic Sans pero sin retener nada realmente—. Lo vi en la biblioteca. Quiero decir, no me paré a mirarlo, pero me suena la foto.

La novia de su madre trabajaba en la biblioteca pública de Pine Hills y Adam siempre la saludaba al entrar y salir porque, si no lo hacía, se sentía muy culpable.

—Sí —confesó Meredith, encogiéndose de hombros—. Me lo dio para ti. —Y después, tras unos segundos, con más cuidado, preguntó—: ¿Qué opinas?

—¿Qué opino?

—Bueno, ¿te gustaría hacerlo? Creo que sería buena idea como repaso si vas a estudiar Música el año que viene.

—¿Voy a hacerlo?

—Sí, ¿no?

Se miraron fijamente a los ojos por primera vez en lo que parecían años y, también por primera vez, Adam lo hizo sin querer mantener una lucha. No sabía lo que quería decir ni a qué se refería. Su madre había dicho «me he enterado de lo de Maine» y a lo mejor no estaban hablando de lo mismo, porque parecía que cada uno hablaba de ello de una forma.

—Pero ¿sabes qué es lo de Maine? —quiso saber, dubitativo.

—Claro, la semana pasada recibí el primer cobro.

—¿Qué?

Se le paró el corazón. No sabía cuál debía de ser su cara en ese momento, pero el estómago le había dado un vuelco al oír esas palabras.

—Creía... creía que querías ir —murmuró Meredith Kaine, mirándolo confusa.

—¡Y quiero! —exclamó Adam, su voz aguda y rota como la de un preadolescente. Carraspeó, intentando calmarse, y arrugó el panfleto entre los dedos—. Quería, pero no... no me dieron la beca.

—Lo sé, pero esa no es la única forma de entrar. Como te he dicho, la semana pasada me cobraron la primera parte de la matrícula.

No quería ceder. No sabía por qué, pero no quería ceder y, sin darse cuenta, le temblaron un poco las manos. Lo paró al instante. Siempre había pensado que parte del rencor que sentía hacia su madre había empezado cuando le dijo que no podía seguir pagando el conservatorio, cuando lo sacó de allí y, frustrada, le pidió que siguiera aprendiendo cosas en la banda y por YouTube «o algo así»; Adam recordaba aquel día a la perfección porque había sido demasiado cercano a su «ruptura» con Lee y no había podido contárselo. Se había sentido muy solo y ese fue, probablemente, el primer día que se había dado cuenta de que lo estaba. De que no tenía a nadie y tampoco tenía la música.

Ahora, sin embargo, parecía que su madre lo estaba arreglando todo de golpe, y en vez de recibirlo bien, le estaba sentando como una bofetada.

—¿Eso... eso significa...?

—Llamaron para preguntar —explicó su madre, tal vez por la expresión que estaba viendo en su cara, tal vez para detener el probablemente inminente ataque de pánico—. Habías puesto el teléfono de casa en la solicitud, así que llamaron para preguntar si te querías inscribir sin la beca y, como no sabía nada, me explicaron qué había que hacer y todo lo demás. Así es como me enteré de que habías hecho la solicitud. Lo estuve hablando con Juliet y pensamos que era factible económicamente, pero no queríamos preguntarte porque no te gusta que te abordemos, así que estábamos esperando a que vinieras tú y...

—¿Cuándo fue eso? —preguntó Adam, temblando. No podía dejar de escuchar «factible económicamente» y, de repente, pensó en el otro chico de su curso que iba a ir porque se lo pagaba su padrastro.

—A principios de mayo. Estaban cerrando plazos y, al parecer, tenían que preguntarle a todo aquel que hubiera echado la beca. Les dije que sí. Supongo que se podría cancelar la matrícula, bueno, eso en el caso de que hayas cambiado de idea, pero...

—¡No! No. *No.*

Por primera vez, Meredith Kaine se permitió sonreír un poco.

—Vale, vale. Me alegro. Tal vez deberías revisar tu correo electrónico más a menudo, porque me da la sensación de que sabrías todo esto si lo hicieras. —Dobló la boca de una forma que a Adam le resultó muy extraña y, después, se fijó en el papel que aún tenía en las manos—. Juliet pensó que quizá sería conveniente que cogieras algo de carrerilla respecto a las clases antes de ir, por eso trajo el panfleto la última vez que vino. Por eso quería ver lo que te parecía.

Adam volvió a fijarse en el papel y localizó los datos más importantes rápido: «Centro de Arte de la Comunidad de Pine Hills», «programa de tres meses», «seminarios de profesionales impartidos cada semana». Se preguntó cómo un centro de arte así podía permitirse que artistas aparentemente profesionales fueran a hablar allí pero no un diseñador gráfico que no se hubiera graduado en 2006 y, al pensar aquello, se dio cuenta de que sólo quería distraerse. Tragó saliva. Tenía la boca seca y, si era sincero, no sabía qué decir ni qué pensar, así que se esforzó en estirar las arrugas que él mismo había hecho y luego dijo lo primero que se le pasó por la cabeza.

—Si es un campamento de verano estará lleno de críos.

No había sido un comentario muy inteligente, la verdad.

—Es de los quince a los dieciocho, así que estarás bien. También tienen clases con vistas a la realización posterior de cursos superiores. Estarás bien, me parece. Juliet y yo fuimos a preguntar y pensamos que tiene buena pinta.

Era como si estuviera oyendo las palabras con retardo. Era como cuando había oído las voces del vídeo en el ordenador de June, antes de asomarse a verlo; le provocaban la sensación extraña y un poco desconcertante de no estar allí de verdad, como después de volver de la heladería y que todo lo de los aliens le cayera encima: era extraño e inesperado y se salía de los bordes que le había dibujado a su vida.

Y, aun así, se descubrió pensando que *se quería salir*.

Recordó la cara de June Brad, sus mejillas sonrojadas y la forma que había tenido de intentar mirarlos a los tres a la vez para captarlo todo de ellos. Intentó imaginarse sentir tanta pasión por algo y pensó que, en realidad, *él ya la tenía*. Que una vez él había sido como ella, cuando llevaba el fagot a todas partes y creó rituales alrededor de cada nota para no tener que separarse nunca del instrumento. Quería volver a ser así. Quería vaciar los cubos de frustración que lo llenaban y ser capaz de flotar como el resto, seguir un camino que acabara en algún sitio y, al llegar, estar satisfecho.

Llevaba sin tocar desde aquella fiesta con Lee hacía casi dos semanas. Los dedos le dolían, inquietos, pero no había sido capaz de que le saliera ni un soplido cuando intentó tocar el fagot días después, como si se hubiera quedado atascado en la magia de aquella noche y ya no hubiera podido salir cuando pasó todo lo demás. A lo mejor sólo le hacía falta un empujón y era ese, o a lo mejor necesitaba fijarse en los pasos de alguien que ya estaba motivado para saber cómo volver a hacerlo.

«Estimado señor Holt-Kaine, lamentamos informarle de que no ha recibido la beca para entrar en la Escuela de Música de la Universidad de Maine», decía la carta que, ahora, le parecía tan estúpida y tan ridícula.

«Tocas como si hablaras en tu lengua materna, como si fuera un idioma que conoces a la perfección y que echaras mucho de menos usar —le había dicho Lee en la fiesta, en mitad de aquella burbuja aparte en la que se habían metido—. Tocas como si quisieras llenar hasta la última esquina de la habitación.»

Había ido a buscarlo porque no podía dejar de pensar en aquello. Él no lo sabía pero, aquel día, cuando vieron el alien, Adam había seguido a los del equipo de rugby hasta aquel 7-Eleven cerca de su casa porque no podía dejar de pensar en lo que habían hablado en la fiesta y necesitaba más de él, tenerlo cerca, pedirle que se lo repitiese.

«Tocas como si quisieras llenar toda la habitación.»

A lo mejor el camino estaba con él. O con ella, con *ellos,* persiguiendo aliens o lo que fuera y estando juntos.

A lo mejor necesitaba tenerlos cerca para que no se le olvidara cómo avanzar, por mucho que su misión final fuera completamente diferente.

—Dile que gracias —le pidió, alzando la vista, clavando los ojos en su madre e intentando mover la boca para sonreír—. Me refiero a Juliet. Dale las gracias por esto y, bueno, gracias también a ti. Por... bueno, por...

—No tienes que darlas —dijo su madre, y le daba la sensación de que estaban siendo perfectamente vulnerables y abiertos el uno con el otro por primera vez en bastante tiempo—. Ahora lo puedo hacer. No me tienes que dar las gracias por esto, Adam.

—Pero quiero —respondió él, y esta vez la sonrisa le salió más natural, aunque tímida—. Gracias, mamá. Significa mucho para mí.

—Lo sé. De nada, cariño.

SEPTIEMBRE

Lee y él llevaban días sin hablar, pero aun así ahí estaba, bajo su ventana, saludándolo con una mano y lanzando leves vistazos por encima del hombro para comprobar que nadie lo veía en el jardín de los Kaine.

La farola que tendría que haberlo alumbrado se había fundido tras el huracán. Su madre había mandado un par de solicitudes para pedir que la arreglasen, pero quien fuera que se encargara de eso estaba demasiado saturado por todos los árboles y postes bloqueando caminos y, siendo sinceros, una farola fundida no parecía ni remotamente tan importante como para darle prioridad. Así que Adam no veía a Lee, o no demasiado bien, al menos; el chico parecía un espíritu iluminado por la poca luz que salía del cuarto de Adam, y no lo habría visto allí si él no hubiera llamado con los nudillos a la vez que le mandaba aquel mensaje.

No quería que supiera que se había sobresaltado al verlo, así que abrió la ventana e intentó mantener una cara lo más neutra posible.

—¿Qué haces aquí? —le preguntó.

—Hola a ti también, Holtie —sonrió Lee, inclinando la cabeza—. No podía dormir, así que he pensado en pasarme a hacerte una visita rápida, ya que no estamos tan lejos.

Sí, sí lo estaban y Lee lo sabía. Adam miró detrás de él buscando el coche gris de los Rodríguez-Jones, que estaba aparcado a unos pocos metros.

—¿Qué haces aquí? —repitió, tenso, aún sujetando la ventana e intentando no mirarlo. Últimamente cada vez que lo veía o hablaba con él se ponía muy nervioso, y le daba la sensación de que si sus ojos se encontraban más de un segundo el otro lo notaría.

La sonrisa de Lee cayó. No como si estuviera decepcionado porque Adam no le hubiera seguido la broma, sino porque la respuesta a esa pregunta era más seria y, probablemente, no iba a gustarle. Adam lo conocía como se conocía la palma de la mano, como conocía todas las calles y todas las señales de tráfico de Pine Hills y, ahora, como conocía el camino a la montaña Sugarloaf. *El lugar maldito*, pensó, recordándolo. La nueva expresión en el rostro de Lee tendría que ver con algo como aquello, porque no se pondría tan serio por cualquier tontería.

Cuando habló, supo que había acertado:

—Bueno, esto no te va a gustar, pero creemos que Martin ha vuelto.

18; SAO

< savana_sabertooth - oh_hello.mp3 >

JUNIO

—Así que realmente vas a hacer esto toda tu vida, ¿eh, Duck-Young?

Daen Mae estaba sentada en la parte de atrás de la tintorería, cubierta por fundas blancas y rodeada de una nube de vapor eterna entre las filas de ropa. Tenía los pies en alto y una revista apoyada en la barriga, aunque no la leía porque encontraba mucho más entretenido seguir con los ojos el vaivén rápido de su hermana. Parecía satisfecha, como si disfrutara del sufrimiento adolescente, y cuando el suspiro de Bean llegó hasta ella casi sonrió de lo fácil que era conseguir que lo soltara.

—No, Daen Mae, aunque me encantan las predicciones que nadie te ha pedido.

Taeyang trabajaba por las mañanas, así que todos los días dejaba a Daen Mae en casa, desayunaban y luego se iban a la tintorería para pasar el día juntos allí, lejos de los programas que la abuela Jhang veía y, para desgracia de Bean, sin poder librarse de ella en toda la mañana. Aquel día estaban solas porque sus padres habían tenido que ir a Orlando a hacer algo de papeleo, así que llevaba aproximadamente dos horas aguantando comentarios sobre lo mal que le quedaba el polo gris del uniforme y cómo ella, en sus tiempos, sabía apañárselas para hacer que llamara la atención «hasta de los chicos más exigentes». Bean le hizo una mueca, asqueada, e intentó ignorarla. No era fácil porque hacía mucho ruido y no dejaba de leer artículos tontos en voz alta y, cada vez que iba al baño, le cortaba el paso con sus andares de pato y su ya enorme barriga.

—Estás de seis meses, ¿se supone que tiene que ser así?

—Cuanto más grande, más sano el niño, Duck-Young. Ki Joon será alto y fuerte como su padre.

Bean se preguntaba cómo soportaba Taeyang esa cantinela todos los días, y si acaso tenía que hacerlo o Daen Mae la reservaba expresamente para las mañanas interminables que pasaba en la tintorería con ella. Al menos aquel día podía quejarse, sin la presencia de sus padres. Aun así, Bean pensó en su cuñado y en que debía de tener más paciencia que un santo; lo había creído siempre, pero desde el embarazo era una idea que se le pasaba por la cabeza más de lo normal y, las mañanas que estaba más cansada, se preguntaba cómo podía ser que él hubiera querido casarse con ella. No era envidia ni nada parecido; a Bean siempre le habían gustado las mujeres y no le atraían los hombres ni un poco, pero en el fondo le molestaba que Taeyang fuera el marido de su hermana porque le parecía injusto que la persona más maja y amable de toda Florida hubiera tenido que acabar con una persona así.

O a lo mejor era sólo que tenía debilidad por las personas suaves, buenas y dulces, como por ejemplo...

Volvió a pensar en June. Era sólo la vigésima vez que lo hacía en toda la mañana y el corazón le dio un pequeño saltito, como todas las otras veces.

Le había dicho que la creía. Se estaba aferrando con uñas y dientes a aquella promesa porque quería mantenerla, pero cada vez que su cabeza se acercaba a la idea de que todo fuera verdad, se mareaba.

216

Alienígenas. El mundo se había vuelto más grande de repente el día de la heladería y ella era más pequeña de lo que había sido nunca. Ahora medía sólo unos pocos centímetros. Ahora, al lado de los percheros donde colgaban la ropa lista para recoger, Bean se sentía como en un bosque de tela y bolsas blancas y le parecía que iba a ser más difícil aún intentar avanzar.

Pero luego recordaba cómo le había cogido de la mano y cómo se había sentido al notar que le apretaba los dedos y sabía que, aun midiendo tres centímetros, con ella estaría segura.

Intentó respirar hondo, alejándose de Daen Mae y cogiendo el teléfono para avisar de los encargos que ya tenían terminados. Vale, ahora había alienígenas en escena, pero intentó pensarlo con frialdad: ¿cambiaba eso algo, realmente? Ella seguía en aquella tienda rodeada del vapor asfixiante de siempre y soportando a su hermana. Ella seguía atascada en Pine Hills, con la piel pegajosa y sin metas de futuro, y todo estaba igual porque seguiría perdiendo a June en dos meses. El resto de cosas tampoco le importaban, por mucho que su padre le hubiera preguntado hacía poco qué era lo que iba a hacer, como si necesitase una respuesta y sintiese que, sin ella, se caería el mundo.

—¿Qué voy a hacer de qué? —le había respondido Bean, sintiéndose atacada y alerta.

—Con tu vida. Ya has acabado el curso, tendrás que hacer algo tras el verano.

Y por supuesto que ya sabía que acabar el instituto no sería suficiente, que le pedirían algo más después porque era justo eso lo que Daen Mae les había dado, pero de alguna forma tenía la necesidad enorme de defender su derecho a no tener más planes.

—Puede que lo vaya viendo según llegue el momento. Puede que quiera probar cosas distintas antes, no lo sé.

—¿Probar? —había repetido su madre, frunciendo el ceño y mirando a Cheol Jhang con ojos inseguros—. Pero te haces... te haces mayor, hija. El tiempo se acaba.

Le habría gustado preguntarle que *qué tiempo*. Le habría gustado preguntar quién era la persona que la esperaba en algún lugar con un reloj de arena gigante, señalándolo para que no se olvidara de lo rápido que los granos caían mientras ella estaba quieta. ¿Quién marcaba los límites? ¿Por qué sus padres ponían la fecha tope sin dejarle llevar las riendas?

No eran preguntas reales y sabía que no podía hacerlas, que sus labios nunca podrían articular esas palabras porque entre ellos hablaban desde planos diferentes, pero aun así no era justo. Sus padres se habían marchado de Corea buscando oportunidades y habían trabajado sin descanso hasta conseguir la estabilidad, y Bean sabía que lo habían hecho por Daen Mae y por la descendencia que esperaban y que había sido duro, pero el estómago se le hundía cada vez que se lo recordaban sin tapujos para hacerle sentir mal. O... ¿era para eso, en realidad? ¿Querían que se marchitara, o que no lo olvidara nunca? ¿Había diferencia entre una y otra cosa? Esa última pregunta mantenía a Bean despierta por las noches, y a veces simplemente se levantaba, abría la ventana de su habitación y se quedaba mirando al cielo en busca de la respuesta.

Ahora mirar el cielo se le hacía diferente y no sabía si podía seguir encontrando cobijo en él.

No quería estar tan lejos de sus padres. No quería rechazar sus ideas sobre el avance y el trabajo, ni quería ser distinta a todo lo que era Daen Mae —de hecho, y esto era lo que más le molestaba, se moría por ser como ella—, pero llevaba dieciocho años intentándolo y simplemente no sabía cómo llegar hasta allí. Daba igual decir que había algún problema con su cerebro, porque el caso era que no podía, por mucho que lo intentara, y dudaba que alguna vez fuera a poder. Sí que había conseguido mantener el ritmo durante un tiempo, pero había empezado a quedarse atrás en cierto momento y, poco a poco, la distancia entre lo que era y lo que tenía que ser se había hecho enorme. Y ahora, allí estaba. Llamando por teléfono, repitiendo una frase aprendida en inglés y en coreano y quedándose en un punto de donde no iba moverse porque, cuando la animaban a lanzarse, no sabía en qué dirección saltar.

O a lo mejor porque no quería tirarse por ese lado de la piscina.

—No sé por qué sufres tanto —le dijo su hermana, arrugando la nariz como si estuviera molesta por notar su angustia—. Tu vida no es tan dura, que aquí todos hemos sido adolescentes, Duck-Young.

Y sí, podía no serlo, pero aun así quería permitirse el sentirse un poco miserable con la parte pequeña de problemas que le habían tocado. ¿Que había gente que lo tenía peor? Sí, pero algo no tenía que ser malo de nivel cien para que fuera importante y, además, probablemente cada persona pusiera el nivel cien a una altura distinta. ¿Estaba eso mal? ¿Es que ni siquiera podía quejarse? Se sentía como si siempre hubiera estado en un segundo plano, como si nunca hubiera podido saltar a un papel protagonista por esa decepción que había arrastrado desde siempre, empezando por su nombre y acabando con su fracaso al no ser como Daen Mae. Quejarse era para quien se lo había ganado. No podía dejar de pensar en eso, y la idea le rumiaba la cabeza como si fuese una termita, pero Bean despertó de golpe y pensó: *basta*. La lengua le picaba y tenía el esternón lleno de bichos y palabras que decir que siempre contenía y, de repente, al pensar en cómo el mundo se había vuelto del revés y aun así ella seguía igual, sintió más fuerza que nunca para construir su rebeldía y soltarla.

Porque ¿quién dibujaba todas esas líneas? ¿Quién decidía cómo se pesaban las cosas y en qué caja iban?

Ella no, pero hacía tiempo que no quería que siguiera siendo así.

Les había pedido dos meses. «Este verano —suplicó, pensando que estaba al borde de las lágrimas aunque tenía los ojos secos, sintiéndose débil e incómodamente vulnerable delante de Cheol y Sunhee Jhang—. Dadme sólo este verano para pensar, por favor.» Le había costado media hora de negociaciones y la intervención final de su abuela para que sus padres cedieran a regañadientes, y la condición había sido que de todas formas siguiera ayudando, así que allí estaba. Un verano. Era un tiempo estúpidamente reducido que le cabía en las manos de tan pequeño que era, pero era suyo y lo había conseguido y lo iba a aprovechar. Un verano. No sabía qué ocurriría al final de este ni si de verdad pasaría algo, pero al menos se le permitía entrar en un paréntesis donde encontrara un poco...

De paz. De espacio. De margen para volver a ser grande.

Una oportunidad. Eso era lo que June les había pedido y Bean había aceptado sin pensarlo. No podía hacer otra cosa. Le daría a June todo lo que pidiera, su vida si la quisiera, porque era la única persona que había apostado por ella y que le había dado la mano para que no acabase perdida. Una oportunidad era lo que June le había regalado en enero, aunque ni siquiera sabía que la necesitaba por aquel entonces. En toda su vida, si alguien había creído un poco en ella esa había sido June Brad, y por eso Bean había respondido tan deprisa, aunque la perspectiva de todo aquello le diera un vértigo horrible.

Darse cuenta de eso fue como caer de golpe.

Cuando lo hizo, fue como si hubiera estado flotando y le hubieran dejado plantar los dos pies por fin en la Tierra.

Sentir el suelo contra las suelas de sus zapatos hacía que quisiera moverse, correr, saltar. Odiaba estar allí y quedarse quieta. Un fuego muy grande incendió de pronto los bichos de su cuerpo, llevándose los restos de allí y dejando un espacio infinito para cualquier cosa que llegara. Lo que quisiera. Dejó el teléfono sobre el mostrador, miró a su alrededor y se dio cuenta de que todo aquello estaba muy... vacío. O más bien de que no había allí nada que la llenara, nada hecho para ella, porque no era un lugar donde debiera estar. Nerviosa, dio un par de pasos y vio que era algo que podía hacer. Avanzar en la dirección que quisiera. Retrocedió y saltó y las baldosas siguieron allí, sosteniéndola, regresando a sus zapatos, así que cogió aire e hizo algo que se moría por hacer.

Se sacó por la cabeza el polo gris de la tintorería y corrió a la parte de atrás a cambiarse.

Al verla, Daen Mae empezó a gritarle que qué hacía, que qué demonios le pasaba, pero le dio exactamente igual. Le tiró el polo al pasar mientras buscaba la bolsa donde había dejado sus cosas y rescataba una camiseta limpia como si fuera lo mejor que hubiese guardado nunca, el mejor salvavidas que iba a ver jamás, y pensó: *Me voy a ir. Me voy a ir, me voy de aquí hoy*, se dijo, contenta, y la idea la levantó a un metro del suelo sólo para darle el último impulso.

No quería pensar en si sería un movimiento sin consecuencias, o si era algo que acabaría cuando volviera a casa, o si después sus padres la reñirían por abandonar su puesto. No quería pensar en nada, sólo en ella. *June, June, June*, decían todos los relojes del mundo; *June*, decía su cabeza. June se iría en dos meses y entonces ella se pondría a pensar, pero de momento quería tomarse aquella prórroga como un regalo, como un espacio para disfrutarla en la compañía de quien fuera,

incluso en la de Martin.

Así que salió de allí, corrió hasta la bici y luego se marchó lo más rápido que pudo sin mirar atrás.

Ya volvería a ser un personaje secundario cuando empezara septiembre.

19; HIPERIÓN

< paracetamol - declan_mckenna.mp3

JUNIO

Les dijo de verse en aquel cibercafé junto al instituto pensando que, si nadie aparecía, al menos estaría cerca de casa, pero los tres llegaron bastante puntuales.

—Qué retro —dijo Lee al entrar, mirándolo todo con las cejas arriba y cara de sentir una satisfacción que no se esperaba.

—Con el ordenador que tienes, pensé que para ti esto entraría dentro de lo normal.

El chico se volvió hacia ella y le dedicó una sonrisa.

—¿Eso ha sido una broma?

June se encogió de hombros, moviéndose para que no la viera sonreír, y pensó que le encantaría que Lee Jones y ella fueran amigos.

Había visto cómo los otros tres entraban a la vez, atascándose en la puerta y luego atravesándola como una riada. Ella había llegado la primera. El Planet Zian no solía estar lleno a ninguna hora, pero era un local muy pequeño y June se adelantó casi cuarenta y cinco minutos a la cita para asegurarse de que, en el caso de que vinieran, hubiera sitio en los ordenadores para todos. Aquel lugar parecía sacado directamente de los noventa, pero no importaba; aunque los teclados estuvieran duros y las pantallas soltaran la misma electricidad estática que las televisiones antiguas, ella sabía que podía confiar en esos ordenadores y que los cincuenta centavos que le costaba la hora valían la pena siempre.

Había estado muy nerviosa antes de que llegaran. Sus mensajes le habían llegado por la mañana casi a la misma hora, y el móvil le vibró tanto que casi se le cae de la estantería. Cuando lo miró, tres chats individuales iluminaban la pantalla como tres estrellas y el estómago le dio un vuelco, saltando. Había pasado casi una semana desde que les contó aquello en la heladería y no estaba muy segura de que a esas alturas fuera a obtener respuesta, pero de repente lo hizo y se le llenó el corazón.

Duck Bean ♥

dime lo que necesitas
para encontrar a ese tal
Martin, estoy en esto
contigo

Adam Holt

¿Qué necesitas para
encontrar a tu alienígena?

Soy Adam.

Lee Jones

lo que nos contaste me sigue
pareciendo una auténtica
locura, pero cuenta conmigo

creo

No era lo primero que Bean le decía en toda la semana, porque le había escrito a lo largo de los últimos seis días, pero nunca había mencionado a Martin y, al verlo, a June le temblaron las manos. Intentó responder decentemente, primero a ella y luego a los otros dos. Los había citado en aquel sitio sin querer albergar demasiadas esperanzas, al menos no hasta que viera que aparecían allí de verdad, pero ahora ya estaban y le sobrecogía un poco pensar que realmente esas tres personas habían confiado en ella para aquello.

Quería —no, *necesitaba*— que saliera bien. Era importante.

—¿Que hayamos quedado en un cibercafé es una parte consciente de tu elección, o le tienes mucho cariño a este sitio por algo? —preguntó Lee, aún mirando a su alrededor como si le fascinara la existencia del lugar y sentándose en un banco frente a ella, al lado de Adam.

—Es por los ordenadores. Me imaginé que, si íbamos a empezar a buscar de verdad, no querríais que vuestras IP pudieran ser rastreadas y eso.

—Oh, así que estamos jugando con ese nivel de paranoia, chachi.

—Aún tengo que decidir si me gustan mucho las conspiraciones —murmuró Adam, y, aunque puso los ojos en blanco, estaba sonriendo.

—Pero yo creía que tú buscabas estas cosas desde tu ordenador —le dijo Bean, ladeando la cabeza—. No sabía que te pasabas las tardes aquí...

—Y no lo hago, o al menos no normalmente. Sólo vengo si tengo que entrar en webs chungas. En mi ordenador tengo un VPN para camuflar mi localización; cuando busco esas cosas, oficialmente estoy en Sudáfrica.

—*Sudáfrica.*

June se encogió de hombros.

—Lo hice por Charlize Theron.

—Amén.

Bean intentó llamar al chico tras el mostrador, pero no parecía estar pendiente de nada más que del móvil y, al final, tuvo que levantarse para pedir algo de beber. Volvió con cuatro latas sujetas como pudo entre los dedos y un folio plastificado y roñoso con las instrucciones de cómo conectarse a internet y cómo pagar por una hora o más tiempo de uso. Cuando se sentó a su lado, aquel movimiento le pareció de repente increíblemente normal: allí estaban los cuatro, sentados alrededor de la mesa como si se hubieran puesto de acuerdo sobre qué sitios coger, abriendo latas de refresco con las uñas y riéndose de algo que ni siquiera June no oyó porque estaba concentrada en sentirse fascinada por vivir ese momento. Nadie lo sabría. Si un desconocido pasase junto a las ventanas del local y mirase hacia dentro, nadie sabría que realmente no eran amigos, pero June pensó que lo parecían y la idea la hizo muy pero que muy feliz.

Y luego, de repente, se agobió pensando en qué pasaría si eso se hiciera real.

¿Sería más pesado su trato? ¿Resultaría más difícil cumplir su deseo?

Intentó centrarse en el presente. Sacudiendo la cabeza, se dedicó a mirar a sus tres acompañantes antes de volver a la conversación. Lee estaba picando a Adam, quien, aunque ponía cara de fastidio, parecía estar disfrutándolo un poco, y seguían con la broma de otras conspiraciones como si quisieran decir la palabra para probar a qué les sabía en la boca. June lo entendía. Era algo grande y raro y un poco impresionante, al menos al principio, pero ver que lo estaban intentando y que incluso Bean se atrevía a preguntar «Pero entonces ¿la suplantaron o no?» hizo que sonriese. Estaban allí. Estaban y eso era lo importante, y ya tendría tiempo para centrarse en lo otro más adelante si al final le hacía falta.

Su mejor amiga le dedicó una mirada de reojo, como si supiera que había vuelto, y luego le dio un ligero empujón con el hombro.

—Al final no nos contaste cómo empezaste tú en todo esto —murmuró, suave, y June giró la cabeza hacia ella.

—¿Cómo que no? Os dije que me encontré con Martin cuando tenía catorce...

—Ya, pero ¿cómo llega alguien hasta aquí después de ver *algo* una sola vez? ¿Por qué lo viste y pensaste que sería un alien?

—No lo pensé —confesó June, abriendo también la lata que Bean le había traído—. No pensé que fuera nada, simplemente no entendí lo que era y me puse a investigar. Sabía que lo que había visto había ocurrido de verdad y quería encontrarle alguna explicación, así que me metí en Google y estuve casi un año buscando y tragándome virus hasta que di con algo que me satisfizo. —Miró a los otros dos, se encogió de hombros y les dedicó una pequeña sonrisa—. Hay muchas tonterías en internet, por eso tardé lo suyo.

—¿Y qué buscabas? —preguntó Adam, echándose un poco hacia delante—. ¿Qué buscabas para que un día sintieras que lo habías encontrado?

A June le pareció que quería saberlo porque él mismo estaba buscando esas señales y, al contestar, fue más suave que antes:

—No lo sé —respondió, honesta, y se dio cuenta de que en los casi cuatro años que llevaba con aquello no se había parado a pensar en eso de verdad—. No sé qué estaba buscando, pero sí sé que un día algo encajó. Fue como si todas las piezas hubieran estado flotando a mi alrededor y un día simplemente... se juntaran solas. Leí algo sobre extraterrestres, no sé el qué, y caí en que eso era lo único que tenía sentido. Que por eso había sido tan pacífico y había permanecido calmado.

—¿Y qué tiene que ver? —preguntó Lee, volviendo a la conversación de la última vez pero con más calma.

—Creo que es por cómo me hizo sentir. Veréis, me encontré a Martin cuando él era un lobo y me robó la cara, pero no me molestó que lo hiciera. Pensé que a lo mejor le había salido de forma natural porque lo asusté, como si quisiera... ¿entenderme? ¿Tiene eso sentido? Bueno, no sé. Recuerdo que se me ocurrió que a lo mejor él no se esperaba que yo me quedara mirándolo, pero es que lo vi transformarse y quería entender cómo y por qué lo había hecho. Después de eso, sin embargo, nos despedimos y ya. No sé muy bien cuál es la palabra, pero el caso es que el encuentro fue en general muy...

—Cordial —completó Adam, y June volvió a mirarlo.

—Sí, creo que eso lo describe. —Le dedicó una sonrisa, una pequeña, y luego se encogió un poco de hombros—. Es que fue un encuentro muy agradable, no lo sentí como una amenaza. Realmente ni siquiera tengo más pruebas de que no lo sea, pero creo que no las necesito porque... no sé, a veces basta con confiar en el instinto, en mi opinión.

Todos asintieron, más serios que antes, y June soltó un suspiro. No sabía si preguntar. Quería estar satisfecha con lo que tenía de momento, que era a tres personas escuchándola, pero decir todas aquellas cosas en voz alta después de haberlas tenido años sólo guardadas en su cabeza se le hacía raro, la verdad.

—¿Y vale la pena? —preguntó entonces Lee, aunque ni siquiera tenía los ojos puestos en ella porque había cogido el papel roñoso y fingía que le prestaba atención—. Todo el esfuerzo que has hecho, ¿ha valido la pena?

—Sí. —Y esa vez no dudó, aunque no sabría explicar por qué estaba tan segura de la respuesta—. No ha sido esfuerzo para mí. Siempre he querido hablarle.

—¿Para decirle...? —preguntó Adam.

—Para darle las gracias. Muchas cosas estaban revueltas en aquella época y, cuando conocí a Martin, se asentaron. No sé qué hizo ni si hizo algo, pero de alguna forma yo creo que sí y siempre he querido darle las gracias.

—Entonces ¿tu teoría es esa? ¿Que tus aliens ayudan?

—Sí, supongo. No sé cómo, pero más o menos lo hacen.

—¿Y ahora en qué te tiene que ayudar?

Bean, que había estado callada durante el último rato, la miraba con ojos interrogantes y entrecerrados de una forma que hizo que a June se le saltara el corazón. Nerviosa, la chica agarró su lata y dio un trago mientras pensaba en una respuesta. ¿Qué iba a decirle a Bean? ¿Que le daba pánico irse, que quería que la ayudara *con ella*? ¿Que no sabía cómo deshacer el nudo que le tiraba por dentro cada vez que pensaba en las ganas que tenía de marcharse y en lo poco que soportaba la idea de dejarla atrás?

—¿Ahora? Con nada —mintió, sonriendo un poco—. Sólo pensé... sólo pensé que, bueno, que si me voy a marchar en septiembre tendré que despedirme de él también, ¿no? Porque siempre ha estado por aquí y, si me marcho, ya no sabrá encontrarme.

Bien salvado, pensó, contenta, y luego volvió a beber porque no quería comprobarlo mirándola a los ojos.

Lee suspiró, estirándose.

—Bueno, pues entonces sólo nos queda ponernos ya. Somos todo tuyos, June —dijo, levantando el plástico de las instrucciones y sacudiéndolo un poco—, ¿por dónde empezamos?

Y así comenzó el verano: con esa pregunta, sin querer, dieron comienzo los siguientes tres meses.

June les enseñó a buscar como lo hacía ella; el truco, según decía, era ir directamente a la página quince del buscador que se estuviera usando. «Nada realmente interesante aparece antes», explicó, resignada, y se sentó delante del primer ordenador que consiguió arrancar para explicarles los pasos que seguía. Los otros se colocaron a su alrededor para oírlos: primero los bichos, luego los ojos. Ya lo había dicho la otra vez, pero era más difícil encontrar las claves exactas viendo cómo lo hacía ella y, según entraba y salía, les iba enumerando muchas de las páginas que solía mirar.

—Hay algunos medios que cubren noticias como esa, así que yo siempre les echo un vistazo cuando me quedo sin inspiración... Periódicos cutres, ya sabéis, como en la peli *Men in Black*. Podéis probar a empezar por ahí, a ver qué han puesto últimamente. La verdad es que el problema no es que no pueda hacerlo sola, sino que hay *muchísimo* donde mirar y... no me da tiempo, así que es imposible que lo cubra todo y a veces me agobio pensando que se me escapan pistas o que llego tarde a las cosas por mirarlo todo.

—Y ahí entramos nosotros, ¿no? —preguntó Adam, con la vista clavada en la página que había abierto de prueba—. Quieres que te ayudemos a filtrar, ¿no es así?

—Sí. Si tres personas encuentran pistas fiables que yo pueda seguir, avanzaremos mucho más rápido y así no llegaré tarde a nada.

—Porque además hay poco tiempo —murmuró Lee, y Bean le lanzó una mirada dolida, como si le molestara que lo hubiera dicho.

—Sí. Sólo unos meses. Pero vamos, espero que nos dé tiempo de sobra.

Así que buscaron y así pasaron las primeras semanas, sólo acostumbrándose, sólo aprendiendo a mover los ojos y los dedos por aquellas webs que tenían mucho de raro y todo de ridículo, perdiéndose durante unas horas sin que ese tiempo contara y, a la vez, viendo cómo corría a su lado. Les gustaba, aunque ninguno se atrevía a decirlo en voz alta, casi como si decirlo significase aceptar por fin que estaban haciendo algo. Que habían empezado a caminar. Ni siquiera iban cada día, sólo cuando el mundo real —las amistades, el trabajo y los ensayos— los abandonaba, pero rellenar los huecos entrando en el Planet Zian hacía que se sintieran como si esperasen en un espacio especial e intermedio donde simplemente no eran Bean y Adam y

Lee, sino algo distinto, tal vez un lobo con cara de niña o una ballena en el cielo.

Y June iba a buscarlos para hacer su parte del trabajo a su lado, ayudándolos en lo que necesitaran.

Adam pensaba que June era la directora de orquesta, Lee que era el capitán del equipo y Bean que era una luz brillante, y los tres la miraban siempre con ojos atentos porque necesitaban mantener cerca una guía que no dejase a nadie atrás.

Porque detrás de June esperaban siempre tres sombras iguales, las sombras de septiembre, y sabían que, si se perdían, estas conseguirían atraparlos.

20; DEIMOS

< _night_inn–radwimps.mp3 >

JULIO

A cada uno se le apareció de forma diferente.

Bean lo vio en forma de cuervo. Al principio le pareció cualquier otra cosa antes que eso, porque estaba cenando con su familia y había oído un ruido en la ventana, pero al mirar de reojo no vio nada y creyó que se lo había imaginado. Taeyang no estaba con ellos esa vez, sólo eran los Jhang de nuevo y, después de echar aquel vistazo, Duck Bean se paró a mirarlos y le pareció un poco conmovedor volver a estar todos juntos como antes, como cuando Daen Mae no tenía ni marido ni su propia casa y cenaban así todas las noches. Sin embargo, algo en la escena no estaba del todo bien, y se extrañó. Había una especie de distorsión en alguna parte, algo que la hacía sentir un poco incómoda y, tras mirar a su alrededor, volvió a fijarse en la ventana y fue cuando apareció el ruido.

Era grave y profundo y no interrumpió la conversación porque sólo podía oírlo ella, pero de repente empezó a salir de la boca de

Daen Mae y de la de su madre y de la de su padre y, cuando se levantó de golpe, asustada, miró a su alrededor y vio que los ojos del cuervo en el cristal eran completamente blancos.

—Martin —murmuró al reconocerlo, y nadie la oyó excepto el animal.

La escena seguía siendo cotidiana y aparentemente normal y tranquila, o lo habría sido si aquel ruido horrible no lo hubiera llenado todo y la hija pequeña de la familia se hubiera marchado sin que el resto lo viese.

—Sunhee, ¿puedes pasarme la sal, por favor?

—Hoy el bebé ha dado varias paraditas.

—Cariño, tenemos que ir mirando los billetes de avión para ir a Corea estas navidades.

—Martin —repitió Bean, abriendo la ventana y dejando que un aire frío en absoluto propio de Florida le golpeara en la cara. Al decir su nombre otra vez, más cerca, vio cómo las plumas del cuello del animal se erizaban un poco, como si le gustase—. ¿Qué haces aquí?

—**Quería hablar contigo, Duck-Young.**

La voz de aquel ser no era una voz de verdad, sino algo que sonaba en todas partes y que, en cuanto apareció, acalló el otro ruido. Era una voz que sonaba dentro de su cabeza, tal y como había descrito June al darles pautas para buscar y como había leído describir al menos mil veces. Contuvo un escalofrío. Llevaban ya dos semanas buscando, dos semanas de estar encorvados ante el ordenador y apuntando tonterías en cuadernos que habían reutilizado de clase, y Bean había leído aquello mil veces porque todo el que se encontraba con Martin lo describía igual, pero oírlo era distinto. Parecía que le hablaran los muertos. Parecía que le hablara la Tierra o un dios que no le pertenecía, y por un segundo pensó que no era del todo digna de oírlo.

—June te está buscando —le salió decir, el corazón inquieto ante la idea de que el cuervo se hubiera equivocado de ventana—. Bueno, te hemos estado buscando todos, pero siempre te escapas. Deberías ir a verla.

—**Ahora estoy aquí, Duck-Young. No te preocupes por ella, estará bien.**

—¿Cómo lo sabes?

—**Somos amigos.**

Bean pensó que June se moriría de contenta si le oía decir algo así, pero también que no sabía si estaría del todo de acuerdo. Los amigos no te marean durante meses o años sin darte respuestas, pensó Bean, que ni siquiera era una experta pero eso lo sabía. ¿Era un problema de Martin, entonces, usar esa palabra fuera de contexto igual que se equivocaba con su aspecto y todo lo demás?

Tragó saliva y asintió.

—**Creo que tienes algo que no es tuyo** —dijo Martin después, como sabiendo que si no ella no hablaría—. **Algo que te pesa. Pero no es una cosa material, es más sentimental, ¿no? No lo distingo muy bien.**

Bean se llevó la mano al pecho inconscientemente y dejó los dedos ahí.

—Es una preocupación —reconoció.

—**¿Por qué?**

Era raro estar hablándole a un pájaro de aquello, pero a la vez era el único que había preguntado. Además, era un sueño. Bean no lo había sabido al principio, pero ahora se había dado cuenta de que lo era y no pasaba nada si contaba cosas dentro de un sueño, o eso pensó.

—Ahora esto es lo único que tengo —confesó, murmurando. Hablar fue como dejar salir algo que tenía estancado dentro, así que abrió la boca y permitió que aquello siguiera—. Antes tenía una meta a la que ir, pero llegué y nada cambió, y ahora tengo esto y necesito que sea de verdad, pero... No sé si lo es. No sé si lo *eres*. ¿Y qué hago si no lo eres? Lo pierdo todo. Me quedo aquí.

Llevaba ya dos semanas con esa idea en la cabeza y era una tontería, pero cada día que pasaba en el cibercafé sentía que volvía para no pensar en ello, para intentar convencerse, para sentir que estaba valiendo la pena, porque, si no lo hacía, podría morirse.

—**Yo creo que sí lo soy** —respondió Martin, tranquilo, pestañeando. Cuando movió las alas, a Bean le pareció que quizá lo hacía para transformarse, pero realmente sólo se sacudió—. **Y si no, bueno, tal vez no sea tan grave. Vosotros construís, ¿no? Puedes construir lo que quieras, si no tienes dónde apoyarte.**

—Me parece que no sabes de lo que estás hablando, la verdad.

—**Creía que vosotros teníais una palabra para rellenar los espacios vacíos. ¿Cómo era? ¿«Cimientos»? ¿No puedes crear nuevos cimientos para construir cosas fuertes?**

«Cimientos» era una palabra que había usado su padre para hablar de América y de la tienda y de su familia. «Cimientos» era una palabra que siempre le pesaba una barbaridad pero que, dicha por el pico de Martin, la hizo sentir libre.

Y eso le molestó.

—¿Qué haces aquí, Martin? ¿Por qué hablas conmigo, por qué no vas a ver a June?

—**Te lo he dicho, ahora vengo a hablar contigo, no con Jessica June. Ella estará bien. No lo sabe, pero lo estará.**

—¿En serio? —No quería nada más. Quería estar tranquila y sentirse segura, sí, pero si Martin le decía que June estaría bien y podía jurarlo, no le pediría otra cosa—. Porque es importante. No sé por qué. No sé por qué, pero es importante para ella...

—**Duck-Young. No estoy con ella. Estoy aquí. ¿Tú estás aquí?**

Bean tensó todo el cuerpo y, frunciendo el ceño, esperó unos segundos antes de mirar atrás, adonde su familia seguía hablando y comiendo sin notar su ausencia. La respuesta que quería soltar era «No», porque no formaba parte, porque nunca *estaba allí*, pero volvió a fijarse en el cuervo y respondió, segura:

—Sí.

Y él asintió, como si eso lo satisficiera.

—**Entonces usa los ojos. Tienes unos ojos hechos para estar aquí, ¿no? Úsalos para ver las cosas. Úsalos para encontrarlas.**

No entendió muy bien a qué se refería, pero un agobio muy grande le creció en el pecho, como si aunque no supiera bien de qué iba la cosa pero su cuerpo entendiera que aquel animal la atacaba, y se encogió un poco para contrarrestar el efecto. Le dolía, aunque fuera un sueño, aunque aquello no fuera del todo real. No sabía por qué, pero le dolía y sintió enfado porque aquel ser hubiera sabido expresarse de una manera tan desconsiderada.

Y la única forma que tuvo de llevarlo fue responder como había respondido a todo lo que le había hecho daño antes:

—¿Y tú qué sabes? Eres un alienígena. No nos conoces, no conoces a los humanos de nada. No me conoces a mí.

Los cuervos no pueden sonreír, pero ella pensó que, si tuviera boca en vez de pico, aquel cuervo sonreiría.

Para Adam fue un perro, pero él sí supo que estaba soñando desde el principio.

Lo supo porque Adam no soñaba casi nunca. También lo supo porque en el sueño no se sentía como lo habría hecho en la vida real, lo que quería decir que estaba relajado y tranquilo y genuinamente a gusto. Volvió la cabeza a su izquierda. Lee era quien lo acompañaba aquella noche, sentado a su lado en el banco, y al verlo le dedicó una sonrisa que cualquiera habría calificado como dulce.

Estaban en el parque junto al sitio donde él tenía los ensayos y en el sueño se veía mucho más glorioso que en la realidad. Lee, a su lado, apoyó la cabeza en un brazo y le devolvió la sonrisa. Tenía un hoyuelo en un lado de la boca y de repente no recordó si era algo que tenía el Lee de la vida real también, pero no le importó porque allí todo valía y, total, nadie podía meterse.

—**Esto dice mucho de ti, me parece.**

La voz extraña hizo que se sobresaltase, así que se volvió de golpe y miró a su alrededor, asustado.

—¿Quién anda ahí?

Pero no había nadie. El parque estaba vacío, excepto por ellos. En el camino que pasaba junto al banco no había nadie, bueno, sólo un perro que parecía mirarlo directamente, pero...

Y entonces, justo cuando se fijó en sus ojos, el animal habló sin abrir la boca:

—**¿No me ves?**

—¿Eres tú?

En vez de responder, el animal se movió un poco para ver también al otro chico, que durante la interrupción se había quedado como en pausa.

—**Se os ve bien. ¿Qué hacéis aquí? ¿Qué estás soñando?**

—Nada —respondió Adam, y, al decirlo, el Lee sentado a su lado desapareció de golpe—. ¿Qué eres? ¿Cómo has...?

—**Creo que Jessica June os ha hablado de mí, ¿no?**

¿Jessica June? No oía que nadie la llamara así desde aquella clase que habían compartido en noveno. Además, ¿es que June se le había metido tanto en la cabeza durante las últimas dos semanas como para que soñara con los animales que la estaban ayudando a buscar?

Era ridículo. Él no estaba tan involucrado en la búsqueda y, además, June ni siquiera había estado allí con él en el sueño. ¿Cómo podía afectarle tanto todo lo que le dijera? ¿Cómo era posible que hubiera metido a Martin allí?

—No me ha hablado de ningún perro parlante.

—**No soy un perro, soy otra cosa y creo que lo sabes.**

Aquella frase hizo que se le acelerara el corazón. Frunció el ceño, agobiado, y se puso de pie para enfrentarlo.

—No, eres un perro y te estoy soñando, y puedo hacerte desaparecer cuando quiera.

—**¿Eso es posible? No entiendo cómo funcionan los sueños. ¿De verdad podéis elegir qué se os aparece por las noches? Creía que era un proceso inconsciente.**

No para él. Adam siempre había tenido más o menos control sobre lo que soñaba. Aunque lo que pasara le sorprendiese, por lo general casi siempre podía elegir a quién ver y el sitio.

Pero no había elegido que apareciera allí aquel perro y en cambio sí deseaba con todas sus fuerzas que se marchara, así que a lo mejor había perdido ese poder, después de todo. Qué molesto. Qué molesto y qué intrusivo.

—**Pareces enfadado conmigo. O tu expresión es la que tengo registrada como de enfado, al menos... Podría equivocarme.**

—¿Qué se supone que quieres, por qué has venido?

—**¿A la Tierra, o aquí?**

—Aquí. —Pensó que en aquel momento no podía importarle menos la Tierra, teniendo en cuenta que había invadido *su* espacio sin permiso.

—**Bueno, pues porque quería hablar.**

Adam esperó sin decir nada a que el perro, que se había sentado sobre las dos patas traseras en mitad del camino, siguiera explicándole. No estaba muy seguro de qué significaba aquello ni de qué hacía él allí, pero intentó tener paciencia, porque sentía que era importante y porque pensó que, sueño o no, si no la tenía se sentiría mal luego.

—**Creo que cuesta mucho llegar a ti. En parte eso es de lo que quería hablarte.** —Subió una pata, se la miró como si le sorprendiera su forma y luego la bajó y observó a Adam de nuevo—. **Sé que me estáis buscando. También sé que tú has ido con ellos por seguir al chico, pero que no acabas de creerte lo que Jessica June te ha contado.**

¿Qué? Él no había seguido con todo aquello por estar con *Lee*. Con June sí, y lo reconocía, pero Lee no podía importarle tanto como para hacer eso... No, ni siquiera aunque él tuviera tantas ganas de seguirla a ella y Adam *sintiera* que no podía quitarle el ojo de encima. El cuerpo se le tensó entero, como si Martin acabase de atacarlo. No sabía por qué reaccionaba así, pero no podía evitarlo.

—¿Qué haces aquí, entonces, si te estamos buscando fuera? ¿Y por qué vienes a verme si sabes que no creo en ti?

—**Porque sí que crees, en parte. Y porque sólo intentas cerrar una puerta que quiere abrirse. Creo que hay cosas que te generan preguntas y que te esfuerzas mucho en no contestarlas, Adam. Creo que esas preguntas... bueno, creo que es mejor que las contestes.**

—No —respondió él, rápido, con el pulso acelerado—. Ni de broma.

—**¿Por qué? ¿Es porque sabes qué es?**

—No. —*Puede*, pensó, pero desechó el pensamiento enseguida porque se negaba a pasar por ahí, y menos en sueños—. No lo sé. ¿Qué quieres decir?

—**Que en el universo existen pocas cosas que generen verdadera resistencia, Adam, así que tal vez deberías dejarlo estar. Cuando todo fluye los resultados suelen ser mejores, ¿sabes? Pero no te conozco, claro, así que al final tú sabrás cómo te mueves.**

No necesitaba que un alienígena que no existía se le apareciera en sueños para decirle «Tú verás lo que haces», así que tiró por última vez de la palanca de emergencia que guardaba siempre en un lugar de su mente y, antes de que Martin pudiera añadir nada más, se despertó de golpe y apareció en su habitación.

El de Lee fue un ciervo que entró corriendo en su salón, tirándolo todo.

Ni siquiera había ninguna puerta o ventana abierta cuando entró, pero lo hizo de todas formas y a Lee se le ocurrió pensar después que, en cualquier caso, ninguna puerta o ventana habría sido lo suficientemente grande como para dejar pasar a un animal así. Aunque daba igual, ¿no? Aquello era un sueño. Parecía una idea importante, pero seguía siendo un sueño aunque de repente le preocuparan todas las cosas rotas tiradas por el suelo que ahora llenaban su salón.

—**Son sólo cosas, no es importante que se hayan roto** —dijo el ciervo, mirándolo todo también pero sin sorprenderse.

Claro, era fácil decirlo para él, porque era un animal y no necesitaba nada. Frustrado y sintiéndose un poco impotente, Lee intentó calmarse y se echó hacia atrás en el sofá, pensando que ya lo recogería.

—¿Qué haces aquí? ¿Y dónde estamos?

—**No lo sé, ¿dónde quieres que estemos?**

—En casa.

—**Creía que *esta* era tu casa.**

—Sí, lo es, pero no es mi casa *de verdad*.

El ciervo asintió y pareció quedarse unos segundos pensando.

—**Qué curioso. Curiosísimo.**

Lo era, y los dos guardaron silencio para pensar en ello, pero luego Lee pareció caer en lo que pasaba y se estiró del todo.

—Oye, perdona, ¿eres Martin?

El ciervo sonrió con esa boca que no estaba hecha para sonreír.

—**Vosotros me llamáis con ese nombre, así que sí, soy yo.**

—¿Y qué haces aquí?

—**He intentado veros a todos, pero he encontrado alguna resistencia. No ha sido tan fácil como pensé que sería. No me lo esperaba.**

—Es que te estamos buscando. A lo mejor ha sido por eso, porque llevamos buscándote un tiempo...

—Lo sé, pero estaba yendo y viniendo, por eso no he podido atenderos. Tenía cosas que hacer.

Lee asintió porque le parecía completamente comprensible.

—Claro, perdona.

Como si estuviera cansado tras haber visitado a tanta gente la misma noche, Martin soltó un suspiro y se sentó sobre las patas traseras. Lee ni siquiera sabía si los ciervos de verdad se sentaban así, pero comprendió que lo necesitara y no lo comentó.

—Me gustáis, ¿sabes? —dijo la criatura, franca y sin mover los labios—. Especialmente, me gusta mucho Jessica June. Pero que me guste no significa que pueda darle las respuestas que busca enseguida, porque no es tan fácil, ¿sabes? No si no está lista, al menos.

—¿Por qué? ¿Por qué no está lista?

—Porque antes tiene que entenderlo, y en general, a vosotros... os cuesta. No a vosotros en concreto, sino a los humanos.

Lee subió las piernas al sofá y las cruzó, agarrándose con ambas manos las rodillas antes de echarse un poco hacia delante.

—Pues explícamelo —pidió, intentando que no se le notaran mucho las ganas que tenía de oírlo—. Explícamelo para que yo lo entienda.

Martin esperó unos segundos, como si pensara en cómo abordarlo, y al final resopló antes de empezar.

—Existe cierta clasificación para organizar a los seres del universo. No es una clasificación grande y separada por espacios, como hacen en algunos planetas, ni exclusiva, como la vuestra, donde os contáis por un lado a vosotros y luego a todos los demás. Es más sencilla y, en mi opinión, mucho más útil. Es una clasificación por gravedad.

—¿Qué quiere decir «por gravedad»?

—Es curioso, Lee, porque en mi idioma y en el tuyo la palabra «gravedad» tiene casi las mismas acepciones. ¿No es una coincidencia increíble?

—Supongo que sí, pero...

El ciervo se revolvió, como si no quisiera oír la protesta, y se recreó en parecer un poco satisfecho antes de seguir con su explicación.

—La cosa es que todos estáis flotando. Todos los seres vivos del universo flotáis, estéis donde estéis, y flotar aquí significa *no saber nada*. Nosotros os llamamos..., bueno, os llamamos «observadores ingrávidos» o «transeúntes», sin más. Y estáis por todas partes. Sin embargo, serlo no es necesariamente permanente, y en ocasiones algunas criaturas caen porque dejan de flotar.

—¿Cómo que *caen*?

—Se dan cuenta de las cosas. Las absorbe la gravedad.

Lee se revolvió, incómodo.

—Estás siendo un poco críptico y mi alarma va a sonar en poco, que hoy tengo turno de mañana y tengo que despertarme.

—Enhorabuena por haber conseguido trabajo en la heladería, por cierto.

—Gracias. Pretendo ahorrar, por si acaso el camino que me toque después cuesta dinero.

—Suena sensato, me parece.

Lee se paró a pensar en lo que le había explicado Martin. Quería seguir hablando de eso, que el ciervo se extendiera algo más, así que se tomó su tiempo para pensarlo y, cuando habló, intentó que sus preguntas fueran buenas:

—¿La gravedad tiene que ver con lo que nos mantiene fijos al suelo o más bien con que algo sea importante?

El ciervo sonrió.

—Con ambas cosas. Los transeúntes nunca se fijan de forma correcta en aquello que tienen a su alrededor, porque al flotar sus posiciones se mueven caprichosa y aleatoriamente y es difícil que puedan ser exactos en sus juicios. Sin embargo,

cuando empiezan a sentir la gravedad, parten de un punto estable y los intentos de medida suelen ser mucho mejores, así que es entonces cuando la percepción mejora: cuando tocáis el suelo.

—¿Cómo que «intentos de medida»?

—Saber medir correctamente lo es todo, Lee. Saber qué tamaño tienen las cosas es de lo más importante que puede saber alguien, en cualquier parte y sea quien sea.

—¿Por qué?

—Porque las experiencias cambian según el tamaño de los elementos que las incluyen, a distintos niveles. El tamaño afecta al contexto, a la perspectiva, a las acciones y a los sujetos implicados. La talla de todo cambia el desenlace. Y a los seres que comienzan a darse cuenta de eso los llamamos «observadores cayentes», porque están acercándose a un tipo de espacio estable desde el que mirar.

—No lo entiendo —dijo Lee, frunciendo el ceño—. ¿Puedes poner un ejemplo?

—Sí, claro. Piensa en algo importante para ti que al final te decepcione. Ese sentimiento de decepción no tiene el mismo tamaño si lo mides desde la gravedad *(lo grave que es)* que tiene para toda tu familia, para todo tu pueblo, para todo tu país o para ti mismo. Saber qué instrumento hay que usar para medir algo, desde qué perspectiva medir las cosas, es fundamental para entender lo que pasa y reaccionar en su justa medida. Si estás flotando cada vez escogerás una regla, pero lo harás de forma aleatoria y a veces acertarás, pero otras no. Si estás en un punto fijo y ves las cosas claramente, sabrás qué herramienta usar en cada ocasión para medir el tamaño bien.

—Vale, entonces los observadores cayentes son los que saben a qué comparar las cosas para tomárselas mejor o peor... ¿Y eso funciona?

—Bueno, más o menos. Funciona lo suficiente como para que sepáis darle a las cosas la importancia que requieren y para que podáis seguir adelante sin sufrir.

—Qué sueño más raro —murmuró Lee, que asentía porque todo aquello le parecía interesante y, de forma extraña, tenía para él cierta lógica—. Lo entiendo, pero sigue pareciéndome raro.

—Es normal. Pero lo entiendes porque estás cayendo, y caer al principio es extraño.

Cayendo. ¿Estaba cayendo? Si lo que había dicho Martin era verdad (si Lee estaba aprendiendo a ver las cosas con la calma suficiente para darles la importancia que necesitaban), entonces a lo mejor estaba haciendo algo bien, ¿no?

—¿Tú también eres cayente?

—No, nosotros nos llamamos «observadores fundamentales». La clasificación es nuestra porque tenemos una forma de observación mejor. Todo esto es algo que inventamos para nuestro trabajo.

—¿Qué trabajo?

—Dejo esa respuesta para más adelante.

El ciervo se incorporó de nuevo, como dando la conversación por finalizada. Al hacerlo, su enorme cornamenta arañó el techo de la habitación otra vez y la lámpara se tambaleó un poco. Lee también se levantó. Sentía que le había contado muchísimas cosas y que aún tenía que pararse a pensar, pero también que no estaba listo para que Martin desapareciera y dejara de responderle ahora.

A lo mejor no había aparecido antes porque estaba previsto que les diera aquella información así. A lo mejor no había aparecido antes porque todas aquellas cosas, que Lee sentía que se le estaban asentando dentro, no habrían sonado igual oídas en escenarios de su vida cotidiana.

—June es una observadora, ¿no es cierto? —Al alzar la vista hasta sus ojos blancos, pensó que no necesitaría oír la respuesta, pero el animal no dijo nada, y eso le desconcertó—. Pero June sabe cosas. *Tiene* que serlo.

—**No te puedo contestar** —murmuró Martin, y su cuerpo empezó a moverse como si se doblara porque estaba transformándose—. **Sólo puedo decir que vayáis con calma, Lee, porque entre vosotros hay transeúntes.**

21; JÁPETO

<the_night_inn - radwimps.mp3 >

JULIO
A June no fue a verla nadie.

22; PASÍFAE

< buttercup - hippo_campus.mp3 >

JULIO

—¿Y cómo vais a celebrar el 4 de julio?

Estaban los cuatro sentados en la parte de atrás del Josie's, tomando unos helados que Lee les había sacado de contrabando y recogiéndose según el sol se movía y les tocaba las piernas. Hacía un calor horrible, pero la sombra los cobijaba y, con la puerta trasera entreabierta, al menos les llegaba un poco del aire acondicionado que funcionaba todo el día dentro sin parar. Habían ido a ver a Lee en su descanso, que apenas duraba media hora, y June se había encargado de llevarle unas galletas caseras para que comiera algo antes de volver.

—¿Es que también cocinas? —preguntó el chico, abriendo la bolsa y cogiendo una para probar.

—Bueno, todos estáis o trabajando o con ensayos, así que tengo que hacer algo mientras no pasamos por el Planet Zian...

Aunque no hubiera pronunciado su nombre en concreto, a Adam le hizo ilusión que June mencionara sus ensayos. Eso había sido cuando acababan de llegar, cuando aún ni se habían sentado, y Lee, que comía con una mano bajo la barbilla para no mancharse de migas la ropa, soltó un gemido de gusto al acabar.

—Que Dios te bendiga, June, están muy buenas...

—¡Me alegro, muchas gracias!

Después de eso había vuelto dentro y, un par de minutos más tarde, había salido con un helado para cada uno.

Bean alzó la mirada hacia él y respondió a su pregunta:

—Yo iré a casa de mi hermana, que es la única que hace algo medianamente interesante y ahora, con el tripón, necesitará toda la atención que pueda conseguir. —Puso los ojos en blanco, se llevó otra cucharada azul a la boca y luego soltó un suspiro. Tenía ojeras bajo los ojos, como si no hubiera dormido del todo bien—. ¿Vosotros?

—Yo no tengo plan —murmuró Adam, sencillo.

—Yo sí, por eso os lo preguntaba —dijo Lee, echándose hacia delante—. Mis padres organizan una fiesta enooorme todos los años y es la mejor del barrio, aunque esté mal que lo diga yo y probablemente la señora Michaels lo negaría... Pero el caso es que estaba pensando que tal vez podríais venir, ¿no? ¿Para pasároslo bien un rato?

—¿Y todos tus otros amigos, Jones? —preguntó Bean, sonriendo de medio lado—. ¿Están de vacaciones y por eso nos lo dices a nosotros, o qué?

—Todos no, sólo algunos, pero no he avisado a los que están aquí porque me apetece que vengáis vosotros, DB.

—Aww, ¿de verdad? —se burló ella, de broma—. Qué adorable.

—Lo sé, y espero que no os la perdáis, porque nuestros fuegos artificiales no hacen ruido. Mi padre los compra en Europa, ¿sabéis? Sólo se pueden conseguir allí. No podéis perdéroslos.

—Mentira —rio Bean—, seguro que los tienen en Target.

—Que no, que no, que son de fuera...

—¿Y cuál es el sentido de unos fuegos artificiales que no suenan? —preguntó Adam.

—¡Pues que no asustan a los perros! —exclamaron Lee y June a la vez, sobresaltándolo y haciendo que Bean soltara una carcajada.

El chico apartó la cara, las orejas un poco rojas, y June se compadeció de él y le dio un poco de espacio respondiendo a la pregunta del otro:

—Yo no celebro nunca el 4 de julio —reconoció, pegando las rodillas al pecho y dedicándole a Lee una sonrisa—. Mis padres no son muy sociales, así que pasan de fiestas y tampoco organizan ellos nada. La única vez que lo he celebrado fue durante el verano de octavo, en un campamento.

—Pues las fiestas de casa de Lee molan mucho —comentó Adam, y se encogió de hombros con una sonrisa cuando el otro chico, sorprendido, alzó las cejas—. ¿Qué? Sabes que sí. Todo el mundo se involucra y la gente baila y eso, es guay. Es la única vez que he visto a adultos bailar sin que me diera vergüenza ajena.

—Bueno, eso es porque no somos blancos —rio Lee, intentando que no se le notara la sonrisa de ilusión por haberle oído decir eso—. Es coña. Bueno, no lo es, pero sí que molan, sí. Mis padres se lo curran bastante y siempre hay mucha comida, por eso os decía que os pasaseis... Para despejaros un poco, si queréis, por ejemplo.

Algo en esa última frase pareció descolocar ligeramente a la chica pelirroja y, ante sus ojos, Adam vio cómo se le caía un poco la sonrisa.

—¿Despejarnos? ¿Te refieres a...?

Lee abrió los ojos, apurado.

—Es una forma de hablar, no lo decía por... —Fingió que tecleaba en el aire, como para completar la frase, pero paró enseguida y carraspeó un poco—. No era tanto por la investigación como por descansar un par de días y hacer algo juntos, ya os lo he dicho. No sé, ¿no os apetece? No se puede decir que sea posible conocer mucho a nadie bajo la luz que tienen en el Planet Zian.

—Cada vez me enternece más que quieras conocernos, Jones.

—¿Verdad que sí? Soy tan adorable que deberíais venir a la fiesta.

—Mmm, me parece que nos vas a tener que pedir salir de manera más oficial si quieres que funcione.

—¿Es que quieres que me arrodille, Jhang?

—Hombre, como mínimo... Un poco de formalidad, qué menos...

Adam observó el intercambio entre Bean y Lee con una punzada de incomprensión y tal vez envidia en el pecho. ¿Desde cuándo se llevaban tan bien, o desde cuándo hablaban así? ¿Había pasado en los ordenadores, o antes? ¿De repente eran amigos? Había algo en Duck Bean Jhang que no terminaba de cuadrarle, y ahora, viéndola bromear con Lee, mucho menos. No pillaba a la chica. A su lado, June los miraba con el mismo tipo de incomprensión, aunque en ella parecía casi fascinación, y se preguntó cómo podían estar tan lejos si estaban viendo lo mismo.

Porque June, que se sentía un poco perdida en aquella comunicación entre bromas, sólo podía pensar (como tantas otras veces) que le encantaría que cualquiera que pasara creyera que eran un grupo de amigos.

—Yo quiero ir —dijo la pelirroja entonces, echándose hacia delante para que los otros la vieran mejor—. Quiero despejarme y quiero ver los fuegos esos que no suenan, a ver si funcionan de verdad.

Lee ladeó una sonrisa satisfecha, contento, y para Adam fue la gota que colmó el vaso de su pánico y su desesperación.

—¡Yo también! —exclamó, demasiado rápido y estirándose del todo. Cuando los otros lo miraron, sorprendidos, intentó recomponerse y fingir que no era consciente de que tenía las orejas completamente rojas—. Quiero decir... echo de menos esas fiestas, no me importaría nada pasarme.

—¿En serio? —preguntó Lee, y al mirarlo Adam vio que realmente no se lo había esperado—. ¿Lo haces?

—¿El qué?

—¿Las echas de menos?

Bueno, no por las fiestas, pensó el rubio, sintiéndose un poco atacado por la forma que tenía Lee de mirarlo a los ojos. La verdad era que nunca le habían gustado mucho las reuniones sociales, pero estar con Lee hacía que se sintiera a gusto, como después de tocar en la mansión de Charles Bouwman. Era porque lo distraía. No iba a decirle eso ahora, claro, y menos después de confesar que «echaba de menos sus fiestas» (suficiente sinceridad por un día, probablemente), pero al decir «fiestas», en el fondo, de lo que hablaba era de estar con Lee. De la comodidad. De la sensación de que no pasaba nada si seguía con él, si no lo perdía.

Qué vergüenza. Adam se encogió de hombros, maldiciendo porque se sentía acorralado, y luego apartó la vista porque las comisuras de la boca del otro tiraban como si quisiera arrancar una sonrisa que no acababa de salir.

¿Por qué hacía eso? ¿Por qué Lee no era capaz de sonreírle de forma normal cuando sí lo hacía con el resto de gente? Era como si la conversación que habían tenido después de la fiesta no hubiera ocurrido en absoluto. ¿No se suponía que eran amigos, o que querían volver a serlo? ¿Qué hacía falta, que volvieran a emborracharse y a quedarse solos para hablar de las cosas que les preocupaban sin precaución? Le molestaba pensarlo, pero no iba a decirlo en voz alta porque no quería volver a perseguirlo y, de todas formas, ni siquiera había aceptado la invitación por él, sino por June.

Pero esa expresión... Dios, habría sido capaz de moverle la boca él mismo si no fuera porque June, desde su sitio, se echó hacia delante y les dedicó una sonrisa que reclamó toda su atención.

—Vosotros os conocéis desde hace mucho, ¿verdad? —preguntó, apoyando la cara en las rodillas y dejando ver un pequeño hoyuelo—. Es que se os nota, por la forma que tenéis de hablar y tal.

—¿Qué forma? —quiso saber Adam, y se dio cuenta al preguntarlo de que se había puesto un poco nervioso.

—No sé, como si hubiera algo entre vosotros. Algo antiguo.

Menuda elección de palabras, pensó Adam, incómodo, y vio cómo Lee se volvía para mirarlo.

—Bueno, nos conocemos desde pequeños —respondió Lee, y ahí estaba: la sonrisa que a él le faltaba, la que no le dedicaba nunca—. Tenemos mucho a la espalda, pero la verdad es que apenas nos soportamos.

La chica soltó una risa.

—Mentira... No me engañas.

—Que sí, te lo prometo.

Bean bufó, sonrió y, lanzándoles una mirada que Adam pensó que significaba algo, dejó a un lado la tarrina vacía de su helado para poder incorporarse.

—Bueno, yo me piro. Me ha gustado mucho estar de cháchara, pero me temo que tengo turno ahora, así que os tengo que dejar.

—¿Te vas ya? —preguntó June, y se desdobló entera para ponerse de pie antes de que pudiera contestar—. Ah, pues yo me voy contigo.

—¿Tan pronto? —preguntó Adam, haciendo un leve puchero. No le salió de forma voluntaria y se sintió ridículo, pero qué le iba a hacer—. Quiero decir, si quieres puedo llevarte luego a casa...

—Es que hemos venido juntas con las bicis, así que no te preocupes. —June le sonrió y luego miró a Lee—. ¿Nos pasas por el grupo la dirección y la hora? Que quiero ir, en serio, y no me acuerdo de dónde está tu casa.

—*No problem,* en cuanto recupere el móvil, que lo tengo dentro.

—¡Perfecto! Pues allí estaré.

—Adiós, chicos —se despidió Bean, recogiendo del suelo su tarrina y llevándosela para tirarla—. Nos vemos, aunque probablemente no el día 4.

—Eso ya lo veremos —dijo Lee, y ambos se quedaron observando cómo las chicas se iban.

Esperaron un poco más antes de decir nada. En ausencia de las otras, en el silencio, Adam se dio cuenta de que la imagen estaba descompensada y de que Lee y él se habían quedado demasiado cerca, casi tocándose. De hecho, realmente podrían hacerlo si los dos relajaran las piernas un poco, si miraran hacia otro lado e hicieran como que no. ¿Qué importaba, estar rodilla con rodilla? ¿Qué importaba, o por qué lo hacía tanto? Adam intentó dejar de pensar, respirando por la nariz y contando hasta diez en silencio, pero todos sus esfuerzos se perdieron cuando sintió que el otro se movía a su lado.

Porque se giró para pedirle que no lo hiciera y se notó ansioso al pensarlo.

—¿Y tú? —preguntó Lee, que no parecía haberse dado cuenta de nada, y la forma que tuvo de mirarlo le recordó durante un momento a cómo June había mirado a Bean antes de que ambas se fueran—. ¿Te marchas también, o te quedas un rato?

—Mi ensayo no empieza hasta dentro de una hora, así que supongo que podría quedarme.

—¿Seguro? Porque yo tengo que entrar ya.

Adam observó cómo se levantaba, alto como una torre, y a los pocos segundos lo hizo también.

—Bueno, puedo ir contigo. No tengo otra cosa que hacer mientras tanto, así que si no te molesto...

—No me molestas —respondió Lee lanzándole media sonrisa—. Eso sí, mi jefa no me va a dejar invitarte a más helado, así que vas a tener que apoquinar.

—¿Qué pasa, no tenéis un descuento para clientes habituales?

—Tú no eres un cliente habitual, ¿qué has pagado, dos helados desde que curro aquí? No tengas cara.

—Encima que intento hacerte compañía...

Adam dio la vuelta al local para entrar por la puerta de delante mientras Lee se recolocaba el uniforme y volvía al otro lado de la barra, desde donde lo recibió con una sonrisa y un «¡Bienvenido al Josie's!» sorprendentemente natural y poco sospechoso. Adam se deslizó sobre uno de los pocos asientos disponibles frente a él, sacó la cartera y pidió un helado fingiendo hacerlo a regañadientes pero, en realidad, contento de estar allí.

Se lo tomó tan despacio que prácticamente se le derritió en la tarrina. Lee hacía malabares entre intentar mantener una conversación y atender a la vez, esquivando en lo que podía los gritos de su jefa, y al final descubrió que, si fingía coger cosas de la zona donde estaba Adam, podían intercambiar comentarios sin que fuera demasiado cantoso.

Y el rubio pensó que esa atención dividida era perfecta para aprovechar y preguntarle a Lee algo que había estado pensando desde que June y Bean se habían marchado.

—Entonces no te importa, ¿no?

—¿El qué? —preguntó Lee, agachado de tal manera que Adam no lo podía ver.

—Que vaya. A la fiesta. Sé que lo has dicho para todos, pero me preguntaba sí... no sé. Si te parecería bien o si prefieres que estén sólo ellas.

Lee alzó la cabeza desde donde estaba, con el gorrito blanco inclinándose peligrosamente sobre su cabeza, y arqueó un poco una ceja al mirarlo. Lo hizo durante tanto rato que Adam empezó a sentirse incómodo, pero se incorporó antes de que le pudiera preguntar, haciendo un sonido como de viejo, y soltó un pequeño suspiro.

—Honestamente, si antes estaba insistiendo tanto era porque esperaba que aceptaras tú.

El corazón le dio un pequeño salto y se odió por ello.

—¿Yo?

Lee se encogió de hombros, asintiendo, y empezó a recolocar las cosas que tenía delante.

—Sí. No sé si lo de antes iba en serio o no, pero me ha hecho ilusión que dijeras que te acordabas de las fiestas. —Lo dijo así, esforzándose en que no pareciera nada, pero dejando ver que, en realidad, sí que significaba algo. Adam se alegró de que no lo estuviera mirando para no tener que ocultar cómo le cambiaba la cara—. Te va a sonar muy bobo, pero todos los años me acuerdo de las tonterías que hacíamos con las hamburguesas y de cómo nos escapábamos para ver los fuegos desde el tejado o mi habitación. Sé que ya no somos críos y eso, pero me pongo un poco nostálgico y, como habíamos dicho de volver a ser amigos, pensé que tal vez... bueno.

—Sigo mirando los fuegos desde sitios altos —confesó Adam entonces, fuera de papel, impulsivo—. No... no los tuyos, claro, sino los que tiran mis vecinos. El año pasado me subí al tejado y todo, casi la lío al bajar.

Lee volvió a dirigir su mirada hacia él, los ojos brillantes, y abrió la boca en una sonrisa que parecía caída del cielo.

—¿Sabes? He soñado que me decías algo así.

La cara de Adam cambió de golpe en ese momento. Algo en aquella palabra lo deshizo todo, la sensación de seguridad y comodidad exclusiva, y el estómago se le encogió un poco al pensar en lo que había vivido aquella noche. De repente, estaba en el parque. De repente, un perro de ojos blancos hablaba con él y Lee desaparecía, y se sentía mal porque el otro hubiera pasado por su sueño en general, como si su presencia supusiera algo malo. Tragó saliva, incómodo, y entonces una pregunta le cruzó la mente: ¿quería decir eso que a Lee él también se le había aparecido? ¿Y Martin? Sabía que Martin no era real, que era sólo la prueba de que lo que June les contaba se le había colado en la cabeza, pero de pronto se preguntó si, en el escenario que había visto Lee, también le habría dicho algo.

—¿Ah, sí? —preguntó, nervioso, desviando la vista.

—Sí. No lo de que te caías del tejado, pero el resto...

—Eh, yo no he dicho que me cayera.

—Lo has dejado caer, ¿no?

—Qué graciosillo eres, ¿eh?

Lee soltó una carcajada, echando la cabeza hacia atrás con fuerza, y el gorrillo salió volando hasta el suelo.

Adam se quedó observándolo mientras se agachaba para recuperarlo y dispuesto a disculparse ante su jefa, que le lanzó una mirada disgustada desde donde estaba y luego chasqueó la lengua para que volviera a trabajar. Lee le dedicó una sonrisa rápida antes de decirle que lo sentía, que ya no iba a poder librarse, y lo siguiente que dijo Adam le pareció lejano, casi como si saliera de los labios de otra persona:

—Vale, no te preocupes, de todas formas ya me iba —se oyó decir, distraído, con la mente en otra cosa—. Nos vemos el 4, iré elegante.

—Eso espero —se despidió Lee, mirando a Adam de arriba abajo con esa sonrisa pícara que sólo era para él a veces.

Cuando corrió al otro extremo del local, tras un último grito de su jefa que no sonaba demasiado bien, Adam se relajó al pensar que podría irse tranquilo.

El calor no se le hizo tan insoportable cuando por fin volvió a pisar la calle. El sol daba de lleno a esa hora, pero él cerró los ojos y dejó que lo golpeara para sentir algo sobre la piel que le hiciera entrar en razón. ¿Qué había sido eso? ¿Qué había pasado en la heladería o, más bien, qué pasaba siempre que Lee y él estaban solos? Se sacudió de encima la sensación de incomodidad, que se le había enganchado a los tobillos como si fuera la sombra del alien, y después caminó rápido hasta su coche y bajó las ventanillas mientras conducía rumbo al ensayo.

2ɟ; PLUTÓN

< what_the_heck - i_tried_to_run_away_when_i_was_6.mp3 >

JULIO

Le molestaba un poco reconocerlo, pero, tal y como les había dicho a los chicos un par de días atrás, el 4 de julio no había sido emocionante hasta que Daen Mae se fue de casa y empezó a organizar barbacoas con Taeyang en su jardín.

Tampoco era que fueran fiestas por todo lo alto ni que la fecha se hubiera vuelto interesante de repente, pero, siendo justos, «un poco» era siempre más que «nada en absoluto», así que en comparación la cosa no estaba mal.

El jardín estaba decorado con banderines rojos, azules y blancos que su padre insistía, como todos los años desde que lo celebraban, en que bien podrían ser por los colores de la bandera de Corea. Ya nadie se molestaba en contradecir su idea porque la conversación se volvía tediosa cada vez más pronto. Daen Mae, que había sido popular en el instituto (y eso, de alguna forma, seguía siendo relevante tras casi doce años), había invitado a *amigos* con los que ya no se hablaba pero de los que quería felicitaciones por el embarazo, así que el sitio estaba lleno de alumnos de la promoción del 2005 con canas prematuras, caras operadas y, en varios casos, niños pequeños. Bean se había refugiado con Taeyang en la cocina, huyendo tras tres «¡Pero qué alta es tu hermana pequeña!» seguidos y sin avergonzarse ni un poco por reconocer que eso era lo que había hecho.

—Venga, si los amigos de tu hermana no son tan malos —dijo el chico, suave pero sonriendo.

—Daen Mae ha llamado a una *Linda* en vez de *Lydia* y la chica la ha tenido que corregir, Taeyang. Ha pasado delante de mí. Qué vergüenza. Si ni siquiera se acuerda de la mitad de esta gente, ¿por qué se esfuerza en el postureo?

—Se llama ser sociable, deberías probarlo...

—¿Me lo dice el que se ha inventado la excusa de que va a preparar canapés para no hablar con nadie?

—¡Oye, que los estoy preparando!

—¡Sacarlos de la caja y ponerlos en un plato no cuenta como preparar!

Taeyang abrió mucho los ojos, sin palabras, y tras unos segundos los dos se echaron a reír.

—Anda, ayúdame y te daré privilegios durante lo que queda de velada.

—¿Privilegios, como cuáles?

—Puedes coger los únicos canapés que no saben fatal. Son estos, los verdes.

—¿Los verdes?

—Lo sé, ¿verdad? Yo no me lo esperaba tampoco, pero tras un estudio exhaustivo...

Bean soltó una carcajada y lo ayudó a terminar con las bandejas que más tarde sacarían al jardín.

—Me sorprende que prefieras estar rodeada de un montón de treintañeros antes que irte por ahí a celebrarlo bien —dijo él al rato, concentrado en hacer con los diferentes panecitos una flor.

260

—¿«Celebrarlo bien»? —repitió la chica con una sonrisa de medio lado y una ceja enarcada—. ¿Qué se supone que significa eso?

—Bueno, estaba pensando que tal vez querrías irte con tus amigos, ¿no? ¿Cómo va el tema de June?

Los dedos de Bean se cerraron de golpe, haciendo que el hojaldre que estaba sujetando saltara hacia delante y manchara sin querer el armario de la cocina. Sorprendido, Taeyang alzó ambas cejas y la miró mientras Bean desviaba la vista hacia la puerta y la ventana, vigilando que nadie hubiera oído aquello. Todo el cuerpo se le había tensado de golpe, asustado como si el de June fuera un nombre prohibido, y su cuñado, al verlo, dejó lo que estaba haciendo y se le acercó.

—Hey, ¿estás bien?

—Sí, es que no hablo... Es que aquí no hablo de June.

—Oh —dijo él, y luego abrió los ojos un poco—. Oooh, comprendo. Yo... Vaya. Lo siento, no sabía...

—No, no, quiero decir, no me importa que *tú* lo sepas, pero el resto... Hum. Ni siquiera les he dicho con quién paso todas las tardes.

—¿Es con ella?

—Sí, claro que es... es con ella.

Le incomodó un poco decir todo eso en voz alta, como si hablara de una cosa mala o de un secreto, pero no quería sentirse así. No respecto a June y no con Taeyang, que era bueno y nunca le diría a nadie que ella... bueno, que ella se salía del molde más aún de lo que creían sus padres. No le asustaba que la gente lo supiera siempre que esa gente no fuera de su familia, porque ella estaba bien con ello y sabía que *daba igual,* pero también era plenamente consciente de que podía ser la gota que colmara el vaso y que no podía ponerse a sí misma más piedras en el camino. Así que sí, ni una sola mención a June en casa, ni insinuar que la seguía viendo aunque hubieran acabado las clases particulares, ni mostrar, si es que podía, ni un ápice de interés ante nadie.

—Vale, lo entiendo. Perdona —dijo Taeyang, y en sus labios había una sonrisa que intentaba asegurarle que podía seguir confiando en él—. Sólo me preguntaba si... bueno, si lo pasasteis bien aquel día o si todo seguía igual. Me pareció que estabas ilusionada y no te había visto así nunca, me alegró verte de esa manera.

El corazón le dio un vuelco y Bean giró la cabeza corriendo, intentando no sonreír.

—Sí, o sea, no pasó nada ni va a pasar porque ella... no es... Bueno. —Carraspeó—. Pero me gusta que pasemos tiempo juntas. Sigue siendo mi mejor amiga. Y últimamente estamos quedando.

—Y de ahí venía la primera pregunta, ¿no te apetecería más verla hoy, antes que estar aquí aburrida y rodeada de personas que ni te gustan ni conoces?

Soltó una risa.

—Tú me gustas y te conozco.

—La excepción que confirma la regla, ¿no?

—Sí, supongo —cedió ella, y volvió a mirar por la ventana, esta vez con menos agobio—. Pero no puedo irme, ¿no?

—¿Por qué no ibas a poder?

Abrió la boca para contestar, pero la cerró al darse cuenta de que no tenía excusa porque, si se iba, nadie allí la echaría de menos. Le daría igual a todo el mundo, incluso a sus padres. No era nada malo, o Bean no lo veía así, al menos, y había sido consciente de eso desde que llegó aunque hubiera insistido en quedarse, pero... Se había esforzado por estar allí, por soportar a las amigas de Daen Mae, por no perderse entre la gente. Aun así, ¿por qué?, se preguntó, frunciendo el ceño y mirando fijamente el plato que tenía delante. ¿Por qué seguía allí, a pesar de la invitación de Lee y todo lo demás?

—Taeyang, ¿sabes que a veces me da miedo no poder salir de esta?

Él detuvo el movimiento de sus manos y volvió a mirarla.

—¿A qué te refieres?

—A June. —Bean apretó los labios, cerró un momento los ojos y luego suspiró—. Me parece que... que ya no hay marcha atrás ¿sabes? Que lo que siento por June... no se me va a pasar nunca. Y me da un poco de miedo.

No podía ver la expresión de su cara, pero no le hacía falta para sentir que estaba sonriendo.

—Pero, Bean, eso no es malo. Sentirse así es genial...

—Sí es malo si ella va a marcharse.

—¿A marcharse? ¿Adónde?

—A la universidad. Se va a finales de agosto. —Abrió los ojos, volvió la cabeza hacia él e intentó que no se le rompiera la voz al añadir—: A Europa.

—¿Europa?

Asintió despacio, dolida.

—La han aceptado en Inglaterra.

Taeyang frunció un poco el ceño, preocupado, y apretó los labios en una línea triste.

—Vaya. Lo siento. Quiero decir, me alegro de que lo haya conseguido, pero...

—Sí. *Pero.* Yo también.

Apartó la vista, dolida. Era la primera vez que compartía eso y no la había hecho sentir ni un poco mejor, aunque había pensado que tal vez contárselo a alguien ayudaría. Qué tonta. June seguiría yéndose al final del verano por mucho que Taeyang lo supiera y la mirara con lástima, y cerró los ojos intentando calmarse porque no quería estar así ni delante de él.

Cuando sintió que la rodeaba con un brazo, se sobresaltó un poco.

—Vas a estar bien —dijo él, y, aunque parecía un poco perdido, como si él tampoco supiera muy bien cómo consolar a una adolescente con el corazón medio roto, la apretó un poco contra sí y le frotó la espalda con cariño—. Tú misma lo has dicho, sois amigas. Y estoy seguro de que ella también te quiere un montón, así que, pase lo que pase, nada acabará ni aunque se marche.

—Si tú lo dices… —murmuró Bean con la boca pequeña pero con unas ganas horribles de creer en las palabras de su cuñado.

—Sí, yo lo digo. Y ahora, hazme el favor y vete a verla, venga. —Soltándola, se apartó un poco del paso como para dejarle el camino libre—. Mi bici está en el garaje, por si quieres tomarla prestada, y si sales por delante y giras a la izquierda en vez de a la derecha nadie te verá.

—¿Y qué te vas a inventar si alguien te pregunta?

—Les diré que me había quedado sin canapés y que te he mandado a que compres unos pocos.

Bean soltó una carcajada y luego sacudió la cabeza, pensando que se alegraba de que estuviera siempre cerca cuando necesitaba hablar con alguien. Nunca había tenido un confidente así, y ni siquiera a June le había hablado de algunas cosas (a ella no podía hablarle *de ella misma,* claro), pero le gustaba la sensación de que hubiera alguien que quisiera apoyarla, aunque fuera en una cosa tan tonta, y que la hubiera animado a ir. Mirando por última vez por la ventana, Bean asintió y cogió aire. «Vale», dijo hinchando el pecho, y luego miró a Taeyang a los ojos y lo repitió más fuerte. «¡A por ella!», la animó él, sonriendo casi como si estuviera orgulloso, y entonces la chica salió corriendo antes de poder arrepentirse de haber tomado la decisión.

Porque ya le había pasado otra vez, lo de pensar en hacer algo y rendirse, y no le había gustado causar su propia derrota.

—Pero esta vez no vas a intentar declararte, estúpida —murmuró para sí mientras desenganchaba la cadena con la que Taeyang tenía sujeta su bici—. Esta vez vas a disfrutar el momento y eso es todo.

Antes de salir, mientras la puerta del garaje se abría poco a poco, Bean sacó el móvil para mandar un mensaje y se dio cuenta de lo increíblemente rápido que le latía el corazón.

Lee Clase

hey, Jones

sigue en pie lo de tu fiesta?

sí, vas a venir, DB????

eso creo

DALEEE

No pudo evitar reírse, aunque fuera estúpido.

pero no voy a verte a ti, así que no te emociones

bueno, los adultos bailando que no dan vergüenza ajena te lo agradecen igualmente

en fin

dirección?

5579 de Breckenridge Circle

anda, corre

Tardó más en llegar de lo que había calculado, pero en cuanto llamó a la puerta y tras haber asegurado la bici de Taeyang con más cuidado del que le dedicaba normalmente a la suya, Lee la recibió con una sonrisa enorme.

—¡Bean! ¡Eres la primera! —Lee la abrazó y luego se movió para dejarla pasar—. ¿A qué se ha debido el cambio de opinión, si no te importa que te pregunte?

—Te lo he dicho, me muero por ver a viejitos bailando o lo que... ¿Has dicho la primera? —preguntó, dejando de mirar a su alrededor y volviendo la vista hacia él—. Entonces ¿aún no ha llegado June?

La sonrisa que se extendió sobre sus labios habría sido maligna si Lee hubiera tenido malas intenciones.

—No, me temo que aún no, pero tiene que estar a punto.

—Ah. Bueno, uhm... vale. Se os oye desde la calle, ¿lo sabíais?

—Es mi prima Ari, que está haciendo de DJ y sabe que lo está petando. —El chico no intentó ocultar su sonrisa cuando pasó a su lado y le indicó que lo siguiera—. ¿Vienes? Te ofrezco un vaso de agua mientras esperas a la persona a la que realmente quieres ver.

—Oye, no, que he venido a estar con todos.

—Sí, sí —respondió Lee, sacudiendo una mano y aún con una sonrisa—, lo que tú digas.

Atravesaron la casa para pasar directamente al jardín de atrás. El olor que salía de la cocina era tan intenso que Bean lo siguió con la boca hecha agua porque, definitivamente, aquello no se parecía en nada a los canapés comprados de Taeyang. Lee la vio paladear y se rio, abriendo la puerta y diciéndole que esperaba que no hubiera comido antes, porque había hamburguesas como para un regimiento; ante ella, para su sorpresa, se desplegó un escenario que dejaba claro que aquello no había sido una exageración en absoluto, y aceptó el plato que el otro le ofreció con esperanzas de llenarlo.

La puerta que daba al jardín estaba abierta y, desde donde ella se encontraba, se veía la decoración excesivamente patriota que

266

lo llenaba todo. Casi parecía un chiste: había banderines y globos rojos, azules y blancos por todas partes, flores de los mismos colores sobre las mesas donde estaban sacando la comida y, en una esquina, una pila de platos de papel y vasos temáticos llenos de estrellas. Al pasar, Lee le señaló la caja con los fuegos artificiales. Todo el mundo iba vestido con los colores azul y rojo, con camisetas de rayas blancas y rojas, o con pantalones de estrellas. Honestamente, Bean no había visto nada igual nunca. Le pareció una exageración enorme, pero estaba demasiado sorprendida como para decir eso en alto.

—¿Pero no erais mexicanos? —preguntó en cuanto pudo reaccionar ante semejante despliegue.

El chico se rio.

—Mi madre lo es. La familia materna de mi padre también, pero él es americano de nacimiento. De Texas, concretamente, así que supongo que hay un poco de *yee-haw* en mí. —Lee sonrió, como si aquello le hiciera una gracia infinita, y carraspeó cuando Bean lo miró sin ninguna reacción ni intención de contestarle—. En fin, que mi abuelo Jake era blanco como la leche y montaba despliegues así, por lo que ahora organizamos estas cosas en plan broma pero para honrarlo, porque ya no está. Llevamos reciclando la mitad de la decoración unos diez años. A estas alturas yo disfruto los fuegos artificiales de forma bastante no-irónica, la verdad.

—O sea, que eres como un veinticinco por ciento blanco.

Lee arrugó la cara.

—No seas así.

—*Yee-haw.*

El chico soltó una carcajada y la empujó un poco con el hombro, concediéndole esa victoria.

Hicieron la ronda obligatoria de presentaciones, saludando a los padres y los tíos de Lee y saltándose al resto de personas que habían ido sólo para beber como cosacos y disfrutar de la «comida mexicana de incógnito». Tras un rato, volvieron junto a la mesa y empezaron a picar totopos con queso y guacamole alternativamente. Lee intentó chincharla con aquello que se le había escapado de June, haciendo que ella soltara un gruñido y un rotundo «Para», y tras disculparse entre risas, ella suspiró e intentó hacerse la dura:

—Tampoco te creas que la otra fiesta estaba siendo muy emocionante. Vosotros os habéis motivado muchísimo más, lo de mi hermana eran sólo un par de banderines y ya. Que tampoco es que sepa muy bien cómo hacerlo, porque no es como si nosotros hubiéramos celebrado esto en casa antes, pero...

Lee asintió.

—Tu familia vino cuando tu hermana ya era mayor, ¿no? —Ella alzó una ceja, curiosa, y él se encogió un poco de hombros—. Lo dijiste una vez en una exposición de clase, en noveno, creo. Me acuerdo de las cosas.

—Sí. Daen Mae tenía como seis años o así, por lo que vino ya crecidita. Yo soy la única que ha nacido aquí de toda la familia.

—¿Y hay alguna diferencia para ti?

Le chocó la pregunta, pero por alguna razón la expresión de Lee parecía genuinamente interesada y, al mirarlo a la cara, supo que quería saberlo de verdad.

Lo había dicho como si pudiera leerla por dentro, como si hubiera sorteado todos los muros que Bean había tenido siempre levantados y hubiera llegado hasta el fondo para encontrarse con eso. Era raro. No hizo que se sintiese incómoda, pero sí increíblemente vulnerable, y se entretuvo mirando el guacamole y pensando en lo que le había dicho a Taeyang antes y en cómo confiaba en él porque era la única persona de su familia con quien contaba.

—No lo sé —confesó, soltándolo casi como si aquella honestidad se le hubiera escapado—. No lo sé, la verdad, pero creo que es algo que nunca se me olvida. ¿Tiene sentido que no se me olvide? Porque... porque pienso en eso bastante.

Lee guardó silencio unos segundos, dándose cuenta de que había pulsado un botón que no se imaginaba poder alcanzar, y luego asintió despacio, mirando hacia ella.

—Sí, supongo que lo tiene.

—A veces me pregunto si... si tal vez debería elegir ser una cosa u otra. —Bean alzó la vista y le sonrió, rara, sacudiéndose para fingir que no le importaba aunque en realidad le importara mucho—. En las clases de coreano de los sábados a las que me llevaban mis padres siempre nos decían que teníamos que poner el «coreana» delante del «americana», pero yo no sé si soy una antes que la otra... Aunque, dicho en alto, a lo mejor parece una tontería. Pero sabes a lo que me refiero, ¿no? No entiendo mucho a mis padres, pero cuando salgo de casa no soy... igual. O a veces me tratan como si no lo fuera, al menos. Es un lugar un poco extraño y no sé cómo me siento aquí en medio.

Había intentado que no sonase como una confesión, que sus palabras no pareciesen estar fuera de lugar para que Lee no pensase que era algo que no venía a cuento, pero al alzar la vista hacia él se encontró, para su sorpresa, que el chico la miraba con ojos un poco tristes y una sonrisa tensa y torcida.

—Yo creo que no es cuestión de elegir una. Quiero decir... ¿por qué no ibas a ser ambas?

—Porque son muy diferentes y no exactamente compatibles.

—Pero tú eres tú por ambos sitios y ambas culturas. Eres tú por la educación coreana que te han dado tus padres y por las clases de los sábados, y también por el inglés y por cómo es la gente aquí. Eres tú por cómo eres en casa y fuera de ella. No tienes que elegir bandos si eres de todos.

Sorprendida, pestañeó un momento despacio y frunció un poco el ceño. Aunque cada vez le gustaba más su presencia y nunca había tenido nada en su contra, no podía creerse que algo tan importante para ella acabase de salir de los labios de Lee con semejante facilidad.

—Bueno —añadió él antes de que le diera tiempo a responder nada—, eso siempre y cuando nuestro *queridísimo y naranja* nuevo presidente no os declare la guerra.

Bean le dio una palmada en el brazo con el dorso de la mano.

—Esa es Corea del Norte, burro, no del Sur.

—Ya lo sé, sólo quería que sonrieras. —Soltó una carcajada, alejándose de ella para que no le volviera a dar, y luego su expresión se suavizó un poco—. La verdad es que no sé muy bien cómo te sientes, porque mi experiencia no ha sido como la tuya, pero aun así me da pena que te atormente, así que si quieres hablar para desahogarte puedes contar conmigo. Escucho bastante bien.

Era inesperado, pero el chico parecía sincero y se lo agradeció con una sonrisa suave y honesta.

—¡Hey, si estáis ahí!

Se volvieron hacia la puerta y vieron a Adam y a June saltar sobre los dos escalones que los separaban del césped e ir hacia ellos.

—¡Ya era hora! —exclamó Lee al verlos, devolviéndole a su expresión la sonrisa relajada de siempre—. ¿Dónde estabais?

June se encogió de hombros.

—He hecho que el pobre Adam me pasee por tres supermercados diferentes porque no encontrábamos las hamburguesas vegetarianas que me gustan. Se las he dejado a tu padre en la cocina. —Al mirar a Bean, June sonrió mucho—. ¡Hola! ¡No sabía que al final venías!

—He aguantado aquí como una media hora sólo porque sabía que iba a verte.

June se rio como si hubiera sido una broma. Lee le lanzó una mirada a Bean que ella ignoró deliberadamente.

—Ya está anocheciendo, ¿a qué hora pensabais tirar los fuegos? —preguntó Adam.

—Como a las diez. —Lee miró el reloj del móvil y luego lo guardó—. Aún queda un rato, así que si queréis ir cenando... June, te hago yo las hamburguesas.

—¿Sí? ¡Ay, gracias!

—Sí, sí, tranquila. Que no seré un cocinillas como mi padre, pero con las palas de darle la vuelta a las hamburguesas tengo un arte...

Bean se quedó mirándolo con una ceja alzada y, conteniendo una sonrisa, murmuró:

—*Yee-haw.*

Adam los miró a los dos, confundido, pero ninguno se explicó antes de volver a la cocina.

Los padres de Lee no tardaron mucho en llamarles para recoger. Habían vuelto a encender la barbacoa para preparar las hamburguesas, los perritos calientes y las mazorcas de maíz, y todo el mundo ayudó a llevar las bandejas vacías dentro para que pudieran lavarlas y llenarlas de comida de nuevo. La prima de Lee, Ariana, se presentó y estuvo hablando un tiempo con Bean y Adam mientras su padre y un montón de adultos se aseguraban de colocar los fuegos artificiales de forma segura, y luego más gente repartió mantas y toallas para poner en el césped y que pudieran sentarse. El espacio no era demasiado grande, pero lo parecía porque ¿cómo iba a acoger a tanta gente si no? ¿Cómo iba a permitir que tantas personas estuvieran allí cómodas? Las bandejas volvieron a llenarse de panes y tomate, lechuga y pepinillos, y fueron pasándolas junto con los vasos y platos temáticos para que todo el mundo tuviera al menos uno de cada. Luego llegó la carne. June le ofreció una de sus hamburguesas vegetarianas a Luis, el primo pequeño de Lee, y el niño se sentó a su lado y se quedó hablando con ella más de media hora, casi hasta que los fuegos comenzaron.

Cuando por fin se hizo de noche y todo el mundo parecía ir por la segunda consumición, el padre de Lee se puso de pie de un salto y llamó a su cuñado para encender los fuegos artificiales con él.

Bean pensó que a Taeyang le habría gustado ver eso y, después, que cuando naciera su sobrino compraría fuegos silenciosos para que pudiera disfrutarlos sin asustarse.

—Mierda, el agua —murmuró Lee, mirando a su alrededor—, se me ha olvidado traerla.

—Ya voy yo —se ofreció Bean, levantándose—. Tengo que lavarme las manos igualmente, estas servilletas no quitan muy bien el kétchup.

—¡Vale, gracias!

No era que estuviera escuchando a escondidas, pero, al volver y acercarse a sus amigos por detrás, botella de agua en mano y los dedos limpios, Duck Bean no pudo evitar ver que Adam se inclinaba un poco hacia Lee y murmuraba:

—¿Entonces no quieres subir al tejado para verlos desde allí?

A veces, cuando hablaba con Lee, no parecía que estuviera tenso o a la defensiva.

El otro le dedicó una sonrisa que Bean sólo pudo ver de refilón y, mirando hacia abajo para encontrarse con sus ojos, le dijo:

—Sí. Ojalá pudiéramos escaquearnos así, como antes.

Su tono sonó un poco triste.

Le pareció que debía mantener aquellas palabras en secreto, así que dio un rodeo para fingir que volvía de otra dirección y, cuando se sentó con ellos, no dijo nada del intercambio.

June le dio un codazo al señalar las primeras luces. Cuando se recostó contra ella, apoyó la cabeza en la suya y relajó por fin todo el cuerpo.

24; FOBOS

< i_like_it_when_you_sleep_for_you_are_so_beautiful_
yet_so_unaware_of_it - the_1975.mp3 >

JULIO

Las investigaciones empezaron a importar cada vez menos.

O sea, no era que importaran menos (¿cómo podrían, si el mismísimo Martin se le había aparecido para hablarle?), pero disfrutaba del tiempo fuera del Planet Zian muchísimo más que el que pasaban encerrados dentro. Era una tontería, pero cuanto más avanzaba el verano, más pensaba Lee que quería *más*: más risas, más bromas, más anécdotas que atesorar para cuando todo acabara —más momentos en los que analizarlos buscando las razones por las que no caían. Las palabras del alien se le habían quedado grabadas a fuego en la cabeza, como un mantra o una regla inamovible, y sabía que sus amigos tenían que *caer*, pero el problema era que, sin detalles, Lee no podía ayudarlos. Y tampoco era plan de preguntarles directamente, ¿no? Resultaba un poco frustrante saber que aún les faltaba entender *algo* pero no estar seguro de *qué* necesitaban ni *quiénes* tenían que

273

hacerlo, así que se limitó a interpretar su papel (el de observador, eso le había llamado Martin) y a estar pendiente.

Y no se le hizo pesado, porque la investigación, importante o no, resultaba menos dura mientras se lo pasaban bien.

Ya habían superado el trabajo de hormigas que era buscar las noticias sobre animales imposibles, y ahora intentaban ayudar a June con los foros o páginas un poco menos fáciles; a Lee le resultaba emocionante sentir que realmente avanzaban, que encontraban algunas cosas y que aprendían a seguirlas ellos mismos sin tener que pedir la asistencia de la reina. Siendo honestos, era bastante excitante seguir las pistas como miguitas de pan por internet, aunque a veces encontrara cosas que preferiría no haber visto. Aun así, y aunque Lee no estaba seguro de que todo aquello fuera a llevarlos a algo, a esas alturas casi daba igual: las tardes con ellos comentando noticias estúpidas y agrupándose entorno al ordenador le daban la vida y no cambiaría ese verano por nada.

Pero lo mejor era cuando las dos horas de internet se les acababan y nadie quería despedirse.

Adam propuso ir un martes a un sitio de nachos cerca de su escuela de música porque había visto una oferta y, sin darse cuenta, volvieron cada semana y crearon una tradición tonta pero a la que se aferraron con uñas y dientes. Siempre iban en el «coche fúnebre rojo» del que Duck Bean se reía con cariño y, después de aquellas cenas (y de casi todas sus reuniones, en realidad), el orden que seguía Adam para dejarlos en casa era June, Bean y por último él, aunque ellos dos siempre tardaban un poco más en despedirse y, al final, para cuando querían darse cuenta, siempre se les había hecho de noche.

Sobra decir que el trabajo de la heladería no le duró mucho más, pero tampoco le dio pena perderlo y al menos de ahí sacó otra excusa para celebrar con ellos el despido. Aquello se había convertido en una necesidad casi imperiosa: la de estar cerca y no separarse de ninguno, la de disfrutar de ellos al máximo y más de lo que había disfrutado de unos amigos antes. Era raro, porque esta vez no sentía que lo hiciera por llenar ese vacío que había tenido siempre dentro; esta vez iba más allá de ese interés egoísta de la socialización fácil. Ahora era algo genuino y bonito y le ilusionaba mucho, y no se había sentido así por nadie del instituto, y eso le gustaba. Había cogido cariño a aquellos estúpidos aliens, aunque pensar en ellos así era tonto y un poco moñas.

Sin embargo, ese mote cariñoso tal vez significara algo, y lo quería disfrutar.

Estar con ellos le hacía pensar que el verano nunca acabaría. Sabía que era una tontería, sobre todo porque tenían una fecha de caducidad marcada e inamovible (June ya les había dicho que se iba el 2 de septiembre), pero para él no significaba nada porque tenía la certeza de que, pasara lo que pasase, esas tres personas iban a quedarse con él.

Lo cual volvía a ser muy cursi, pero oye, no importaba nada serlo por la gente adecuada, o eso creía.

—¿Cómo tienes tanta fuerza? —le preguntó June un día, uno de los malos, porque no todos salían bien o eran precisamente productivos—. No lo entiendo. Ni siquiera yo consigo mantenerme animada todo el tiempo, Lee, ¿cómo lo haces?

Que le dijera aquello le llenaba el pecho de un orgullo extraño, del orgullo de estar haciendo algo bien y de querer seguir por ese camino.

—Bueno, es que creo en esto, peque. ¡Es mi deber mantener arriba el ánimo si vosotros dudáis un poco!

—No, qué va, ese no tendría que ser el deber de nadie —respondió June, y lo dijo con tanto aplomo pero con una sonrisa tan dulce que para Lee fue como plantar por fin los pies en el suelo—. Quiero decir, no tienes por qué estar arriba todo el tiempo, se te permite desanimarte, ¿sabes? Como... como a todos. Aunque te lo agradezco porque siempre me das ganas de volver al día siguiente y seguir, de verdad que no es *tu deber*.

«No es tu deber» resonó durante un momento en el aire, suave, flotando, y entonces algo en Lee hizo clic y lo sintió por dentro.

—Bueno, pero quiero hacerlo —murmuró, y según hablaba se dio cuenta de lo enraizado que tenía aquello en su interior, de la mejor de las maneras—. Quiero ayudar. Creo en esto y creo en ti, y así echo una mano, no me importa mantenerlo siempre.

Los otros no dijeron nada, sólo lo miraron, pero June inclinó la cabeza y, conmovida, preguntó:

—¿Por qué?

—¿Por qué, qué?

—¿Por qué crees en mí?

Lee le dedicó una sonrisa grande, suave y sincera.

—Porque eres como un *nugget* de pollo pequeño y regordete, June, sacrificaría por ti una pierna.

La carcajada que estalló en los labios de la pelirroja podría haber hecho que florecieran cientos de flores.

—¡Dramático e innecesario, pero te lo agradezco!

Si esa era su vida ahora, tal vez así era como se sentía caer: como alguien diciendo justo las palabras adecuadas que le encendieran por dentro una luz para el resto de su vida.

Habían cruzado el ecuador del verano y todo había empezado a ir deprisa, pero era imposible no cerrar los ojos y disfrutar de la velocidad en aumento de acercarse más a la meta. Lee estaba emocionado. No había vuelto a tener sueños premonitorios (¿era eso lo que eran?), pero no los necesitaba para saber que todo lo que hacían los llevaba a algo, fueran o no a descubrir qué era lo que vieron en junio en el cielo. Todos podían sentirlo y así se movían, como un banco de peces. June era la capitana, Bean la segunda, Adam el escéptico que conseguía que no descarrilaran y él... bueno, ya lo había dicho, él estaba allí para servir y seguir. Para animar y ver y contarlo, porque acabara aquello donde acabara no se lo quería perder y sabía que, sí o sí, iba a ser una historia interesante.

25; CARMÉ

< take_me_home_country_roads – john_denver.mp3 >

JULIO

Estaba bastante nervioso. De hecho, probablemente no había estado tan nervioso en su vida, y eso era horrible porque uno, estaban todos allí, y dos, si la cagaba iba a hacer un ridículo espantoso.

Bean le dio una palmada en la espalda que hizo que se sobresaltase.

—Venga, Holt, ¡relaja! Que no vamos a comerte.

—Bueno, a lo mejor yo sí lo hago —dijo Lee, encogiéndose de hombros y dedicándole media sonrisa—, pero por la música intentaré controlarme.

Sorprendentemente, eso último hizo que se tranquilizase un poco, aunque todavía no estaba lo suficientemente cómodo como para atreverse a sonreír.

—Aún no sé por qué demonios he accedido a esto —murmuró, y Bean, a su lado, soltó una carcajada.

—Porque te lo ha pedido June y eres incapaz de resistirte —le dijo, y el corazón se le saltó un poco al mirarla, nervioso, pero la chica no parecía juzgarlo—. Tú no te preocupes, que va a salir bien.

—¡Lo siento, es que me moría por oírte! —exclamó la pelirroja, que iba un poco por detrás porque se había parado a mirar todas las fotografías que adornaban el enorme pasillo que estaban atravesando—. Desde que Lee comentó lo bien que tocas el otro día comiendo nachos...

—¿Por qué tuviste que decirlo, por cierto? —masculló Adam en dirección a su amigo.

—Porque es verdad y se merecían saberlo. ¿Qué iba a hacer, guardarme la información para mí? Eso está fatal.

—No, no lo está.

Lee dejó caer los párpados y entornó una sonrisa.

—Aunque me encante la idea de ser el único que conoce ciertas cosas sobre ti, Adam, esta vez creo que era mejor compartirte un poco.

El rubio apartó la vista, azorado, y agarró con fuerza la correa de la bolsa del fagot a la que llegaban a la puerta.

Se detuvo antes de empujarla, haciendo que todos esperaran detrás de él, y luego se giró para mirarlos uno a uno. Estaba nervioso porque fueran a ver cómo tocaba y por dejarles, en general, entrar en aquel espacio; para él era algo grande, más de lo que podía parecer, y suponía casi reconocer por fin que aquella gente significaba algo para él (o más de lo que había querido reconocer al principio, al menos). Le aliviaba un poco que Lee ya lo hubiera oído otras veces, pero igualmente se le hacía un poco bola saber que estarían ahí, en las butacas del auditorio, y que tendrían los ojos clavados en él.

—No digáis ni mu —dijo, intentando mantener la voz seria—. No podéis hablar ni toser ni reíros cuando estéis ahí dentro, ¿vale? Os dejan pasar como excepción, pero tiene que parecer que no hay nadie.

—Seremos estatuas —prometió June, poniéndose una mano sobre el corazón y alzando la otra.

—No te preocupes, Holt, vamos. —Bean sonrió, amable, y luego hizo un gesto señalando la puerta—. Nos portaremos bien. ¿No te están esperando?

Él suspiró, asintió y decidió pasar por fin al auditorio.

Llevaba un mes practicando para aquello. El campamento le había sorprendido para bien, sobre todo por la cantidad de clases particulares que se impartían y lo interesante que eran los seminarios que había cada dos semanas. Para él, además, era la forma de mantener al menos un pie puesto en el suelo; seguir allí, tocar el fagot y volver a casa con ejercicios era de nuevo como *tener algo*, y le gustaba ver que en ese nuevo algo (el vestíbulo a su futuro, casi) sus pasos servían para avanzar. Bean había dicho que él sólo había aceptado que fueran porque se lo había pedido June, pero, mientras avanzaban hacia delante entre las butacas, le pareció que no había sido por ella en absoluto. O no en particular, vaya. Que quería demostrarle a Bean que sabía hacer algo aparte de «quejarse y ser lógico» y que quería que Lee viera que podía avanzar más aún y que quería que sus amigos lo felicitaran, en general, porque la aprobación de June era igual de importante que la del resto.

Se volvió hacia los tres una última vez, señalando el pasillo donde se separaban porque ellos tenían que sentarse, y, cuando June y Bean ya estaban entre las filas, Lee lo agarró del brazo un momento y tiró de él para decirle algo que sólo oyeran los dos.

—Vas a hacerlo bien, Holt —murmuró, sonriendo tan cerca de su cara que Adam tuvo que hacer un esfuerzo para oírlo bien—. Tú relájate, que saldrá genial.

Y Adam sabía que aquel era un comentario innecesario y que Lee no tenía que haberse parado para decírselo y que sólo había sido una excusa tonta para generar un momento entre los dos, pero se alegró de que se hubiera tomado la molestia y, soltándose, le dedicó una sonrisa breve y luego se fue.

Su profesor y sus compañeros le dieron la bienvenida, se sentó en su sitio y empezó a montar el fagot para luego esperar a que el ensayo comenzara.

Probablemente ninguno de sus amigos se estaría esperando que, en cuanto el profesor empezara a dirigirles, todos los instrumentos sobre el escenario se pusieran a tocar algo de John Denver.

Y no sólo *algo*, sino «Take Me Home, Country Roads».

Adam se imaginó a sus amigos con la boca abierta y entró en su parte intentando contener una sonrisa.

Después de esa canción fue otra, y luego otra, y muchas más. El ensayo fue bien y, cuando acabaron, con el sudor cayéndole por la frente pero esa expresión orgullosa aún en la cara, Adam pensó que estaba más que satisfecho.

Los chicos no estaban en las butacas cuando acabó de limpiar el fagot y bajó, así que, confuso, se recolocó la bolsa sobre el hombro y deshizo el camino por el pasillo y hasta la calle.

Los encontró fuera, hablando a la sombra de un árbol y a unos metros de la puerta.

—Eh —llamó, haciéndose sombra con una mano y caminando hacia ellos—, ¿adónde habéis ido?

Bean fue la primera en volver la cabeza y, sonriendo, puso las manos en los hombros de June.

—Es que hemos ido a por una cosa —dijo y, entonces, empujó un poco a June para que esta se diera la vuelta—. ¡Tachán!

—¡Son para felicitarte por lo bien que lo has hecho! —exclamó la otra, sacudiendo un ramo de flores ante su cara—. ¡Nos ha encantado!

El corazón le dio un vuelco y, en ese instante, Adam se sintió un poco aturdido. Por un momento había temido haberla cagado al llevarlos allí; al bajar y ver que no estaban, lo primero que había pensado era que aquello había sido una mala idea, que probablemente se habían aburrido y que se habían marchado de allí en silencio intentando no molestar. Pero no. Habían ido a comprar flores (¡flores!) de felicitación, y era raro porque eso era algo que había hecho su madre cuando tenía actuaciones del conservatorio y, al salir, le decía que estaba muy orgullosa. ¿De dónde las habían sacado, si el cementerio quedaba a varios kilómetros de allí y, que él supiera, no había floristerías ni en Orlovista ni en Pine Hills? Se quedó mirando las flores, que no eran muchas y no sabía decir si eran especialmente bonitas, y de repente notó que la boca le tiraba en una sonrisa rarísima.

—¿Eh?

June soltó una carcajada y salió de la sombra para avanzar hacia él.

—Nos ha hecho ilusión venir, así que pensamos que a lo mejor te gustarían. ¡Tampoco sabíamos que iba a ser así, así que estamos bastante impresionados!

—Siéndote sincera, yo creía que sería una especie de concierto de música clásica —confesó Bean desde detrás—, pero lo de las versiones de canciones modernas me ha sorprendido para bien. Ha sido superguay, Adam.

—¿Y tu solo? ¿*TU SOLO*? ¡Qué maravilla, en serio! —siguió June, dándole el ramo y tirando de él hacia el resto—. Cuando ha sonado la parte de *tuturú rutú tutú*... buah. No recuerdo cómo se llama la canción, pero... Buenísimo.

—Yo no esperaba que se te diera así de bien, honestamente.

—Ha molado muchísimo, Holtie —dijo Lee con voz suave, sonriendo y dándole un par de palmadas cariñosas en el hombro—. Ha sido una auténtica pasada, de verdad.

—¡Tenemos que celebrarlo! —La voz de June sonaba emocionada, como si aquello se le estuviera haciendo muy grande en el mejor de los sentidos. Le pasó un brazo a Adam por detrás y empezó a moverse con él hacia el coche, que antes había aparcado a unos metros—. Creo que te has ganado un Slurpee de esos que te gustan. Bueno, uno por lo menos. Aunque apenas hay mesas en el 7-Eleven... ¿Preferís ir allí, o al sitio de los nachos y nos saltamos lo de los martes y la tradición?

—Donde diga el protagonista —rio Bean, y se puso a su otro lado.

El fagot no era un instrumento protagonista. Adam lo había sabido desde siempre y era algo que asumía y que no le importaba, porque sentir cómo el sonido aparecía gracias a sus dedos y su boca le parecía suficiente. Sin embargo, cuando Bean dijo esas palabras y lo miró, a Adam le brillaron los ojos y se permitió sentir que tal vez no existía como acompañamiento. Sonrió. Era raro, sonreírle a Bean, que era con quien había mantenido siempre más distancia, pero a la vez hizo que se sintiese mejor que con ninguna otra cosa.

Porque estaba contento y no lo había pensado antes, pero aquellos eran sus amigos y tal vez, sólo tal vez, podía contarles cosas. No se había molestado en hablar con ellos de la música ni de Maine ni del conservatorio, pero, tras ver cómo reaccionaban ahora y que estaban allí a su lado, pensó que lo haría. Que contarlo era una posibilidad y que June y Bean lo escucharían encantadas, igual que Lee, porque podía encontrar en ese grupo un lugar donde compartir y desahogarse, y que no pasaba nada.

June aún seguía abrazándolo y aquello hacía que se sintiese reconfortado, aunque sin mariposas en el estómago, pero eso era probablemente más importante que nada. Quería eso. Quería sentirse orgulloso y que ellos también lo estuvieran y, cuando a un par de metros del coche sintió las manos de Lee sobre sus hombros apretándole la piel, se volvió para recibir de lleno su cara morena y su preciosa sonrisa.

—¿Puedo conducir yo? —preguntó, animado y aprovechando un poco que Adam estaba relajado y tranquilo—. Anda, di que sí, como... como regalo para que tú... eh... descanses. Te juro que tendré cuidado. Déjame conducir, porfa.

—Pero no te acostumbres —murmuró como respuesta, y luego le lanzó las llaves con la mano que tenía libre.

Aquello era bueno. Esa música —de risas, de verano, de normalidad— le gustaba, y se subió por primera vez en la parte de atrás de su coche, dejó a June en el copiloto y, con cuidado, comprobó que las flores estaban bien aunque le parecían un poco aplastadas. Le daba igual adónde fueran. El 7-Eleven y el sitio de los nachos le daban lo mismo siempre que fueran los cuatro, y entender eso tuvo una parte de revelación muy interesante y muy bonita.

26; ESTIGIA

< better_than_that – cyberbully_mom_club.mp3 >

AGOSTO

Estaban comiendo todos en casa. Daen Mae había vuelto a quedarse a dormir allí porque le dolía la espalda y su madre se había ofrecido a cuidar de ella durante la noche. Por primera vez en todo el embarazo, Bean se dio cuenta de que el cuarto de su hermana había permanecido intacto todo aquel tiempo, exactamente igual que el día que se fue, y de que era un espacio intocable. Su casa no era tan grande y sus padres podrían haber usado la habitación para cualquier cosa, como trastero, por ejemplo, y eso habría sido lógico, pero habían decidido conservarla casi como parte de un museo. La idea le resultó rara, un poco incómoda, pero no supo si era por aquel culto extraño hacia la figura de Daen Mae o por darse cuenta de que, si ella se iba, con su cuarto no pasaría igual.

Llevaba al menos una hora dándole vueltas a la idea de que ella no tenía nada que guardar allí, y aquello la había mantenido bastante distraída.

—Entonces ¿estáis valorando reformar el jardín trasero?

285

—Ahora mismo intentamos reservar nuestros ahorros, papá, que no sé si sabes lo caro que es tener un bebé hoy en día.

—¿A cuánto asciende ya la factura del hospital?

—A mucho. Aunque al menos una gran parte la cubre el seguro, algo es algo...

Bean se hundió en el asiento, cansada de aquella gestación tan larga. La única que parecía estar disfrutando de la comida era la abuela, que apenas prestaba atención (probablemente porque Daen Mae cambiaba del coreano al inglés y le costaba entender lo que decía) y que movía los palillos rapidísimo, sonriendo para sí. Taeyang no había ido aquella vez, porque tenía que trabajar aun siendo verano («¡Desventajas de ser autónomo!», había dicho con una mueca) y Bean se sentía muy sola ahí en medio, con la vista clavada en el plato de *tteokbokki* que había preparado su madre y con los labios calientes por un picor que ni siquiera sentía. Estaba cansada. Últimamente no podía evitar cansarse cada vez que no estaba con los chicos, y le hacía un poco feliz sentirse así por un grupo de personas tan aleatorio, pero a la vez le daba un poco de miedo estar apoyándose mucho y que, cuando el verano acabara, de repente se viera con un vacío enorme ante sus pies.

Ahora casi todos los caminos hacían que llegase hasta esa frase: «cuando el verano acabara». Había convertido septiembre en un nuevo punto al que llegar. Era lo que le había dicho al alien en sus sueños, ¿no?, que había llegado a la antigua meta y que necesitaba otra, que por eso seguía con esto, que era lo que le hacía caminar hacia delante. Las palabras que él le había contestado —«puedes construir lo que quieras si no tienes dónde apoyarte»— habían sido extrañamente hirientes, aunque no sabía por qué y no dejaba de darle vueltas. ¿A lo mejor porque eso significaba que ya lo sabía, pero que le daba miedo intentarlo? Y, de todas formas, ¿cuándo se suponía que iba a hacerlo? No era como si el tiempo no se estuviera acabando cada vez más deprisa, como si los días no pasaran más rápido desde que habían establecido una rutina de investigación. No era como si hubieran podido hacer algo para que June se quedara. Todo seguía su curso como si nada, y era desesperante porque estaban ya en agosto y sólo les quedaba un mes juntas...

Sacudió la cabeza, incómoda, e intentó dejar de pensar en ello porque, al final, sólo había sido un sueño estúpido producto de su mente.

—... así que a lo mejor robo a Duck-Young un par de días para que me eche una mano con eso, ¿qué os parece?

Al oír su nombre, Bean alzó la vista de golpe y miró a su hermana.

—¿Qué?

—¿Dónde estabas? Te has quedado empanada. —Daen Mae se rio y luego sacudió la cabeza—. Digo para ir a por los muebles que faltan para la habitación de Ki Joon. Tenemos que recogerlos y montarlos, pero Taeyang está ocupado con un encargo y... Bueno, yo no estoy en mi mejor forma.

—¿Yo? —Bean frunció el ceño, confusa—. ¿Yo por qué?

—Porque no tienes nada mejor que hacer, ¿no? Aparte de la tintorería, digo, y seguro que por un día no pasa nada que ignores a tus amigos...

—¿Amigos? —preguntó Cheol Jhang, inclinando un poco la cabeza y mirándola de frente.

—씨발 [4] —masculló para sí Bean, clavando la vista de nuevo en el *tteokbokki* y lo suficientemente bajo como para que nadie excepto ella lo oyera.

El corazón empezó a latirle rápido y volvió a ponerse a comer, haciéndose la loca y llenándose la boca para evitar la pregunta. Bean no hablaba de los del grupo con sus padres, no porque se avergonzara, sino porque las cosas eran más fáciles así; cuanto menos compartía, más difícil era para ellos amenazarla con cosas, y ahora no

---

[4] «Ssibal», que se traduce como «joder» a modo de maldición.

podía evitar odiar a Daen Mae por haberlos mencionado. ¿Por qué se metía? ¿Y cómo podía ser que tuviera ojos en todas partes? ¿Cuándo demonios había averiguado ella que se iba con los del grupo, y por qué lo contaba?

—¿Duck-Young? —insistió su padre, cambiando la cara para volverla más dura—. ¿Puedes contestar?

Ella tragó saliva, nerviosa.

—Bueno, he estado quedando con unas personas del instituto para dar vueltas con la bici por ahí.

—¿Con qué personas?

La lengua le quemaba, pero no por la salsa picante.

—Bueno, con gente de mi curso. De hecho, conocéis a una, es la chica... la chica de las clases particulares.

—Oh —dijo su madre, y empezó a mover los palillos de nuevo, como si antes se hubiera quedado congelada por la expectación.

—No sabía que os habíais hecho amigas —murmuró Cheol Jhang, asintiendo. Bean se encogió de hombros, incómoda, y él siguió—: Está bien, al menos es buena niña. Mejoraste las notas. Podrían haber sido más altas, pero...

Ella se mordió la lengua para no decir nada y dejó que la conversación volviese naturalmente hasta Daen Mae.

Después de comer, Bean se levantó de la mesa y empezó a recoger los platos para fregarlos y poder huir. Hacerlo era la mejor decisión cuando estaba con sus padres, y así tenía un poco de espacio para controlar sus pensamientos y dejar de sentirse tan inquieta. Sin embargo, la tranquilidad le duró poco; apenas unos minutos después de haberse puesto a limpiar, Daen Mae entró por la puerta con una olla vacía que dejó en la encimera a su lado.

—Toma, así no tienes que darte el paseo.

Bean le dedicó un vistazo breve y luego siguió enjabonando, intentando parecer indiferente.

—Me extraña que no la haya traído mamá —comentó.

—Está en el baño y papá ni siquiera se ha molestado en hacer algo.

—Claro que no, ¿*cómo* iba a recoger él? Impensable.

—Oye, ¿te has enfadado por algo?

Las manos de Bean se detuvieron un segundo. Después, como si no hubiera oído nada, abrió el grifo y dejó que el agua corriera y que se llevara el jabón.

Daen Mae no había pasado por alto el leve movimiento de cejas de su hermana, ese que la delató y del que no dijo nada porque sabía que era mejor no preguntar. En vez de eso, se colocó a su lado, sin añadir más, y empezó a secar con un trapo los platos limpios que estaba dejando junto a la pila.

Se pasaron unos minutos sin decir nada, entretenidas con lo que tenían entre manos. Bean esperaba que la otra se cansase de aquello pronto y que volviera al salón para ver la tele, pero la conocía lo suficiente como para no sorprenderse cuando soltó un suspiro y la miró otra vez.

—¿Qué es exactamente lo que he dicho, Duck-Young? No lo entiendo.

—Nada.

—No, por favor, dímelo. ¿Es porque ha salido el tema de tu amiga? ¿No es la chica de la que siempre hablas con Taeyang?

Algo se revolvió dentro de Bean. Fue algo pequeño pero lo suficientemente fuerte como para que parara, y la miró con los ojos abiertos y sintiéndose de pronto muy muy expuesta. La expresión de Daen Mae era neutra y no pudo descifrar cuál había sido su intención con esa pregunta. ¿Enfadarla más? ¿Hacerle saber que Taeyang la había traicionado? Tragó saliva, nerviosa y preguntándose qué sabría su hermana exactamente, y cerró el grifo para centrarse en algo que no fuera estar dolida.

—Te... ¿te lo ha contado? —preguntó, débil.

La otra sacudió la cabeza.

—No. Pero os he oído hablar de ella. Le he preguntado y me ha dicho que es algo entre vosotros, que si lo quería saber me lo tendrías que contar tú. Y tiene razón, supongo, aunque me da pena que vayas antes a él que a mí.

La ola de alivio que bañó a Bean en ese momento podría haberla tirado al suelo. Tuvo que apoyar las manos en la pila, aunque al cabo de un par de segundos casi sonrió al mirarla de soslayo.

—Pero, Daen Mae... si yo nunca he ido a ti a contarte nada.

—Claro, pues a eso me refiero, también.

—¿A que no te cuento cosas?

—A que se las cuentas antes a mi marido.

—Porque tú te metes conmigo. Y no te hablaría de June, sinceramente.

Lo había pensado mil veces. June era algo sagrado y separado de su familia. Lo había compartido con Taeyang porque él no era igual que el resto, porque había llegado hacía poco, porque le recordaba a ella en muchos niveles y porque aún no tenía ese tipo de aura de estancamiento que sentía en los demás.

—Yo no me... —Daen Mae se calló ante la mirada de Bean y carraspeó—. Bueno, vale, sí, a lo mejor te vacilo un poco. Pero es porque tú y yo somos así, ¿no? Tú me chinchas y yo te respondo. Así funcionamos.

—Yo hace mucho que ya no hago eso. Lo de que «yo te chincho» dejó de pasar hace años.

Eso era algo que Daen Mae ya tenía que saber, y se sintió confusa al ver que no era así. Ella era la otra mitad de la relación que compartían, ¿no? ¿No tenía que ser consciente de eso? ¿Es que acaso era irrelevante hasta para relaciones de tú a tú?

—Bueno, pero no te respondería así si me hablaras de algo importante. Si lo de tu amiga que le cuentas a Taeyang es importante, yo podría...

—¿Te molesta que se lo cuente a él porque te da envidia? —interrumpió Bean, ya un poco irritada e incómoda por estar allí y seguir hablando de eso—. ¿Es eso? ¿Envidia?

—Pues sí, Duck-Young, me da envidia. —Su respuesta fue tan rápida, honesta y poco violenta que sacó a Bean un poco de su frustración, y lo siguiente lo oyó como más pausado, más suave—. Me da un poco de envidia, pero no es sólo eso. Es que... es que al pensarlo he caído en que tú y yo nunca hemos hablado así, ¿sabes? Y en que a lo mejor vas a hablar con él porque te hace falta alguien a quien contarle cosas.

—Lo dices como si Taeyang fuera una persona aleatoria que me haya encontrado por la calle...

—Ay, no, Duck-Young, pero si ya sabes lo que quiero decir.

—Es que él siempre me ha caído bien y, además, me escucha. Y también me llama Bean, cosa que tú nunca haces.

Cuando lo dijo pensó que nunca había sentido eso como algo pesado y grande, pero al oírlo en voz alta de su propia boca se dio cuenta de que era importante para ella y de que la frustraba a un nivel que aún no sabía controlar.

De hecho, le pareció que aquello las sorprendía a ambas.

Daen Mae apretó los labios un momento. Esperó, como si estuviera pensando en qué decir exactamente, y al cabo de unos segundos soltó el aire por la nariz.

—*Bean,* mira. Escucha. Esta soy yo intentando hacer un acercamiento. Quiero que las cosas estén bien. No quiero que... no sé, que el trato entre nosotras siga siendo tenso.

—No es tenso por mi parte, es tenso por la tuya. —Bean sentía las yemas de los dedos arrugados de tanto tenerlos bajo el agua. La pila de platos secos junto a su hermana le pareció bastante alta, así que sacó otro plato y reanudó la tarea para darle también algo que hacer—. No sé qué quieres que te diga, Daen Mae. Tampoco sé muy bien a qué viene exactamente esto...

—Te lo he dicho, me da pena... me da pena que parezca que no tengas con quién hablar.

—Pero es que *sí tengo con quién hablar.*

—Vale, pero podrías contarme las cosas a mí, ¿comprendes? Lo que quiera que te pase con esa chica...

—Ya te he dicho que no quiero hablar de ella contigo.

—¡Ya, pero *¿por qué?!*

Cogió aire por la nariz despacio. Estaba poniéndose nerviosa.

—Porque no, Daen Mae.

—Soy tu hermana, creo que, casi con seguridad, lo que te haya podido pasar yo ya lo he vivido y podría...

—Le hablo a Taeyang de que June me gusta. No como amiga. Como algo más. Eso es de lo que hablo con él, ¿vale?

Le lanzó una mirada y luchó por mantenerla hasta que, de repente, se dio cuenta de lo que acababa de decir.

El corazón empezó a irle rápido y se arrepintió al instante.

Aquello era algo que nunca había sentido como malo, pero se le ocurrió que, en ese momento, en medio de la y con las manos arrugadas, de repente podía serlo. Nunca había pretendido esconderlo más que el resto de cosas que formaban parte de su personalidad, pero pensó que, para otra gente, sí que podía ser malo, y que tal vez Daen Mae fuera de esas personas. O bueno, no, no lo sabía. La verdad es que nunca había oído de ella ningún comentario homófobo, pero tampoco favor de los homosexuales, y era consciente de que incluso en 2017 era algo con lo que había que ser precavido.

El hecho de que no respondiera ahora tampoco ayudaba demasiado. A saber por dónde estaban yendo sus pensamientos. Sentía el pulso en todo el cuerpo, fuerte como si tuviera en las venas un montón de tambores, y aun así consiguió no apartar la vista porque no podía perder, no podía perder en aquello.

Cuando su hermana abrió los labios, pensó que le daría un infarto.

—Pues creo que yo podría aconsejarte sobre otras chicas mejor que él, pero bueno.

Le pareció que le pitaban los oídos.

—¿Qué?

Daen Mae siempre ganaba. Daen Mae siempre conseguía dar una respuesta que era la mejor que se podía dar, una correcta y que parecía preparada. ¿Por qué? ¿Por qué era así? ¿Y por qué no era Bean un poco más como ella, por qué no podía predecirla?

—Taeyang es una persona absolutamente nula para las relaciones sociales. O bueno, no *absolutamente*, pero ya lo conoces, es muchísimo más... callado. ¿Por qué te crees que tuve que pedirle matrimonio yo? —Volviendo a los platos, como si la conversación no fuera para tanto, Daen Mae se encogió un poco de hombros y empezó a secar—: No sabía que vuestras conversaciones fueran de eso, pero vamos, que yo tengo muchísimas más amigas que él y en general creo que conozco mejor al género femenino.

—¿C... cómo?

—Supongo que él tendrá buena intención, pero vaya... —Al alzar la vista, sabiendo que había conseguido una victoria, Daen Mae dobló los labios hacia arriba y arqueó sólo una ceja—. ¿Qué?

—¿Te estás riendo de mí?

—¿Qué?

—Si te estás riendo de mí por este tema, Daen Mae, te aviso de que me está sentando muy mal.

Su hermana cambió su expresión satisfecha por una un poco ofendida, como si para nada se hubiera esperado eso.

—¿Qué? No estaba intentando reírme de ti, voy en serio. Quería... Supongo que es culpa mía por no saber hablar contigo, pero intentaba ser casual para que no te sintieras incómoda. Parece que no lo he conseguido.

—Claro que no, porque ahora me siento incomodísima.

Daen Mae soltó una risa.

—No era mi intención. Te lo juro. Sólo quería que supieras que conmigo puedes... No sé.

—Hablar —completó la hermana pequeña.

293

—Sí. Si lo necesitas. Aunque, bueno, si prefieres hacerlo con Taeyang haré un esfuerzo para aguantarme.

Bean no pudo evitar una sonrisa.

—Ya veremos si puedes, pero... bueno, te lo agradezco. —Al ver que la mayor se apartaba de la encimera, dejando el trapo a un lado y llevándose las manos a la enorme tripa, la chica alzó una ceja—. ¿Qué pasa, te vas ya?

—Sí, ¿no? Esta conversación ya ha acabado y me he quedado muy satisfecha.

A Duck Bean se le escapó una risa. *Al menos una de las dos lo está*, pensó, sacudiendo la cabeza, y observó cómo su hermana salía de allí sintiendo mucho más ligero el corazón.

27; FEBE

< one_of_those_crazy_girls - paramore.mp3 >

AGOSTO

June plantó ambas manos en la mesa donde estaban sentados e hizo que todos los vasos se movieran un poco, como en las películas.

—¡Lo tengo! —exclamó, y su sonrisa era tan grande que apenas le cabía en la cara.

—¿Lo tienes?

Sin dejar de sonreír, se sacó la mochila de la espalda y empezó a abrirla antes incluso de haberse deslizado junto a Lee en el banco del Chili's. Él se apartó un poco, dejándole hueco. La chica brillaba con una energía que parecía casi extraterrestre, sacada de otro mundo, y sus amigos se emocionaron pensando que, tal vez, sólo tal vez, ese brillo era porque realmente ese «lo tengo» se refería a algo importante.

Así que tres pares de ojos la siguieron, atentos, mientras ella recuperaba los últimos papeles que había impreso y los dejaba delante de ellos, sobre la mesa.

—Ya sé adónde ir.

Lo que les mostraba con tanta determinación eran... mapas de Florida.

—He acabado de recopilar y resumir toda la información que me habéis dado en el último mes y medio. Esto... esto es todo lo que hay, o lo que tenemos. Me he molestado en marcar por colores las localizaciones de Martin por fecha y por número de aparición, y he dejado de lado las cosas que encontramos de hace más de diez años porque... bueno, porque no me parecen muy relevantes. Y porque creo que ahora mismo no nos sirven de nada. Estas son las que coincidían cien por cien con los rasgos que muestra siempre, por cierto —aclaró, señalando el primer mapa, y después sacó otro de más abajo—, pero luego he hecho otro de los avistamientos con los que teníamos en duda. Esos son los morados. Aunque tal vez sea mejor no mirarlos, para no hacernos un lío... Siento haberlo hecho con subrayadores de clase, se ve regular, pero es que no encontré mis rotuladores por ninguna parte.

Adam, Bean y Lee cogieron cada uno un mapa y los examinaron de cerca.

—Parece que antes se dejaba ver más por la costa, ¿verdad? Ahora se está alejando, pero viene menos.

—Y va muchísimo por Tampa, según este color.

—Hay que ver los dos mapas juntos. Si los veis por separado, puede llevar a errores. —June hizo que Adam y Bean apoyaran los folios sobre la mesa y se dedicó a señalarlos a la vez—: Sin contar Tampa, Miami y Sarasota, que por ahí sí que ha pasado en varias ocasiones, todas las apariciones de la costa fueron individuales. Es decir, fue visto una vez en cada punto de estos, así que aunque sean muchas apariciones da igual, porque no se pueden predecir. Por otro lado, si miráis el mapa de tiempo da la sensación de que no ha venido mucho en los últimos años, pero en realidad las veces que ha aparecido por Orlando, Moore Haven y Gainesville han sido muchas.

—¿Y cómo de seguidas? Porque según esto parece que por nuestra zona ha aparecido más de cinco veces —dijo Bean, señalando a la vez el punto verde y la parte de la leyenda donde ponía que ese color quería decir eso—, pero en el del tiempo dice que ha sido en el último año, lo que no indica mucho...

—Tengo la lista, espera. —June rebuscó entre el resto de papeles sobre la mesa y puso uno encima—. Mira. Por los condados de Orange y Lake ha aparecido aproximadamente una vez cada mes o mes y medio, en los últimos catorce meses.

Ese mapa estaba mucho más reducido y tenía tantos colores que parecía un árbol de navidad. A un lado, escrita con una letra negra fina, había una lista de localizaciones y números.

—Hasta has apuntado las fechas y todo —murmuró Adam, mirándolo de cerca—. Guau.

—Ya. Para estar seguros. Al principio iba a imprimir sólo la lista, pero me pareció que así se vería más claro...

—Qué currazo —dijo Lee, y June alzó la vista hacia él y sacudió la cabeza.

—Gracias, pero eso no es lo importante. ¿Ya os habéis dado cuenta, u os lo digo?

—¿Que si nos hemos dado cuenta?

—¿Cuenta de qué?

Y, mientras Lee y Bean intentaban descubrir a qué se había referido June con eso, de los labios de Adam salió una palabra clarísima:

—Agua.

La pelirroja sonrió tanto que se le cambiaron todas las pecas de sitio.

—Eso es.

La sonrisa en la cara del chico era más que genuina.

—Mirad los mapas —dijo Adam, volviéndose hacia los otros dos, señalando los puntos clave tanto del mapa grande como del reducido—. ¡Le gusta el agua! Siempre está en sitios donde hay lagos, mirad. Aquí, aquí y aquí. A Martin le gusta el agua...

—Así que tenemos que esperar a que aparezca donde haya mucha. Y ahora mismo, lo que nos queda más cerca es...

—El lago Apopka —terminó Bean, abriendo los ojos y luego sonriendo—. No queda muy lejos de aquí, ¿no?

—Como a media hora en coche —respondió Adam—. Depende de a qué parte del lago vayamos, porque es grande, pero si pasamos por estos puntos de aquí...

—Ha pasado por aquí muchas veces —dijo ella, comprobando el mapa—. Tanto por Zellwood como por Montverde y Ferndale. Son puntas opuestas del lago, ¿tenemos que escoger una?

—Las últimas han sido aquí —señaló June, moviendo el dedo sobre la mesa—. Ha pasado por aquí varias veces este año, así que creo que Ferndale es el sitio. O, bueno, los alrededores. Al parecer hay un par de rutas para hacer senderismo por el monte Sugarloaf, que es esto de aquí, así que creo que tiene el doble de puntos porque siempre he sospechado que le gustaban los sitios altos.

—Entonces ya está, ¿no? Ya sabemos adónde ir, ahora sólo necesitamos el cuándo.

June miró a Lee y luego sonrió.

—Que te crees que no he pensado también en eso. El «cuándo» es el 13 de agosto, claramente.

—¿Claramente? —preguntó Adam, enarcando una ceja.

—Es el día de las perseidas. No sé por qué, pero cuando miré el calendario y vi que era en diez días... no sé, tuve una corazonada.

Si las perseidas eran a mediados de mes y quedaba tan poco para que llegaran, eso quería decir que el final del verano estaba a la vuelta de la esquina y, con él, su marcha. June lo sabía. No era como si hubiera sido capaz de dejar de pensar en ello en general (en la meta, en que estaba cogiéndoles demasiado cariño y en que, según pasaban los días, despedirse de ellos sería más y más duro), pero intentaba centrarse en la parte de cumplir la misión antes que en lo otro. Así era más fácil, creía, y así al menos el disgusto de tener que irse quedaría compensado por la satisfacción de haber conseguido lo otro.

La mente de sus amigos parecía estar corriendo por caminos parecidos, porque se quedaron callados hasta que Lee, con su energía de siempre, alzó la cabeza y sonrió:

—Entonces tenemos que ponernos a ello, ¿verdad? ¿Cuál es el plan? Porque seguro que tienes un plan, peque, que te conozco.

Y June era mayor que Lee, pero igualmente le encantaba que la llamara «peque» y se llenó como un globo cuando dijo eso.

—Hombre, pues claro que lo tengo.

La siguiente media hora consistió en la planificación necesaria para llegar allí, encontrar un sitio adecuado donde estar y esperar a Martin. Los relojes se pusieron en marcha de golpe: no había tiempo que perder ni margen para meter la pata, porque, cuando encontraran al alien, apenas quedarían quince días para terminar el verano y despedirse. June sabía que, una vez lo hiciera, probablemente no volvería a ver a sus amigos. Sus caminos iban a separarse. Había intentado preguntar qué harían cuando el verano acabase, para saber cuánto de verdad había en aquello (cuánto se separarían en realidad, qué probabilidad tenían de permanecer juntos o, al menos, de encontrarse en el futuro), pero las respuestas habían sido vagas y le daba un poco de miedo presionar o tocar botones inadecuados, porque no sabía si tenía la confianza necesaria con ninguno como para presionar.

Ni siquiera con Duck Bean. Aunque se hubieran conocido como lo hicieron, aquel era un tema que intentaban no tocar incluso sabiendo que mencionarlo era inevitable. «Si no fuera tonta nunca te habría conocido —le había dicho Bean una vez de manera injusta, sonriendo de esa forma tan rota que sólo le mostraba cuando estaban solas y ella se volvía vulnerable—, así que por una parte me alegro de serlo, pero por otra sé que llevas un ritmo que no voy a poder seguir.»

Esa había sido la única vez que se habían atrevido a mencionar septiembre en lo que llevaban de verano. Estaban junto a la tintorería de los padres de Duck Bean, alargando el tiempo antes de que June tuviera que marcharse, y habían movido las bicis hasta un callejón que quedaba entre dos establecimientos para estar a la sombra. Al principio sólo se quedaron allí, apretadas y en silencio, y entonces fue cuando Bean lo soltó. Y fue rápido, repentino y genuino, como siempre que decía una de esas cosas que le crecían por dentro, como sólo sabía hacer ella.

—No eres tonta —respondió, nerviosa, sin saber qué más decir, sin atreverse a decir más porque temía que, si lo hacía, el equilibrio de todo se desmoronara—. Nunca has sido tonta, Bean, y siento... siento haber escogido...

—No has escogido nada —la cortó Bean, sonriendo un poco triste; alzó una mano y le rozó la cara de una manera que June no se habría atrevido a imitar—. No te preocupes. No quería que te sintieras mal, sólo quería... No sé. Decir que estoy triste porque te vayas, eso es todo. Decirlo en alto.

—Ya no me quiero ir —confesó, y soltarlo fue como dejar escapar el aire contenido pero, a la vez, como volver a aquel fantasma completamente real. Ya no desaparecería, y no lo haría por su culpa—. Quiero quedarme contigo aquí, pero ahora es demasiado...

Bean asintió, aún rozándole la mejilla con el pulgar.

—No te preocupes. Hey, sonríe. Vas a ser genial, vas a hacer que lo sea. Y yo voy a seguir aquí para cuando vuelvas, ¿vale? Pero ahora aprovechemos lo que nos queda, que no hemos acabado. Busquemos a Martin.

Y a June le habría gustado decirle en ese momento que la quería, pero se acobardó, asintió, y le prometió que trabajaría duro.

Ahora tenía todos esos mapas delante y le pareció que con cada uno intentaba poner más distancia entre ella y la realidad, pero no tenía tiempo para pensar en eso ni en cómo había algo que le tiraba el pecho ni en cómo aún sentía la mano de Bean en su cara cada vez que la veía al otro lado de la mesa. No. Tenía que trabajar, porque estaba más cerca de Martin que nunca, y una vez que lo encontrara él la ayudaría y por fin podría solucionarlo.

—¿Sabéis qué le vais a pedir?

Los otros tres alzaron la vista y la clavaron en ella, sorprendidos.

—¿Pedir? —preguntó Adam.

—¿Se le puede... pedir algo? —siguió Lee, arqueando una ceja—. ¿Como si fuera un genio de la lámpara?

June sintió que se sonrojaba.

—No, o sea, no es que sea un genio pero...

—Ya nos lo contó —cortó Bean, saliendo a rescatarla—, ¿no lo recordáis? Quería darle las gracias porque Martin la ayudó. Hizo que se le asentaran las cosas. Así que ahora tal vez pueda hacer que se asienten las nuestras.

Se volvió hacia ella con los ojos grandes y dejó que la bañara la sensación que le producía saber que Bean siempre la escuchaba. Luego, intentando contener una sonrisa un poco tonta, miró a los otros de nuevo y sonrió.

—Sí. O sea, me refería a si hay algo que queráis que... no sé, que Martin resuelva. Si hay algo con lo que queráis que os ayude. Si se lo vais a pedir.

Su voz seguía sonando algo tímida y pequeña, pero intentó no avergonzarse por haber hecho esa pregunta. Era importante para ella, así que les mantuvo la mirada y observó cómo dudaban, como si no quisieran reconocer que sabían qué pedirían, hasta que vio a Lee encogerse de hombros de esa forma que sabía que significaba que iba a ceder.

—Bueno, a mí me gustaría que me dijera si va a salir bien. Si es buena idea haber decidido... bueno. —Carraspeó, incómodo, y desvió la vista—. Si no voy a cagarla.

—¿Qué has decidido, Jones? —preguntó Duck Bean, que siempre era la más valiente.

—Bueno, he decidido emplear el año que viene en no hacer nada. O, más que nada, en hacer *de todo*. Pero no voy a ir a la universidad, porque nunca he pensado que eso fuera mucho conmigo, y quiero... bueno. Probar otras cosas. Lo que sea. Pero irme y averiguarlo. El mundo es muy grande. Quiero explorar.

Los ojos de Bean estaban brillantes y la boca de Adam, abierta. Al mirar al chico rubio, June pensó que parecía tan fascinado como asustado, de repente.

—¿Desde cuándo...? —empezó a preguntar, pero no le hizo falta acabar la frase porque, sólo con eso, ellos dos se entendían.

El chico se encogió de hombros.

—Creo que lo sé desde hace bastante. Quiero decir, eché solicitudes como todo el mundo y eso, pero al final... No sé, no confirmé ninguna uni. Porque nunca me he imaginado yendo. ¿Tiene sentido? —Bean asintió, ensimismada, y Lee le dedicó una sonrisa agradecida antes de volver a él—. Creo que aún estaba haciéndome a la idea de que no voy a hacer lo mismo que todo el mundo, por eso no lo había dicho. También creo que, aunque por dentro lo siento como correcto, me da bastante miedo estar cagándola. Así que sí, si Martin me deja, eso es lo que me gustaría pedirle: que me diga si va a salir bien.

—No necesitas que Martin te lo diga, saldrá bien —dijo Adam, seguro como no había estado de nada—. Además, ¿qué va a saber él? Viene del espacio, ni siquiera sabe que las ballenas no viven en el cielo. Vente a Maine, mejor. Puedes empezar por ahí, si quieres.

Cuando Lee sonrió un poco, June habría jurado que su rostro se iluminaba aunque intentara parecer indiferente.

—Puede que lo haga —respondió, y luego cruzó los brazos y los apoyó sobre la mesa.

—Yo entiendo lo que quieres decir —intervino Bean entonces, tensa, mirando a Lee y abriendo y cerrando las manos—. Entiendo la necesidad de salir a ver qué más hay, de... alejarme de aquí y de esto.

—¿Lo dices por la tintorería?

—Lo digo porque a veces me siento como si caminase sobre un montón de condiciones. Como si lo hubiera hecho siempre pero nunca hubiera cumplido mi parte, así que ahora arrastro... deudas.

June frunció el ceño, confusa, y movió los dedos sobre la mesa para cogerle la mano. Bean no reaccionó, sólo se quedó mirándola y luego soltó un suspiro.

Cuando siguió, pareció que estaba soltando lastre:

—Me gusta la tintorería. No lo he dicho nunca en voz alta, pero me gusta porque es el negocio de mis padres, porque ellos están orgullosos de lo que hacen y porque yo estoy orgullosa de ellos. De su trabajo, de la clientela que mantienen, de verlos motivados aunque lleven ya casi treinta años con lo mismo. Es muchísimo tiempo, y me encanta que sigan, pero... Pero la tintorería no tiene que ver conmigo, ¿sabéis? Me siento desconectada, y si me quedo parecerá que estoy tomando prestado algo que no me pertenece. Y no quiero. No tengo ni idea de nada, pero quiero encontrar algo que sea mío y que pueda empezar y mantener yo. Quiero... no sé, tener la oportunidad de empezar de cero, aunque sé que en Pine Hills no voy a encontrarla.

—Entonces tú puedes pedirle eso —dijo Lee—, una estrella. Que te guíe. Que te diga cuál es el camino que tienes que seguir, o que te marque una X en un mapa como punto de partida.

El chico dio un par de toquecitos en el folio que tenía delante y Duck Bean sonrió.

—Sí, y a lo mejor acabamos yéndonos los dos juntos, ¿no, Jones?

—Anda, DB, que sé que te encantaría —bromeó él, y ella soltó una carcajada—. De todas formas, podemos pensar juntos. O usar esa neurona que tenemos compartida para ver qué se nos ocurre.

—Me parece bien.

Y entonces, Adam dijo algo como haciéndose el duro y consiguió que en el pecho de June saltasen unos puntos de puro egoísmo:

—Pues ¿sabéis qué? A lo mejor es malgastar mi deseo y estoy dejándome llevar demasiado por la emoción del momento, pero si yo pidiera algo sería que a vosotros os saliera eso bien, porque me da que vais a necesitar toda la suerte que podáis conseguir.

Porque, mientras los otros dos se burlaban y empezaban a contestarle, cambiando el tono de la conversación a un «Aww, Adam, pero qué cursi», June dejó que la mano de Bean se deslizara de la suya y se encogió todo lo posible en el asiento, cerrándose a la idea de compartir su oportunidad de solucionar algo que cada vez le parecía más difícil y que, ahora mismo, era lo único que la permitía seguir.

28; DESDÉMONA

<interlude_iii – alt_j.mp3>

AGOSTO

El estruendo lo despertó de golpe y Lee se sentó en la cama tan rápido que la cabeza le dio un par de vueltas antes de que pudiera abrir los ojos y mirar. Debía de haber estado soñando dentro de su sueño, porque ante él, junto a su cama, el ciervo había vuelto y parecía nervioso.

Seguía sin entender cómo podía un ciervo parecer nervioso si era un ciervo y tenía los ojos blancos, pero de alguna forma ni se molestó en cuestionarlo, sólo lo miró.

—¿Martin? —preguntó, aturdido. Se frotó los ojos, que aún sentía cansados. El animal no podía acercarse más porque el techo estaba abuhardillado, y desde donde estaba quedaba un poco en penumbra—. ¿Qué haces aquí?

—**Vuestros cálculos** —dijo él, y aquella voz que no salía de su boca vino de todas partes y llenó por completo la habitación—. **No son incorrectos, pero no estáis listos. Estáis corriendo. Vais a cometer errores.**

—¿De qué hablas?

Martin volvió la cabeza hacia la ventana, que estaba empezando a dejar pasar los primeros rayos de sol, y le pareció que chasqueaba la lengua.

—**No estáis listos** —repitió, y luego lo miró de nuevo—. **Tengo que marcharme. Pero atento, Lee Jones. Cuida de ellos.**

—¿Cuidarlos? ¿Por qué?

—**Porque es lo que sabes hacer y lo que quieres. Y ellos aún flotan. Cuídalos.**

Y así, tan pronto como había aparecido, el ciervo se dio la vuelta y, deformándose para poder pasar por la puerta, se encogió. Su cornamenta a medias rozó el marco de la puerta, pero eso no impidió que se marchase y, desde la cama y envuelto aún en las palabras de Martin, Lee oyó cómo sus patas torcidas bajaban las escaleras y, después, salía.

Ya estaba amaneciendo, pero Lee cerró los ojos, cansado y confundido, y se volvió a dormir.

A la mañana siguiente, cuando su madre lo llamó para que desayunara con ella, Lee se detuvo junto al marco de la puerta y se quedó unos segundos observando un arañazo que sabía casi seguro que no estaba allí la noche anterior.

29; METIS

< uranus_instrumental - sleeping_at_last.mp3 >

AGOSTO

Era 13 de agosto por la tarde. Era el día. El camino que subía hasta el monte Sugarloaf era largo y cuesta arriba, rodeado de pinos verdes y altos que le daban al lugar aspecto de postal, y el Chevrolet rojo de Adam los llevó hasta un trozo de tierra a un par de kilómetros de la cima donde pudieron aparcar tranquilamente. A partir de ahí, decía un cartel, sólo se permitía el paso a vehículos autorizados o residentes. Habría sido una tontería negar que a todos les temblaban un poco las piernas cuando bajaron, pero ninguno habló de ello; prefirieron centrarse en un enorme mapa de Ferndale, del lago y del parque, y lo miraron hasta que casi sintieron que sabían lo que tenían que hacer.

O bueno, hasta que se esforzaron en creérselo, porque ninguno estaba seguro de nada.

—Deberíamos tomar una de las rutas para excursionistas —murmuró Adam, siguiendo con el dedo el camino rojo que indicaba el cartel.

—Yo creo que podremos apañarnos con las mochilas sin problema —respondió Lee, y luego comentó cosas sobre el camino que tenían que tomar y sobre buscar un sitio desde donde se viera el lago.

June, que lo miraba todo con ojos grandes, sonrió al sentir que su mejor amiga se colocaba a su lado.

—Es una preciosidad, ¿no crees?

—La verdad es que sí —respondió Bean, con la vista en ella, y cuando June se giró sólo se preocupó de dedicarle media sonrisa.

Había algo extraño en que por fin estuvieran allí, después de tanto tiempo, y en que siguieran juntos.

Para llegar al lugar en el que acamparían tenían que cruzar parte de una granja de vallas altas puestas precisamente para que nadie la atravesara de camino a la cima. Hicieron el esfuerzo de esquivarla por consideración y, en parte, para no meterse en problemas. Lee y Bean acabaron caminando delante, charlando en voz baja y, de vez en cuando, dando pequeñas carreras, y Adam y la pelirroja se quedaron más atrás por no tener las piernas tan largas ni ganas de sudar. Parecía que a June le brillaran los ojos, pero había una inquietud en ellos que hizo que Adam no pudiera controlarse y, dándole un golpecito suave con el hombro, llamara su atención.

—Hey, ¿te pasa algo?

Ella le dedicó una sonrisa pequeña, contenida, y sacudió la cabeza.

—No, no sé. Estoy un poquito nerviosa, creo.

—¿Nerviosa?

—Sí, porque por fin vamos a ver a Martin y... es muy importante para mí. Necesito que salga bien, ¿sabes?

Sí, claro que lo sabía. En el fondo, aunque intentara no pensarlo, Adam no podía dejar de pensar que él también necesitaba que saliera bien aquello. Que funcionase. June y él eran los únicos que no habían explicado qué esperaban del encuentro cuando había salido el tema, pero de alguna forma sabía que, igual que Lee y Bean habían encontrado cosas comunes en sus anhelos, ellos también lo hacían. Algo especial había pasado en los dos meses que llevaban con aquella tontería, que ya apenas lo era, y no se imaginaba que esa noche *no fuera a pasar algo.* ¿Era acaso una posibilidad? Adam lo dudaba. Así que le sonrió, simpático, pensando en cómo actuaría si quien tuviera delante fuera Lee, y volvió a darle un pequeño toque en el brazo.

—Y saldrá bien. Ya verás. Por eso estamos aquí, porque confiamos en que funcione.

—Pues los del foro no tenían ni un poquito de fe en mí, así que te agradezco que lo digas.

—¿Los del foro?

Ella asintió una vez, mordiéndose el labio, y soltó un suspiro.

—Bueno, los de *uno* de mis foros. De los que miramos para buscar la info, ¿sabes? Hace poco... Bueno, fui tonta, ¿vale? Pero hace poco escribí un *post* entero sobre mi teoría y Martin y eso. No tuve muy en cuenta que la mayoría de gente que se mueve por ahí son señores de más de treinta que no tienen otra cosa que hacer aparte de ser quisquillosos, y... Bueno, no sé qué me esperaba, pero tenía que haber sabido que se pondrían pesados porque es casi lo único que hacen los hombres por internet.

—Eh —protestó Adam, aunque aquello le había hecho gracia.

—¿He dicho una mentira?

Se rio, sacudiendo la cabeza.

—No, pero bueno, si necesitas a alguien que aparezca y deje por los suelos a un montón de *trolls,* ya sabes.

La risa que soltó June por la nariz no iba con ninguna maldad, porque ella no sabía reírse de la gente, pero aun así a él le ofendió lo suficiente como para volverse hacia ella.

—¿De qué te ríes?

—Lo siento, lo siento, es que... ¿acabas de hacerte el duro?

Agradeció que la luz se estuviera yendo y que June no pudiera ver bien el rojo que ahora cubría sus mejillas.

—Eh... No, lo decía por...

—Es que no te pega nada. O sea, te lo agradezco, y me ha parecido muy cuqui, pero...

Aunque le diera vergüenza haberse esforzado y que ella lo hubiera pillado enseguida, al menos sus palabras compensaron un poco la exposición. Tragando saliva, nervioso, miró un momento hacia un lado e intentó seguir aquello como si fuera una broma.

—Bueno, entonces eso sólo significa que tengo que seguir trabajando en mi faceta de chico malo. La perfección se consigue con la práctica, ¿no?, y al final eso es lo que os gusta a las chicas.

—¿El qué nos gusta?

—Los chicos malos. Bueno, o los *tíos duros,* más bien.

June volvió a reírse, esta vez más que antes, y lo miró entre las pestañas.

—Qué tontería, a nosotras no nos gustan los...

Su expresión cambió de golpe. Se puso un poco seria, con el ceño fruncido y lleno de confusión, y la sonrisa de Adam cayó al verla.

—¿Qué pasa?

June tardó aún un par de segundos en contestar.

—Eso que has dicho... —Su voz era un poco más baja que antes y pestañeó un par de veces, confundida—. Es que... Te va a parecer muy raro, pero es que creo que acabo de caer en una cosa.

—¿En qué?

—Pues... —June apretó los labios, tal vez intentando controlar una sonrisa, y miró de forma nerviosa hacia delante antes de volver a fijarse en él—. Pues que... ¿a lo mejor a mí no me van los chicos duros?

El tono de pregunta en su voz le resultó muy raro.

—¿Ah, no?

—No. Me parece... me parece que como máximo me podrían ir las *chicas* duras.

El silencio cayó entre ellos, fuerte y pesado y repentino, y los labios de June se estiraron a medida que entendía que lo que había dicho era cierto.

Pero de la boca de Adam sólo pudo salir un:

—¿Qué?

Ahora la sonrisa de la chica se volvió incontenible.

—Guau, creo que nunca me había parado a pensar en eso, pero... sí, ¡sí! Eso tendría... tanto sentido... —Se llevó las manos a la cara, como para palpársela, y Adam observó cómo de repente la pelirroja no parecía caber en sí misma, como un fuego artificial, como si ella misma fuera un alien transformándose—. Qué fuerte. Las chicas. Claro que me gustan... claro que me gustan, eso tendría todo el sentido del mundo, ¿no?

—¿Lo tiene?

—Sí, claro. Claro, porque eso explicaría por qué... eh... Sí que lo tiene —repitió, como queriendo guardarse algo—. *Las chicas.* Guau. ¿Tiene sentido? ¿Por eso creía que no me interesaba mucho nadie, porque me he dado cuenta ahora?

Bueno, tal vez, pensó Adam, mirando hacia delante y fijándose en las espaldas de Bean y Lee, que no se perdían por poco. Se sentía un poco raro, casi decepcionado. Definitivamente, lo que menos se esperaba de su mayor intento de flirteo con June era que ella se diera cuenta de que era lesbiana. ¿Para qué abría la boca? ¿Y eso dónde lo dejaba a él?

¿Y por qué, en realidad y en el fondo, tenía que aferrarse a ese sentimiento para que la confesión de June le importara más de lo que lo hacía?

No quería pensar en ello, así que lo único que pudo decir, dentro de lo confuso que estaba, sonó muy poco entusiasmado:

—Qué fuerte.

June le sonrió de nuevo y sus dientes parecieron incluso más blancos por la oscuridad que se levantaba.

—No sé si era tu intención que pasara esto justo ahora, pero... ¿Gracias?

No, claramente no era su intención, pero asintió porque no iba a decírselo. Su sonrisa era tirante y pequeña. Era raro haber llegado de repente allí, que esa hubiera sido la conclusión a su charla, y tenía el interior revuelto como si en un instante el mundo hubiera dado un giro de trescientos sesenta grados y, aunque él estuviera aún en la misma posición, se hubiera mareado igualmente.

Para Adam, todo lo que decía June era limpio y simple, simple en el sentido de que nunca requería más explicaciones que las que daba porque June no daba rodeos y no mentía. Por eso le había gustado siempre hablar con ella y por eso pensaba que las cosas que decía habían conseguido remover algo en el interior de todos ellos. Ahora, sin embargo, eso significaba que no había mucho más que decir, y era raro porque dejaba a Adam con las manos vacías y sin cuerdas nuevas a las que agarrarse.

¿Cuánto llevaba pensando en June y poniéndose nervioso cada vez que se cruzaban y ella no le lanzaba ni un mínimo vistazo? ¿Adónde habían ido tan rápido todos esos sentimientos a los que se había aferrado con uñas y dientes? ¿Para qué le habían servido?

¿Por qué ahora le daba igual?.

—La verdad es que no lo era, pero está bien que lo hayas dicho —murmuró Adam, y un peso enorme se le quitó de encima, aunque no entendió bien su origen—. Si te ha servido, bueno, pues me alegro.

—Creo que sí me ha servido, sí.

—Pues entonces ya está —sonrió él, y le puso una mano en el hombro de forma amistosa—. ¿Y ahora qué vas a hacer?

—No sé, ¿tengo que hacer algo? —June ladeó la cabeza un poco, mirando a Adam con una sonrisa divertida, y alzó una ceja—. Es que no lo sé, no he sido gay antes.

Adam soltó una risa.

—No, me refería a... que si hay alguien que te guste o...

—¡Hey, chicos! —gritó Bean desde donde estaban esperándolos, bastantes metros más adelante—. ¡Hemos encontrado un claro donde podemos acampar, daos prisa!

June estiró la boca, abriéndola en una sonrisa impresionante, y luego cogió a Adam de la mano y se puso a correr hacia allá.

El color rosa había desaparecido casi del todo cuando se instalaron. Sólo quedaba alguna nube clara en el cielo y la sensación de que el mundo estaba en llamas, pero la temperatura había bajado lo suficiente como para que fuera agradable salir de entre los árboles. Encontraron el sitio perfecto donde dejar las mochilas y descansar, así que se colocaron lo más cerca del borde que pudieron, aunque desde allí no se viera del todo el lago Apopka, y empezaron a sacar cosas. Comida, mantas, un par de cojines hinchables que Lee había llevado y por los que se ganó más alabanzas de las que merecía, la cámara de fotos del padre de June que «por favor, por favor, tened cuidado, que no sabe que se la he cogido prestada»... Aquello no tardó mucho en parecer una pijamada bajo las estrellas, y esperaron a que estas se encendieran poco a poco mientras se acomodaban y se preparaban para lo que tuviera que llegar.

Todo estaba tranquilo. Estaban bien porque estaban los cuatro. El aire olía diferente allá arriba y parecía más natural estar allí que en cualquier otra parte del planeta. A todos les pareció, aunque de forma individual, que así eran las cosas entre ellos siempre: fáciles, cómodas y rodadas, al menos si permanecían juntos.

June se abrazó las piernas y soltó un suspiro. A su lado, Bean le pasó un brazo por encima y apoyó la cabeza sobre ella. Notaba a su amiga preocupada por algo y, cuando le preguntó en voz baja qué le pasaba, el suelo bajo sus pies se removió.

—¿Crees que nos encontrará aquí?

Los otros también miraron. El cielo estaba lila ahora, como intentando proyectar la poca luz que le quedaba antes de apagarse del todo, y las estrellas aparecían gradualmente como en una cuenta atrás a la visita de Martin. Adam desvió la vista hacia arriba, preguntándose lo mismo, y Lee se arrastró un poco más cerca de todos para que se notara la sonrisa en su voz.

—Claro que nos encontrará, ¿por qué no iba a hacerlo?

—Yo creo que sería un poco difícil pasarnos por alto —murmuró Bean, frotándole un poco el brazo.

—Nos verá —aseguró Adam, y la miró porque, si lo decía con esa voz, no había posibilidad de que June dudara—. Nos verá porque hemos quedado aquí con él y tiene que venir a por nosotros.

Pasaron la velada jugando. El círculo que habían formado parecía cualquier cosa antes que una misión de recibimiento, pero se preguntaron si tal vez Martin se alegraría de encontrarse con ellos así, relajados, con cartas en las manos y soltando bromas. Al menos a ellos les estaba encantando. El tiempo corría y no querían mirar relojes, pero el cansancio empezó a pesarles y, al cabo de unas horas, poco a poco fueron cayendo, tapándose con las mantas y murmurando, entre bostezos, «Avisad cuando llegue».

Lee se dejó caer al lado de Adam, que había empezado a hacer sudokus en el móvil, y le ofreció un poco de la chocolatina que estaba masticando.

—No, gracias —respondió el rubio, lanzándole un vistazo breve—. No deberías comer tumbado, te vas a atragantar.

—Bueno, si me atraganto luego me haces el boca a boca.

—Que te lo has creído.

Lee rio y se recolocó un poco más cerca, haciendo que sus brazos se tocaran y que, por primera vez en toda la tarde, a Adam se le tensara todo el cuerpo.

Lo que había pasado mientras subían la montaña volvió a él de golpe: «¡Las chicas!», había gritado June, emocionada, tan contenta que no podía dejar de sonreír. «Eso tendría todo el sentido del mundo», le había dicho, feliz como si hubiera descubierto los secretos del universo.

Había intentado distraerse un rato con los sudokus, pero lo cierto era que aún seguía pensando en ello. ¿Era normal darse cuenta así de las cosas? ¿Era normal que Adam no pudiera dejar de darle vueltas y que aún no consiguiera sentirse enfadado?

La chica que te gusta te da calabazas así y ni te inmutas, decía una voz en su cabeza, casi pidiéndole explicaciones. *¿Eso es normal? ¿Acaso encaja en algún sitio?* Y la respuesta era no, claro, pero ¿qué le iba a hacer? ¿Luchar contra ello? Ni servía para nada ni quería, porque... no quería. ¿Pero por qué, si había estado persiguiéndola hasta allí? ¿Qué había cambiado?

¿Y por qué el brazo de Lee le daba un calor tan agradable?

Hablar de eso con June debía de haberle revuelto la cabeza. Ella había sonreído mucho, pero las cosas que estaba pensando Adam ahora no le daban ninguna gana de sonreír.

—¿Crees que vendrá? —se encontró preguntando, sin querer volver la cabeza para mirarlo y fijándose mejor en las estrellas.

Podía oír a Bean y a June roncar a unos metros, dormidas con la cabeza apuntando en direcciones opuestas pero con las piernas enlazadas. Un escalofrío le recorrió el cuerpo. Lee tardó aún un poco más en contestar, como si estuviera valorando la posibilidad de ser sincero o de mentirle, y al final su voz le llegó en un susurro:

—No lo sé —confesó, serio—. Espero que sí, pero... —Lee calló.

—Ya —le dijo Adam, porque seguían sin mirar los relojes pero él había visto la hora en el móvil mientras lo usaba. Porque había pasado el tiempo y allí no había ocurrido nada, y cuanto más tarde se hiciera menos probabilidades había de que fuera a pasar.

Intentó contar estrellas, pero estaba a otra cosa y la vista se le desviaba constantemente, buscando. No podía concentrarse en ese trozo de universo que le estaban dejando mirar. Tenía muchas preguntas que necesitaba que alguien le respondiera, así que sólo alzó la vista y cruzó los dedos discretamente.

—Yo también lo espero —añadió en voz muy baja, y aguantó la respiración como si eso fuera hacer que se cumpliera su deseo.

—Holt, ¿estás bien?

315

—No lo sé —murmuró, porque no podía evitar contestarle—. Estaba pensando.

—¿Y en qué piensas?

¿Había sido estar por June como mirar las estrellas ahora? ¿Había intentado fijarse en una chica deslumbrante sólo para no centrarse en lo que había a su alrededor, en las cosas a nivel del suelo que llenaban su vida real? June le había gustado mucho, pero no la versión real, sino la que él había ideado durante años de pensar que era bonita. ¿Y la Tierra? ¿Dónde estaba? ¿Estaba a su lado, con una mancha de chocolate en el labio y mirando al cielo también?

El símil era estúpido, pero le pareció más fácil pensar en Lee en esos términos. Él era algo familiar, terrenal y definitivamente menos ficticio, porque lo conocía desde siempre. Era su amigo. Lo había sido antes que nadie y habían pasado una época rara, pero aún así se había mantenido ahí como una constante y eso no lo podía negar.

—En pensamientos.

—Venga ya —rio Lee—, no seas idiota.

Odiaba que su nombre hubiera aparecido en contraposición al de June, pero era inevitable, ¿no? Ahí había algo. Siempre había habido algo que le había puesto nervioso y que le había hecho sentir un poco mal, un poco culpable, puede, y eso le duraba hasta ahora. Después de la confesión de June, más que antes. Le había preguntado qué quería hacer y June había respondido «¿Tengo que hacer algo?», pero la verdad era que Adam no conocía la respuesta ni sabía si era algo que *él* tenía que aplicarse. ¿Adónde lo llevaban todas esas preguntas? ¿Servían para algo, o estaban equivocadas?

Tragó saliva, nervioso, y se atrevió a girar la cara por el placer de sentirse valiente al hacerlo.

Qué sensación tan tonta.

—A June le gustan las chicas —susurró.

Se sintió mal al segundo después de soltarlo.

No tenía que habérselo dicho a Lee, porque no era asunto suyo, así que le pareció que había roto una especie de promesa y cerró los ojos, arrepentido. A su lado, Lee guardó silencio unos segundos y Adam pensó que se lo tenía ganado, por bocazas. El corazón le iba rápido mientras esperaba una respuesta —un sonido, una respiración, algo—, pero al final lo que obtuvo fue mucho más fácil que todo eso:

—Lo suponía.

La expresión de Lee, en la oscuridad, no podía ser menos impresionada. Era como si le hubiera dicho que June era cáncer, o lista, o la más bajita del grupo. Era como si aquello fuera sólo un dato más y no algo importante, y Adam se quedó callado unos segundos hasta que pudo hablar.

—¿Por qué?

Lee soltó un resoplido y puso los ojos en blanco.

—Porque al parecer soy el único que tiene ojos funcionales y vosotros sois todos un poco tontos. Es cuestión de fijarse, creo. —El chico esperó unos segundos y, alzando las cejas, le sonrió—. ¿Qué pasa? ¿Ibas a declararte y te lo ha soltado, o algo así?

—¿Qué? No. No iba a declararme —susurró, ofendido e intentando que no se notara que le mentía—. Sólo estábamos hablando y me lo ha dicho, y ya.

—¿De qué?

—¿Eh?

—¿De qué hablabais?

Pensó en su intento patético de ligar y en cómo la cara de June se había iluminado al darse cuenta del resto. Carraspeó.

—De nada. De cosas. Tampoco es tan importante.

—Ah. Vale.

Se quedaron unos segundos en silencio, mirando hacia arriba y pillando alguna que otra línea brillante que cortaba el cielo, hasta que Lee volvió a decir algo.

—¿Y qué te parece?

—¿Que le gusten las chicas? —Lee asintió, soltando un pequeño ruidito—. Pues no sé, bien. No me tiene que parecer nada.

—Pensé que te afectaría. Por eso de que a ti te gusta June, ya sabes.

—Creo que hace tiempo que no me gusta tanto. No sé por qué es, pero me parece que he estado esforzándome por que me siguiera gustando y hoy me he dado cuenta de que ya... no. —Hizo una pausa, porque era raro decirlo en voz alta, pero sintió alivio al ver que aquellas palabras parecían correctas más allá de su cabeza—. A lo mejor lo estaba alargando por nada.

—A lo mejor porque te hacía sentir mejor.

—Sí, puede.

Volvieron a callarse y Adam dejó que le barriera por dentro una sensación muy parecida al alivio. No sabía de dónde salía, pero, al final, la mayoría de las veces era algo que ocurría sólo por estar junto a Lee. Con él podía decir en voz alta lo que pensaba y, aunque al principio le diera un poco de miedo soltarlo, siempre se quedaba tranquilo al acabar. Porque estaba ahí para él, como había dicho. Porque Lee no se había ido. No todavía, al menos, o al menos no pensaba que esta vez fuera a hacerlo, y le habría gustado parecer agradecido pero no sabía cómo mostrarlo. El calor de sus brazos tocándose lo azotó otra vez, siendo más consciente de ese punto de su cuerpo que del resto de su más de metro setenta, y se mordió el labio intentando decir algo para convencer a Lee de que le veía el lado bueno, de que aquello había sido lo mejor.

—Mejor así, sin líos. ¿Te imaginas que sí me hubiera declarado y que me hubiera dicho «te prefiero sólo como amigo»? Eso habría sido más raro.

Pero Lee no respondió a su intento de broma, y la ausencia de sonido le llamó mucho la atención.

—¿Lee?

—¿De verdad piensas eso?

318

—Hombre, que me hubiera metido en la *friendzone* no hubiese sido lo mejor del mundo, ¿no te parece?

—«La *friendzone*» —masculló Lee con retintín, sacudiendo un poco la cabeza—. Tampoco tienes que ser un idiota.

Algo en su tono y en la agresividad que de pronto había en su voz le molestó, y su expresión dejó de ser suave, aunque a Lee eso no le importaba porque apenas se había molestado en mirarlo.

—¿Qué pasa, a ti no te molestaría que te dijeran que mejor ser sólo amigos?

—Pues no, no me molestaría, Holt. De hecho, lo que me molesta es el miedo que se le tiene a eso, como si ser «sólo» amigo de alguien fuera poco o malo. Qué falta de respeto al concepto de la amistad.

Adam arqueó una ceja.

—Entonces ¿te declararías a alguien aunque pudiera decirte eso?

—Escucha, sería un privilegio que la persona que me gusta me siga queriendo tener en su vida aunque no me corresponda. Si de verdad somos amigos, me gustaría que siguiéramos siéndolo a pesar de eso, ¿sabes?

Aunque hubiera usado ese tono, a Lee se le veía tan tranquilo que era casi ofensivo. Ni siquiera había fruncido el ceño, sólo había convertido su cara en una máscara que Adam veía a duras penas y que casi no podía descifrar. El chico lo imitó, volviendo también la vista al cielo, e intentó relajar las cejas, los hombros y la espalda. Estaba siendo un buen día. No quería enfadarse. No entendía bien por qué Lee había soltado aquello, pero tal vez debía dejarlo estar si quería que la conversación acabara bien.

Pero no consiguió dejar de pensar en sus palabras y en que sus brazos seguían tocándose, así que si el otro no se había apartado tal vez no estuviera tan cabreado y aún pudiera insistir.

—¿Quién es? —se atrevió a preguntar, más bajo que antes, intentando no darle importancia.

—¿Quién es quién?

—La persona que te gusta. La que has mencionado.

El silencio volvió a taparlos de los pies a la cabeza, pero esta vez sólo duró hasta que Lee soltó un resoplido.

—Que no lo sepas aún, Holt... —Suspiró, sacudiendo la cabeza, y a Adam le pareció ver que le sonreía al cielo—. Da lo mismo.

—No da lo mismo. ¿Qué pasa?

—No lo sé, ¿qué pasa?

Y esta vez ya sí que no contestó ni hizo ademán de mirarlo ni de querer compartir nada.

Esta vez, el silencio fue diferente. Este silencio era más difícil de cortar que los demás e iba desde sus cabezas hasta las puntas de sus pies. Adam intuyó que prefería no alterarlo, así que también calló.

—Yo hago la primera guardia. Puedes dormirte primero, no te preocupes.

Le dio tiempo a contar hasta siete antes de oír la respuesta de su amigo:

—Vale. Estoy cansado, te lo agradezco.

—No te preocupes.

Lee se giró, separando por fin sus cuerpos, y Adam se permitió sentir el tipo de vacío que esperaba que le hubiera dejado la confesión de June.

A un par de metros, callada, Bean contuvo un suspiro y, cuando una estrella cayó justo donde apuntaba la vista, pidió que las cosas salieran bien y que sus amigos pudieran dormir.

ꓱO; TÁIGETE

≺ home_movies – radical_face.mp3 >

AGOSTO

June tenía las manos en alto, Lee a media altura y Bean y Adam simplemente miraban con seriedad y fijeza a los agentes que los habían despertado.

Habían conseguido calmarse un poco mientras revisaban su documentación, pero el susto aún parecía recorrerles el cuerpo.

—¡Eh, vosotros, ¿qué hacéis ahí?!

Aquel grito los había despertado a todos de golpe. Bueno, en realidad Bean había abierto antes los ojos, encontrándose abrazada al cuerpo de June y queriendo disfrutar un poco del momento antes de que llegara la hora de separarse, avisar al resto y hablar de lo que había pasado (o, más bien, *no* había pasado) aquella noche. Martin no había aparecido. Dejó que una decepción extraña la bañara, se quedó quieta durante unos minutos e intentó pensar qué significaba para ella aquel plantón tan extraño.

Entonces aparecieron los policías y los arrestaron.

Bueno, en realidad no estaban arrestados de manera oficial, pero les había caído una bronca importante y habían tenido que dividirse para que los llevaran a todos a la comisaría, porque los dos agentes sólo tenían un coche y no cabían para ir en un viaje. Había sido una situación rara. Estaban dormidos, aturdidos y asustados, con las mochilas mal cerradas y las cosas descolocadas dentro, pero eso no impidió que uno de los dos policías, el mayor, se desahogara de lo lindo con ellos:

—Es que no sólo habéis acampado donde no está permitido, encima teníais que ser *un montón* —había protestado, mirándolos con desagrado—. Los jóvenes creéis que podéis entrar en cualquier sitio para hacer lo que queráis, y ese es el problema. No leéis los carteles. No podéis acampar en un sitio sólo porque os guste. ¿Es que no pensáis en los caimanes? Este sitio está infestado de ellos, podría haber habido un accidente.

—¿Caimanes...? —se atrevió a preguntar Lee, desubicado.

—Sí, caimanes. Os sorprendería lo lejos que llegan. Tenemos que patrullar toda la mañana para asegurarnos de que están bajo control y no se vuelven a comer ninguna mascota.

—¿Hicieron eso?

—Ya lo creo. Una vez. Se merendaron al perro de una señora, fue un desastre.

La comisaría de Ferndale era ridículamente pequeña. De verdad, espantosa. Ni siquiera tenía sala de espera, sólo un mostrador que separaba la zona de las mesas y la entrada y, por un pequeño pasillo demasiado estrecho, un par de celdas vacías. A falta de sitio donde esperar a que los recogieran sus padres (a quienes llamaron porque Adam aún no había cumplido los dieciocho y, legalmente y al ir todos en grupo, tenían que avisar), los cuatro tuvieron que esperar allí. Dos y dos, porque el espacio era reducido: por un lado los chicos y por otro las chicas.

—El baño está al fondo, por si queréis ir. Tenemos que cerrar las puertas porque portean, pero están sin cerrojo, así que abridlas para lo que sea o si necesitáis algo —dijo el policía joven, que a Bean le recordó a Taeyang a pesar de que el simple hecho de ser policía le daba una energía inmediatamente opuesta—. Sé que nada de esto es muy glamuroso, pero vuestros familiares llegarán en media hora, así que tampoco durará mucho.

—Gracias —murmuró June, algo impresionada, y el poli le dedicó una pequeña sonrisa antes de irse.

Bean, callada, se sentó en el suelo donde estaba, se abrazó las piernas y apoyó la barbilla sobre ellas en silencio.

El cerebro le iba a toda velocidad.

Martin los había dejado plantados y en parte era algo que había esperado, porque sabía que no podía ser tan fácil como hacer tiempo en lo alto de una montaña y que el alien apareciera, pero a la vez se sentía increíblemente decepcionada. Decepcionada y sola. Cerró los ojos, intentando pensar, y sintió el cuerpo de June a su lado cuando la otra se sentó.

—Lo siento mucho —murmuró con voz pequeña y culpable.

—No ha sido culpa tuya —respondió Bean, aunque sin mirarla—. Él es quien no ha aparecido. Nos ha dejado tirados.

—O a lo mejor calculé mal —dijo June con un suspiro y echando la cabeza hacia atrás—. Es posible. Fue casi un triple...

—No. No has sido tú. No ha venido él, yo lo sé. Ha sido cosa suya.

Se quedaron en silencio. Parecía que no había mucho más que decir o que hacer aparte de hundirse lentamente en aquella sensación de abandono y traición tan amarga. June estaba angustiada y Bean podía notarlo, pero no quería dejarse consolar, ni hablar de ello. Quería pasar por aquello. Quería que le recorriera el cuerpo hasta que se le esfumara solo.

—¿Qué teléfono les has dado? —preguntó June a los pocos minutos, tímidamente.

—El de Daen Mae.

Si a la otra le sorprendió eso, no dijo nada.

Desde la otra celda tampoco se oía ningún ruido, sólo murmullos quedos y algún que otro movimiento. Se notaba que ninguno tenía ganas de hablar de cómo habían acabado allí y de que la comisaría no hubiera sido en absoluto parte de sus planes. Adam y Lee también se estarían preguntando si aquel plantón quería decir que Martin no existía, aunque en junio vieran esa cosa en el cielo y tuvieran todas esas pruebas a su favor. Daba lo mismo. Los cuatro se sentían abandonados y frustrados a diferentes niveles y sólo querían irse de allí.

Por suerte, Bean fue la primera a la que recogieron.

—¿Duck-Young Jhang? —leyó el policía viejo de un papel que tenía en la mano, acercándose a las celdas.

—Se pronuncia «Duk», no «Dak». —Se levantó despacio, soltando un suspiro, y miró al policía a la cara.

—Como sea. Hay un chico joven en la entrada que dice que es tu cuñado, está en la sala de espera.

—Gracias. —Dándose cuenta de que no podía irse sin más, pero aún con aquella cosa pesada en el pecho que le hacía difícil mirarla a la cara, Bean se volvió hacia June e intentó estirar la boca un poco—. ¿Hablamos luego? Espero que tu padre no tarde mucho en venir a buscarte.

—No creo. —June intentó sonreír por encima de lo culpable que se sentía—. Siento que nos hayan arrestado.

—No hace falta que te disculpes.

Cuando se fue y oyeron el coche de Taeyang arrancar fuera, June se dejó caer en el suelo y se abrazó las piernas como para hacerse un ovillo.

—Lo siento de verdad —murmuró, ahora más alto y más libre para sentir la culpa—. Claramente todo esto fue una idea malísima, y siento...

—Era buena idea, June —respondió Lee desde el otro lado de la pared, cansado—. No es tu culpa que se haya torcido.

—O sí. Mis cálculos han fallado, es evidente, y...

—No han sido tus cálculos. Ha sido él. Él es quien no ha venido.

Eso se parecía demasiado a lo que Bean le había dicho antes, y June no supo si sólo estaba repitiéndolo o si lo pensaba de verdad, pero prefirió no averiguarlo.

Las chicas ya se habían ido y ahora sólo quedaban ellos dos. No es que hubiera habido menos silencio con ellas, pero ahora estaban solos y era agobiante pensar que tenían que enfrentarse a lo que había ocurrido.

La noche anterior, Adam se había quedado dormido pensando en lo que había dicho Lee; su «que no lo sepas aún, Holt» había sonado cansado y condescendiente y lo atormentaba, y era difícil dejar de pensar en ello sin tener una respuesta. Había repetido las palabras en su cabeza muchísimas veces y también se había imaginado cómo sería una posible continuación, y, en una de las cien escenas que reprodujo en su mente, Lee finalmente decía su nombre.

Y aquellos sueños estúpidos no ayudaban nada a las preguntas tontas que llevaba arrastrando desde el día anterior, claro.

Se habían sentado juntos y sus rodillas se tocaban a ratos. Adam intentaba no mirárselas, pero no había nada más en lo que fijarse y le ponía nervioso que no pudieran moverse de allí. Se sentía un poco perdido. Había tardado en caer en la estafa del alien, pero ahora se sentía estúpido por haberse dejado liar así y porque a él también le hubiera timado.

Todo el verano había sido para nada.

No sabía qué pensar ni cómo sentirse respecto a eso.

Lee se echó hacia atrás, apoyando la espalda en la pared con un suspiro. Cuando Adam se movió vio que había cerrado los ojos.

Probablemente estaba cansado. Tenía el cuello muy largo y se notaba aún más con la cabeza así, pero se sintió estúpido por pensar eso, así que apartó la vista y soltó un gruñido.

Los labios de su amigo se estiraron, los ojos cerrados todavía.

—No me juzgues, necesito descansar un poco más para estar tan guapo como siempre.

—No te juzgo, duerme si quieres.

—A lo mejor lo hago.

—Oye, ¿estás bien?

Lee asintió y luego se estiró un poco hasta que le crujió la espalda y se desperezó más.

—Sí, supongo. Más o menos. ¿Y tú?

—No lo sé. Esto es raro. Que todo esto haya sido mentira...

—A lo mejor no ha sido así —contestó el otro, y Adam lo miró, interrogante—. Quiero decir, a lo mejor simplemente era que no estábamos listos.

—Pues nos podría haber avisado.

Ante eso, sin embargo, Lee ya no dijo nada más.

Se quedaron un buen rato en silencio. Ambos intentaban no pensar en la cara de June, en la falta de palabras de Bean y en cómo se sentían ellos ahora. Todo les parecía tan estúpido como antes había sido surrealista, y era raro, estar allí y que ni siquiera el arresto fuera real del todo, porque todo acabaría en cuanto fueran a recogerlos y volvieran a la normalidad.

Pero ¿cómo sería la nueva normalidad sin estar buscando a Martin?

—Me siento muy estúpido —confesó Adam entonces, pasándose una mano por el pelo, cansado, y suspiró—. Llevo meses intentando no creerme esto del todo, pero parece que al final sí he caído, porque ahora no puedo evitar estar... ¿decepcionado? ¿Tiene sentido?

—¿Caído? —Lee alzó la cabeza hacia él con las cejas fruncidas.

—Sí. Quiero decir, todo esto... me hacía ilusión. Había puesto en ello ciertas esperanzas. No sé por qué, no está en mi línea, ¿no?

Pero al veros tan convencidos y con tanta ilusión, supongo... bueno, supongo que quería formar parte de ello también.

—Es normal. —La mano de Lee acabó sobre la de Adam, que había estado descansando sobre su pierna, y el chico intentó no sobresaltarse al sentir aquel contacto tan directo. Su amigo siguió hablando como si tocarlo así fuera natural para él, tal vez como si no le diera importancia—: Es muy raro. Porque todo es mentira pero esta celda es verdad y tenemos sueño y creo que aún seguimos un poco desorientados, pero si sirve de algo... bueno, al menos estoy aquí contigo.

Adam se mordió el labio levemente y cogió aire por la nariz, el corazón acelerado e intentando no moverse para no hacer que Lee se apartara.

Porque sí, tal vez lo mejor de todo aquello era lo que estaba pasando ahora: tener los dedos de Lee sobre los suyos y que su amigo moviera el pulgar así, de forma distraída, sobre su mano.

—Yo pienso... yo pienso igual.

En los labios de Lee apareció una sonrisa minúscula y, cuando Adam alzó la vista, sólo se miraron a los ojos. Sin hacer nada más, o sin atreverse, pero no pasaba nada porque no era desagradable. Lee no apartó la mano y Adam tampoco lo hizo, y tal vez fuera porque efectivamente seguía algo dormido a pesar de todas las emociones de la mañana, pero lo miró y pensó que era guapo. Que Lee era muy guapo y que aquel no debería de haber sido un pensamiento tan revolucionario, aunque lo sintió como si lo hubiera guardado al otro lado de una presa y lo hubiera dejado correr por fin. No era una idea sorprendente ni rompedora, ni siquiera para él, pero permitirse pensarlo abiertamente mientras lo miraba tan de cerca le resultó increíble y, despegando un poco la boca, intentó decir algo que se le quedó a medias.

Lee le miró los labios, como esperando sus no-palabras. Debía intuir que él no se atrevía a hablar, porque empezó:

—Oye, Adam...

Y, en ese momento, oyeron el ruido de la puerta y se volvieron de golpe para ver que el policía joven había entrado.

—Lee Jones, tu madre ha venido a buscarte, te espera fuera.

Lee se levantó despacio, apartándose de él (y dejando frío, un frío estúpido e inútil que ni siquiera tenía que existir a mediados de agosto en Florida), y juntó las muñecas como si llevara esposas, dramático.

—Por fin, han sido las cuarenta y ocho horas más largas de mi vida.

—Pero si lleváis aquí una hora.

—Bueno, ¿y? A lo mejor todo lo que ha pasado antes también ha sido relevante.

El policía soltó un suspiro y se echó a un lado para indicarle que ya podía salir. Se notaba que el humor de Lee con él era tenso, no como lo habría sido normalmente, y que no le molaba demasiado estar en su presencia. Cuando empezó a avanzar, Adam se levantó, callado pero nervioso porque aquello fuera a acabar así (¿qué era aquello?, ¿y cómo quería que acabara?), pero Lee debió de notar su nerviosismo, porque se volvió a mirarlo y le soltó una sonrisa que se parecía más a las que usaba como actuación que a las suyas naturales.

—No te importa que te deje solo, ¿no, Holt? ¿Podrás vivir sin mí hasta que vengan a recogerte?

Adam le dedicó una sonrisa, apreciando el esfuerzo del otro, y se encogió de hombros.

—Depende de si me hacen esperar mucho. Si ves que esta tarde no he vuelto, siempre puedes venir con una lima escondida en una barra de pan o algo así para rescatarme.

—No es mal plan, sí que podría. —Aún con esa sonrisa de lado, atractiva y segura, Lee se humedeció los labios y desvió la vista sólo un momento—. Esto... ¿Adam?

—¿Sí? —respondió él, mirándolo a los ojos.

Y entonces Lee retrocedió hasta donde estaba y, antes de que el otro se diera cuenta, le agarró por el cuello y lo besó. Así, sin más aviso que sus pasos deshaciendo el camino, recuperando lo que se había quedado colgando unos minutos antes y presionando sus labios con tanta fuerza que Adam no pudo evitar abrir los ojos como platos.

Los labios de Lee. Seguros pero suaves, breves pero dulces.

Aquello debió de durar apenas unos segundos, porque para cuando quiso reaccionar el otro ya se había separado y estaba otra vez en la puerta.

—Te veo luego —murmuró Jones, y no volvió a mirarle antes de marcharse atravesando el pasillo.

El policía carraspeó una vez y después volvió a cerrar la puerta, y Adam se quedó solo sin saber qué decir ni qué pensar.

31; CALÉ

< why_am_i_like_this - orla_gartland.mp3 >

AGOSTO

Qué. Había. Hecho.

¿Por qué había hecho eso? ¿Por qué era así?

Había sido una malísima idea, pero la noche anterior había intentado declararse y después Martin no había aparecido y habían acabado en el calabozo de una comisaría de Florida central y pensó, ¿qué leches? ¿Qué iba a perder ahora, cuando parecía que todo ya estaba un poco perdido? Parece que mucho, pensó ahora, recordando la expresión en la cara de Adam y la sensación de culpabilidad que se instaló inmediatamente en su pecho tras besarlo. A lo mejor lo había estropeado todo. A lo mejor todos los avances de los últimos meses se habían ido a la mierda sólo porque él no se había podido controlar.

¿Por qué era así?

Idiota, idiota, *idiota*.

ヨ2; YOCASTA

< and_also_i'm_really_scared - fox_academy.mp3 >

AGOSTO
Qué.
   Qué.
   Qué.

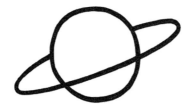

ꓱꓱ; DESPINA

< be_your_own_3_am - adult_mom.mp3 >

AGOSTO

Daen Mae no le había dicho nada a sus padres.

No les contó lo de Ferndale ni les habló de la comisaría. Tampoco les dijo que había acampado en un monte junto a un lago en vez de quedarse a dormir en casa de su hermana, que era lo que les había dicho que haría para poder pasar la noche fuera. No, ni habló ni pensó en delatarla. Lo único que había preguntado, y era lo mismo que había querido saber Taeyang, era por qué.

—¿Qué se te pasa por la cabeza, tía?

—Que queríamos ver la lluvia de estrellas —mintió, y hacerlo no fue fácil, pero menos sería explicarle la verdad—. Se suponía que las Perseidas se veían más bonitas ayer por la noche.

Su hermana suspiró, le preguntó si había podido dormir algo, y cuando Bean le respondió que sí, Daen Mae masculló que ya le valía y sacudió la cabeza.

—Anda, date una ducha. Puedes coger algo de mi ropa para cambiarte. Y luego desayunamos, que mira qué horas.

Eran las nueve y media. Bean asintió, agachando un poco la cabeza, y antes de entrar en el pasillo para pasar al baño la miró por última vez, dudando un momento.

—Oye, Daen Mae, muchas gracias —murmuró—. Te debo una por lo de hoy. Bueno, a los dos.

Su hermana mayor, que ya apenas podía levantarse por el peso de la tripa, se volvió para seguirla con la mirada y luego, cuando Bean ya se hubo ido, sonrió un poco y volvió a centrar la vista en la televisión.

Así que sí, gracias a Daen Mae no había sufrido ningún castigo.

Sus padres no supieron nunca nada de June, ni de Martin, ni de la montaña Sugarloaf ni de Ferndale. Se había librado de una buena. El martes volvió a casa y Cheol Jhang le pidió que se pasara por la tintorería para ayudar y fue así como supo que estaba a salvo de cualquier posible reprimenda. Martes, miércoles y jueves estuvo yendo sin rechistar, desde la apertura hasta el cierre, horas punta y horas muertas incluidas, y de pura (intencionada) casualidad se dejó el móvil en casa cada vez. En la mesilla. Cargando, para tener una excusa.

Al dejarlo sabía que aparcaba durante unas horas esa cosa enorme que no quería que le cayera encima con la fuerza de la gravedad.

Su razonamiento era que hasta que no estuviera preparada para pensar en ello era mejor no hacerlo, por eso había querido centrarse en otra cosa y sonreía tanto siempre que le decían que cada vez lo hacía mejor o que se le daba bien hablar con los clientes. Sus padres preguntaron un par de veces qué había cambiado. Les contestó que nada, nerviosa, y pensó en la respuesta que obtendría si les confesara que lo diferente ahora era que ya no existían los aliens y que estaba extrañamente triste por ello.

Quería reír sólo de pensar en decirlo en voz alta.

¿Cómo había acabado así? No lo entendía.

Bueno, sí que lo hacía. Sí lo entendía, claro: había sido por June. Por June había ido tan lejos, creyendo que sus problemas se solucionarían como si Martin realmente fuera un genio de la lámpara, y en parte se había convencido de que los dejaba de lado para disfrutar del resto de las cosas, pero no; los había puesto encima de todo, como la guinda de una tarta, y por eso ahora se le habían caído de golpe sobre la cabeza. Todos juntos, todos a la vez —la incertidumbre y el futuro y sus sentimientos por June y el hecho de que ella iba a marcharse— la cubrieron entera.

¿Cómo de desesperada había estado para creerse lo de los alienígenas? ¿Cuál era la diferencia entre poner tus esperanzas en algo y usarlo como excusa para no pensar en ello?

Ni siquiera le consolaba saber que era una decepción que compartía con los demás.

Por si necesitaba más señales, aquella había sido la prueba definitiva de que, si algo la tenía preocupada, no podía soltarlo al aire porque los problemas siempre volverían a ella. A sus manos. A pesarle. Así que, si quería resolverlos, tendría que hacerlo ella misma.

Sólo que ahora necesitaba encontrar las fuerzas para ponerse a ello.

Estaba en el mismo punto de siempre (en la tintorería, rodeada de vapor y de ropa) y era como si todo lo que había andado en realidad lo hubiera estado deshaciendo. Estaba en esa casilla de salida donde siempre se había sentido en blanco y a la vuelta de la esquina la esperaban presencias con caras futuras y pesos importantes, pero intentaba fingir que no lo sabía y que, en sueños, no veía sus dedos largos intentando agarrarla. Sentía dentro del pecho esa sensación de estar arriba del todo y mirar hacia abajo: no se le quitaba desde que habían vuelto de Sugarloaf y no sabía cómo hacerla desaparecer, pero lo necesitaba más que nada porque no dejaba de ahogarse.

—감사합니다,[5] señora Park. Que tenga un buen día.

La mujer agachó la cabeza como respuesta y se fue.

June había ido a hablar con ella el viernes, al cuarto día. Había intentado pedirle perdón y Bean no había sabido qué decirle, porque no podía decir nada sin delatarse (sin hablarle de sus sentimientos y del miedo y de lo que no había dicho en voz alta aún), pero al final había intentado justificarse de forma rara e insuficiente. La otra había suspirado. Se la veía alicaída, casi culpable, y Bean no quería que lo estuviera pero tampoco tenía fuerzas para borrar de su cara esa expresión.

—No quería hacerte daño —había dicho June, bajito, claramente triste—. No quería hacéroslo a ninguno de los tres, yo sólo... No entiendo qué pasó. Lo tenía todo muy medido, pero debí de cometer un fallo. Lo siento. Se ha torcido todo.

—No me has hecho daño, June, no ha sido... no ha sido culpa tuya.

—Pero sí que lo ha sido, ¿verdad? Porque yo te arrastré a ti y arrastré al resto, y sé que a veces soy demasiado... bueno, demasiado *demasiado,* y sé que insisto mucho, y que tú no eres así pero me seguiste a pesar de todo. Y lo siento.

—No te preocupes —le dijo, la voz débil y suave—, no arrastraste a nadie, June. No a mí, al menos. Te seguí porque quise, y lo haría de nuevo, es sólo...

No se atrevió a decir que necesitaba parar un poco. Tampoco hizo falta, porque June la conocía y la entendió: con una sonrisa pequeña, alargó los brazos hasta ella, le cogió la mano por encima del mostrador de la tintorería y luego le apretó brevemente los dedos.

—No pasa nada. Estoy aquí. Estoy aquí para cuando me necesites.

Pero eso era una mentira, porque a partir del día 2 June ya se habría ido y Bean la seguiría necesitando.

Aun así, ninguna dijo nada sobre eso.

---

[5] «Gamsahabnida», que es la manera formal de decir «gracias».

«Sé que a veces soy demasiado.»

Respiró hondo, se apartó el pelo de la cara y se dejó caer sobre la cama, cansada, sin saber qué pensar.

Era como si de repente pudiera oír las voces de toda la gente que le había dicho qué hacer a lo largo de su vida y, peor, era como si por primera vez comprendiera que habían tenido razón y que había sido inútil intentar hacerlo todo sola. No iba a saber más que sus padres. No podía hacerlo. Perseguir aliens no era productivo lo mirara por donde lo mirase, y los dos meses que había gastado en aquello no iban a volver sólo porque de repente se mostrara arrepentida.

Estaba en casa porque su madre le había pedido que se quedara con Daen Mae y la abuela, «por si tu hermana necesita algo rápido». No tenía razones para negarse, así que fue y orbitó alrededor de la futura mamá hasta que esta se hartó de que la molestase y la mandó a la habitación. Llevaba desde entonces dando vueltas sin sentido, tocándose el pelo, incómoda, y mirando al techo, cuando unos golpes suaves en la puerta hicieron que alzara la cabeza para ver quién quería entrar.

—Oh —dijo Bean, sorprendida, sentándose y bajando las piernas al suelo—. 안녕, 할머니.[6]

Su abuela le sonrió brevemente y le respondió agachando la cabeza y diciendo su nombre:

—덕영.

«Duck-Young» no sonaba tan terrible dicho por ella, no como cuando lo decían sus padres. Se humedeció los labios mientras la

---

[6] «Annyeong, halmeoni», que significa «hola, abuela».

mujer se le acercaba y la observó sentarse a su lado con un poco de confusión, no por nada, sólo porque nunca solía ir a verla y menos para quedarse allí.

—하시고 싶은 말씀 있으세요, 할머니?[7]—preguntó Bean, dubitativa, cuestionándose si tal vez habría ido a buscarla por algo relacionado con Daen Mae.

—내가 보기엔 너가 걱정이 많아 보이는구나[8] —respondió la mujer, sin embargo, y Bean despegó los labios porque no hizo falta nada más: aquellas palabras abrieron una puerta dentro de ella y lo liberaron todo.

Casi se quedó sin aire. No había sido una pregunta (tal vez porque su abuela sabía que no la respondería), sino un tanteo que resultaba más educado que una afirmación. Pero ahí estaba: una puerta abierta que atravesar para decir por fin lo que no se atrevía a decirle a nadie, todo, sin cortarse, un sitio donde usar las palabras que quisiera y que ahora tenía libres revoloteándole en el pecho.

Si tan sólo pudiera cazar una para saber por dónde empezar...

—Abuela, estoy... estoy muy... —Intentó buscar el término adecuado, el que lo abarcara todo, y la opción que encontró le resultó triste—: Estoy perdida, abuela. 어떻게 아셨어요?[9]

—너를 보면 느낄 수 있단다[10] —le respondió, y después se encogió de hombros, como si no hubiera sido tan difícil de averiguar, como si Bean fuera un libro abierto para todos y no sólo para sí misma, antes de alzar una mano y apartarle un mechón de la frente—. 왜 그러니?[11]

Bean tuvo que contener un puchero.

---

[7] «¿Quieres decirme algo, abuela?»

[8] «Me parece que estás preocupada.»

[9] «¿Cómo lo has sabido?»

[10] «Puedo sentirlo cuando te veo.»

[11] «¿Por qué es?»

—Es por mi futuro. Por lo que siempre me dicen papá y mamá, por lo grande que es todo... —Se mordió el labio, temiendo que su abuela no acabara de entender lo que intentaba decirle. No sabía si sería capaz de explicar en coreano lo que apenas sabía decir en inglés, pero lo intentó. Se limpió la cara con el dorso de la mano y, respirando hondo, trató de calmarse—. 어떻게 해야할지 모르겠어요, 할머니.[12]

La mujer asintió, como si la comprendiera, y luego le dio un par de palmadas sobre la pierna.

—괜찮다.[13]

Bean esperó unos segundos, insegura de si su abuela añadiría algo más o se marcharía tras eso. Haberle hecho aquella confesión en voz alta era muy parecido a cuando le había dicho a Daen Mae que le gustaba June, y se preguntó si tal vez la delataría, como había pensado que haría su hermana, o si guardaría su silencio habitual también por algo así. Estaba nerviosa. Las palmas de las manos le sudaban contra el pantalón, donde las tenía apoyadas para frotárselas cada pocos segundos, y al cabo de un minuto de completo y pesadísimo silencio intentó ser valiente y se volvió hacia ella.

Su abuela sonreía de forma dulce y amable, con las pocas arrugas que tenía concentradas al final de los ojos.

—Vas a estar bien, niña.

Y Bean supo que había hecho el esfuerzo de decirlo en inglés para que sí o sí la entendiera.

La puerta que tenía en el pecho se abrió y todas las abejas que había tenido viviendo en los pulmones se liberaron. Aquello había sido un movimiento en dos pasos (primero despertarlas, luego dejarlas salir), y ahora llenaban la habitación y a ella la hacían sentir más ligera. Eran piedras. No eran bichos bonitos ni palabras, habían sido piedras todo el rato y Bean se había esforzado en guardarlas ahí,

---

[12] «No sé qué hacer, abuela.»

[13] «Está bien.»

como si sólo por querer coleccionarlas fueran a ser más valiosas. Pero no lo eran, ¿verdad que no? Sólo la dejaban fija en aquella posición permanente, sin poder moverse en dirección alguna, y hasta entonces no había caído en que tal vez tenía que dejar cosas atrás para poder moverse. «Vas a estar bien, niña», acababa de decir su abuela, y una persona con setenta años no podía equivocarse, no habiendo llegado tan lejos, no habiendo recorrido tanto camino. Había notado su preocupación sin que ella le dijera nada porque era así de sabia y los sentimientos de Bean así de palpables, y había acudido a ayudar en el momento preciso, cuando más lo había necesitado. Sin embargo, la solución había sido... ¿qué, cinco palabras?

¿Por qué? ¿Por qué la habían aliviado tanto? ¿Es que acaso estaba haciendo aquello muchísimo más grande de lo que era?

Su abuela se humedeció los labios y le dio unas palmadas sobre la mano antes de hablar despacio para que Bean no se perdiera nada:

—내 생각엔 너희 엄마 아빠가 해결할 수 있는 문제가 아닌 것 같구나. 네 부모님들은 본인의 인생을 살았고 네 인생은 네가 이끌어 가도록 둬야지. 너는 아주 잠재력이 많은 아이란다, 덕영아. 누구라도 알 수 있을거야. 너처럼 사려깊고 똑똑한 아이가 선택하는 길이라면 좋은 길일거다. 너희 부모님이 너를 믿고말고의 문제가 아니야. 덕영이 너 스스로가 너 자신을 믿고, 너의 운명이 너를 이끌어주도록 해야해.[14]

—¿Y si no sé cuál es el camino, abuela? ¿Y si permanezco perdida para siempre?

—Sí lo sabes, pequeña *bean*. —Y lo dijo de aquella forma que no lo hacía sonar como un nombre propio, sino como si estuviera

---

[14] «Creo que esto no es un problema que tus padres puedan resolver. Los dos deben centrarse en vivir sus propias vidas, estar ahí para ti y ver cómo tú te las apañas sola. Eres una chica llena de potencial, Duck-Young. Cualquiera puede verlo. El camino escogido por una niña lista y concienzuda como tú será un buen camino. No se trata de si tus padres creen en ti o no. Tú, Duck-Young, tienes que creer en ti misma y dejar que tu destino te guíe.»

hablando de una judía que meter bajo la tierra para verla crecer—. 당신은 괜찮을거야.[15]

Así que, para Bean, *caer* fue cortar un ancla.

Porque de alguna forma ellas dos siembre habían sido muy parecidas, casi como versiones gemelas distantes y separadas sólo por años (las dos relegadas a un segundo plano, las dos privadas y silenciosas y al fondo de la estampa familiar), y si su abuela decía que las cosas saldrían bien, Bean estaba segura de que no lo hacía intentando mentirle.

«El camino escogido por una niña lista y concienzuda como tú será un buen camino.»

Tenía razón, además. Sí que sabía cuál era el camino. Lo sabía desde hacía muchísimo tiempo, aunque le daba miedo no saber dónde acabaría y por eso no se había atrevido a seguirlo.

En los labios de Duck Bean se desplegó una sonrisa.

—고마워요 할머니[16]—dijo, y movió la mano para coger la de la mujer y apretarla brevemente. En realidad se sentía mucho más ligera, pero no como si aún flotara, sino como si fuera la primera vez que habían dejado que pusiese al fin los pies en el suelo—. Gracias, de verdad.

—아무것도 아니란다.[17]

Después de eso, su abuela se levantó y se dirigió a la puerta; sólo se volvió para añadir en un inglés que sonaba de repente demasiado correcto para ella, demasiado pulido:

—En el cielo lo saben.

Desapareció antes de que a Bean le diera tiempo a pensar una respuesta o a entender bien qué había querido decir con aquello, porque el único cielo que ella conocía era el que había llorado Perseidas la

---

[15] «Vas a estar bien.»

[16] «Gracias, abuela.»

[17] «De nada.»

semana anterior y no entendía cómo su abuela podía tener contactos ahí arriba.

—¿Sabes? Tiene razón.

La voz de Daen Mae le hizo dar un pequeño respingo. Se volvió para mirarla y se quedó con la vista clavada en ella; no la había oído acercarse, pero ahora tapaba el hueco de la puerta y la expresión de su rostro era a la vez dulce y preocupada. Probablemente había estado escuchando. Bean se movió, haciéndole más hueco a su lado del que había tenido su abuela, y ella suspiró y se acercó hasta donde estaba con una sonrisa un tanto triste.

—¿Lo has oído todo? —preguntó Bean, conociendo la respuesta.

—Sí. Y tiene razón —repitió—. No tienes nada que ver con nuestros padres. Y no tienes que tenerlo. Existe una diferencia entre querer a papá y mamá y seguir todo lo que ellos digan a rajatabla.

Que Daen Mae dijera aquello tenía tanto de reconfortante como de irónico.

—Lo sé, Daen Mae, pero tú no lo entiendes. No es tan fácil como eso. Tú no eres... como... yo.

La otra frunció el ceño, confusa.

—¿Qué quiere decir eso? ¿Te refieres a lo de que te gusten las chicas? Porque...

—No, eso papá y mamá no lo saben. Es sólo que... me siento distinta. Antes creía que era por ser la única que ha nacido aquí y que eso suponía una especie de barrera, pero no es verdad. No es eso lo que marca la diferencia. Simplemente... es como soy, ¿sabes? Y como soy no es del todo como ellos quieren que sea. Y puedo creer saber lo que quiero, el camino que deseo seguir, pero incluso si yo me aclaro del todo nunca va a ser el camino que ellos esperan y saber eso no me permite estar a gusto. Y no dejo de pensar en eso. Creo que, de hecho, por eso me he atascado del todo, y ahora encima June se va y yo estoy bloqueada en vez de intentar aprovechar al máximo el tiempo con ella...

—¿June se va?

Bean asintió brevemente.

—Sí, a la universidad. A Inglaterra. En diez días.

—Oh, Bean...

Era raro que Daen Mae la tocara, porque por lo general ellas nunca tenían contacto físico, pero sentir que le cogía la mano y se la apretaba la ayudó de verdad.

—Me parece que se te está juntando todo, pero eso no significa que seas diferente. Bean, mamá y papá son como son, duros y exigentes, pero conmigo lo eran también. Tú no te acuerdas porque eras pequeña. —La mujer sonrió un poco, de medio lado, y luego soltó un suspiro y le dio un par de palmaditas en la mano—. Al final creo que el truco con ellos es mostrarse convencida. Tienen esta enorme necesidad de resolver todo lo que no parezca seguro para... bueno, para asegurarlo, pero porque no quieren que nos falte una red de seguridad. Ellos son así. Les costó mucho venir y tienen miedo, y eso es todo. Pero tú no tienes que cargar con su miedo. No es tuyo.

Se sintió un poco incómoda, pero porque tenía razón.

—Tú tenías un plan de vida —murmuró, aun así—, eres la hija perfecta. Mamá y tú os lleváis bien, siempre habláis y pasáis juntas mucho tiempo. Tú has hecho cosas que a ellos les parecían bien. Por eso te quieren.

La otra dejó escapar una risa un poco amarga.

—Mi plan de vida era mío, Bean, no de papá y mamá. Es lo que ha dicho la abuela: tú tienes que creer en ti misma y decidir tu camino. Yo me esforcé en hacerlo. Creo que ahora lo que te toca es pararte a pensar en cómo te gustaría que fueran para ti las cosas y en cómo puedes conseguirlas. En cómo hacer que pasen las cosas que dependen de ti. Y lo que elijas es bueno, porque es tu vida y debería ser tuya la decisión.

Bean tenía lágrimas en los ojos. No lloraba y no iba a hacerlo delante de Daen Mae, pero aun así se esforzó en no ocultar que lo que había dicho la había conmovido.

—Eso es... bastante bonito.

—Lo sé —rio la mayor—. La maternidad me tiene un poco inspirada, me parece.

Se llevó las manos a la tripa y la cubrió con un par de círculos amplios. Ella observó ese movimiento y pensó en lo raro que era que de allí fuera a salir un niño, que hubiera crecido *por entero* dentro de su hermana y que algún día fuera a convertirse en alguien con preguntas y dudas sobre qué hacer con su vida. Se sintió un poco sobrecogida de repente, tanto que casi no pudo hablar. Todo aquello era extraño y grande y curativo, las palabras de su abuela y también las de su hermana, así que no despegó los labios y simplemente miró la tripa donde descansaba su sobrino y la envidió un poco, pero en el buen sentido.

—A ti también te quieren —dijo entonces Daen Mae con voz suave, de nuevo sonriendo—. Papá y mamá te quieren mucho, por eso se preocupan. Sé que piensas que todo es muy confuso, pero realmente no tiene que ser tan difícil, ¿vale? Eres una tía muy dura. Vas a estar bien. Y respecto a June... seguro que eso sale bien también, que consigues arreglar lo que debas.

Asintió y luego apoyó la cabeza sobre su hombro, suspirando.

—Gracias, Daen Mae.

—De nada, Bean.

]4; PAN

< tough_guy - cyberbully_mom_club.mp3 >

AGOSTO

En agosto tuvo muchos sentimientos encontrados.

El primero fue la incomprensión. Genuinamente no entendía cómo había ido todo tan mal hasta el punto de haberle tenido que pedir a su padre que la recogiera en la comisaría de un sitio como Ferndale, porque eso no encajaba con quién ella era y, sobre todo, porque no le entraba en la cabeza que eso hubiera sido por Martin.

El segundo fue la frustración. June casi nunca se sentía frustrada, era más de agobiarse cuando las cosas no salían, pero el tiempo se le echaba encima y no entendía qué más quería Martin para aparecer y echarle una mano. La primera vez, su aparición había tenido algo de magia. Esa aparición había sido lo que había solucionado los problemas de los Brad, y June se había esforzado mucho en volver a dar con él, así que no entendía (y le molestaba) por qué Martin no querría volver después de lo mucho que había buscado.

El tercero fue la culpabilidad por haber arrastrado a otras tres personas y haberlas decepcionado tanto.

Había intentado hablar con Bean, pero le había pedido un poco más de tiempo y era imposible que June fuera a negárselo. Cuando vio a Adam el día que lo estuvo esperando a la salida de su ensayo (había llevado una limonada «de la paz» que se había quedado caliente), el chico le dijo que no pasaba nada, pero había parecido convencido solo a medias. El único que se comportó como siempre fue Lee, cómo no, que hablando por teléfono le aseguró que en un par de días todo volvería a la normalidad. Pareció sincero. Casi hasta le dio vergüenza responderle que el problema era que no tenía unos días, y él soltó un suspiro y dijo:

—Ya lo sé, peque.

Y lo único bueno de ese comentario fue que le hizo pensar que Lee y ella ya se habían hecho amigos.

Matar el tiempo le estaba pareciendo una tortura. No dejaba de dividir su atención entre la maleta a medio hacer, las estanterías revueltas y la pestaña aleatoria que estuviera en primer plano en su ordenador. No se quería ir. Iba a dejar demasiadas cosas atrás. El cielo se estaba poniendo raro a medida que avanzaba la semana y sabía lo que suponía despedirse de todo el mundo, pero no quería hacerlo igual que no quería pensar en qué llevarse ni en qué cosas dejar sin resolver. Porque eso era lo que le parecía que hacía. Estaba abandonándolo todo. Había muchas universidades en Estados Unidos que impartían Astrofísica, no tenía por qué irse del país, ¿en qué estaba pensando la June del pasado para elegir una que estuviera en otro *continente*? ¿En qué momento le había parecido tan buena idea? ¿Tantas ganas había tenido de salir, de empezar de cero, de tener una oportunidad de conocer a otra gente?

¿Por qué no había conocido antes a Bean?

Esa era la pregunta que más aparecía por su cabeza, esa y la de que qué había pasado con Martin.

Se incorporó en la cama. Lo vio todo revuelto y se desilusionó desde el principio, como si la visión tuviera el poder de reiniciar el cansancio. Su madre había insistido mucho en que empezara a preparar cuanto antes las cosas y su padre subía a echarle una mano a veces, pero estaba intentando evitarlo para que no la notara mal y él no le preguntara cuál era el problema. No sabría qué decirle. Nunca había compartido con su familia nada que tuviera que ver con el espacio, no la parte más fantástica de este, al menos, y tal vez por eso la conexión que sentía con sus amigos era tan grande; porque con ellos sí podía ser ella misma y porque no habían temido seguirla hasta el final de la aventura.

Encima de una pila de libros que estaba intentando decidir si llevarse estaba su portátil. Lo cogió. Lo que iba a hacer probablemente no fuera la mejor idea en ese momento, pero quería saber si alguien que no fuera ella había visto algo. Algo útil. Tenía una de las webs de los avistamientos en la barra de marcadores y entrar era tan fácil como hacer un clic, así que no se lo pensó.

Le dio dos veces.

En cuanto inició sesión en el foro, su cuarto se llenó del sonido de cientos de notificaciones.

Siempre había odiado que la página sonara así y que no fuera posible silenciar el pitido, pero en aquel momento casi le pareció reconfortante, como si fuera la última vez que iba a pasar por allí, como si internet no fuera un lugar sin límites y aquel espacio fuera a estarle vetado en Inglaterra. Esperó pacientemente a que parara. Tenía demasiados mensajes y comentarios incluso para haber estado desconectada menos de una semana, pero suponía que aquel *post* que subió con su teoría sobre los aliens había dado que hablar mientras ella no miraba; por su experiencia, normalmente había un montón de hombres blancos mayores con ganas de dar opiniones que nadie les había pedido, en especial cuando se les llevaba la contraria.

Cuando la cosa se calmó, marcó todo como leído y se fue directamente a los mensajes.

Ignoró todos los que eran de personas que no conocía (37) y se centró los de gente con quien ya había hablado antes. Algunos le decían que no estaban de acuerdo, a otros que les parecía algo interesante y otros opinaban que, aunque era buena idea, no la consideraban factible. Pasó de contestar. Estaba borrando cosas, que era lo mejor en esos casos y le llevaba justo el tiempo que debía haber empleado en llenar las maletas, cuando uno nuevo saltó en ese momento y, con el sonidito de siempre, la sobresaltó.

Lo abrió porque el *nick* era de alguien a quien había echado de menos.

> **Bieber1996:** ¿Estás ahí?
> **NotScully:** hola! sí
> **NotScully:** aquí estoy
> **Bieber1996:** Me preguntaba si estabas bien. Quería hablar contigo, si puedo.

Pero qué... raro. Bieber1996 nunca le había preguntado si estaba bien ni nada de su vida privada en general, en especial no... hablando así. Nunca escribía con mayúsculas ni puntuándolo todo bien, pero sobre todo nunca diría cosas como «me preguntaba» o «si puedo».

> **NotScully:** mmmm supongo que sí
> **NotScully:** oye, estás bien?
> **NotScully:** te noto raro
> **Bieber1996:** Yo estoy bien.
> **Bieber1996:** ¿Seguro que tú lo estás? Si no es así, no tienes que mentirme.

June abrió los ojos y después pestañeó despacio.

NotScully: eh... sí, seguro
NotScully: no te preocupes 😊
NotScully: qué pasa, qué querías?
Bieber1996: Nada, sólo me parecía que podías tener algún tipo de conflicto.

¿Perdón? Le estaba empezando a dar un poco de mal rollo. Devolvió las manos al teclado, dispuesta a contestar que no, que no tenía ninguno, y entonces detuvo los dedos al darse cuenta de que no era verdad.

NotScully: son cosas de la vida real, no te preocupes
Bieber1996: Todas las cosas que pasen en tu vida son parte de tu vida real, Jessica June.
Bieber1996: Sólo quería decirte que todo saldrá bien al final, si lo necesitas.

Se puso muy triste de repente, pero a la vez hubo algo que no pasó por alto.

NotScully: espera, cómo sabes cómo me llamo?
NotScully: me conoces??
Bieber1996: Seguro que vuelve a aparecer una oportunidad para resolver lo que quieres que se resuelva.
Bieber1996: Ahora viene una tormenta.
Bieber1996: [OFFLINE]

—No. NO, vuelve, no. No. Por favor.

Presionó el botón de Intro, nerviosa, e incluso recargó la página para ver si el estado de conexión de Bieber1996 cambiaba. No dejó de mandarle mensajes, pero no volvió a conectarse y no podía hacer mucho si no le llegaba nada, así que simplemente dejó de intentarlo y se quedó mirando unos minutos.

Al final echó la cabeza hacia atrás y suspiró.

«Seguro que vuelve a aparecer una oportunidad para resolver lo que quieres que se resuelva.» Y la había llamado «Jessica June». Había un nombre que se le había pasado por la cabeza al hablar con él, pero no quería decirlo en voz alta porque le daba miedo estar obsesionada de verdad. Aunque era normal pensar en ello, ¿no? Sobre todo después de esa conversación tan rara. Sobre todo después de lo que había pasado ese verano. Apretó los labios, con el pulso un poco inquieto, y luego decidió cerrar sesión para analizar cómo se sentía.

No lo sabía.

«Seguro que vuelve a aparecer una oportunidad para resolver lo que quieres que se resuelva.» Ya, claro. Estaba otra vez tumbada en el único hueco libre de su cama y no tenía nada claro, porque no dependía de ella, no lo podía controlar, así que empezó a pensar en lo que sí sabía aunque no supiera cómo se sentía, y la lista se hizo enseguida muy larga porque empezó a pensar en Duck Bean.

Pensó que la echaría de menos casi más que a su madre y que sabía que eso era un poco feo, pero que era verdad. También pensó que probablemente se iría sin decirle que le gustaba. Esperaba que todo aquello valiera la pena, lo de la universidad. Era demasiado importante que lo hiciera. Soltó un suspiro, cogiendo el móvil, y buscó el chat con Bean para dejarlo abierto y observar su foto de perfil.

Era una selfie donde salían las dos.

Duck Bean 💜

> te echo de menos

Esperaba que no fuera tonto haberle escrito algo así, pero es que quedaban diez días.

> y yo a ti, June

> podemos vernos ya?

> sí, porfa

Los padres de Bean no estaban, por eso pudieron tumbarse en el césped del jardín trasero de su casa. Era la primera vez que June estaba allí. El cielo estaba nublado y todo estaba raro, y la pelirroja no dejaba de pensar en lo que le había dicho Bieber1996 sobre que se acercaba una tormenta; lo había oído en las noticias antes de salir para allá, después, como si la persona tras la pantalla fuera quien la había invocado, pero no quería hablar de ello porque le daba miedo abrir la boca y que sus palabras no fueran adecuadas.

Llevaban mucho rato calladas, tiradas la una al lado de la otra y sin moverse. No era raro en ellas. Lo habían hecho muchas veces sobre la cama o en el suelo del cuarto de June. Se tumbaban así, juntas, y a veces sus hombros se rozaban y era muy agradable permanecer en silencio y mirar el techo mientras hablaban. Aquella vez, sin embargo, fue diferente; no sólo parecía casi la última, como si tuviera la solemnidad de una especie de despedida, sino que el sitio no era el de siempre y ya nada era fácil, así que más que la comodidad habitual, parecía algo forzado y obligatorio.

No sabía qué decir. No sabía si debía decir algo. Estaba intentando imitar a Bean, permanecer en silencio por si era lo que ella quería, cuando la voz de su amiga se oyó de repente y casi la sobresaltó:

—No quiero que te marches —dijo, y no despegó los ojos del cielo porque era más fácil seguir brevemente a un pájaro que acababa de salir del tejado que mirarla. June la vio tragar saliva—. Creo que no te lo había dicho todavía, y a lo mejor ya da igual, pero no quiero que te vayas y es por razones absolutamente egoístas.

El corazón le dio un salto porque esa era información nueva, pero, a la vez... no la pillaba por sorpresa. A lo mejor era porque eran las palabras que quería oír. A lo mejor hasta se alegró de haberlas escuchado en ese momento y no antes, cuando aún podría haber hecho algo al respecto. June se quedó observando la cara molesta de Bean, que parecía estar concentrada en no enfadarse con el cielo, y sonrió un poco porque aquello le había hecho sentir algo de alivio.

—Ya lo sé —respondió, suave, y estuvo muy feliz de poder decirlo—. Ya sé que no quieres.

Se contuvo para no añadir que ella tampoco quería porque supuso que ese comentario no ayudaría a nadie.

Cuando Bean se volvió por fin, tenía los ojos un poco brillantes y los labios bastante apretados.

—¿Qué voy a hacer sin ti?

Casi le hizo gracia la pregunta.

—Pues lo que quieras. Esté yo o no, vas a poder hacer lo que quieras, estoy segura.

—No, hay un montón de cosas que no voy a poder hacer cuando no estés, June.

Se quedaron mirándose unos segundos y la pelirroja sintió que se le daba la vuelta el estómago, así que carraspeó y desvió la vista un momento, nerviosa.

—Yo sé que vas a hacer lo que te dé la gana, porque eres tú y puedes con todo.

Duck Bean soltó un suspiro.

—Es que el tiempo ha pasado rapidísimo —murmuró, y después giró el cuerpo para tumbarse de lado y así estar totalmente encarada a ella. Parecía muy triste. Lo parecía, además, de forma muy pura, como si fuese una tristeza translúcida que ya no le valiera la pena disimular—. Quiero decir, ha pasado deprisa y a la vez despacio, pero todo es rarísimo.

—Lo sé.

—Te quiero mucho. —Los ojos de Bean se abrieron bastante, como si ni siquiera ella misma hubiera esperado soltarlo, y June se quedó observándola. Pareció que el tiempo se congelara, o al menos lo hizo hasta que Bean apartó la vista—. Te quiero mucho —repitió, más bajo—. Eres muy importante para mí, June. Siento estos días de silencio, no sabía... no sabía qué hacer. Me arrepiento de haber malgastado tanto tiempo. Te voy a echar de menos un montón.

—Voy a volver —le aseguró, y se dio cuenta de que estaba esforzándose por no tocarla, por no cogerle las manos ni acercarse más—. Voy a venir a verte.

—Ya, pero no vas a poder volver mucho. Es la otra punta del mundo. Probablemente no nos veamos más.

—Sí nos veremos. Te lo juro.

—Bueno, pero no como ahora.

—Siempre tendremos Skype. Skype es algo —dijo, intentando sonar optimista.

Bean soltó un suspiro.

—Skype es bastante poco, pero supongo que no tenemos otra cosa.

Se quedaron calladas un rato, alternando entre lanzarse miradas, jugar con la hierba que tenían cerca y contener comentarios, y al final Bean murmuró algo que sonaba como «No me creo que estemos casi en septiembre» y June sonrió.

Sin responder nada, se arrastró por el suelo hasta estar lo más cerca posible de Bean, enterró la cabeza en su cuello y le rodeó el cuerpo con un brazo.

Encajaban a la perfección, e inmediatamente se sintió mucho mejor.

Dentro de June había una mezcla enorme de sentimientos que iban desde la tristeza hasta el alivio y la alegría. La alegría era por estar viviendo ese momento y sentirse como se sentía. El alivio era porque los cinco últimos días habían sido demasiado largos. La tristeza no la tenía que explicar más.

Pero la hacía feliz que Bean le hubiera dicho que la quería, porque June también la quería a ella.

Y aunque había pensado muchas veces en que probablemente la quería como algo más y le gustaba fantasear con la idea de que pasara algo distinto, se sentía genial siendo su mejor amiga y estando sólo entre sus brazos.

Porque, como le había oído decir a Lee hacía varias noches, el día de las Perseidas, no podía haber nada malo en ser «solo» amigo de alguien.

—Yo también te quiero, Bean —dijo bajito y, aunque no pudiera verla por la posición en la que estaban, cerró los ojos para armarse de valor—. Te quiero mucho y me alegro de haberte conocido y de que seamos amigas. Me alegro por todo lo que ha pasado, incluso lo decepcionante, porque estaba contigo.

Oyó que Bean hacía un sonidito, aunque no sabía si significaba que estaba o no de acuerdo con ella, y luego le pareció oír un trueno acercándose.

ꓱ5; IRMA

< august_12_2018_perseid_meteor_shower - sleeping_at_last.mp3 >

SEPTIEMBRE

June Brad tenía organizado el viaje para el día 2 de septiembre. Supuestamente salía con su padre a las cuatro de la tarde, llegaban el día 3 al aeropuerto de Manchester a las seis de la mañana y, desde ahí, esperaban un par de horas para llega a Londres Southend a las nueve y media. Después cogerían un tren a Cambridge. Su padre ya había pagado una habitación en un hotel junto a la estación para que pudieran descansar y pasar la mitad del *jet lag* a gusto, y la verdad es que le gustaba mucho la idea de estar en Inglaterra, tirada en la habitación de un hotel con sábanas limpias y suaves, y tener a su padre en la cama de al lado para decirle de vez en cuando que le daba miedo estar sola y que él la consolara.

El día 1 de septiembre, sin embargo, el gobernador declaró el estado de emergencia en Florida y al señor Brad le llegó un correo electrónico diciendo que el aeropuerto internacional de Orlando cerraría hasta nuevo aviso debido a la cercanía de un huracán.

Darían prioridad a los vuelos nacionales. Habían estado escuchando en las noticias cómo desde el 30 de agosto el huracán había azotado Barbuda, Cabo Verde, las Islas Vírgenes y Puerto Rico; se esperaba que aquello no llegara hasta Florida o que remitiera antes de hacerlo, pero no fue así. Y no les tocó de frente, pero les afectó igual. El huracán Irma osciló entre las categorías 4 y 5, sin detenerse, y con el paso de los días llegó a la República Dominicana, Haití y Cuba, cada vez más cerca de los Estados Unidos, así que el gobernador se encargó de movilizar a la guardia nacional de Florida para que asistiera en las preparaciones. En el sur, todo el mundo empezó a saquear supermercados y gasolineras en busca de agua, provisiones y gasolina.

Cancelaron las clases y cerraron oficinas, universidades y colegios. Se abrieron refugios. Para el 8 de septiembre mucha gente había evacuado las ciudades del sur y de la costa de forma obligatoria, y el día 9 cerraron oficialmente el resto de aeropuertos. Se suponía que cuando el huracán pasase serían las propias compañías aéreas las que abrirían líneas de contacto para resolver lo de los vuelos cancelados, y el correo que había recibido Michael Brad decía, además, que sentían mucho las molestias y que esperaban que estuviera a salvo hasta que todo aquello pasase.

June se había quedado leyendo eso último hasta que dejó de sentirse horrorizada por la sensación de que había alguien que ya había intentado avisarle de que pasaría algo como eso.

Cuando recibió el correo, de todas formas, la primera persona a quien se lo contó fue Bean.

Duck Bean 💜

> han cancelado mi vuelo
> por culpa de la tormenta

> han cerrado el aeropuerto

> parece que al final no me voy

> lo dices en serio?

> sí, se supone que nos avisarán de las nuevas fechas y eso

> está mal que me alegre?

No podía estar mal si a ella la hacía feliz que Bean se sintiera así.

A Lee, cuando se lo contó, le pareció una especie de señal. Dijo que le daba esa sensación, al menos, aunque no supo decir qué señalaba aquello exactamente. Adam, por otro lado, preguntó antes que nada por la universidad, pero ella le contó que el hombre de la secretaría de Cambridge le había dicho que resolverían los problemas de su retraso cuando llegara allí, y que no se preocupara. Y eso fue todo. Pudieron verse hasta el día 9, aunque con pañuelos y chaquetas que no esperaban sacar hasta finales de octubre o noviembre, y al final el 10 de septiembre se encerraron en casa porque el huracán había entrado oficialmente en Florida y, aunque los vientos de 200 kilómetros por hora aún no les afectaran, la lluvia que había por allí era suficiente aviso.

Todo el mundo había asegurado las ventanas y tenía baterías de repuesto, agua y provisiones, pero aun así la fuerza pareció inesperada.

El huracán pasó despacio.

Estuvo lloviendo todo el fin de semana, pero era lluvia fuerte normal, no lluvia fuerte-nivel-huracán, como la había llamado Lee. Los padres de June intentaron trabajar desde casa, aunque en realidad deberían haberse podido permitir un descanso, y ella se quedó en el salón con ellos porque le daba un poco de miedo estar sola. Se suponía que no habría incidentes importantes hasta el domingo o la noche del lunes, pero aun así tenía miedo. El ambiente estaba raro. Estuvo hablando con Bean todo lo que pudo hasta que se fue la luz y a su amiga se le gastó la batería del móvil, y entonces fue como si no hubiera nadie más en el mundo aparte de los Brad, solos en esa casa a oscuras y con los truenos retumbando fuera.

Fue la primera vez que se sintió sola de verdad. Era tonto pensar eso teniendo en cuenta que, en un universo alternativo, ella ya estaría sola a 7000 kilómetros de casa rodeada de gente con acento y enfrentándose por primera vez a la universidad, pero se acurrucó entre sus padres.

A las tres de la mañana, un ruido fuerte despertó a June y ella se levantó de un salto, aunque sus padres no oyeron nada. La tormenta no había cesado y la casa casi parecía otra con aquella luz intermitente. Con cuidado, porque no quería despertarlos, se acercó a la cocina para mirar por la ventana que daba a la parte trasera y casi se le paró el corazón al ver lo que había al otro lado.

La valla que separaba su jardín y el de sus vecinos se había desenganchado del suelo y flotaba sobre el aire como si no pesara nada, como si estuviera echa de tela. Los diferentes tablones se movían descoordinados a un ritmo que no entendía, y reconoció que la ondulación era un poco hipnotizante, aunque pareciera peligrosa. Se quedó mirándola un momento porque parecía una cometa. Nunca había visto nada así. Le gustaba. Entonces, en medio de aquella interrupción, un rayo lo iluminó todo y June vio una figura alargada intentando cazar la madera, como si quisiera sujetarla contra el suelo para evitar que chocara.

Medía más que una persona normal y parecía desnuda, como si fuera sólo una forma y no tuviera nada que esconder con ropa, pero tenía dos piernas y dos brazos. Cuando llegó el siguiente rayo, unos segundos más tarde, la figura tenía la cabeza girada hacia ella y pudo verle la cara claramente.

Podía haber sido cualquiera, pero no. Supo que era él, y lo reconoció en seguida por una cosa:

sus ojos eran del todo blancos, grandes y la miraban.

Al tercer rayo, Martin había desaparecido y la valla volvía a flotar como si nada, sujeta por un solo punto y amenazando con desengancharse.

El granizo caía con tanta fuerza que pensó que, si salía, podría abrirle la cabeza. Los árboles de la casa de al lado se inclinaban peligrosamente sobre el tejado del señor Whitelock. Buscó a Martin con la mirada porque tenía que volver a verlo, porque ya se le habían olvidado sus rasgos y sólo veía aquellos dos puntos brillantes en la oscuridad (un poco desagradables pero reconocibles), pero él no volvió.

Una vez todo hubo pasado y la gente de Pine Hills hizo el primer trabajo de recogida de ramas y hojas de sus respectivos jardines (y sería sólo el primero, porque después del día 12 el viento seguiría levantándose y muchas veces no valía la pena el esfuerzo), los chicos decidieron quedar aunque fuera un rato.

Habrían ido al Planet Zian, pero todos los establecimientos excepto el McDonald's estaban cerrados, así que se quedaron en el jardín de June sentados sobre un montón de hojas y formando una especie de círculo.

—Nosotros hemos recuperado la luz esta mañana —dijo Lee, echándose hacia atrás y hundiendo ambas manos en la hierba—. Menos mal que mi madre es de lo más previsora y se encargó de vaciar la nevera, porque si no lo hubiera hecho todo habría sido un auténtico desastre.

—En mi casa no se fue —comentó Bean—. La instalación es subterránea o algo así, así que tuvimos luz durante toda la noche.

—Pues nosotros seguimos sin ella —dijo Adam—. Se ha ido en la mitad de las casas de la calle.

—Puedes quedarte aquí si quieres —ofreció June—, tenemos mucho sitio. Si quieres cargar lo que sea, ducharte, comer o dormir... estás invitado. Aunque no sé si preferirás quedarte con tu madre.

El chico se encogió de hombros.

—No creo que a Juliet y a ella les importe que desaparezca un par de horas o un día, la verdad. Gracias, June.

Lee se echó hacia delante y apoyó la barbilla sobre las rodillas. Bean, que era quien estaba más cerca, le dedicó un vistazo sin decir nada. El chico no había dejado de observar a Adam en toda la tarde, pero el otro no lo había mirado ni una sola vez y Bean sabía, por Lee, que desde Ferndale sólo habían hablado por el grupo o cuando habían estado los cuatro. Le dio pena. No sabía qué había pasado entre los dos, pero estaba dispuesta a preguntar si veía que la ocasión se prestaba.

Carraspeó.

—¿No os parece que, aunque Orlando se haya librado del huracán y sólo hayamos sufrido daños mínimos, todo está... raro? —Los otros tres alzaron la cabeza para mirarla y Bean se sacudió un poco—. ¿No lo notáis? Es como si quedaran cosas.

—¿Cosas?

—No sé, como si la gente siguiera tensa.

—La gente se va a gastar mucho dinero en reparar vallas, y en algunas partes han caído árboles y todo. Es normal.

—Mi valla casi sale volando también —comentó June, pensativa—. La verdad es que estuvo a punto, si no hubiera sido por...

Se calló de golpe. «Si no hubiera sido por Martin», quería decir, pero no podía pronunciar ese nombre delante de ellos. Sus amigos ya habían tenido suficiente Martin para siempre y probablemente no quisieran saber más de él, así que tragó saliva y, cuando Adam alzó la ceja y la miró esperando que continuara, dijo lo primero que se le pasó por la cabeza:

—... por los anclajes que puso mi padre. No ahora, no puso nada para protegerla, me refiero a cuando la instaló. Una maravilla.

Lee soltó un suspiro y se echó un poco hacia atrás.

—Puede que sí haya gente que sigue en tensión, aunque no sé si es sólo por el huracán. A lo mejor hay cosas que deberían... resolverse y ya, puede. Sin darle más vueltas.

Bean abrió los ojos y luego miró a Adam, pero el chico no se volvió hacia él al responder:

—Será porque la gente tiene que pensar bien cuándo y cómo. Las cosas están difíciles en estos momentos.

—Bueno, tampoco deberían esperar mucho más para arreglar las cosas, me parece. Si las dejas sin atender, al final se estropean.

—Ya, tú seguro que sabes de eso.

June frunció el ceño, confundida, pero su amiga le puso una mano sobre la pierna antes de que pudiera preguntar. Lee acabó levantándose con un gruñido cansado y, diciendo que le había prometido a su madre que volvería para la cena, se despidió de las chicas y se fue.

Todos se quedaron en silencio y, aún sin comprender qué había pasado, June pensó que su segunda oportunidad no era esa y que no se había quedado un poco más en Florida para que pasara algo así.

Y, sin embargo, al día siguiente, después de que la compañía la avisara de que el lunes 18 de septiembre sería su nuevo vuelo a Cambridge, un matrimonio en Melbourne Beach reportó la presencia de un barco lleno de maniquíes encallado en la costa y todo volvió a empezar.

ꓵ6; PORCIA

< be_an_astronaut - declan_mckenna.mp3 >

SEPTIEMBRE

June había llamado a Bean para hablarle del barco de maniquíes, Bean se había encontrado con Lee en el McDonald's y Lee lo había avisado a él.

Y para darle el aviso había aparecido en su mismísima ventana, al otro lado, en el césped, sin una farola alumbrándolo y llamando al cristal con expresión tímida.

No habían hablado desde el beso. Bueno, sí habían hablado, pero no en privado ni como antes, y la razón principal había sido los esfuerzos de Adam por evitar todo contacto con Lee. ¿Era esa la razón de que hubiera aparecido ahora por allí, para que no pudiera ignorar la llamada, o Lee ni siquiera había pensado en ello? ¿Le daba él importancia? Parecía relajado al saludarlo, al menos antes de decirle lo último que Adam se había esperado que le dijera: «Creemos que Martin ha vuelto». En cuanto dijo eso, su expresión cambió; en cuanto dijo eso, Adam despejó la cabeza y le pidió explicaciones.

Y por eso estaban ahora los tres allí, en un Planet Zian recién abierto, lejos de la zona de ordenadores y con tres tés fríos templándose ante ellos.

—¿No os parece un poco tonto creer que esta vez sí va a funcionar?

Bean y Lee alzaron la vista con el ceño fruncido. En parte se arrepintió nada más decirlo, pero por otro lado lo pensaba de verdad. ¿Adónde les había llevado creer, o esforzarse en hacerlo? ¿Adónde les había llevado hacerse ilusiones?

A un cibercafé que olía a sudor y a café rancio.

—¿Lo dices en serio? —preguntó Lee, su voz cansada y, quiso pensar, algo dolido.

—Sí. Creo que nunca hemos pensado que fuera a pasar de verdad. Martin. Que ninguno de los tres creía realmente que existiera, y ahora...

—Puede que no —respondió Bean, cortante, sorprendentemente rápido y, también para su sorpresa, sin negar lo que Adam había dicho—. Pero tal vez nunca ha ido sobre si los aliens existían o no, ¿sabes?

—Yo diría que la pregunta sobre si hay aliens ha estado *bastante* presente.

—No, qué va —discutió ella, y se la veía cansada, más que otras veces—. Esto ha sido siempre sobre June, y sobre nosotros, y sobre estar juntos. Esto ha sido siempre sobre alargar el verano todo lo posible. —Bean desvió la vista a Lee, como para encontrar en él algún tipo de apoyo, pero el chico tenía la mirada clavada en la mesa y no parecía querer hablar. Ella soltó un suspiro, despacio, y luego se echó hacia atrás el flequillo—. Mirad, ¿qué importan los aliens a estas alturas?

—¿Cómo que... qué importan? Pero si estamos aquí porque habéis dicho...

—¡Nosotros somos los aliens! —exclamó Bean—. Esa es la clave. No pongáis esa cara, ¿vosotros nos habéis visto? Miraos en el espejo y pensad en el grupo que formamos; eso es todo, ya está. El resto...

—Se calló un momento, cogió aire, y luego cedió—. El resto es sobre aprender a despedirnos de June, y ahora hemos conseguido una segunda oportunidad y no quiero volver a joderla. Lo demás... lo demás da lo mismo.

El corazón de Adam se encogió un poco y asintió, intentando recuperar eso y volver a cerrar los dedos alrededor de la cosa que, durante meses, le había hecho moverse. June. Se lo repitió por dentro —*June, June, June*— como sabía que Bean hacía para no perderla de vista, pero entonces...

«No —dijo la voz que de vez en cuando sonaba en su cabeza—, sabes que realmente ella nunca fue...»

Bean pensaba que Adam había llegado hasta allí intentando mantener a June cerca, como ella, pero en realidad nunca había sido así. Incluso se había querido convencer a sí mismo, pero mentiría si siguiera manteniendo que había llegado tan lejos por seguir a la pelirroja y no a la persona a quien no había querido perder de nuevo.

Y ahora...

—¿De qué sirve intentarlo si no estamos todos en esto? —preguntó Lee, chasqueando la lengua, suspirando.

—¿Lo dices por mí? —preguntó Adam, arqueando la ceja.

—Sí. He tenido que arrastrarte hasta aquí y acabas de soltar esa tontería, claramente no podemos contarte en el grupo...

—¿Y eso por qué lo decides tú? —ladró, alterado.

Lee se encogió de hombros, mirando hacia otro lado.

—Porque yo soy capaz de tomar decisiones y la iniciativa, no como otros.

Adam abrió los ojos e, inmediatamente, frunció el ceño.

—Pues menuda capacidad de mierda si lo haces sin consultarlo con nadie.

Lee ni siquiera esperó a que pudiera añadir nada: a pesar de haber ido a buscarlo a la ventana, a pesar de lo que habían estado recuperando y de que lo hubiera besado en la comisaría de Ferndale, Lee se rindió con él allí mismo y, al hacerlo, echó hacia atrás la silla y directamente se levantó.

—Jones —advirtió Bean, siguiéndolo con la mirada y con la expresión dura.

—¿Qué? Sólo voy a pedir otra, DB, tranquila —contestó el chico, alejándose hacia el mostrador, serio.

Que esa hubiera sido su forma de contestar a su comentario le pinchó en el pecho y, sintiéndose pequeño y ridículo y más inquieto de lo normal, Adam cogió sus cosas y se marchó.

Bean salió corriendo detrás de él, la mochila que llevaba dando saltos a su espalda, pero no fue capaz de darle alcance hasta que Adam llegó al fondo del aparcamiento, donde había dejado su coche.

—¿Puedes explicarme qué leches os pasa? —dijo, agarrándolo del brazo para que se volviera, aunque él se deshizo de ella enseguida—. Eh, ¿qué demonios ha sido eso, Holt?

—Nada. Lee es idiota.

—Los dos lo sois, pero eso no es lo que te estaba preguntando. —Como si le diera igual la pelea, o el rechazo, o que Lee siguiera en el local a apenas unos metros, Bean se cruzó de brazos e insistió—: ¿Se puede saber qué pasa? ¿A qué ha venido eso?

—A nada.

—Y una mierda. Dime qué pasa, Holt. Vamos.

Adam dudó. Por una parte quería decírselo, soltarlo en medio de un aparcamiento desierto y contárselo a alguien por fin, pero por otra estaba seguro de que, si conseguía guardárselo, lo que había pasado poco a poco desaparecería para siempre. Aunque no sabía si quería eso. Pensaba que sí, que lo haría todo más fácil, pero no estaba seguro de que su corazón se lo pidiera.

Apretó los labios, tenso, y la miró. La cara de Bean era todo determinación y fuerza, como siempre lo había sido, pero a la vez se la veía paciente. Calmada. Capaz de darle una paliza si hacía falta, sí, tal vez de levantarlo por los aires como había hecho con ese chico hacía tiempo, pero de hacerlo con toda la tranquilidad del planeta. Cogió aire y, a los pocos segundos, lo soltó. Si Bean tenía razón en algo, era en eso que había dicho minutos atrás: aquella era una segunda oportunidad y estaba en sus manos perderla, aunque ella no se había referido a lo mismo cuando lo había soltado.

Así que Adam volvió a respirar y, a falta de poder hacer nada mejor, decidió rendirse.

—Lee me besó en la comisaría de Ferndale.

—¿Qué?

Adam se encogió de hombros, incómodo, y apartó la vista.

—Ya te habías ido. Su madre vino a por él y me besó antes de salir.

—¿Estás de coña?

—No. Nos vio ese policía, el joven.

La chica guardó silencio hasta que, de repente, de su interior salió un gruñido.

—Te lo juro por Dios, este tío... —Bean volvió la cabeza hacia atrás un momento, al local donde el otro aún seguía, y luego se pasó las manos por la cara—. Normalmente apenas os soporto a ninguno, pero esto...

—¿Qué quiere decir que no nos soportas?

—Pues que me frustra ver que sois tan idiotas y tan evidentes. Me frustra y *me fascina,* pero la frustración sigue ahí y es CONSTANTE.

Adam respiró hondo y se recostó sobre su coche.

—Ya, bueno.

Bean relajó la expresión, como si se estuviera esforzando en parecer amable, y se le acercó otro poco, con más tacto.

—¿Me das una vuelta con el coche?

Parecía mejor solución que estar allí plantados, así que Adam aceptó y la chica se sentó delante.

Dejó que se alejaran un poco del sitio antes de girarse hacia él para volver a preguntar:

—¿Por eso estáis así? Me refiero a la pelea esa. ¿Es que no lo habéis hablado?

—No, claro que no —respondió Adam, tenso.

—¿Cómo que «claro»?

—Pues porque no sé qué significa y no me atrevo a preguntárselo, pero no dejo de pensar en ello y cada vez que lo hago me... ahogo.

La cara de Bean se transformó en otra cosa enseguida. Parecía que aquello la hubiese conmovido, pero había en ella un toque de ligera condescendencia por la que, honestamente, Adam ni siquiera la podía culpar.

—Holt, tengo que confesarte una cosa. Para ahí, venga. —Ante la expresión sorprendida del chico, que la obedeció más rápido que nunca en su vida, Bean se sacudió un poco e intentó entornar una sonrisa—. Estaba despierta aquella noche mientras Lee y tú hablabais de... Bueno. Estaba despierta cuando le preguntaste quién le gustaba.

El corazón de Adam dio un vuelco, recordando aquella conversación y cómo después había intentado embotellar lo que le había hecho sentir por enésima vez. Los dedos se le cerraron solos alrededor del volante, tensos, pero al menos ahora no se movían y podía permitirse estar nervioso.

—¿Y?

—Pues que sabía de quién hablaba, y si lo supe yo también tuviste que saberlo tú.

Sí, pero había preferido no pensarlo y probablemente eso fue lo que provocó el beso.

¿No era gracioso hablarlo con Bean, a quien siempre había visto como una especie de competencia? Pensándolo ahora, todo era increíblemente ridículo. Soltó un suspiro, cansado, y se echó el pelo hacia atrás.

—Sí, supongo.

—¿Entonces?

—Pues no sé, Bean, estoy... estoy bastante confundido.

—Normal, ser adolescente es muy confuso —bromeó, sonriendo para quitarle un poco de hierro al asunto. Cuando vio que él no la imitaba, dejó de hacerlo y preguntó—: ¿Eso significa que no sabes lo que sientes?

—Sí. —*No*—. Puede. No lo sé, Bean, si todo esto fuera tan fácil...

—¿Y por qué no lo es?

Porque Lee era su mejor amigo, pensó Adam, aunque tal vez ese término no valía después del hiato de cuatro años. Por ese hiato, precisamente, y por todos los sentimientos que había retenido durante ese tiempo, y por cómo sentía que se medía cuando estaba con él.

—Porque... no lo sé —murmuró, mucho más suave, más vulnerable que nunca—. No lo sé, Bean. Conozco a Lee de casi toda la vida, o de toda la vida que importa, eso seguro. Esto parece... parece de mentira, ¿sabes? Y parece increíblemente ridículo. Obvio, casi, no lo sé explicar, como si *hubiera tenido que pasar*, ¿tiene sentido? Pero la cosa es que... no quiero que pase. No quiero, y he intentado evitarlo, y por eso ahora él está...

—Lee no está enfadado contigo.

Adam soltó un resoplido.

—Sí, ya, ya lo he visto.

—No está enfadado contigo, Holt, sólo está dolido. Es evidente. —Bean sonreía y su voz sonaba suave, como si hablara con un niño pequeño—. Imagínate que tú hubieras besado a la persona que te gusta y hubiera desaparecido durante casi un mes, Adam. Imagina que le hubieras plantado un beso a June mientras estabas por ella y que se hubiera esfumado, ¡te habrías muerto!

Adam abrió un poco los ojos.

—¿Sabías eso?

—¿Pero tú te crees que soy tonta?

No, definitivamente, Bean no era tonta para nada. Suspiró, volvió a tocarse el pelo y miró hacia otro lado.

—Vale, eh... lo siento por eso.

—¿Por qué? Lo entiendo perfectamente.

Y no supo si con eso reconocía lo que sentía por la chica, pero fue lo que le pareció.

—Da igual —murmuró Adam, y empezó a juguetear con las llaves del coche, que colgaban ahora del contacto, tentadoras—. Esta conversación es una tontería, de todas formas, porque pase lo que pase todo esto es...

—Me da la sensación de que llevas intentando que Lee no te guste muchísimo tiempo y que por eso ahora te cuesta tanto aceptar que tú le gustes también.

Y ahí estaba. Lo había dicho. No había ni agresividad ni superioridad ni burla en su tono, sólo una sinceridad enorme y aplastante que ya no podía evitar porque, fuera adonde fuera, siempre le vendría de cara. Y no era una sorpresa, tampoco, porque lo había sabido siempre; lo que sentía, lo que intentaba esquivar, era algo de lo que Adam había sido consciente durante años. El corazón era suyo, al fin y al cabo, y era a él a quien se le aceleraba y a quien le dolía todo el tiempo.

—Quería llamarlo de otra forma —confesó, bajo—. Al principio creía que lo admiraba por su forma de ser, y después quise estar enfadado porque me hubiera dado de lado, pero ahora...

—Es más fácil buscar otras palabras para las cosas cuando siempre nos han dicho que no se pueden llamar así —respondió Bean, encogiéndose de hombros—. Si Lee fuera una chica todo sería menos lioso, y de hecho probablemente lo tendrías todo mucho más asumido, como cuando estabas colgado por June. Quiero decir, reconocer que te han roto el corazón es mucho más sencillo cuando la persona que te lo ha roto es quien todo el mundo espera que sea, en tu caso, una chica. Que te guste alguien de tu mismo género es... bueno, puede ser difícil de asumir cuando no te has hecho a la idea de que entra en tu propio esquema, ¿sabes lo que te digo?

Él se encogió de hombros, pero se le escapó una risa amarga.

—Pero para mí no debería ser tan difícil. Mi madre es bi, tiene novia.

—¿Y qué? La gente de tu entorno no cubre tus experiencias, Adam. Que yo sea lesbiana no significa que tú tengas que tener clara tu sexualidad. —La forma que tuvo de decir esa palabra le chocó, porque sonaba fuerte en su lengua, como un látigo, como si le hubiera dado una bofetada al sentirse tan orgullosa—. Cada uno tiene su ritmo —siguió Bean, y aunque estuviera tan segura su voz era casi dulce—, nadie espera que sepas o que anuncies nada ahora. Yo sólo digo... bueno, que si hay cosas que *ya* sabes y si te hace daño luchar contra ellas, a lo mejor simplemente deberías dejarlas fluir. Para ver cómo se siente, tal vez. Para que veas que estarás bien, pero por tu cuenta, porque no sirve que yo te lo diga.

Tenía los ojos llenos de lágrimas. No sabía por qué y no quería que fuera por Bean, o por algo que ella había dicho, pero por primera vez en muchísimo tiempo pensó que podría llorar y tragó saliva despacio porque no le salían las palabras. Tenía un nudo duro en la garganta, pesado, tenso, y, como si fuera algo que llevaba tiempo colgando sobre sus cabezas, Adam cayó de repente en que Bean era su amiga. Que lo era de verdad, y de forma diferente a como lo eran June o Lee. Que Duck Bean Jhang, ahí donde la tenía, alta y delgada y fiera como ella sola, le caía bien de una forma especial e incomprensible y que probablemente le había ayudado con esas palabras más de lo que nadie había hecho en mucho mucho tiempo.

No supo qué decir. No sabía cómo agradecerle lo que había hecho por él de una forma que les encajara, porque ninguno era muy de abrazos ni de palabras bonitas ni de gestos grandilocuentes, así que simplemente respiró, intentando calmarse, y cuando estuvo seguro de que la voz no se le iba a romper dijo, simple y llanamente:

—Gracias.

Ella sonrió un poco, satisfecha.

—No me tienes que dar las gracias por nada.

—Sí, sí tengo. Me has... Bueno. Me has dado una paliza.

La chica soltó una carcajada enorme.

—Para eso estamos —respondió, contenta—. ¿Cómo estás?

—¿Ahora? —Bean asintió—. Bueno, bien, creo. Me siento mal por cómo le he hablado. Supongo que, cuando llegue a casa... Bueno. Supongo que hablaré con él. Intentaré... disculparme. No sé si estoy preparado para hablar del beso o para pensar en todo lo demás, pero intentaré... ir paso a paso.

—Buen plan. Pasito a pasito. Oye, ¿me llevas a casa? Ya que estamos, podrías acercarme.

—Claro. —Adam giró la llave y el Chevrolet empezó a ronronear—. ¿Desde cuándo eres tan sabia, de todas formas?

—Desde siempre, es que no hablamos mucho —rio Bean—. ¿Sabes llegar?

—Sí, sí.

ꓞ7; OBERÓN

< i_like_you - dandelion_hands.mp3 >

SEPTIEMBRE

Parecía un poco más fácil hacer algo cuando tenía la energía suficiente como para volar por la calle. Daba igual si esa energía era mala y daba igual si la generaba él mismo u otra persona; el caso era que le levantaba el ánimo y lo movía, y, tal y como estaban las cosas, Lee no podía dejar de estar en movimiento.

Había recuperado la bici de montaña de su padre porque había decidido que robarla era mucho más discreto que coger de repente el coche, así que ahora estaba pedaleando y dándose cuenta de la de músculos que no había usado en sus dieciocho años de vida. Daba igual, valía la pena. O, bueno, al menos esperaba que fuera a valerla, aunque no lo sabía porque ni siquiera estaba seguro de lo que iba a hacer ni de lo que quería que pasara. ¿Iba a hablar con Adam? ¿Iba a razonar con él, o a disculparse para que volvieran a estar como antes? ¿De verdad creía que podrían hacerlo? En el fondo era consciente de que sus malas contestaciones venían de saber que era él quien lo había hecho todo mal, pero esta vez no sabía cómo arreglarlo, y eso resultaba agobiante. Adam era la única persona en el mundo a quien no tenía ni idea de cómo predecir, y eso era probablemente lo que seguía tirando de él hacia su cuerpo, sí, pero también algo que lo desesperaba.

Así que por eso estaba tomándose su tiempo en recorrer la distancia entre sus casas a escondidas y en bicicleta, para intentar salvar lo que pudiera.

La pelea en el Planet Zian le había sentado fatal. Bueno, ni siquiera había sido una pelea, pero Bean lo había reñido después de que Adam saliera y, tras decirle «Resuelve esto» con voz dura, había ido tras él. Lee no la necesitaba y los dos lo sabían, así que los había observado mientras hablaban junto al coche y luego cuando se subieron y se fueron de allí. Y él se había quedado vacío, pensando. En su frustración y en de dónde salía, en qué había aprendido de todo el verano y en cómo ayudar a la gente que le importaba. A Adam. A June, a Bean. Y quería que él y sus amigos estuvieran bien y juntos. Quería que todo fuera lo mejor posible y que fueran felices y ayudarlos a que terminaran de *caer*, si aún lo necesitaban, pero así no podía ser útil. Por eso tenía que centrarse, porque Lee había estado meses esperando una señal y a lo mejor se le había escapado del todo.

Porque, si lo que hacía Lee era conocer a las personas, ¿cómo había podido pasar por encima de la más relevante?

En realidad, el enfado que había pagado con Adam no tenía que ver con él, sino consigo mismo.

Llegó al jardín de los Kaine por segunda vez en dos días. El cielo se estaba apagando cuando dejó apoyada la bici contra la fachada lateral de la casa y cogió aire para acercarse a la ventana; había tenido cuidado en no ser visto desde delante, porque darle explicaciones a la madre de Adam ahora mismo sería un poco raro. Temblando, cogió aire y se dispuso a llamar como lo había hecho la noche anterior. Luego esperó una respuesta, nervioso. Veía luz dentro pero sabía que Adam la dejaba a veces encendida aunque no estuviera, así que no sabía si tendría que esperar demasiado o si por el contrario...

El estor que le tapaba la vista se subió de golpe y la cara blanca de su amigo, que apareció de pronto al otro lado, se volvió roja al instante. Se miraron a los ojos durante un rato, congelados, y Lee sintió que se le aceleraba el corazón. Adam fue el primero en moverse y recular, abriendo rápidamente la ventana y, mirando hacia atrás, murmuró:

—Rápido, pasa.

Mentiría si dijera que no había atravesado esa ventana otras veces, pero la falta de práctica y lo que le vibraba todo el cuerpo hicieron que entrar le costara un poco más de lo normal.

Cuando por fin puso ambos pies en el suelo, Adam cerró la puerta y echó suavemente el cerrojo.

—No hables alto, Juliet y mi madre están en el salón. —El rubio le echó un vistazo rápido, breve y un poco duro, y después preguntó—: ¿A qué has venido?

—Quería... quería hablar.

—Ah, ¿ahora sí?

—Sí. Quería disculparme por lo de antes.

—Vale. —Y, por alguna razón, ese «vale» no fue para nada tan duro como Lee se había esperado.

—Vale —dijo él a su vez, y entonces se dejó caer en la cama porque no sabía por dónde empezar y tal vez fuera mucho más fácil simplemente saltarse la introducción e ir sin rodeos—. No aguanto mucho más, Adam.

Le dio tiempo a contar hasta cinco antes de oír la voz de su amigo contestándole.

—¿Eso qué significa?

Allá iba.

—Que estoy desesperado. Que sé que la cagué y que la cagué de verdad, pero que ahora no sé qué hacer y me confunde mucho no saberlo.

—O sea, que esto es un problema de que no tienes la situación bajo control.

—Sí.

Le gustó pensar que del otro lado de la habitación le llegó una risa, pero tal vez fue sólo un suspiro.

—Lo siento. Estaba intentando... Era... difícil.

—No quería que fuera difícil, sólo que contestaras a mis mensajes —respondió Lee en voz baja—. Pero lo siento. Siento haberte besado, ¿vale? No quería... Quiero decir, sí quería besarte, pero no lo pensé mucho y no pretendía que eso estropeara las cosas.

—¿Y eso es todo?

Lee, que se había estado mirando las manos hasta ese momento, alzó la cabeza.

—¿Quieres algo más?

Adam parecía increíblemente incómodo.

—No lo sé, es que... ¿Y ya está?

No pudo evitarlo: los labios de Lee se doblaron un poco hacia arriba, apenas un suspiro, y dejó escapar el aire por la nariz en una risa cansada y triste.

—No, y ya está no.

Los hombros de Adam cayeron. Estaba tan cansado como él, ahora lo veía: toda aquella distancia, aquella forma de hablar diferente, que sólo lo hicieran si estaban en grupo... Eso había sido duro también para él, no sólo para Lee.

Y ahora allí estaban.

—¿Por qué lo hiciste? —preguntó su amigo, y sabía que estaba asustado, pero eso no iba a cambiar la verdad.

—Porque me gustas, Adam —respondió Lee, sincero, abriéndose por la mitad sin reparos—. Me gustas y quería besarte.

Y no podía ser información nueva para él, pero al mismo tiempo tal vez sí, así que dejó que aquello le llegara y no se atrevió a decir nada más por miedo a que el otro se sintiese presionado.

Vio cómo el chico se mordía el labio. Su pecho subió mucho cuando cogió aire y después lo dejó escapar; desde donde estaba sentía perfectamente cómo le iba a toda velocidad el cerebro, aunque no sabía si era porque intentaba asimilarlo o si era porque estaba buscando excusas. Por su parte, Lee intentó mantenerse tranquilo y asumir que probablemente tendría que marcharse. Decirlo por fin había hecho que se sintiese libre por un segundo, pero ahora había vuelto al mismo estado de antes y no estaba muy seguro de si seguir allí tenía mucho sentido. Cuando Adam empezó a moverse, él simplemente dejó que lo hiciera: cansado, tal vez intentando arañar unos últimos minutos, se echó hacia atrás y se quedó mirando el techo del cuarto.

—Oh —dijo entonces, casi sin querer, porque le salió solo—. Las estrellas.

Adam también miró hacia arriba.

—Ah, ya. Nunca llegué a quitarlas.

—Me hace ilusión. ¿Eso es tonto?

—¿Por qué te gusto? —preguntó Adam entonces, sin poder aguantarse más.

Lee sonrió un poco y se encogió de hombros, todavía tumbado.

—No lo sé, Holt. Me gustas desde que tengo nueve años, así que no estoy seguro de poder explicar bien lo que siento. —Dejó escapar una risa, porque todo aquello tenía algo de triste y de ridículo, y luego siguió—: No sé si quieres este tipo de confesión ahora, pero bueno: sé que me gustaba estar contigo y que me parecías guapo y que te admiraba mucho por saber tocar el fagot, y en algún momento debí de darme cuenta de que era un «gustar» un poco diferente. Tampoco sé qué decir. Siempre pensé que si te lo contaba entrarías en pánico, y supongo que no me equivocaba.

—No he entrado en pánico.

—¿No? ¿Y esto qué es?

—Sólo estaba preguntándote. ¿Por qué no me lo has dicho antes?

—No sé. ¿Qué más da? Te lo estoy diciendo ahora. No sé si es mejor o peor o si habría cambiado algo decirlo antes, pero...

—Creo que a mí me gustas también, Lee.

El silencio llenó unos segundos la habitación y, cuando se hubo asentado, Lee giró la cabeza y se incorporó sobre los codos para mirarlo.

—¿Qué?

La cara de Adam estaba completamente roja y parecía que iba a arrancarse el pelo, pero le aguantó la mirada y, lo más importante, no dejó de hacerlo cuando los ojos de Lee se encontraron con los suyos.

—Eh... Ya me has oído.

—Sí, te he oído perfectamente.

Sin querer interrumpir, Lee se quedó muy quieto hasta que Adam decidió seguir.

—Pues eso, que he... he estado... En realidad esto es ridículo —se cortó, exasperado consigo mismo, dándole la espalda a la cama e intentando encontrar algo de intimidad en la que recomponerse—. No sé qué mierdas estoy diciendo, pero sí, creo que me gustas. Sin el «creo». Es ridículo.

—Qué va, no lo es. Dios, Holt, voy a matarte. —Una carcajada le estalló en la boca y Lee se pasó las manos por el pelo—. ¿Me tienes media hora sufriendo para ahora decirme algo así? Te mereces una...

—¿Y qué quieres que haga?

—Bueno, querría que hicieras muchas cosas, pero para empezar podrías haberme parado mientras te lloriqueaba de forma patética. —El chico rio, aún avergonzado, pero con el pecho mucho más amplio después de haber oído aquello—. ¿Lo has dicho para que me callase, o de verdad?

Por fin, Adam pareció rendirse y se acercó a la cama para sentarse a su lado con un suspiro.

—Lo he dicho de verdad. Lo siento. Ni siquiera sé qué viene ahora, pero al menos decirlo...

—Sienta bien, ¿eh?

—Sí —reconoció el rubio, sonriendo—. Sí, un poco mejor que guardármelo.

Lee dejó caer una mano sobre la suya, sutil, casual, casi, y Adam lo miró a los ojos.

—¿Y ahora qué quieres hacer?

«¿Tengo que hacer algo?», había dicho June cuando Adam le había hecho esa misma pregunta. Ahora, el chico solamente sonrió.

—No lo sé. Bueno, sí lo sé, pero no quiero... no quiero que estemos raros, ¿sabes?

—No hay nada raro en esto, Holt —respondió Lee, y le miró los labios antes de inclinarse hacia él con todo el poder de su boca.

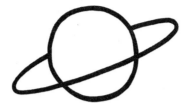

Ǝ8; HAUMEA

< sparkle – radwimps.mp3 >

SEPTIEMBRE

Retiraron el barco al día siguiente por la mañana y June avisó a Bean en cuanto lo leyó.

—No vale la pena intentarlo, ya no va a volver. En la costa son siempre apariciones individuales —le dijo en un audio, y ella se encargó de transmitírselo al resto.

El barco que habían encontrado encallado en Melbourne Beach había pertenecido a un hombre encarcelado desde 2006 por tráfico de drogas y nadie tenía muy claro cómo había llegado a la playa, aparte de que debía de haberlo dejado allí el huracán. La policía lo movió enseguida y recogió también los pocos maniquíes que habían caído por la borda hasta la arena. No podían saber si la historia de la cárcel era verdad —según un par de artículos de páginas conspiranoicas que había leído Bean, esa versión era sólo una tapadera—, pero el tema era que ya no podían ir a verlo y que su intento de plan de excursión había fallado y ya no sabían qué hacer.

Lee dijo que lo mejor era ir por delante.

aliens 🚀

Lee Clase
hey, june

DB nos ha dicho lo de
Melbourne Beach

queríamos prepararlo como una
especie de despedida, pero
ya que ya no se puede, qué te
parece organizar algo igual?

June 🦅
para mí?

Lee Clase
claro

Adam Holt
Para despedirnos en condiciones.

si te apetece... podríamos
preparar una excursión

Lee Clase
para tentar a la suerte, ya sabes,
acampar otra vez y a ver si a la
segunda sí que nos cae una multa

no, idiota

pero... para completar lo de sugarloaf, puede

creo que esa vez nos quedamos a medias

Adam Holt
Por decirlo de alguna forma, sí.

qué, June

te apuntas?

Así que ahora estaban los cuatro en el coche de Adam y subiendo de nuevo por la carretera de los pinos que llegaba hasta lo alto de Sugarloaf.

—Entonces ¿vamos a dormir en el coche?

—No. O bueno, al menos, *yo* no. Yo voy a dormir en el techo. Me lo he pedido.

—Eso es trampa y ser una cobarde, DB.

—¿Cobarde, o más lista que todos vosotros?

—Es un techo grande, ¿puedo dormir ahí contigo?

—Claro.

—No me acuerdo de cuándo os he dado permiso para dormir encima de *mi* coche...

En el camino sonó música que parecía una banda sonora y las voces de los cuatro recordando anécdotas de aquel verano y de antes. Lee le pedía a Adam que versionara cada una de las canciones que iban sonando y él prometió que lo intentaría, y June le dijo que por favor le mandara grabaciones de todos sus avances y que al menos quedaran una vez a la semana por Skype para que pudiera escucharle. «Pero si ni siquiera me oyes tocar ahora», respondió él, mirándola por el retrovisor. La pelirroja se encogió de hombros y dijo: «Bueno, ¡pero podría ser algo que empezáramos a hacer juntos!».

Una vez pasado Ferndale, la carretera hasta arriba era primero recta y luego empezaba a girar a la izquierda y a subir. Decidieron dejar atrás el aparcamiento en el que habían parado la última vez y seguir un poco más, a ver si encontraban un punto con mejores vistas. Tal y como había dicho Lee, encontraron algunas zonas junto a la carretera que parecían miradores con espacio suficiente como para parar el coche, aunque algunas habían sido utilizadas para apacar los troncos y hojas que habían caído durante el huracán. Tardaron en dar con una que cumpliera más o menos todas sus necesidades: que diera al lago, que tuviera espacio para el coche y que no estuviera llena de ramas incómodas para que pudieran sentarse sobre las hojas y en la hierba.

—Esta vez he traído comida hecha en casa —dijo Bean en cuanto se sentaron, abriendo la mochila y sacando un par de bolsas de tela de dentro—. También he comprado unos dulces coreanos de la tienda de los amigos de mis padres, a ver si os gustan.

—Mamá Bean alimentándonos —respondió Lee, cogiendo una de las bolsas y alzándola por encima de su cabeza—. Aleluya, gracias.

—No me llames así o te lo quito.

—No, no.

Adam dejó la radio puesta un rato y abrieron las puertas para oír la música bien. No había nadie por allí, así que era como si estuvieran solos entre árboles, con la carretera detrás y ningún otro ruido aparte del suyo. Hablaron más que nunca. Como si no fueran a volver a hablar más, como si estuvieran a punto de despedirse para siempre y tuvieran que aprovechar para decírselo todo ahora. Se rieron mucho. Se confesaron sus primeras impresiones. Bean recordó haber visto por primera vez a Adam en la enfermería, cuando él hacía allí las extraescolares, y él respondió que al principio ella le imponía un poco pero que se alegraba de que se hubieran hecho amigos. Luego Lee habló del grupo en general. Declaró, casi como si fuera una cosa más solemne de lo que debería, que le hacía feliz haber encontrado a tres personas como ellos, y murmuró con una mano en el corazón y con cara de intentar no reírse —pero con los ojos cerrados, porque no quería ver nada que le hiciera ponerse sentimental— que nunca antes había tenido un grupo como ellos y que sabía que nada los separaría nunca.

Bean apoyó la cabeza en su hombro en un gesto rápido de agradecimiento y comprensión, porque ella también lo sentía, y Adam le agarró la mano de forma discreta y se la apretó un poco.

Pero June miraba al suelo y, de repente, se sorbió rápido la nariz.

Los tres se volvieron a mirarla.

—¿June? ¿Qué pasa?

La chica se encogió de hombros, sonriendo un poco. Era una sonrisa triste.

—Nada, nada, perdón. —Estiró un poco más los labios, aunque eso no mejorara su expresión, y fue ese segundo intento el que hizo que Bean se tensara—. Es sólo que... me gusta estar con vosotros. Aquí. O en cualquier sitio. Pero me gusta que estemos juntos.

—Ay, June.

—A nosotros también nos gusta mucho estar contigo. —Apartándose con cuidado de los otros dos, Lee se incorporó lo suficiente como para atravesar el espacio que lo separaba de la chica y, acomodándose a su lado, la abrazó—. Todo este verano ha sido por ti. Literalmente. Si no nos hubieras insistido no habríamos vivido todo lo que hemos vivido, así que... gracias, peque.

—¿Gracias? Pero si este verano no ha pasado nada. No hemos... no hemos conseguido nada de lo que nos habíamos propuesto.

El chico subió las cejas.

—¿No? Permíteme que te contradiga con esto, pequeño *nugget*, pero al principio éramos tres personas perdidas que habían acabado el instituto y no tenían ni idea de qué hacer, y ahora... Bueno, ahora ya no tanto. Quiero decir, a lo mejor te parece una tontería, pero estábamos atascados. Yo por lo menos. —Los otros dos asintieron a la vez, de acuerdo con lo que decía—. Y ahora estamos aquí por ti. ¿Qué más da Martin? Sé que querías dar con él, pero no ha hecho falta que apareciera. Hemos aprendido solos. Y creo que lo que sabemos sobre nosotros ahora lo sabemos porque hemos pasado este tiempo contigo, porque nos contagiabas tu pasión y nos dabas energía. Si crees que eso no cuenta como conseguir algo...

June no podía dejar de mirar a Lee. Una lágrima cayó rodando por su mejilla, y él, con una sonrisa dulce, se la quitó despacio. Luego dejó que la otra chica la abrazara. Bean no apartó los ojos de su cara y sabía que algo no iba del todo bien, pero se mantuvo observando en silencio porque no estaba segura de deber decir algo.

Tenía un montón de pensamientos cruzándole la mente que tal vez no fueran justos para ese momento.

—Es más, voy a añadir algo. —Lee se separó un poco, dedicándole a June una enorme sonrisa (de las cálidas, de las amables, de las atronadoras) y luego, volviéndose despacio hacia Adam, le hizo un gesto con la cabeza y le preguntó—: Holt, ¿quieres salir conmigo?

Se quedaron en silencio. Los ojos de June se abrieron un montón, sorprendidos, y se apartó un poco de Lee para mirar a Adam. Bean subió tanto las cejas que le desaparecieron bajo el flequillo. El rubio fue probablemente el que reaccionó de forma más mínima, aunque no pudo evitar que el rubor le cubriera las mejillas, pero intentó ocultarlo recomponiéndose rápido y dedicándole una sonrisa pequeña que pretendió parecer poco impresionada.

—Vale.

June pasó la mirada de uno a otro.

—Espera, ¿qué...?

—¿Es broma? —preguntó Bean—. ¿Así de fácil?

—¿Debería ser más difícil, o qué? —Se encogió de hombros, pero se notaba que estaba orgulloso y no podía dejar de sonreír—. Pues eso, que todo esto ha sido por ti, June. Porque me perseguiste en el baile y luego te presentaste en mi casa y estos dos vinieron detrás de ti. Porque nos diste a todos ganas de pasar tiempo juntos y enfrentarnos a las cosas que nos daban un poco de miedo. Porque insististe.

—Entonces sí que os he engañado.

Bean frunció el ceño.

—¿Por qué dices eso?

—Porque es verdad, os la he colado. Habéis venido detrás de mí desde el día del 7-Eleven y os creísteis que yo era la que lo tenía todo claro y sabía lo que quería hacer, pero en realidad... En realidad, nunca he estado segura de nada.

—¿Cómo que...?

—Quiero decir *de mí*. De lo que estaba haciendo o lo que quería hacer. Se suponía que yo os guiaba y todo eso, pero en realidad sólo he estado aferrándome a tonterías que no tenían mucho sentido pero que yo *quería* que lo tuvieran, y encima conseguí que vosotros pensaseis que lo tenían también. Os engañé conmigo. Yo sólo quería que Martin me ayudara a arreglar las cosas, y al final sólo he conseguido arrastraros a vosotros y...

—June —la cortó Adam, echándose hacia delante—. No nos has arrastrado. Hemos venido nosotros aquí.

June pensó que todo el mundo tenía que dejar de decirle eso, o explotaría.

—¿En qué te tenía que ayudar?

Miraron a Bean. Estaba seria y aún tenía el ceño fruncido.

—¿Qué? —preguntó June.

—Nunca lo dijiste. Nosotros contamos lo que queríamos que «resolviera», pero tú nunca nos lo contaste. ¿En qué necesitabas ayuda?

La pelirroja se sonrojó un poco y bajó la vista a sus manos antes de contestar. Tiraba de la hierba que había entre sus piernas cruzadas y estaba dejando una calva en el suelo.

—Bueno, supongo... supongo que ya os lo puedo decir, porque total... —Tragó saliva, se humedeció los labios y suspiró—. Quería que él me dijera si debía quedarme. Aquí. No en Pine Hills, en... Estados Unidos, al menos. Creía que a estas alturas ya no tenía sentido que esperara nada y que me tendría que marchar, pero entonces apareció el huracán y allí estaba él, ¿sabéis? Cuando cancelaron los vuelos y me dieron más tiempo pensé que habría sido una casualidad estúpida, pero el peor día de tormenta volví a ver a Martin en mi jardín y supe que había sido él. Que él me había dado este margen. Me emocioné por los maniquíes porque pensé que a lo mejor querría hablar conmigo, aclararme un poco qué tenía que hacer o cómo decirle a todo el mundo que ya no me iba, pero...

—Pero sí que te vas a ir —dijo Bean, con el corazón acelerado pero la voz cauta.

—Sí. Porque no sé aprovechar ni las segundas oportunidades. Porque no sé cómo decirles a mis padres que lo cancelen todo y porque me da miedo que si me quedo...

—Pero ¿por qué ibas a quedarte? Cambridge...

—En Cambridge no tengo amigos. No he tenido amigos nunca. No hasta ti, hasta... vosotros. Si me quedara en el país al menos sería un poco más fácil volver, pero con el Atlántico de por medio... Es bastante imposible.

—A nosotros no vas a perdernos —dijo Bean, seca, y se obligó a usar el plural aunque aquella conversación hubiera pasado a ser sólo entre ellas hacía tiempo.

—¿Y cómo sé que no? —respondió June, un par de lágrimas cayéndole por las mejillas otra vez. Ya no se esforzaba en pararlas. Ya no había nada que ocultar o contener, porque ya se había abierto la puerta—. No creo que sea algo que nadie pueda saber...

—Claro que sí, eso...

—No, claro que no, y me molesta haberlo pensado tantísimo, ¿sabes? Porque antes de ti no era un problema. Cuando eché la solicitud y pasé las primeras pruebas de acceso ni siquiera te conocía, y en aquella época me apetecía irme lo más lejos posible porque era un reto y no tenía nada que perder aquí, había trabajado mucho y podía permitirme ir a Europa. Y entonces apareciste. Nos presentaron y empecé a ayudarte con las clases y te conocí más y... Y ya no hubo marcha atrás. Lo supe cuando recibí la carta de aceptación. Recuerdo pensar «Pero no, ya no quiero irme, en Inglaterra no habrá una Duck Bean», y lloré tanto esa noche que parecía que hubiera ocurrido una tragedia.

Bean parpadeó un par de veces para apartar sus propias lágrimas. Lee y Adam seguían callados, casi como si no estuvieran. Parecía que hasta la música hubiera parado por ellas, o al menos lo hizo hasta que la otra pudo responder.

—No te... No te dejaría quedarte. Vas a ir a la universidad, June, no dejaría...

—Pero yo quiero estar contigo.

Bean tenía el corazón acelerado. Rechazó inmediatamente lo primero que se le había venido a la cabeza y entendió que no se refería a estar con ella *así*, como Lee y Adam estaban ahora, sino como amigas. Lo había dicho. Antes no tenía ninguna amiga, ahora sí. June no quería dejar atrás a la primera persona con quien había conectado tanto, y era comprensible, pero le había dolido.

Se puso de pie, agobiada, y empezó a moverse y a echarse el pelo hacia atrás.

—Esas cosas... No puedes... June, no puedes dejar una decisión como esa... —Ninguno de los tres había visto a Bean así nunca, tan nerviosa, perdiendo el control—. No podías esperar a que Martin bajara para resolverte un problema porque no... no... no funciona así. Martin no es quien tiene que resolver eso. No puedes dejar esas preguntas en manos de las estrellas. Para eso están los amigos, no los aliens, ¿comprendes? O la familia. —Se detuvo, les lanzó un vistazo y cogió aire—. Yo os siento como mi familia. A todos. Aunque a veces nos llevemos regular o discutamos. Pero me gusta que nos apoyemos entre nosotros. Si nos lo hubieras contado, June, no te habría hecho falta esperar a que Mart...

Un sonido interrumpió lo que Bean decía y todos volvieron la vista al cielo en ese momento. Estaba rosa. Una figura alargada y oscura lo cruzaba con un movimiento fluido y escurridizo que parecía esquivar todas las nubes, y la vibración que transmitía hasta la tierra hizo que el resto del grupo también se levantara para seguirla con la mirada, asustados.

Era una anguila eléctrica, pero por supuesto que no lo era. *Parecía* una anguila eléctrica, pero sólo era algo que no sabía que esos animales nunca dejan el agua.

Era Martin.

Lee soltó una maldición. Adam no dijo nada. June se llevó las manos a la boca, aún llorando, y Duck Bean sintió tanta rabia de repente que no pudo hacer otra cosa.

Salió corriendo en la dirección que tomaba él.

—¡¿Bean?!

—¡Eh, Bean!

—¡Bean!

—¡¿Adónde vas?!

Lee empezó a correr enseguida detrás de ella. June y Adam se miraron brevemente y, tras guardarlo todo en el coche, quitar la música y cerrarlo con llave, salieron detrás de ellos también.

—¡¡Bean!!

Daba igual. Ya los había dejado atrás. Bean corrió como no había corrido en su vida, enfadada, frustrada, molesta con el alien y un poco ofendida, pero dispuesta a conseguir las respuestas que ya no necesitaba. No siguió la carretera. Martin no quería que la siguiera. Así que acortó camino atravesando los árboles, cuesta abajo, alternando la vista entre los trozos de cielo y las ramas caídas del suelo, y no frenó ni cuando tuvo que saltar en el último momento para esquivarlas ni cuando casi se tropezó.

La anguila brillaba en el cielo y de vez en cuando un pequeño rayo parecía recorrerle el cuerpo; su color no era marrón sino más claro, y tenía los ojos blancos. Tenía que tenerlos. Cuando aparecía en los claros siempre los buscaba para asegurarse, para comprobar que no se estaba equivocando, y más de una vez le pareció que el alien también la esperaba y que, cuando la veía, sonreía un poco con esa boca incapaz de sonreír.

—¡Eh, Bean! ¡Espera!

—¡Bean, por favor, para! ¡Espéranos!

—¡¿Desde cuándo... estás... tan en forma?!

Se estaban acercando. No sabía cuánto había corrido. A lo mejor fueron quinientos metros, pero a lo mejor fue un poco más, no estaba segura. Oía las voces de sus amigos algo más cerca. Retumbaban entre los árboles y corrían delante de ella por el pequeño bosque, haciendo que quisiera apretar un poco más, que le pidiera a sus piernas pasos nuevos para ponerse a la par que el alien y darle alcance. Eran las voces que habían tirado de ella en los últimos meses; ahora, serían las que la impulsasen.

Porque la anguila seguía surcando el cielo y Bean la vio soltar otra descarga, como si fuera un rayo, y pensó que aquello no era para nada un fallo en el contexto y que no era posible que Martin no fuera consciente de lo que hacía, del tamaño tan enorme que había escogido y de aquella demostración.

Ahora Martin y ella tenían una conexión. Ahora se veían venir el uno al otro y se entendían, y Bean era completamente consciente de lo que se le pasaba por la cabeza: la estaba provocando.

Y, en medio de la provocación, el alien se dirigió hacia una zona que, por tierra, Bean no podía cruzar por culpa de una valla.

Chocó contra ella, las manos por delante, y le dio un golpe al parar.

—No... —Cerrando los dedos alrededor de los rombos metálicos y apoyando su peso en ellos mientras recuperaba la respiración, alzó la vista y le pareció que el ojo blanco de la anguila se volvía un momento para mirarla otra vez—. Mierda...

—¡Bean!

Ella se giró y vio que, con Lee a la cabeza, sus amigos corrían en su dirección, las caras rojas y sudorosas. Parecían estar respirando con más pesadez que ella, y sonrió porque la hubieran seguido, pero no dijo nada. Esperó para tener tiempo de recuperarse antes de que la alcanzaran y así pensar juntos qué hacer a continuación, y entonces... entonces pensó que no, que mientras no estuvieran dentro siempre podrían dar marcha atrás, y que se oponía.

Cuando Lee llegó, se dejó caer en la hierba y empezó a toser un poco, agotado. Adam fue el segundo, apoyándose en sus propias rodillas, agachando la cabeza e intentando respirar. Después apareció June, más lenta pero menos cansada, y cuando se detuvo junto a ellos con la respiración agitada sólo la miró, con los ojos grandes y brillantes y sorprendidos como nunca, y fue lo que Bean necesitaba para volver a moverse.

Se giró hacia la valla, estudió brevemente lo que tenía delante y, cogiendo un poco de carrerilla, subió de un salto e intentó escalar.

Consiguió pasar una pierna por encima y después descolgarse por el otro lado con dignidad. Cuando aterrizó sólo le dolían las manos un poco del esfuerzo.

Se hizo el silencio durante unos segundos. Después, la voz de Lee lo rompió:

—¿Qué acabas de hacer?

El chico pestañeaba, en parte por los pequeños brillos que aún veía a ambos lados de su visión, en parte incrédulo. La miró, casi con expresión ofendida, y luego ni se molestó en levantarse porque aún no podía. Ella se encogió de hombros y esbozó una sonrisa.

—Estaba avanzando.

—¿Por qué eres así? —se quejó, echando la cabeza hacia atrás y cerrando los ojos.

La cara de Adam era casi mejor que la suya. Dividía la vista entre lo alto de la valla y ella, fascinado, y en cierto momento la curva de su boca simplemente cambió a una sonrisa. Luego se rio. Era probable que nadie estuviera esperando que riera, pero lo hizo y lo llenó todo. El cielo dejó de oscurecerse durante un momento. Lee paró de jadear para observar a Adam, y luego dirigió los ojos hacia June, que no había dicho nada, y esperó.

Parecía que la pelirroja estaba a punto de romper a llorar, pero alzó la barbilla para enfrentarse a Bean con orgullo, preparada para escuchar su explicación de todo aquello.

Y, de repente, como si hubiera dejado atrás lo de antes al salir corriendo, Duck Bean se dio cuenta de que no se había sentido tan calmada en su vida.

—Lo que has dicho antes, June —empezó, aunque casi fue como si continuara algo que hubiera empezado mucho antes, una conversación antigua—. Lo que has dicho antes, ¿sabes qué? Que yo también quiero estar contigo. Y va a ser muy raro no tenerte por aquí y no coger la bici para ir a tu casa y no poder pasarme horas tirada en el suelo de tu cuarto mientras tú hablas sin parar. Todo eso, bueno, voy a echarlo de menos un montón. Pero no va a pasar nada. El mundo no se acaba y no vamos a dejar de ser amigas, y vamos a volver a vernos porque me pondré a trabajar e iré a verte. Y tú tendrás que visitar a tus padres alguna vez, ¿no? Así que también volverás, algún día. Yo no me voy a mover de aquí, voy a estar cuando vuelvas. Y todo va a ir bien.

Los chicos volvieron la cabeza hacia June discretamente, como si no quisieran interrumpir aquel intercambio con un movimiento pequeño. June tragó saliva, pestañeando un par de veces para contener las lágrimas, pero mantuvo la expresión seria y no dijo nada. Bean entendió que probablemente no pudiera ni hablar, pero no le importaba. Respiró hondo, sintiendo la presencia del alienígena esperándolos a su espalda, y fue consciente, por primera vez, de que no había prisa alguna por encontrarse con él. Que no pasaba nada.

—No estamos aquí porque nos hayas arrastrado. Yo estoy aquí porque quiero, y nadie me ha obligado a venir, lo he hecho porque creo en esto, aunque sea a través de ti o a mi manera. Y ¿sabes qué? No hay nada que solucionar. No tienes que volver a decidir nada, y menos ahora. Ir a Cambridge es una decisión buena, y si para ir a verte tengo que trabajar de sol a sol, bueno, la verdad es que me parece un buen motivo. Me parece el mejor motivo para ponerme a trabajar ahora mismo, en serio. June, tú puedes ser mi nueva meta. —Apartó la vista de ella y miró primero a Adam y luego a Lee—. Si pensáis lo mismo podéis venir. Sabemos qué dirección ha tomado Martin y estamos muy cerca. Yo no me voy a perder lo que pase en ese maldito lago, lo tengo clarísimo.

Todo se quedó en silencio durante un segundo. Después, despacio y con un gemido como de persona mayor, Lee se levantó del suelo. Tenía una sonrisa ancha en la boca que no pretendió ocultar a nadie y, al acercarse a la valla, ni siquiera se molestó en mirar ni una vez a la parte de arriba; tiró del alambre que había junto al poste que la mantenía alzada, soltó una risa y lo despegó lo suficiente como para que pasara una persona.

—Mucho menos elegante y extra que tú, supongo, pero por supuesto que voy. Cuenta conmigo.

Al colocarse a su lado, le dio un codazo a Bean y ella le devolvió un toque amistoso con el hombro.

Por el rostro de Holt se extendió una sonrisa.

—Qué tonta —dijo, y puso los ojos en blanco con una sonrisa antes de volver a levantar la verja y pasar por el hueco.

Lee estaba mirando a Adam y extendió la mano hacia él para que se la cogiera al otro lado. Lo hizo. Y no se la volvió a soltar.

Bean se volvió hacia su mejor amiga y la miró.

—Sólo quedas tú, June.

June Brad parecía más pequeña que nunca. Tenía los ojos grandes y redondos y parecía que la hubieran dejado sola en medio de un montón de gente, aunque no había absolutamente nadie entre los árboles y eso era lo que debería darle miedo. Tenía las mejillas rojas por la carrera y se le había deshecho un poco la trenza. Bean quería abrazarla y no dejarla ir nunca. Se acercó a la valla y enredó los dedos en ella, sin apartar los ojos de su rostro, y deseó que la creyera pero, aún más importante, que ahora se acercara y le cogiera la mano.

—No puedes esperar a que las cosas se resuelvan solas, pero sí puedes hacer algo para que ocurran. Puedes venir. Y no tiene que pasar nada más, sólo que estemos los cuatro juntos antes de que te marches. Esto está bien. Y si al acabar nos decepciona de nuevo, si acabamos durmiendo en el suelo y nos despiertan otra vez unos policías... bueno, pues no pasa nada. Ya hemos vivido eso. —Cogió aire, cansada, pero sonrió—. Da miedo. Da miedo cruzar y da miedo irse, pero nos tienes a nosotros. Pase lo que pase, estamos juntos en la caída.

June había vuelto a llorar, pero sonrió. Adam y Lee sujetaban la valla. Se acercó con pasos que casi parecían irreales, sintiéndose un poco más liviana que normalmente, y cruzar al otro lado casi pareció atravesar una barrera a otro mundo.

Bean tenía los brazos abiertos y la esperaba.

—Ahora sólo queda saber qué nos tiene que decir.

—Pues eso, que te ha quedado el gesto muy bonito, Bean, lo reconozco, pero la próxima vez que te dé por hacer una maratón podrías avisar primero.

—Ya ha pasado mucho rato como para que sigas lloriqueando, Lee.

—Es que tengo flato.

—Ya, ya lo has dicho. Además, ¿de qué te estás quejando? Le has pedido salir a Adam.

—Ya. Eso ha sido improvisado. —El chico volvió brevemente la cabeza para mirar a Adam y a June, que caminaban unos pasos por detrás, y luego suspiró—. Menos mal que me ha dicho que sí.

Bean dejó escapar una risa por la nariz.

—Caótico.

Aunque el cielo seguía claro, el sol ya se había escondido, y tuvieron que sacar las linternas del móvil para ver por dónde iban; ya no había rastro de Martin, pero no necesitaban verlo para saber que los esperaba en el lago. Después de saltar la valla y llegar a la carretera, habían decidido seguir por un camino de tierra que daba a un par de casas aisladas, y desde donde estaban podían ver las chimeneas que sobresalían entre los árboles, como si intentaran camuflarse.

Después de unos cinco minutos, el camino torcía a la izquierda y acababa, pero, si seguían, pasadas las casas, no tardarían demasiado en llegar a la orilla. Cuanto más avanzaban, menos árboles había. Caminaban en grupo, los cuatro juntos, y de repente no muy seguros de lo que iban a encontrar, pero no pararon ni cuando el trozo de tierra por el que avanzaban se fue estrechando y quedaron a unos diez metros del agua oscura pero cristalina.

Y entonces la vieron flotando en el lago, a cinco metros de la orilla, sin tocar el agua y con los ojos blancos del todo.

Vieron a June.

39; PANDORA

< the_wild – mumford_&_sons.mp3 >

SEPTIEMBRE

June (otra June, pero June al fin y al cabo) estaba a unos cinco metros de la orilla, de pie sobre el agua pero sin llegar a tocarla, y con el pelo suelto y alborotado.

Era exactamente igual que la June que iba a irse. Era igual que la June que estaba en tierra, con la boca abierta y despeinada. Todo era absolutamente idéntico, como si tuvieran delante un espejo en el que sólo se reflejara ella, con las mismas mejillas rechonchas y rosadas, el pelo del mismo tono de naranja y los brazos llenos de pecas e igual de regordetes. También llevaba ropa que tenía June en su armario, aunque estaba un poco mezclada, como si no la hubiera sabido conjuntar bien. Y no hacía nada. Su cuerpo parecía lo suficientemente relajado como para que se notara que estaba viva, y tal vez moviera un poco la cabeza para mirarlos, pero al verlos no habló.

Estaba esperando y esperó aún más a que alguno de ellos reaccionara. No tenía prisa. Llevaba esperando tres meses, y unos minutos

más no le suponían ninguna diferencia, así que simplemente se quedó allí sin decir nada y no dejó de mirarlos mientras pestañeaba cada pocos segundos para aparentar normalidad.

No hacía falta que nadie lo llamara para saber que respondía a ese nombre.

Martin.

Martin contra los cuatro, mostrando paciencia y camuflado con la cara de June porque era la que mejor conocía.

Bean tuvo un mal presentimiento. Sin volverse hacia ella, apretó la mano de su June para sentirla cerca y para mantenerla a su lado.

—Quédate.

Pero, de manera previsible e inevitable, los dedos de la otra se deslizaron entre los suyos y fue la primera en dar un paso hacia él.

No había forma de que no lo hiciera.

Adam hizo amago de pararla, pero ni siquiera pudo decir su nombre antes de que el cuerpo de su amiga se acercara lo máximo posible al borde del agua.

Cuando sus pies empezaban a hundirse en el barro, paró.

Porque, a pesar de todo lo que había pasado antes, la June Brad verdadera lo había entendido todo enseguida.

—Si me usas a mí para camuflarte y yo estoy delante, el truco no sirve de mucho. —Inclinó un poco la cabeza hacia un lado y, al cabo de unos segundos, esbozó una pequeña sonrisa—. Los humanos tenemos una palabra para definir a nuestras copias exactas, ¿sabes? Es «doppelgänger». Es alemana. Alemania es un país de Europa, queda un poco lejos. No sé si lo conoces.

La figura que tenían delante asintió. Después se estiró un poco, consciente de lo que había querido decir la chica. Lee diría más tarde que la copia casi parecía un poco avergonzada, como si aquello hubiese sido un error que habría querido evitar, pero entonces, como si estuviera hecha de arcilla, empezó a cambiar delante de ellos. No dejaba de ser impresionante. Sus brazos comenzaron a doblarse y retorcerse como si se encogieran y se estiraran a la vez, transformándose en otros brazos, y lo mismo pasó con su cuello y sus rodillas y su cara. La segunda June se llenó de colores por un momento, colores inverosímiles y un poco mezclados y apagados, y luego la paleta se estabilizó y su cuerpo también y la forma quedó quieta.

Pero había cogido otra cara, y Adam ahogó un jadeo al verse a sí mismo en el lago donde su amiga había estado hacía un momento. June, en contraposición, soltó una pequeña risa. Era sorprendente lo diferente que se sentía; ahora se la veía calmada, tranquila, como si aquel fuera su sitio. Se la veía bien y en paz, como si fuera la persona idónea para estar allí.

—No, no te puedes parecer a *ninguno* de nosotros —explicó, tranquila—. Si quieres tomar prestada la cara de alguien, tienes que escoger la de una persona aleatoria que no esté ahora aquí.

Inclinando un poco la cabeza, el segundo Adam esperó quieto y miró a los cuatro amigos. Su rostro parpadeó para volverse el de Bean y el de Lee en apenas cinco segundos y, después, la quinta persona que apareció allí fue alguien completamente diferente.

La deformación no fue tan impresionante al segundo intento, pero de todas formas los chicos apartaron un poco la vista, incómodos, hasta que pareció que en el agua se asentaba alguien desconocido con el pelo corto, hombros estrechos y los ojos grandes y aún blancos, pero mucho más tranquilizadores.

June sonrió.

—Sí, así mejor.

La persona que tenían delante también sonrió un poco, aunque torpemente, y dio un paso hacia ellos antes de detenerse otra vez.

Era él. Era Martin y estaba allí mismo. June podía sentir la conexión que les había unido desde siempre fluyendo entre ambos. Intentó avanzar otro paso también, sólo para estar un poco más cerca y verlo mejor, y notó cómo sus amigos reaccionaban a su movimiento alarmados porque pudiera caerse.

Se colocaron cerca, pero no pasaría nada, porque Martin era bueno y no le haría daño. Porque la conocía.

—¿Estás bien? —le preguntó, nerviosa pero emocionada—. ¿Está todo bien, ya tienes lo que querías?

Sólo June podría empezar preguntándole eso después de todo lo que había pasado.

Martin se quedó observándola un momento y, después, encogió los hombros y June asintió.

—¿Entiendes bien lo que te digo? ¿Sabes hablar el lenguaje de la Tierra?

No movió la boca, pero todos pudieron escuchar su respuesta claramente en alguna parte de sus cabezas.

—**¿Qué lenguaje? ¿Cuál de todos?**

Hablaba sin hablar, como si estuviera por todas partes y tuviera todas las voces del mundo al mismo tiempo, como por detrás, como ocupándolo todo. Hablaba como había hablado en sus sueños. Era raro y diferente, pero no era la primera vez que lo oían.

Bean dio un paso hacia delante, colocándose más cerca de June. Tenía el corazón acelerado, pero estaba preparada.

—¿Por qué has aparecido ahora? ¿Dónde has estado todo este tiempo?

Martin volvió a pestañear, como si esa pregunta no le causase ninguna impresión. Probablemente no lo hacía. Probablemente había esperado cosas peores, o nada, o a lo mejor es que no le parecía tan importante.

—**Estaba esperando a que estuvierais preparados.**

—¿Preparados para qué, eso qué quiere decir? —Entrecerró los ojos, sintiendo la misma energía que la había llenado cuando había corrido cuesta abajo persiguiéndolo, y apretó los labios—. Te esperamos. Te esperamos varias veces. Hemos estado buscándote por todas partes, y tú...

June le buscó la mano y se la apretó. No dijo nada. Sabía cómo se sentía Bean porque lo había sabido siempre, incluso las veces que ella no lo había tenido claro, incluso respecto a aquello que había intentado controlar para que ella no lo notara. Sentía que había un hilo que las unía. Le cogió de la mano, se la llevó a los labios y la besó, despacio y como para transmitirle calma, como para decirle que estaban juntas, y Martin la vio haciendo eso y pareció relajarse.

—**No servía de nada que yo os diera respuestas si no estabais seguros de las preguntas. Pero creo que ahora ya las sabéis, así que podéis formularlas.**

Bean inclinó las cejas a los lados y soltó un suspiro y entonces sintió la mano de Lee en su hombro y, al mirarlo, vio que cogía a Adam de la mano.

Estaban juntos.

Estaban juntos y ante el alien. Ya nada podía salir mal.

June fue la primera en volver a decir algo.

—No sé cómo te llamas —confesó, hablándole a esa otra mitad que hacía unos minutos había tenido el mismo aspecto que ella—. Nosotros te llamamos Martin. Lo empecé yo, quiero decir, se me ocurrió a mí primero, pero no sé si es correcto o si te molesta o...

—**«Martin» está bien. Sé que me llamas así. Yo también te buscaba a veces, Jessica June, así que también conozco tu nombre. Os conozco a todos, Lee, Adam, Duck-Young.**

—Un placer —murmuró Adam, aunque aún parecía un poco impresionado por haberse visto doble.

—Es Duck Bean —murmuró June, y alzó un poco la barbilla—. No Duck-Young. Duck Bean.

—**Oh, vale. Mis disculpas. Duck Bean. Me alegra poder hablar con vosotros, para mí es importante.**

—¿Por qué? —preguntó Lee, que tenía el corazón inquieto.

—**Porque me gusta la Tierra. La observo. Vengo aquí porque me parece interesante, así que siempre quiero volver. Es por el agua. Me fascina que una bola de agua flotando tan cerca de una estrella haya sobrevivido y tenga tanta actividad como la vuestra, y** además... Bueno, en ningún otro planeta hay una Jessica June, ni una Duck Bean, ni un Lee ni un Adam. Y eso también me gusta.

—¿Vas y vienes de aquí?

—Sí. Aunque ahora hace poco que he regresado. Fue al volver cuando tú y yo nos vimos por primera vez, Jessica June. —De eso hacía más de cinco años, pensó la chica, y pareció que él le sonreía—. Nosotros contamos y percibimos el tiempo de forma diferente. Sé que para ti ha sido más porque has cambiado. De todas formas, de nuevo, para mí esos cambios tampoco son muy significativos.

La figura que tenían delante empezó a tambalearse en el sitio y se encogió, volviéndose pequeña, para luego estirarse y convertirse en la figura de una persona adulta. Luego volvió a su forma original.

—¿Y para qué venís?

Lee había sido el primero en hacer la pregunta obvia. Tal vez era porque Martin no le había parecido nada... impresionante. Es decir, había esperado sentirse diferente si alguna vez llegaban a encontrarlo, y ahora estaban delante de alguien que había cambiado varias veces ante ellos y sin embargo no tenía la sensación de que fuera superior en ningún sentido. A lo mejor eso era bueno. A lo mejor era lo que le había dado la valentía para hablar y para parecer serio y lleno de determinación en ese instante.

Aquel alien no era el dios capaz de entrar en sus sueños que él había predicho, sólo alguien regular que resultaba venir de otro mundo.

—Somos astronautas —respondió Martin, tranquilo, encogiéndose un poco de hombros—. Viajamos. Queremos descubrir el universo. La palabra en vuestro idioma que mejor nos define es «exploradores», aunque con otras connotaciones. Nos movemos por toda Laniakea; viajamos a diferentes grupos de estrellas buscando información de todas partes porque no sólo queremos comprobar la existencia de sitios nuevos, sino también entender cómo son los seres que habitan allí. Cuál es la química en la que se basa su existencia. **Llevar un registro.** Ver cómo se han adaptado a sus ambientes, qué hacen para sobrevivir, cuáles son sus amenazas y cómo conviven. **Cómo suenan sus voces.** Qué colores llevan, descubrir si podemos verlos. **Intentamos aprender toda esta información, por eso tenemos que acercarnos tanto para saberlo. Mirad.**

El movimiento de Martin fue lento pero seguro. Nadie había visto que llevaba un anillo, tal vez porque eso no podía ser lo más relevante de alguien que flotaba sobre un lago, pero en ese momento se lo sacó y, en cuanto perdió el contacto con su piel, se convirtió en una esfera. Era pequeña y plateada y parecía pesar mucho. Los dedos largos de Martin intentaron girarla y le dieron un par de vueltas, como si quisiera abrirla por la mitad, aunque no hizo falta: un pequeño orificio apareció en uno de los lados y, de él, de repente salió una luz azul.

Empezó a apuntar al cielo y se quedó flotando sobre sus cabezas como una nube. Los cinco la miraron. Las manos de Martin se abrieron y dejó la esfera apoyada en el espacio a su lado, flotando en la nada, alumbrando y enseñándoles la verdad.

Al principio era una masa uniforme, brillante, oscura, llena de puntos, pero no como si fueran elementos distintos, sino como la nieve que se veía en una tele vieja. Todo parecía homogéneo. La persona en medio del lago abrió los brazos y los subió por encima de la cabeza y, al hacerlo, la nube empezó a moverse dentro de sí misma y lo que habían estado mirando cambió de tamaño y volumen para que pudieran verlo bien.

Era un holograma, un dibujo inmenso, un mapa de luces en contraste con el cielo casi oscuro que brillaba en todas direcciones, porque estaba por todas partes y llenaba el mundo.

Les estaba enseñando el universo.

Era todo. Eso era lo que mostraba. Había cientos de puntos de luz y espirales y nubes, y todos reconocieron inmediatamente qué era lo que veían porque no había otra posibilidad. Se quedaron sin aliento. Martin se inclinó hacia delante, observándolos satisfecho con sus ojos totalmente blancos, y entonces se estiró lo suficiente como para hundir las manos en el holograma.

Lo giró. Lo giró y siguió aumentándolo. Buscó algo y, al encontrarlo, centró la atención en una de esas espirales, acercándola a ellos hasta que dejó de tener forma y vieron las cosas de las que estaba compuesta. La imagen siguió ampliándose más y más y más, dejando atrás miles de cosas y miles de vidas, fascinándolos por todo lo que no conocerían nunca, y entonces todo paró y se vieron.

El sistema solar y la Tierra. Ante ellos. Translúcida y brillante, con los continentes y el mar diferenciados, girando despacio como si no la estuvieran observando desde ninguna parte y, a la vez, claramente irreal.

Era una pequeña reproducción perfecta.

—Somos nosotros —murmuró Adam con los ojos como platos.

—**Sois vosotros** —repitió Martin, sonriendo, y con un dedo largo rozó suavemente la figura del planeta.

Algo se desplegó y aparecieron muchos símbolos, símbolos ajenos que no entendían y que no tenían una orientación ni un orden horizontal o vertical. Sin embargo, tampoco los necesitaron; sobre ellos también aparecieron imágenes y luces, y se oyeron pitidos a diferentes velocidades, chasquidos y cosas reconocibles por ellos: datos. Información. Información entendible para ellos, como caras, lugares, letras, animales y música. En apenas unos segundos, Martin fue capaz de enseñarles un rapidísimo resumen de la vida en su planeta en un punto concreto, y se preguntaron, fascinados, qué verían si ellos eligieran qué ver.

—Es... Somos...

Martin asintió y su boca se ensanchó. A la vez, sobre la Tierra, apareció la cara de una mujer sonriendo igual, y luego la de un niño, y luego la de un anciano, y luego la de una joven, y luego la de un bebé. Todos sonreían. Duck Bean observó la sucesión de imágenes anonadada, sin palabras, pero entonces algo hizo clic dentro de ella y lo comprendió.

—¿Lo has aprendido de nosotros? —preguntó, y volvió a mirar las sonrisas de las imágenes que Martin seguía mostrando—. ¿Ese gesto?

El alien asintió, contento, y entonces una sucesión de imágenes de gente asintiendo volvió a aparecer igual, mostrando ejemplos de dónde había copiado él el movimiento.

—Qué maravilla —murmuró June, observándolo todo anonadada.

—**Os comunicáis de forma muy concreta. Eso también me parece interesante. Es difícil estar pendiente de la evolución de vuestros gestos y tenemos que actualizar constantemente lo que sabemos, pero algunas cosas son generales y no cambian. Es entretenido ver qué direcciones tomáis.**

Las imágenes cambiaron a gente triste, gente enfadada, gente sorprendida, gente feliz. Luego Martin intentó enseñar cosas menos generales, como movimientos de manos, pulgares hacia arriba, dedos corazón cruzados con el índice, sacudidas extrañas. No todas eran cosas que les sonaban, y eso les fascinó, pero algunas simplemente eran interesantes porque significaban algo diferente dependiendo de quién las hiciera.

—¿Tenéis registros de más sitios?

Martin asintió, pero las imágenes desaparecieron.

—**Sí, aunque no puedo mostrároslo. No puedo mostraros más de lo que yo ya estoy desvelando con mi presencia. Creo que ni siquiera deberíamos hablar. No tengo constancia de que ninguno de los míos haya establecido contacto así con alguno de los vuestros antes.**

—Bueno, pero no pasa nada por ser los primeros, ¿no?

El astronauta miró a June y se lo pensó durante unos segundos.

—**Puede que tengas razón.**

—No entiendo por qué no... Esto va a sonar muy en nuestra contra y no quiero dar ideas, pero no entiendo por qué no venís y... no sé, os quedáis de forma permanente —dijo Lee, fascinado, con la vista clavada en el gráfico de la Tierra que no dejaba de girar—. Podríais...

podríais ser dioses, con esto. Podríais ser dioses si quisierais. No sabes hasta qué punto la humanidad necesita saber, y si compartierais esto...

—**No es nuestro objetivo ser dioses. No queremos frenar el avance de nadie. Porque eso es lo que pasaría, ¿no es cierto? Eso es lo que hace la... colonización, que es como se llama en vuestro idioma. Tengo entendido que esa palabra surge por vuestra propia experiencia al respecto.** —Pareció que sonreía, como si sintiera el comentario pero quisiera que se dieran cuenta ellos también—. **Cuando un pueblo llega a un territorio que no es suyo con respuestas a preguntas que la gente de la zona aún no se ha hecho, el salto hacia delante es tan grande que al final... sólo les robas tiempo. Aceleras su propia evolución. No permites que esa gente crezca y se desarrolle por sí misma y al ritmo que necesite, sino que los adelantas en una línea temporal que ni siquiera es suya, sino *tuya,* y eliminas por completo el futuro que podrían haber tenido sin esa intervención externa. Por eso nosotros no vamos a hacerlo. No lo hemos hecho nunca. Nos dedicamos a observar y a registrar sin prisa porque no nos urge que otras civilizaciones lleguen adonde estamos. ¿Para qué? No hace falta. Nuestro objetivo como especie es personal, cultural y muy concreto. Los vuestros pueden ser diferentes. Si tenéis que llegar adonde estamos nosotros, llegaréis, pero por vuestras propias necesidades, no por las nuestras. Tal vez ni siquiera necesitéis hacerlo y eso no supone nada malo. Tal vez vuestro desarrollo sea completamente nuevo y distinto. Todo está bien. No sé si me explico.**

Adam apartó la mirada y asintió. Tenía razón. Nunca lo había visto así, pero tenía razón y por un momento pensó en los pueblos que habían desaparecido por culpa de otros con tecnología más sofisticada.

Bean se mordió el labio.

—¿Te referías a eso cuando decías que estabas esperando a que cayéramos? Por eso no has aparecido hasta ahora. Somos el ejemplo de eso a pequeña escala.

Martin asintió.

—**Vale muchísimo más que hayáis llegado hasta aquí vosotros mismos. Intenté daros pautas sin intervenir porque no quería alterar la dirección de vuestros cambios, pero quería daros alguna pista porque... parecíais importantes. Y quería ayudar. Pero no podía aparecer hasta que lo resolvierais vosotros, porque no era correcto.**

—Necesitabas que fuéramos observadores imaginables —dijo Lee, y Martin volvió a asentir—. Querías que entendiéramos la importancia y la gravedad de las cosas.

—**Sí. Los seres vivos tienen percepciones distorsionadas respecto a los problemas que les afectan, y a veces los ven más pequeños de lo que son, pero otras demasiado grandes. No es algo exclusivo de los humanos, ocurre en muchos otros lugares y es tan corriente que pone en común a multitud de criaturas en el universo.**

—¿Y vas a tener problemas por habernos dicho algo?

—**No creo. Sólo sois cuatro personas. Sois importantes para vosotros mismos y en vuestro grupo, pero para el universo sois insignificantes.** —Martin hizo una pausa y, después, al pensarlo, añadió—: **Creo que esa palabra puede tener connotaciones negativas en vuestro idioma, pero no quiero ofenderos. Caer también consiste en ser consciente de tu propio tamaño.**

El holograma se alejó de nuevo y sobre ellos la nube de imágenes volvió a convertirse en aquel mapa enorme lleno de espirales y puntos brillantes y agujeros. Ya ni siquiera aparecía la Tierra. Ya no estaba el sistema solar, ni la Vía Láctea, ni podían identificar si alguno de los puntos que veían eran el suyo o no. Era imposible que la palabra «insignificantes» los ofendiera porque eso era lo que eran, y era verdad, sobre todo cuando esa información afectaba a un espacio tan inmenso.

Bean recordó cuando June le dijo que el Espacio era el «espacio definitivo» porque no había nada más, porque era el que lo contenía

411

todo, y que tendrían que hablar de él en mayúsculas. Allí de pie, a la orilla del lago Apopka y con una imagen tridimensional de un trozo mágico y probablemente también ínfimo, Bean entendió mejor aquellas palabras y le pareció maravilloso que ella estuviera allí también, que existiera a la vez que todas esas figuras, y que se le hubiera permitido verlo.

Era un privilegio formar parte de algo tan grande y poder vivir en paz.

· June estaba fascinada. Los ojos le brillaban con los reflejos azules de las imágenes. Quería verlo como ellos, quería verlo como Martin. Llegar tan lejos, estar en el espacio. Se sentía crecer por dentro como si fuera un globo y cada cosa que Martin proyectaba en su cabeza la hiciera crecer más y más, como si la llenara.

—¿Qué es lo que has visto? Tú, quiero decir. ¿Qué cosas has presenciado? —preguntó en medio de un jadeo, casi sin respiración.

—**De todo, como vosotros decís, aunque no *todo* de verdad. No sé si podría. He estado en lugares habitados por formas que vosotros llamáis unicelulares y también en otros que conservan la misma tecnología que han tenido siempre, pero vosotros sois mis favoritos. Quiero decir, a nivel personal, yo os prefiero. Tenéis mucha... curiosidad. Tenéis ganas de aprender y hacer las cosas mejor, aunque os equivoquéis muchas veces y os olvidéis de los errores que ya habéis cometido. Pero aun así os superáis y avanzáis, y eso es lo interesante. Habéis sabido explotar bien lo que os ha dado el planeta. Deberíais cuidarlo más, probablemente, pero eso no es cosa mía; lo que hacéis lo hacéis con todas las consecuencias, y las asumís, creo, y eso es lo que me gusta ver.**

Había cierto orgullo en que un ser del espacio tan grande los hubiera elegido.

—Pues gracias por haber venido.

—**Gracias por esperar. Quería veros. Sé que a partir de ahora las cosas serán un poco diferentes para vosotros y quería veros**

antes. Tal vez vuelva a hacerlo más tarde, en el futuro. Me gustáis. Eso ya os lo he dicho.

Lee sonrió y miró a Adam, atrayéndolo hacia sí. Bean pasó un brazo por la cintura del chico y el otro sobre los hombros de June.

Estaban juntos.

—Las cosas serán diferentes, pero no van a cambiarnos. Cuando vuelvas a vernos seremos los mismos, más viejos pero los mismos —dijo Bean, entornando una sonrisa.

—Y a lo mejor estamos lejos, pero no tanto, ¿no? Ahora sabemos que podría ser peor —añadió Lee, y se rio.

—Somos amigos. —June, la más baja, hinchó el pecho y pareció que de repente crecía unos centímetros—. Inglaterra es sólo un sitio y no voy a perder a la gente a la que quiero. Tengo la suerte de estudiar lo que me gusta. Y voy a ir a por ti, Martin. Voy a esforzarme en descubrir todo lo que he visto. La próxima vez que nos veamos soy yo quien te va a hacer esperar a ti.

La criatura sonrió, ensanchando la boca y dejando ver los dientes blancos de su cara prestada, y parecía feliz por estar allí y oír aquello.

—Os tomo la palabra.

Sus dedos se cerraron alrededor de la esfera y el holograma desapareció. Todo se quedó de repente demasiado a oscuras, demasiado silencioso, demasiado sencillo. Martin volvió a encajar el anillo en uno de sus dedos y después les dedicó un gesto amable.

—Adiós, alienígenas.

Y su cuerpo se hundió en el agua de golpe, probablemente mucho más de lo que debería por la profundidad de esa zona, y todo se quedó como en pausa hasta que, al cabo de unos segundos, la criatura enorme que había surcado antes el cielo rompió la superficie y, tal como había guiado a los cuatro hasta allí, ahora eligió una dirección cualquiera y se marchó.

La anguila dio un último coletazo eléctrico antes de perderse en la noche, y los cuatro amigos no volvieron a ver a Martin nunca más.

Ki Joon Park-Jhang nació aquel día a las cinco y cuarenta y dos de la mañana. La abuela de Bean la llamó por teléfono a las seis, cuando estaban subiendo por la carretera para volver hacia el coche de Adam, y la chica descolgó como si fuera una llamada que recibía de forma normal. Como si fuera la misma Bean que antes de aquella noche, como si hubiera cogido el teléfono muchas otras veces. La mujer le dijo, de parte de sus padres, que el niño había pesado tres kilos exactos y que tenía una mata de pelo terriblemente graciosa, aunque la definió como «fea como un cepillo» con discreción. Ella sonrió. Antes de colgar, sin embargo, al otro lado de la línea oyó algo que hizo que le cambiara la cara, y al colgar su expresión fue tan llamativa que sus amigos no pudieron evitar preguntarle.

La chica dudó un momento al traducir las palabras de la abuela Jhang, pero al final suspiró y dijo:

—Ha dicho que tiene brillos en los ojos. —Su voz era un murmullo y sonaba un poco confundida, pero llamó la atención de los tres de forma inevitable—. Que los tenía abiertos, y los ha llamado algo así como... brillos del universo.

Lee miró hacia atrás y nadie dijo nada. El sol estaba saliendo demasiado despacio, como para que pudieran disfrutar un poco más de la hora mágica, como para que tuvieran tiempo de asimilar aquella despedida. Al final fue June quien rompió el silencio, sonriendo como hacía siempre y moviendo un poco las pecas al arrugar la nariz.

—Felicidades, Bean. Vas a ser la mejor tía.

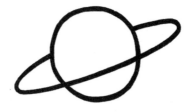

40; MAKEMAKE

< place_we_were_made – maisie_peters.mp3 >

SEPTIEMBRE

Daen Mae volvió a casa enseguida y le dio permiso a Bean para que llevara a sus amigos a conocer al pequeño Ki Joon. Los cuatro adolescentes entraron en la casa rodeados de felicitaciones y observaron al bebé desde una distancia considerable, como si temieran acercarse demasiado y causarle alguna molestia, lo cual hizo que Daen Mae riera y les preguntara si lo querían coger. Adam y Lee respondieron, rápido y asustados, que no. June murmuró que le apetecía y se sentó al lado de la nueva madre con un cojín sobre la tripa para que se lo colocara entre los brazos y, en cuanto tuvo al bebé encima, una sonrisa enorme que ya no pudo controlar se le pegó en los labios.

Bean se quedó mirando la imagen con los ojos brillantes y no apartó la vista hasta que se dio cuenta de que su hermana tenía una ceja alzada e intención de burlarse.

Taeyang les ofreció algo de beber, un refresco o un zumo, y aprovecharon la oferta para huir a la cocina y hablar durante un rato con él. Conectaron tan bien que al final el mayor terminó invitándolos a volver otro día, y Bean bromeó diciendo que acabarían llevándose mejor que con ella. Taeyang le aseguró, con esa energía pura que parecía haberse intensificado más que nunca, que no tenía que preocuparse porque ahora que era padre tenía amor para toda la humanidad.

La vuelta desde el lago había sido lenta y, en su mayor parte, a oscuras. Habían tenido que deshacer el camino por el borde de la carretera, y era cuesta arriba, así que les había llevado más volver de lo que habían tardado en llegar al lago. El coche los esperaba, frío y apagado, como si nada, y al entrar habían tenido un largo momento de silencio como para asimilar lo que habían vivido. Se miraron. Las sonrisas habían aparecido inmediatamente después de eso, grandes e incontenibles, pero al mirarse supieron que lo que acababa de pasar era un secreto y que nunca hablarían de ello en voz alta.

Era demasiado puro y demasiado importante.

Adam dejó a Bean en el hospital y June le preguntó si podía quedarse con ella. Cuando le dijo que sí, entraron por la puerta de urgencias cogidas de la mano y Adam y Lee volvieron a casa del segundo para intentar descansar.

Todo estaba igual pero a la vez era diferente. Habían visto estrellas y galaxias. Habían hablado con Martin. Ahora había otra pequeña persona más en el mundo a la que habría que proteger y que tal vez acabara siendo un alien por sí mismo, o un astronauta, y todo era emocionante aunque se acercara tanto el final.

O el principio.

El 18 de septiembre, ante la puerta de los Brad, Duck Bean Jhang cogió aire y suspiró a la vez que daba el último primer paso.

Era raro estar allí y darse cuenta de que en unas horas esa casa empezaría a ser la casa de June sin June. Se sabía el plan de memoria;

en las próximas dos semanas sólo viviría allí Vivian Brad, la madre de su amiga, y cuando Michael Brad volviera de Inglaterra sería oficialmente el sitio que June había abandonado y al que probablemente no regresaría en mucho tiempo. Las plantas de su ventana se secarían cuando su padre se olvidara de subir a regarlas, y las miró desde donde estaba porque ocupaban todo el alfeizar de forma preciosa. Eran gitanillas de color naranja, brillantes y grandes por lo mucho que las cuidaba June. Le recordaban a ella. No quería que se murieran mientras estaba fuera, así que se preguntó si le dejarían llevárselas a casa y se apuntó mentalmente consultarlo antes de irse.

Se sentía más reconciliada con la idea que nunca, pero aun así Reino Unido no le había parecido tan lejano hasta que vio el garaje de los Brad abierto con el maletero del coche a la vista y a medio llenar.

La puerta de entrada dejaba ver el interior, pero llamó de todas formas antes de adentrarse.

—¿Hola?

June se marcharía en cinco horas y cuarenta y ocho minutos. Había memorizado la hora del vuelo y había preguntado si podía ir con los Brad al aeropuerto a despedirla. Vivian Brad, con quien sólo había hablado un total de cuatro veces desde que conocía a June, le había dicho que por supuesto y que ellas dos volverían juntas en cuanto desapareciera.

A lo mejor era un poco tonto aferrarse a June hasta ese punto, pero no sabía qué otra cosa hacer.

Alguien asomó la cabeza por una de las puertas, y llevaba una sonrisa.

—¡Duck Bean! ¡Hola!

Michael Brad siempre tenía la expresión de un golden retriever si fuera humano. Su energía era exactamente igual que la de June. También lo echaría de menos a él. A lo mejor volvía a verlo de vez en cuando, pensó. Podría llevarle una caja de *dasik* de té verde, que eran sus favoritos.

El hombre le dio un abrazo rápido y luego se echó hacia un lado para dejarla pasar.

—June está arriba, sube sin problema.

Se quitó las zapatillas que llevaba, las dejó a un lado junto a la entrada y luego subió las escaleras despacio.

—¡¡Bean!!

El cuerpo de June no tardó ni un segundo en pegarse al suyo, rodeándole la cintura con los brazos y apretándola tan fuerte que se podrían fusionar. Al separarse, aunque ya la había visto el día anterior, se quedó de nuevo mirando el pelo corto de su amiga y cómo las puntas se le rizaban un poco a la altura de los hombros. Había donado su trenza para recaudar dinero para los arreglos del Irma, «Así marco también el principio de la nueva etapa», y ahora toda la habitación olía a su champú de melocotón cada vez que sacudía la cabeza y se le revolvía el pelo.

—¡Ya creía que no venías! ¿Qué tal ha ido?

—¿El qué?

—¿No vienes de ver a Ki Joon? Te recuerdo que tienes un sobrino pequeñísimo —dijo, riendo.

—Oh. Ya. Pero no sé, no ha pasado nada nuevo con él en los últimos tres días. Sigue siendo igual de feo e igual de pequeño, como todos los bebés.

—Los bebés no son feos, Bean, son bebés.

—Lo que tú digas. —Esperó unos segundos, de repente un poco cortada, y al final acabó añadiendo—. Es que está arrugadísimo.

June soltó una carcajada y luego volvió a centrarse en la pantalla. Bean se sentó en su cama y dedicó unos segundos a mirar las paredes.

—Qué raro está este sitio —murmuró, casi para sí—. No me acostumbro nada a esto.

—Ya. Hay muchas cosas que quiero llevarme, pero otras creo que voy a guardarlas en cajas para que mi madre no se sienta mal cuando tenga que quitarlas.

—¿Va a usar este cuarto para algo?

—No lo sé. Probablemente lo convierta en una habitación de invitados. Al menos tendrá que dejar la cama para que pueda dormir en algún sitio cuando vuelva.

—Es verdad. Por cierto, ya te lo he dicho, pero estás muy guapa con el pelo así.

—Gracias.

—Te voy a echar muchísimo de menos.

June se mordió el labio inferior, pero sacó una sonrisa.

—Y yo a ti.

Se lo habían dicho ya un millón de veces, pero sus manos se encontraron como si lo hubieran oído por primera vez. Siempre lo hacían. June apoyó la cabeza contra la de Bean y esta última se permitió cerrar los ojos un momento, porque estaba triste y algo cansada pero le alegraba que June se fuera a seguir su sueño. Tenía que volver a ver a Martin algún día. Su pulgar empezó a dibujar círculos sobre el dorso de la mano de ella y pensó que ojalá pasaran de golpe los años para que June estuviera de vuelta, pero sabía que no se podía adelantar. Que así era el camino. Le gustaría tener un trabajo que le permitiera ir a verla o ser lo suficientemente buena como para acabar en Inglaterra también, vivir allí y no tener que separarse nunca, pero lo primero era encontrar algo asequible por lo que empezar y, aunque la decisión ya no la agobiaba, se esforzaba en recordar que tenía que ir despacio.

A su lado, June cerró los ojos y giró la cara como si casi no lo pensara. Le dio un beso a Bean en el hombro. La otra se tensó un poco pero no se movió del sitio, y pasaron unos segundos hasta que la pelirroja fue lo suficientemente valiente como para decir su nombre:

—Duck Bean.

Intentó que, al mirarla, no le notara que estaba nerviosa y que tenía ganas de llorar.

—¿Sí?

—Tengo... tengo que decirte algo.

Asintió y siguió la cara pecosa de June con la mirada mientras ella, aún reteniendo su mano, se sentaba un poco más lejos e intentaba mirarla de frente.

La escaneó con los ojos. Quería acordarse de ella para siempre. Quería grabarse esa imagen en el cerebro hasta que volvieran a verse, retenerla como una foto y que no se le olvidara jamás.

La chica carraspeó.

—A ver, es como que... como que realmente no sé si te lo debo decir, porque me voy en cinco horas y media y... y me parece un poco tonto. Como que ya no tiene sentido. Pero a la vez te lo tengo que soltar porque si no lo hago ahora no lo voy a hacer nunca, ¿sabes? —Empezó a jugar con los dedos largos de Bean y se mordió el labio—. Quiero decir, ya sé que vamos a hablar. También sé que eres literalmente la primera persona a quien voy a llamar en cuanto aterrice, porque mi padre seguro que avisará a mi madre primero así que da igual que yo no le diga nada. Pero esto no te lo quiero decir por mensaje, tiene que ser en persona y... y estoy nerviosísima.

—¿Qué pasa?

—Es que... —Cerrando los ojos, June cogió aire y decidió soltarlo sin más, porque no tenía sentido alargarlo con el poco tiempo que tenían—. Bean, te quiero mucho. Creo que existen muchas formas de querer a la gente, y me parece que a ti te quiero en todas. —Abrió los ojos de golpe, como si hubiera caído en algo, y rectificó—: Bueno, quiero decir en todas las compatibles. No te... no te quiero como a una hermana, por ejemplo. Pero me gusta mucho que seas mi amiga, y te admiro, y me parece que eres valiente y atrevida y que sabes perfectamente dónde pones los pies, ¿sabes? Y cuando pienso en ti, no sé, se me hincha el pecho.

Bean sintió que empezaba a quemarle la cara.

—June...

—Creo que soy terriblemente tonta por haber esperado hasta ahora, pero ¿sabes qué? Que mejor hacer esto en vez de irme sin decirlo. Porque... porque así tú no tienes que decir nada si no quieres contestar, pero al menos yo me he quedado tranquila y, como es la primera vez que me declaro a alguien, pues bueno, qué menos...

—Espera, espera. —Los dedos de Bean se cerraron alrededor de los suyos, parándola—. ¿Qué acabas de decir?

—Que me... que me estoy declarando. ¿No se notaba? —Ante la mirada incrédula de Duck Bean, June se sonrojó e intentó sacudirse como pudo la incomodidad—. Sí. Sí. Era un intento de declaración, al menos. Aunque parece que un poco fallido, ¿no? Porque si has tenido que preguntarlo a lo mejor no cuenta...

—Sí, sí cuenta. —Bean sonrió mucho, cogiendo aire, y no podía creerse las ganas que tenía de reír—. June, yo no soy valiente, la valiente eres tú.

—¿Eso qué significa?

—Que tú a mí me gustas desde que nos conocimos y nunca he sido capaz de decirte nada.

Los ojos marrones de la chica se abrieron.

—¿Que yo te gusto?

—Claro, ¿cómo no me ibas a gustar?

—Pues porque... porque... No sé. Porque nunca le he gustado a nadie.

Bean soltó una carcajada.

—Eso es mentira. Me gustas a mí. Y me gustas porque eres buena y dulce y te preocupas, y vas a por las cosas que quieres, y ayudas a la gente y me ayudaste a mí, y ahora vas a ir a estudiar a Cambridge porque querías hacerlo y lo has conseguido. A la gente le gustas porque no te rindes ni dejas que nadie lo haga. Cada vez que abres la boca... yo qué sé, June, no sé cómo expresarlo. Cada vez que hablas crece un árbol. Tienes una energía capaz de levantar montañas. Yo también te quiero muchísimo, June.

Le apretó los dedos de nuevo, se llevó sus manos a la boca y le besó los nudillos porque no se le ocurría de qué otra forma transmitirle su devoción.

El corazón de June iba rápido como nunca.

—Dame un beso —murmuró, y su cara estaba completamente roja pero seguía teniendo esa expresión determinada con la que habría podido caminar sobre el agua si quisiera.

Bean alzó los ojos hacia ella.

—¿Qué?

—Dame un beso. Por favor. Sólo uno —pidió, echándose un poco hacia delante, estirando la espalda para llegar hasta ella.

—Si te beso no sé si va a poder ser sólo uno, June...

Pero ya lo comprobarían, supuso, porque las manos de su amiga le agarraron la cara y la acercaron hacia sí antes de que pudiera acabar, y los labios suaves y blandos de June cubrieron rápidamente los suyos.

Se separó enseguida, apurada, y le tapó la boca a Bean con cara de susto.

—¡Perdón, creía que era el momento! ¡Te he interrumpido! —Tenía los ojos muy abiertos y brillantes, y Bean no la había visto tan guapa jamás—. Lo siento, estabas diciendo... que...

Bean le apartó las manos y, riéndose, se inclinó hacia ella.

—No te preocupes, no importa.

Y, antes de que June pudiera volver a decir algo, le dio otro beso que no duró mucho porque ambas empezaron a reír.

FIN

AGRADECIMIENTOS

< ready_now - dodie.mp3 >

Madre mía, ya está. Aquí está, es esta. La historia de los aliens.

Me lo he pasado genial escribiendo esto; como en un verano en el pueblo, como si hubiera vivido en el final de la tarde durante muchísimos meses. Estoy contenta de haber acabado esta historia y de haberlo hecho con un tono distinto, y también de haber podido contarla rodeada de tanta gente que me ha ayudado en los cambios (públicos y privados) que han ocurrido durante estos últimos dos añitos, que se dice rápido.

Lo primero de todo, por supuesto, gracias a mis padres por proporcionarme una habitación para escribir, tiempo y comprensión desde siempre.

Gracias a mis amigas por soportar las distintas formas en las que os he ido dando la historia: gracias por apoyarme y aguantar el goteo de capítulos y escenas desordenadas (lo sieNTO, Iria), la explosión de ideas aleatorias cada vez que surgía la pregunta «¿Cómo reaccionaría X a Y?» (I should thank you for that, C), la avalancha de información repentina que venía cuando me acordaba de que llevabas mucho sin leer (¡¡no te he *spoileado* casi nada esta vez, Ana Victoria!!) y por responder a mis *incorrect quotes* con más y mejores memes y *headcanons* (that was fun, Mon). A las demás, aunque no os diera la lata con ella, gracias por formar parte de mi vida y ser gente tan atentas y apoyarme, por preguntarme por este y otros proyectos todo el tiempo y por demostrar que, al final, lo más bonito de todo es darte cuenta de que hay personas que siempre estarán ahí. Gracias por ser mis amigas. Paula, María, Marta, Devi, Laura, Andrea, Sara, etc... os quiero mucho.

Gracias a Nuria por ser la mejor y estar aquí y venir conmigo a los conciertos.

Sinceramente, y eso me parece un poco cómico pero a la vez justo, gracias a la serie *Voltron: Legendary Defender* por cagarla tantísimo con el *queerbating* en agosto de 2018 y causar en mí una reacción lo suficientemente grande como para escribir esta historia. ¿La serie no tiene mucho que ver con la novela? Puede, pero fue lo que le dio el último empujón. Y puede parecer poco serio, y a lo mejor lo es, pero la verdad es que el efecto que causó aquella campaña de promoción tan mal llevada y que tanto nos ofendió (con razón) a los miembros de la comunidad LGTBI+ fue lo que hizo que arrancara con esta idea que llevaba macerando desde 2017, y aquí está el resultado. La representación importa, e importa que sea clara y visible. Yo he intentado hacerlo lo mejor que sé a día de hoy. De todas formas, lo importante es lo siguiente: Lauren Montgomery y Joaquim Dos Santos, si por alguna razón estáis leyendo esto... KICK.

¡Oh, muchas gracias también a las personas que me ayudaron con el coreano que hablan Bean y su abuela! Gracias a @letitust (y a su amigo coreano), a Esther y a Jenna por traducir. Me parecía importante hacerlo bien y no recurrir a la romanización de los diálogos, además, ¡así que gracias también por explicarme hangul básico!

Me dejo lo mejor para el final: la gente que ha ayudado a que este proyecto se convierta en lo mejor que podía ser, en el libro precioso que creo que es ahora. Mil millones de gracias a Theo Jiménez, uno de mis ilustradores favoritos y la persona más indicada para traer a la vida a los niños de esta historia. Aún estoy fascinada por cómo tu arte completa la historia, cómo tu portada y tus dibujos encajan tan bien con todo y lo hacen siempre mejor. Por otro lado, mil gracias a Anna López por tus consejos y tus comentarios, por seguir siendo la mejor editora y por tratarnos a mí y a manuscrito con tanto cariño y respeto, siempre. Trabajar contigo es un gusto. Espero que nos queden muchos proyectos por compartir.

Si has llegado hasta aquí: gracias también a ti, lectore, por darle una oportunidad a los aliens y a los astronautas. Espero que hayas disfrutado del verano, que hayas encontrado aquí la tranquilidad que quería plasmar y que te haya gustado el camino que recorren los personajes. ¡También espero que nos veamos en la siguiente!

SIGUE LEYENDO
A CLARA CORTÉS

Clementine

CLARA CORTÉS

LUNA ◗ ROJA